这世界 我来过

肇毅 樊宗昌 著

图书在版编目（CIP）数据

这世界我来过 / 肇毅，樊宗昌著 .—南京：江苏凤凰文艺出版社，2024.5
ISBN 978-7-5594-8586-1

Ⅰ.①这… Ⅱ.①肇…②樊… Ⅲ.①长篇小说 - 中国 - 当代 Ⅳ.① I247.5

中国国家版本馆 CIP 数据核字（2024）第 073800 号

这世界我来过

肇　毅　樊宗昌　著

责任编辑	傅一岑
装帧设计	融蓝文化
责任印制	杨　丹
出版发行	江苏凤凰文艺出版社
	南京市中央路 165 号，邮编：210009
网　　址	http://www.jswenyi.com
印　　刷	江苏省高淳印刷股份有限公司
开　　本	880 毫米 ×1230 毫米　1/32
印　　张	13
字　　数	300 千字
版　　次	2024 年 5 月第 1 版
印　　次	2024 年 5 月第 1 次印刷
书　　号	978-7-5594-8586-1
定　　价	68.00 元

江苏凤凰文艺版图书凡印刷、装订错误，可向出版社调换，联系电话 025-83280257

序

受南京医科大学和江苏省人民医院委托，由我为长篇小说《这世界我来过》作序，感到十分高兴，因书的作者肇毅是我的学生，也是我的同事，并且该书创作主题正是我的关注所在。我也非常惊叹这位以医生和教师为职业的"跨界"小说作者竟能创作出近三十万字的文学作品，这份执着和坚持令我肃然起敬。

该书围绕外科医生，同时也是医科大学教师的胡戈的工作、生活与情感历程展开，交织着医科大学学生江蕙、张甜等一众青春活力的医学生的成长经历，以及救治的肿瘤患者的心路历程，描绘了一个真实的医学教育和一线医护的世界。同时书中还融入了日常生活中非常必要了解的科普知识，如心肺复苏、呼吸道异物导致窒息的急救、烫伤处理等。另外也讨论了关于器官和遗体捐献、生前预嘱，并重点介绍了当下大家非常关注的热点问题——"安宁疗护"。书中的人物及故事均有其原型，创作主题诠释了医者的行医哲学："有时治愈，常常帮助，总是安慰"。

医学是科学，是维护人类健康的重要手段。同时，医学还具备社会性和人文性，忽视了医学的社会性和人文性将有悖于"健康所系、性命相托"医学教育及医疗实践的根本宗旨。正如被称为"现代医学之父"的威廉·奥斯勒（William Osler，1849—1919）所说："行医，是一种以科学为基础的艺术。它是一种专业，而非一种交易；它是一种使命，而非一种行业；从本质上来讲，医学是一种社会使命、一种人性和情感的表达。这项使命要求于你们的，是用心要如同用脑。"因为我们面对的不是冰冷的机械，而是面对着一个个热血沸腾的生命，所以要求我们不只是用脑思考该如何治疗，还应该用心去感受，去帮助，去安慰。

  作为我们每个个体，在整个生命过程中定要面对生老病死，也会遇到很多挫折与磨难，其中的关键就是如何去面对——书中已给出答案，那就是无论处于什么样的境遇，都始终争取去做到、去证明"这世界我来过"。

  相信该书不但对于从事医疗、教育工作的读者有帮助，对于所有读者也都会有很大的启迪。

吴观陵

2024 年 3 月

于南京

自序

人生如梦，岁月如歌。一晃从迈入南京医科大学开始学医，从事医疗、医学教育事业至今，已三十余载。

俗话说："教师是人类灵魂的工程师，医生是人类健康的守护者。"同时从事这两个职业，使我深感使命光荣，责任重大。回首过往，行医、从教过程中经历了太多的感动，来自我的老师、前辈、同道、学生，也有更多的来自广大患者，是他们在面对生活的成功与喜悦、挫折与磨难中所体现出的不枉此生的平凡和伟大，一直深深触动着我，使我对生命逐步有了深刻的领悟，也使我有了强烈的创作欲望，通过文字的形式把这些感动记录下来。

有幸遇到好友、人生知己樊宗昌，给了我太多的支持和鼓励，并共同完成这部作品，分享给广大的读者。"人是什么都带不走的！"那就争取留下点什么以证明——"这世界我来过！"

由于领悟和文字表达水平有限，书中不当及错误之处在所难免，也恳请广大读者、广大同行批评指正。

谨以此书献给为我提供教书育人平台的母校——南京医科大学，为我提供服务患者平台的南京医科大学第一附属医院——江苏省人民医院。

最后，以"敬佑生命，救死扶伤，甘于奉献，大爱无疆"的新时代医疗卫生职业精神，与广大同道共勉。

肇毅
2024 年 3 月
于南京

主要人物

胡 戈
外科主任医师，医科大学教授

陈 彦
心脏内科副主任医师，胡戈妻子

江 蕙
医科大学学生

张 甜（小甜甜）
医科大学学生，后成为呼吸科医生

张 乐
医科大学学生，江蕙男朋友

黄丽娟
公司职员，肿瘤患者

杨 秋
记者，肿瘤患者

目录 CONTENTS

一

开　局｜医者不自医？渡人难渡己	1
开学季｜医学，一门道德的技艺	8
开学第一课｜远方的妈妈	17
食堂事件｜治人先治己	20
初入爱河｜我为什么来到这里	27
玄武湖畔｜你俩还真是天生一对	56
深　爱｜秋日的私语	62
逛街奇遇｜今天你是英雄	75
苏州行｜我那时只想到救人	85
再回首｜青葱岁月	103
教师节｜像大体老师一样闪光	129
暑期社会实践｜在"生"的时间发出光和热	143
噩耗传来｜这就是命吧	168
闪亮的日子｜感激有你们在	182
亲爱的小孩｜妈妈我爱你	197
这世界我来过｜记得你记得我	223
特殊求救｜治病先治心	248
老吾老以及人之老｜善始善终	280
小甜甜｜敬畏生命	311

重　生｜假如明天离开人世 …………………………… 330

安宁疗护｜生如夏花绚烂，死如秋叶静美 …………… 360

武汉抗疫｜谁是英雄 …………………………………… 384

毕业季｜没有硝烟的战场 ……………………………… 398

后　记 …………………………………………………… 402

开 局

医者不自医？渡人难渡己

医疗，一段纠缠不清的关系，一个巨大的个性之网，一个丰盛而辛辣的人性大杂烩。

而其中不可缺少的一部分，是身为医治者的恐惧、渴望和需要。

8月底，南方某省会城市天气仍然有些炎热。南江医科大学附属医院病房大楼心脏内科医生办公室，胡戈爱人、心脏内科副主任医师陈彦在等胡戈一起下班回家。

她坐在办公桌前，看着面前的电脑，用手机给胡戈发了一条微信：我已经下班了，你忙完了吗？

过了片刻，胡戈发来信息：我还有点事要处理，结束后电话你。

陈彦回复：好的。随手放下手机，眼睛没有离开电脑。

这时同事小王医生背着小包路过办公室门口："陈主任还不走啊？"

陈彦："我在等老公！"

小王："陈主任再见。"小王看上去心情不错，估计晚上有约会。

陈彦："再见。"向小王微微一笑。

胡戈坐在办公室的电脑前，仔细查看着秦四时的各种检查结果，表情非常凝重。这时秦四时风风火火地闯了进来："哥们，怎么样？没问题吧？"说着把手在胡戈头上揉了几圈。

"坐下，来点正经的！"胡戈很严肃地说道，也可以说是呵斥。

秦四时没理他，双手按在了胡戈双肩，右脚踩在椅子横撑上。

胡戈摇摇头，打开CT图像，指着病变处："你看！腹腔里有一个肿块，直径大概有5厘米。"

秦四时把头伸过去："是肿瘤吗？不会吧！会不会是没拉出来的一坨屎？我最近一段时间便秘比较严重！"还是平时的那副"甩"样。

"怎么可能！你自己看看，大便会强化吗？！"胡戈把增强扫描的图像调出来，指给秦四时看。

秦四时皱了皱眉："果然！你看像什么性质的？"

"根据我的判断，不一定是恶性的，但恶性不能排除。手术是必须的，没什么好商量好犹豫的！"实际上胡戈心里很清楚，秦四时的这个肿瘤极有可能是恶性的，但毕竟没有病理，况且一下子告诉他是恶性的，怕他承受不了。同学同事多年，又是好朋友，胡戈对秦四时还是非常了解的，表面看起来吊儿郎当，什么都不在乎的样子，但实际上他的内心非常细腻，医术水平很高，就是一张破嘴，经常容易和患者发生冲突。

"哎呀！不管良性恶性，哥们这条命就交给你了，你说咋办就咋办！"秦四时说。

胡戈站起来，拍拍秦四时的肩膀："兄弟你放心，全交给我了！"

"嫂子还在等你吧？赶紧撤！"秦四时突然想到，胡戈一定是专门等他讨论检查结果的，兄弟就是兄弟！

"是的，你也赶紧回去休息，注意这几天千万不能感冒，营养要加强！"胡戈叮嘱道。

陈彦站起来伸了伸懒腰，走到窗边。外面已华灯初上，路上车水马龙，不时传来救护车的声音，估计急诊室肯定一派繁忙。这时手机响起，胡戈电话来了："车库入口见。"

陈彦到车库入口时，胡戈已在那里等待，看起来很疲惫的样子。陈彦很是心疼，毕竟做了一天的手术，外科医生还是很辛苦的。两人默默无语，一起向爱驾走去，正好看到胸外科张主任关门下车。

胡戈："张主任怎么这个时候来？"

张主任："今天手术的病人有点情况，他们处理不了，要我过来看一下。"说着匆忙向电梯走去。

胡戈："辛苦，辛苦！Bye！"

张主任："Bye！"

陈彦："看你很累，我来开吧！"

胡戈："谢谢老婆大人！"胡戈一直很感激爱人的理解和关心。

车开出不远，就出现拥堵，前面的车辆都在变换车道绕行。

陈彦："前面有车祸，我下去看看！"

胡戈还没来得及说话，陈彦已经把车靠边关门下车了，胡戈紧跟着下了车。走近一看，是一辆摩托车与轿车相撞，摩托车驾驶员躺在地上，手扶着腰痛苦地呻吟着。轿车上下来的一位中年男子拦了辆出租车，和另一位同乘的小伙子正准备一个人提肩膀，一个人提腿，把受伤的摩托车驾驶员往出租车上抬。胡戈和陈彦赶紧上前制止。中年男子着急并略有些气愤地说："我们是把他抬上车往医院送！"

胡戈："我知道！但不能这样抬！"

胡戈上前问了伤者哪里疼痛最明显，伤者用颤抖的声音答道："我的腰太疼了！啊！受不了！"

这时执勤的交警也过来了。

陈彦："我们俩是医生，这人可能是腰椎受伤，需要平托抬上车，在车上平躺，用我们的大车送吧！"

交警："非常感谢！能不能帮忙送到附属医院？我处理完现场

就赶过去!"

陈彦:"没问题!我们就是附属医院的医生。"

交警:"那太好了!"

胡戈打开自家SUV的后备厢,放倒后排座椅并稍做整理,指导大家小心地把伤者平着抬上车。交警指挥交通,安排返回路线。胡戈开车一路疾驰赶到附属医院急诊部,下车找来急诊室的护士护工,用硬板推床把伤者送到外科诊间。急诊的小李医生过来,看到胡戈:"胡主任您怎么来了?"

胡戈:"刚遇到车祸,我把伤者送来了,可能是腰椎损伤。"

小李:"好的,您放心好了!"话音落下就带着实习医生开始查看伤者。

胡戈回到车里,陈彦已经坐在驾驶的位置:"我们就在外面吃吧!不想回家做饭了,已经不早了。"

胡戈:"好啊!"

已过就餐高峰,餐馆内客人不多。两人选择了角落的位置,坐下边吃边聊。

胡戈:"今天下班迟不是因为手术,秦四时生病了,我和他聊了一下病情。"

陈彦:"啊!秦四时生病了,怎么回事?"

胡戈:"腹腔里一个肿瘤,恶性的可能性比较大,开刀是免不了了!"

陈彦一脸惊愕:"啊,这么严重啊!平时看他身体还蛮好的嘛。"

胡戈:"是啊,谁能想到呢!"

回到家后,两人洗漱完毕,换上睡衣。胡戈开始每天的日常,坐在书房听音乐看书。陈彦端着水杯过来,靠在门框:"今天都很累了,早点休息吧!"

胡戈:"你先睡,我再看一会儿。"

陈彦："别太晚了！"陈彦转身离开，她知道丈夫的心情一定很沉重，毕竟秦四时是他多年的好朋友、好兄弟。秦四时生病，胡戈是很难过的，同时为秦四时治疗，压力也会很大。

胡戈倒扣着书，听着音乐陷入思考。这时手机铃声响起，胡戈想，一定是秦四时，果然不错。

秦四时："还没睡吧？"

胡戈："没有。"

紧接着是沉默，令两人都感到漫长、窒息的沉默，却又不知说什么好。还是胡戈先开了口："你把情况和你家王曼讲了吗？"

"讲了，她接受不了正靠在床上哭呢！"秦四时低沉、沮丧地回答道，语气中已没有了半点洒脱，"兄弟，你说我这到底是不是癌症，我一直在想这个问题。"

胡戈也不知如何回答是好，平时回答病人这样的问题非常自如，但现在面对的是好朋友和同事，而且同样是一名外科医生。快速思考一下，他也只能实事求是："肿瘤是肯定的，但是不是恶性的只有等病理，不过从CT上看，恶性的可能不是不存在。"

"实际上你不讲我也知道的，现在也只能请上天保佑了！"紧接着又是一阵沉默，"你早点休息，全听你安排，Bye！"

"放心，Bye！"胡戈同样难过地挂断电话。

第二天上班路上，陈彦开车，胡戈掏出手机发了个微信给昨晚值班的小李医生：昨晚车祸病人情况怎么样？没过几分钟，小李医生电话过来了："胡主任好，昨天那个病人腰椎骨折，骨科已经收入院了。"

胡戈："那好的，你今天下夜班没休息啊？"

小李："昨晚没回去，怕影响家里人睡觉，早上科里还要开会。"

胡戈："好的，你再休息一会儿吧，辛苦了。Bye！"

小李:"Bye!"
陈彦:"昨天幸好没让他们那么搬。"
胡戈:"是的!"

开学季

医学，一门道德的技艺

道德常常能填补智慧的缺陷，而智慧却永远填补不了道德的缺陷。

——但丁

虽已进入9月，天气还是有些炎热，早晨倒是凉爽宜人。今天是开学典礼，宿舍里几个刚跨入大学校门的女孩子都很兴奋，大家都在努力地拾掇自己，生怕输给别人似的。有的一边打扮一边自言自语："穿我那条格子裙，还是牛仔裤？"手一会儿摸摸裙子，一会儿又放在牛仔裤上。

江蕙并没有这些纠结，早早洗漱穿着完毕，坐在床边凳子上，看着几个忙碌的舍友。宿舍里年龄最小的苏州甜妹子张甜此时才发出醒来的第一个哈欠声。

"赶紧起床了，等你梳洗完就差不多了，要不然急急忙忙了！"江蕙大姐一样的姿态对张甜说。

"今天几点上课啊？"张甜依然睡眼蒙眬。

"今天开学典礼啊，还有第一次班会啊，大小姐！"江蕙忍不住笑了，心想人与人还真是不一样呢。

张甜起来梳洗，辫子扎得有点乱，有的头发还翘着。

江蕙皱了皱眉："我来帮你梳吧。"径直忙活起来。

"谢谢姐姐！"看到自己的头发被收拾得妥妥帖帖，张甜的笑容爬上了酒窝。

开学典礼在学校体育馆举行,非常隆重,所有校领导都来了,省里领导也来了,还有教师代表、家长代表、高年级学生代表等。姑娘们第一次见这么大的场面,内心激动溢于言表。

领导们讲完话后,主持人隆重推出优秀教师代表发言:"同学们,教与学是学校医学教育的两个重要环节,教师的水平直接关系到学生学习的积极性和学习效果。重视教师队伍建设是我校的光荣传统,学校拥有一大批优秀的基础课和临床课老师,下面我们欢迎优秀临床教师代表、来自附属医院外科的胡戈老师发言!"

体育馆里响起了热烈的掌声,坐在前排的一位年轻且帅气的老师站起来向大家挥手示意,在女同学们的"贡献"下掌声变得更加热烈。胡戈开始讲话了,张甜还在那儿拍手,坐在旁边的江蕙实在看不下去了:"犯花痴了?大小姐!"一把将张甜的手按了下去。这时张甜才从恍惚中慢慢回过神来。

尊敬的各位领导、各位老师,亲爱的同学们:

我非常荣幸地代表全校教师向各位新同学表示衷心的祝贺与热烈的欢迎!欢迎你们成为南江医科大学这个大家庭的一员!

南江医科大学是一所有着丰厚底蕴的学校,建校以来,一直秉承"用高尚的品格影响学生、用高超的技术指导学生、用创新的理念引导学生"的教育教学理念为国家培养了大批优秀人才……

孟子曰:得天下英才而教之,乃人生一大乐事。对同学们而言,能够考入大学,感受熏陶教化,亲受老师的教泽恩被,亦是人生的一大幸事。你们是家庭的宝贝,是社会的精英,也是未来国家的栋梁。你们将在这里度过人生中最丰富、最精彩、最有生机活力、最有价值的五年……

医学并不是一门纯粹的技术,也不是一个简单的诊疗程序,而是一门道德的技艺。医学的不确定性，又在另一个层面上构成了艺术与技术的交汇。你们今后每天遇见的不仅是人的"病"，更是病的"人"。医学呼唤人文关怀，是因为每一个救治的过程，都是霞光与阴霾并存。人文关怀可以为医学赋予温度，弥合技术与人性的鸿沟，丰富人类对生死、疾苦的理解和认知，那是一种力量，是希望、是信仰，更是医学的全部意义所在。

作为一个医者，首先也是最重要的，是对生命的敬畏。为医者将在患者的生死旋转门里领悟到生命无常，如若没有对生命的敬畏，你就无法在以病人为中心的行医生涯里去践行救死扶伤的职业本分！

"大学者，非大楼之谓也，大学问之谓也！"做大学问的任务不只在教师，而是我们师生共同的责任和担当。

希望大家在今后的日子里学习快乐，生活幸福。最后，以天道酬勤、任重道远与大家共勉！

谢谢！

全场热血沸腾，掌声经久不息，很多同学激动地站起来鼓掌。这些刚刚进入大学的孩子们，感觉自己仿佛一下子就长大了。

开学典礼最后一个环节，也是最庄严神圣的环节，由新生代表带领大家宣誓《医学生誓言》：

健康所系，性命相托。

当我步入神圣医学学府的时刻，谨庄严宣誓：

我志愿献身医学，热爱祖国，忠于人民，恪守医德，尊师守纪，刻苦钻研，孜孜不倦，精益求精，全面发展。

我决心竭尽全力除人类之病痛，助健康之完美，维护医术的圣洁和荣誉。救死扶伤，不辞艰辛，执着追求，为祖国医药卫生事业的发展和人类身心健康奋斗终生。

江蕙对着大屏幕跟着诵读誓言,内心波涛汹涌,一腔热血,念得大声且有力。张甜则跟着哼唧,眼睛到处溜达,仿佛对这里的一切都是好奇的。

典礼结束后,同学们叽叽喳喳地去往各自的班级。一路上张甜都黏着江蕙,挽着江蕙的臂膀。

班主任是位年轻的女老师,把大家这几年在校的整体安排介绍了一下,还介绍了学校的规章制度。

班主任讲完,叫大家等待一下:"校长会来把各个班的兼职班主任介绍给大家。"话音刚落,校长便带着一群人浩浩荡荡走了过来。由于人太多,班主任只把走在最前面的校长、教务处处长等几个人迎进教室。

"同学们,为了响应教育部号召,让大家早接触临床以提高学习兴趣和学习效果,学校给各个班安排了在附属医院从事临床工作的老师作为兼职班主任。你们班的兼职班主任由胡戈老师担任,大家掌声欢迎。"校长讲完,带头鼓掌。

胡戈从教室外走进来时,整个教室都沸腾了,大家纷纷交头接耳。

班主任几乎是喊着说道:"请大家静一静,下面由胡戈老师给大家讲几句。"教室里再一次掌声雷动。

同学们好:

能够成为你们班的兼职班主任,我感到非常荣幸,也非常感谢学校领导对我的信任。接下来的五年,我将和大家共同度过,希望我能帮助到大家,使你们能学业有成,将来成为优秀的医生,为广大病患服务，并实现自己的理想和人生价值。同时，我也会向你们学习，和大家共同进步……

回到宿舍，女孩子们又开始叽叽喳喳起来。

"今天我就觉得那个讲话的胡戈老师好帅啊，其他没怎么在意。"张甜首先开腔，众人纷纷表示同意。

来自四川绵阳的邓雪："我就看看大学和我们高中有什么不一样！"

"我也是！"福建莆田的曾心梅一边摆弄手里高中小伙伴送的礼物，一边说。

"俺也一样。"山东的张彤操着《三国演义》电视剧里张飞的口气道。

"你们都是为什么来学医啊，是不是那句——我们都是来自五湖四海，为了一个共同的革命目标，走到了一起。"徐州的徐丽影学着东北话说。

大家都被逗乐了。

"我家人觉得学医好找工作，工作稳定，也好找对象，我也没多想。"邓雪靠在上铺的床头看着天花板。

"我家都是医生，连舅舅姨妈他们都是，传统吧。我就记得他们在一起吃饭吃得好好的，就感觉变成开学术会似的。"曾心梅波澜不惊。

"医学世家啊！"张彤一抱拳。

"不敢当不敢当！"曾心梅抱拳还礼。

"哈哈哈，你们真逗！"张甜哈哈大笑，标志性的小酒窝越发明显，"我没什么想法，来上学的时候我爸说以后的事帮我安排好了，毕业后回苏州，好像从小到大都是他们替我安排的，我也不用烦。"

"到我啦？我很早就想成为医生了，还是我妈妈在的时候，还有我也想成为大学老师，站在开学典礼讲台上发言。"江蕙的眼睛放着光。

"哇，还是你有志向，我就不知道将来怎么样，没想过。"张甜边鼓掌边仰望着江蕙。

"哪有啊！我妈妈就是在我还小的时候生病去世的，所以我立志当医生也很正常啊！"

"嗯嗯！"张甜一个劲儿地点头。

明天要开始上课了，下午大家都在忙活着，江蕙准备把脏衣服洗了，发现门后的盆里放着两件张甜的衣服。张甜正躺着，一边吃零食一边戴着耳机听歌呢。江蕙拿起装衣服的盆就出去了，没一会儿一起洗好晾了起来。"你以后啊，把换下来的衣服赶紧洗掉，别放在那儿，尤其是夏天。这次我帮你洗掉了！"江蕙拍了拍张甜。

"啊，谢谢姐姐，谢谢姐姐！我本来准备下午去找洗衣房洗的。"

"就这两件衣服要啥洗衣房啊！"江蕙用毛巾擦了擦手。

"可是，可是……我不怎么会洗衣服，在家我都没洗过衣服。"张甜像个小孩子一样，说话声音都小了，"送我来学校时，我妈还一直担心我呢！"

"这又不是多难的事，多动一动就解决的问题。"江蕙想到了妈妈——谁不想一直被呵护啊，妈妈在，我也没洗过衣服啊！江蕙心里想着，看了看张甜，真是幸福的小女孩。

"我一定自己洗！"张甜被看得还以为江蕙觉得她懒，赶紧说。

"不是，不是，我只是说夏天的衣服不及时洗掉不好而已。"江蕙连忙解释。

吃过晚饭大家洗漱完,各自回到床上进入自己的世界——听音乐,看剧,刷八卦新闻,没有人睡觉,或许大家都很兴奋吧。大学生活对每个人来说,都是一个未知的吸引,好奇它会与高中有什么区别,每个人都有这样的疑问。

"同志们,明天我们尽量坐一起啊。今天发言的那个帅老师不知道教不教我们,教我们那就太幸福啦!"徐丽影首先打破了安静。

"对啊,我刚才也想,那个老师比明星还帅呢,不去发展下是不是有点可惜呀?""小甜甜"张甜立马搭话,下午大家都一致同意以后就叫她"小甜甜"了。

大家笑了起来。

"对啊对啊,明明可以靠颜值吃饭,偏要靠才华,厉害呢!"上铺的张彤把腿竖到了墙上。

"我就做个梦吧,希望自己将来的男朋友也那么帅。哎,我们的帅老师结婚了吗?没结婚是不是还有机会啊?哈哈!"邓雪川妹子的辣劲出来了。

"你们都想啥呢,也不想想,即使没结婚也轮不到新生吧,早就被高年级的抢了。"江蕙似乎领导发言似的一锤定音。

"嗯,还是姐姐分析得有道理,那我们就望梅止渴吧!"张甜笑着说。

"你真能用词啊,那你要不要每次看到都流哈喇子,哈哈!"曾心梅大笑,"好像我们家族的帅哥医生还挺多,即使这样我还是觉得老师帅炸了!"

"每个人都有自己的追求吧,说不定我们老师喜欢这个职业呢,也是奉献啊!"江蕙若有所思地说。

"那倒是,我是从小见多了别人感谢我家人的场景,满满的成就感。家里人对我的期望值好像还挺高,我们家是祖传中医,我是第一个正儿八经的医学大学生。"曾心梅自豪地说。

"那你们家的欢送会是不是很壮观啊？"徐丽影插了一句。

"那是肯定，岂止壮观啊，简直壮烈，哈哈哈！好像我守住上甘岭一样，亲戚朋友来了好几桌……"几个女孩都听入神了。

今天查房要比往常早一点，胡戈特意安排，查完别的病人就叫助手们各自去忙，自己留多些时间看秦四时。秦四时的术前检查已完成，准备明天手术。

"怎么样，感觉还好吧，没感冒吧？"胡戈内心是沉重的，毕竟秦四时是和自己同届毕业分到附属医院的，也是多年好友，但为了缓解秦四时的紧张情绪，胡戈还是面带微笑，一副无所谓的样子。

秦四时一改平时的"甩"样："还好。"一直盯着天花板的眼睛转过来看了一眼胡戈。

看得出来，秦四时的心情也很沉重。讲实在的，任何人在这种情况下内心都不会轻松。胡戈像对待其他病人一样，不叫他放轻松，因为讲是没用的。

"还紧张啊？"胡戈问道。

秦四时若有所思："头两天紧张，以前都是割别人的肉，并没有什么感觉，但想想马上自己就要躺在那熟悉的床上被割肉，你说能不紧张吗！"

胡戈点点头。

"但现在不紧张了，现在就祈祷明天病理出来是良性的。"秦四时盯着天花板，胡戈握住秦四时的手，两个人长时间地沉默。

开学第一课

远方的妈妈

  人生的岁月里,我们会遇到很多很多的人和事,但只有那些能让我们真正感受到孤独的人和事,才能让我们真正感受到生命的意义。

——马尔克斯《百年孤独》

张甜第一个上课的早晨在手忙脚乱中开始。在家里,什么都是妈妈帮她弄好的,这会儿她起得又迟,整个宿舍仿佛就她一个人演奏一样,把东西碰得乱响。

"你这样要是去打仗就糟了!"江蕙看不下去,也是关心地说了一句。

"啊,在家都是我妈帮我弄好,什么东西都不要我找不要我烦的!"张甜一边忙着穿刚找到的袜子一边说,头发依然扎得不整齐,衣服领子也是翻在里面的。

江蕙还是过去帮她翻了一下衣领:"还是我帮你梳一下吧,有点乱呢,不好看。"

"谢谢姐姐,我都不知道说什么了。"张甜有点不好意思。

"没什么呀,我们都是大人了,在外学会照顾自己是应该的,谁都不是天生就会的,你看着点,学学就会。你一看就是很聪明的娃!"江蕙一边化解张甜的尴尬,一边帮她扎好了头发。

张甜一脸崇拜地仰视着江蕙:"你咋什么都会,什么都懂啊!"

"我妈去世得早,我很早就独立了。"

"哎呀,不……"张甜想说不好意思,但想想又不是她先问的。

"没关系的，我妈去世时我才上初中，本来很多事情我早就会做，穷人的孩子早当家吧。"江蕙看了看张甜的头发，满意地放下梳子，"也正是因为我妈去世早，我才立志当医生的。"

"为什么啊？"

"因为我们那儿医疗条件不太好，误诊耽误治疗了。"江蕙说到妈妈就有点刹不住的感觉，她靠在床框上，看着窗外，好像看到远方的妈妈一样，宿舍里一下子安静下来。几个小伙伴都听到了，或不吭声，或停下手里的活。江蕙好像意识到什么，大姐般说："收拾好咱们上课去吧！"

第一堂是生理课，老师一边播放幻灯片，一边滔滔不绝地讲着。张甜和江蕙坐在一起，江蕙听得认真，张甜心不在焉，不是把玩手里的笔和书，就是到处乱看。

或许还没从高中紧张的学习中走出来，江蕙每一分钟都很认真。张甜则是一如既往有一搭没一搭地听着，或许因为她有一个聪明的脑袋瓜子。大部分同学都和江蕙一样认真听老师讲课。

下课回到宿舍，张甜开始活跃起来，一反上课时的萎靡："我跟你们说啊，我今天观察了下我们班的同学，帅哥美女我都注意了。不知道别的班怎么样，反正我们班的帅哥美女还不少，在全校新生里能排上号。"

"看不出来你还挺八卦啊，我喜欢，哈哈！"徐丽影把书往床上一扔说。

"嗯，我也扫了一眼，我们班阳气蛮重的，我审美属于古典派，喜欢阳刚气的美。"曾心梅捋了捋头发，甩了一下。

张彤则摆了个张飞的造型，掐着腰："俺也一样！"

开学第一课 | 远方的妈妈　　　　　　　　　　　　　　　　19

食堂事件

治人先治己

人最难做到的是始终如一,
而最易做到的是变幻无常。
我们不是在走路,而是在漂流;
受到河水的挟制,根据潮水的涨落,
时而平静,时而狂暴。

——蒙田

几个姑娘欢声笑语地朝食堂走去,引来不少目光的注视。

"矜持点,不能败坏咱淑女形象!"徐丽影故作淑女状走起路来,逗得几个人笑得更大声了。

"我们学校以后有相声小品比赛的话,肯定我们宿舍冠军。"江蕙扶着张甜的肩膀,一手指着徐丽影笑。

"必须的!"徐丽影作了个有力的手势。

"咱俩是不是选错专业了,要不我们去说相声吧!"张彤附和道。

食堂人挺多,秩序井然。几个人打好饭菜围坐在一桌,班上的几个男生靠过来坐旁边,几个女生对了对眼神,微笑。

眼睛喜欢到处溜达的张甜一下子看到了胡戈:"喂喂喂,胡老师也来吃饭了,快看!"几个女生刷的一下朝张甜手指的方向望去,胡戈正在排队拿饭菜。

胡戈拿好饭菜开始找座位。"胡老师,这边这边,给你留好座位了呢!"徐丽影站起来朝胡戈挥手示意。

胡戈端着饭菜,扫了一眼,空座还很多,笑了笑,径直朝这边走来。两个女生麻利地空出一个座位来。大家都停下筷子等着胡戈，有的还张大着嘴。

胡戈坐下："同学们好，你们是新生，临床医学的吧？"

江蕙："是啊胡老师，您还是我们的兼职班主任呢。"

"哈哈，这么巧，很荣幸！"胡戈微笑着。

"胡老师，您也跟我们吃一个食堂啊，没个小灶什么的？"徐丽影率先八卦起来。

"没有啊，都一样，挺好的啊！"胡戈拿起筷子。

"胡老师怎么也在学校吃饭，没回家吃？"张彤接着问。

"今天上午下午都有课，况且家离学校很远。我们学校食堂的饭菜挺好吃吧？"

"嗯嗯，蛮好的，我这么挑食的人都觉得蛮好。"张甜一边吃一边说，一边眼睛到处溜达，大家都笑了，她才回过味，不好意思起来。"胡老师，您今天给谁上课啊，怎么不来给我们上课？"张甜认真地问道。

"我今天是给高年级的同学上外科课，你们不要着急，先把医学基础课学好，等到大三就开始有临床课，到时我们就可以切磋了。"胡戈放下筷子，谦虚地微笑着。

"让胡老师先吃起来，一会儿再问问题，你们不想让胡老师吃饭了啊！"江蕙一句话把张彤刚准备说的给憋了回去。

张甜突然说："那边吵起来了，哇，那个女生好凶啊！"大家本来埋头吃饭，没像她一样吃饭也不老实，到处乱瞄。江蕙和张甜坐在一起，闻声抬头看着打饭排队的方向："啥事？"

"我就看到排在后面的那个小眼镜被前面一个女同学抓着包包带子，可能是他的包碰到前面的女生了，他自己在低头玩手机，看那样子可能是在打游戏吧。"张甜的眼睛一刻都没离开吵架的队伍。

"你看得很清楚吗？"

"当然，正好在我抬头就能看到的范围内，我就是看看我们学校美女帅哥的质量。"张甜俨然忘了胡戈在场，肆无忌惮地说着。

"那学姐好像说小眼镜耍流氓，走，我们去看看！"江蕙拉起张甜。

"我还没……去干吗？"张甜忙不迭地放下筷子。

这时胡戈也听到了越来越喧哗的吵架声，因为背对着那边，所以他不知道发生了什么："什么事情？"

"小甜甜说那边排队的同学撞到了，可能产生了误会，吵起来了。"曾心梅靠得近，听到了江蕙和张甜说话。

那边队伍里学姐的声音引得很多同学上前围观，学姐同班的男同学已经义愤填膺了，有人还推了小眼镜一把。

"我真的不是故意碰到你的，我没注意，对不起！"木讷的小眼镜已经不知道怎么说话了，只是不停地说对不起。

"你就是用包作掩护，用手摸我屁股！看不出来，你是个小色狼啊！"学姐咆哮道。

"真的没有啊学姐，对不起，真的是不小心碰到，对不起！"小眼镜头上已经冒汗了。

"别跟他废话，揍一顿送保卫处去，再报警！"学姐班上一高大的男同学抓住小眼镜的衣服。

"在各个群里公布下他的事迹，让他'社死'！"旁边的女生说。

"让学校开除他，人渣！"另外一个女生也在说着。越来越多的声音冲着小眼镜，小眼镜都快哭了。

"学姐，是他的包碰到你的，我妹看到了，不是他骚扰你。"一旁的江蕙一边说着，一边靠过去隔开高大男同学与小眼镜。

张甜有点害怕，没说话，手被江蕙攥着。

"你是他同学，新瓜蛋子？你在帮他说话，有没有摸我我不知道吗？！这种小流氓不治他还得了！"学姐显出老生的架势来。

"小甜甜，你说说当时看到的！"江蕙拽了下张甜的手。胆小

食堂事件 ｜ 治人先治己

的张甜在江蕙强大的气场包围下,好像也没有那么害怕了:"是啊,正好是吃饭抬头就能看到的地方,我就看见这位男同学的包支棱着,都顶到你的……屁股了……"张甜把"屁股"说得很小声,感觉不雅怕冒犯的样子。

"你的话可信吗?谁知道你们是不是一伙的!"学姐一脸不屑。旁边女生纷纷道:"就是!"一旁的高大男同学由于被江蕙隔着,也不好靠近小眼镜。

这时胡戈过来了:"什么情况啊这是?"

大家都认识胡戈这位学校的名人。"胡老师,这个同学是个流氓,借包掩护摸我……"学姐憋红着脸答道。

"这位同学,是不是这样啊?要是这样那就很不应该了,你说说。"胡戈并没有应她的话。

"是我的包碰到她了,我在玩游戏没在意。"小眼镜晃了晃包。

"你就是用包作掩护,真是看不出来,戴个眼镜斯文的样子,内心这么龌龊。"学姐依然不依不饶。

胡戈摆了摆手:"可能你们都忘了,食堂有监控,这个位置就在监控下面,调看一下监控就知道了!"这时,保卫处的职工也被好事的同学喊过来了。

"去监控室看下监控吧!"

监控画面显示,果然如张甜所说,是小眼镜的包碰到了前面的学姐。小眼镜一只手摆弄着手机,另一只手抓着包带。

学姐则非常不好意思。

"情况已经清楚了,问题已经解决了,只是一次误会,希望大家彼此多一些信任,团结友爱。"胡戈看着面前这些青春的脸庞说。

"谢谢小师妹,谢谢你们给我证明。"小眼镜对着江蕙、张甜和胡戈鞠了一躬。

"谢谢胡老师!师姐很对不起你,给你造成麻烦和误解。"学姐也大方地道歉,"很是抱歉,对你言语上的不文明,我表示歉意。"

"好了好了,大家都是优秀的同学,到此为止吧,该吃饭的吃饭,该回宿舍的回宿舍,散了吧!"胡戈脸上挂着笑容。

回到餐桌,大家继续吃饭,一个插曲并没有他们影响吃饭的胃口。

"今天两位同学表现得很不错,表扬一下。对自己亲眼所见的,敢于亮明真相,就是帮助了别人,我们为她们呱唧呱唧!"胡戈带头鼓掌,一众小伙伴使劲跟着鼓掌。

江蕙和张甜都有点不好意思了。

明天是秦四时术后康复出院的日子,忙完一天工作的胡戈和陈彦手捧鲜花到病房看望秦四时。

看到胡戈和陈彦到来,秦四时的爱人王曼立即微笑着迎了上来:"欢迎!欢迎!欢迎我家老公的救命恩人,这花好漂亮啊!"王曼接过鲜花放在了床头柜上。

秦四时正望着窗外,转过头看到胡戈夫妻俩,立即从床上爬起来。

胡戈赶紧快步上前把他按住:"你不要激动,好好躺着,别把伤口撑裂了!"

"没事儿!没事儿!我绝对相信胡大主任的缝合技术,哈哈!"

"那也不行,缝得再好也要靠你的肉自己长,你千万小心,不要坏了我的名声!"胡戈半开着玩笑。

王曼拿来椅子请胡戈和陈彦坐下,自己坐在床边,一只手抚摸着秦四时的头。

"这次多亏胡兄的及时高诊和妙手回春了,非常感谢,真的!"秦四时伸出手,和胡戈的手紧紧地握在一起。

"高诊不敢当,但确实发得及时,手术也很顺利,并且淋巴结没有转移，恢复得也很不错，我这颗心也算放下了！"

"是啊，自从你家秦四时生病，胡戈他一直心情沉重，尤其是手术前。给那么多患者做过手术，但轮到给自己的同学、同事、好朋友开刀，压力还是非常大的。这两天我也感觉到他轻松了很多。"陈彦看着王曼，"回去后你可要把工作的事稍微放一放，好好照顾你老公，我和胡戈最担心的就是他好了伤疤忘了疼。"

"嫂子放心，我会好好配合后续的治疗，好了之后我肯定会注意劳逸结合，不会像以前那样瞎来！"

"对了，这就叫'治人先治己'！"胡戈感慨地说着，和秦四时的手又紧紧地握在一起。

初入爱河

我为什么来到这里

我来唱一首歌,古老的那首歌,
我轻轻地唱,你慢慢地和……

张甜气喘吁吁地跑进宿舍,一屁股坐在床上,喘着粗气。

"让狗撵啦,甜甜?"徐丽影嗑着瓜子问道。

"什么乱七八糟的,我是看到报刊栏贴了通知,很正式的那种。我先喝口水。"张甜抓起水杯"咕咚、咕咚"了几口。

"慢点慢点,别噎着啊。"一颗瓜子径直从上铺飞了下来,"话说你这是跟谁学的啊,说话留一半。"徐丽影又拿了一颗瓜子在手上准备弹。

"还不是跟你学的,你再扔我就跟姐打小报告了!"张甜指着徐丽影。

"让你还不说!"又一颗瓜子还是飞到了张甜床上。

"我说我说,你等着啊,我会告状的!事情是这样,每年一度的校园歌手大奖赛即将拉开帷幕,希望各位踊跃参加,为我们宿舍争光。"

"我还以为什么呢,唱歌我就拉倒了,五音不全。"曾心梅侧了侧身。

"就我这大嗓门,估计观众都吓跑了。"徐丽影不紧不慢地说着,嘴里嗑的瓜子都没停下来。

"还有谁，还有谁，难道我们宿舍派不出参赛选手？"张甜从上到下看了看几个舍友，没一个吭声的。

"在说什么啊甜甜，走廊就听见你说话了。"江蕙进来随手关上门。

"你也看到了吧，校园歌手大赛啊！"

"我知道啊，我刚才也是去领任务的，我要负责这次大奖赛的采访报道。"江蕙放下手里的文件袋。

"那你的意思，你也不去参加比赛？"张甜有点失望。

"你太抬举我了，就我这水平还能参赛？你是让我去当分母啊！"江蕙笑道。

"那我们宿舍就无一人能战啦，唉，可惜。"张甜噘了噘嘴。

"看不出来甜甜同志还有这么强的集体荣誉感啊，不是还有你吗，你去参赛啊！"徐丽影侧身探头看着张甜。

"我啊，我也不行，我只能平时小声哼哼，从小到大就没上台唱过歌，唉！"张甜摇摇头。

"也不一定要参赛啊，我们去看看听听，去欣赏，不行吗？"张彤突然插话。

"也对哦，去看看帅哥美女什么的，说不定有什么收获呢，嘿嘿！"徐丽影吸溜下舌头，故作流氓状。

"哈哈！也对，还要早点去占据有利位置，便于观察。"曾心梅坐了起来。

"你看看你们，一个个的。"江蕙笑得不行。

几个人早早来到礼堂，本以为来得算早的，却发现大部分座位都有人了。

"我了个去哦，这么多人这么早就来了啊，比我们还猴急啊。低估了，失策了。"徐丽影感慨道。

找位子坐下来后，几个人叽叽喳喳，时间过得也很快，歌手大赛马上开始了。江蕙和摄影师在后台转悠，拍些照片，留着采访备用。

有位弹吉他唱歌的参赛选手，接受采访时很羞涩，引起了江蕙的注意——一个很阳刚的大男孩，唱起歌来却那么磁性温柔。她忍不住多看了几眼正漫不经心练琴的他，让摄影师随着她观察的角度拍了张照片。

比赛开始了，江蕙坐在礼堂的前排座位。第一排是评委老师，胡戈就坐在江蕙前面。宿舍里几个女孩只有在唱歌的时候安静，中间一直叽叽喳喳地讨论。

"唉，早知道我把瓜子带过来嗑了，又想到这也不能嗑瓜子啊，目前为止没有眼前一亮的感觉，哪怕耳朵亮也行啊。"徐丽影耷拉着脑袋。

"是啊，都已经过去五六个了，没帅哥美女也就算了，歌唱得也不行啊，难道在后面？"张甜也有点失望。

"我来就是看人的，听听胡戈老师点评也不错，背影也帅啊。"曾心梅觉得还好。

此时一位女同学唱完，台下掌声一片。

"这个不错，有冠军的感觉，嗓音这么好听！"张甜率先点评。

"看看评委老师怎么说。"曾心梅指了指胡戈的位置。

"这位选手嗓音优美，音准到位，对歌有自己的理解，唯一有点遗憾的就是气息的把握欠缺一点儿，气息的控制节奏会影响声音的统一度，这方面稍微注意下点功夫就完美了，9.4分。"胡戈点评完，亮出手中的打分牌，正反转了一下。其他四位评委老师简短点评后也都给了高分，礼堂里又是一阵热烈的掌声。

轮到吉他男孩登台了——张乐，江蕙记住了这个名字。他弹吉他唱了首她没听过的歌："我来唱一首歌，古老的那首歌，我轻轻地唱,你慢慢地和……"整个礼堂安静得除了歌声再没有任何一点杂音。

一曲唱毕,台下响起雷鸣般的掌声。

"这小哥唱得真不错,虽然没听过这歌,但被带进去了,我都有点感动啊!"小甜甜鼓掌鼓得很带劲。

"歌是好听,我这个乐盲都觉得好听,就是人不是很帅,不过很阳刚就是了。"曾心梅不紧不慢地说。

"真不错,好听好听,关键自己还弹吉他,膜拜一下。曾心梅你见过几个人长得帅又多才多艺的?"徐丽影重重地摸了摸曾心梅的头,又轻轻地摸了摸张甜的头。

曾心梅一把把她的手拨开:"没大没小的。"

"这位选手唱的是罗大佑的歌,比我学生时代还要早的一首歌,非常好的诠释和理解,质朴感人,给人余音未绝的感觉,很好,9.6分。"胡戈亮出打分牌,又是一片更热烈的掌声,张乐拿到了评委的全场最高分。

"差不多应该是冠军了,我的感觉,虽然还有两三个没出场。这么好的嗓音我觉得极少。"张甜也评价道。"你们看,我蕙姐还在轻轻地鼓掌呢,估计听傻了。"她手指着前排的江蕙。

"是哎,会不会是看上这小哥了,有可能花痴了。"徐丽影立马接话。张甜歪头白了她一眼。

"胆子不小,敢这么看我。"徐丽影故作扬拳头状。

"你们别闹,主持人上台了,看看说啥。"曾心梅摆了摆手。

"亲爱的同学们,在统计名次以及准备颁发奖项的间隙,我们以热烈的掌声邀请今天的评委胡戈老师为大家献上一曲,大家欢迎!"顿时掌声雷动。

"哇,胡老师唱歌啊,要听,要听听。"张甜坐直了身体。

"嗯呐,男神啊,偶像啊!"曾心梅拼命鼓掌。

"胡戈老师是我们学校校园歌手大赛的第一届冠军。"主持人边作邀请的手势边说。

胡戈走上台接过话筒，有点茫然。"我不知道有这个环节啊，没人通知我，也没准备。"胡戈笑道。台下的热烈掌声算是给胡戈一个回答了。

"那这样，音响老师能不能给我播放一首老狼《来自我心》的伴奏，我来把这首歌献给大家。音响老师麻利地比了个"OK"的手势，伴奏慢慢响起。

"有没有听到那个声音，就像是我忽远忽近，告诉你，她来自我的心，带来一首苍老的歌，对着你轻轻地说，我不在乎春夏秋冬，花开花落……"胡戈的歌震撼了所有人，歌唱结束，掌声持久不息。大家一度不让胡戈下来，胡戈一再抱拳感谢，才下得台来。

"你刚才说什么哪有长得帅的又才艺出众的，呐，看到了吧。"曾心梅挑衅地看着徐丽影。

"我收回好吧，我是井底之蛙，胡老师真是'极品'啊！以后我男朋友要是这样的，当牛做马我也乐意。"徐丽影"痴呆"起来。

"蛙和蛤蟆差不多吧！"张甜说完赶紧抱头蹲下，不让徐丽影拍头的手够得着。

"这小孩是真学坏了，竟然说我癞蛤蟆想吃天鹅肉，这是公共场合，回宿舍再收拾你。"徐丽影发狠地咬着牙指着张甜。

最终结果，张乐是冠军，另外那个唱得不错的女生是亚军。

江蕙在后台通道找到张乐："首先恭喜你啊！"

张乐："谢谢，谢谢！"

"是这样，我们校刊想对你做个专访,你看方便吗？"江蕙微笑。

"我，我……没有什么可说的吧，就是喜欢。"张乐比上台还紧张。

"不是现在,过了今天找个时间,约你来我们编辑部,没什么人,不用担心,就随便聊聊。"江蕙依旧带着微笑。

张乐看着江蕙美丽的笑容,一时不知道如何回答,使劲地点了点头,算是答应了。

江蕙笑起来:"那就这么说,你看明天下午或者后天下午有没有空?"

"那,明天下午吧,我正好没课。"张乐把吉他往身后靠了靠,都快滑下来了。

"我明天下午有课,大概四点钟有空,你看行不行?"

"那行,那行。"说完,张乐转身要走。

"哎,你知道我们编辑部在哪里吗?"江蕙有点懵。

"啊,我不知道啊。"张乐回过头,很不好意思地看着江蕙,脸都有点泛红了。

"那这样,我们加个微信吧,到时好联系。"

"哦,好。"张乐连忙掏出手机,手忙脚乱地打开二维码。

江蕙看得忍住笑,心里想,怎么还有这样的大男孩,真是少见。

离宿舍蛮远就听到徐丽影张飞般的笑声,江蕙想着几个活宝又在耍什么玩笑。

"姐,你回来啦,正好替我主持公道,她们欺负我!"江蕙一进门就被张甜拉着,一脸委屈。

"怎么啦,有人敢欺负你?"江蕙理了理张甜翘起来的几根头发。

"就是,我们哪有胆子欺负大小姐啊,恶人先告状吧!"徐丽影忍住笑,一本正经地严肃道。"就是你啊,哼!回来就把我摁在床上,你看把我头发揉得!"张甜指着徐丽影。

"究竟怎么回事?"江蕙好奇得笑。

"小甜甜说我是癞蛤蟆啊,那我不收拾她吗?!再说这小孩学坏了，不管不得了！"徐丽影抱着双臂，挑衅地看着张甜。

"我又没说错，每个人都想要找像胡戈老师那样人帅又多才多艺的，那肯定做梦啊！"小甜甜没再用"癞蛤蟆想吃天鹅肉"。

"你怎么才回来啊？结束我看你去后台了，就没等你先回来了。"张甜关切地问江蕙，免得徐丽影又开始叭叭。

"我安排采访去了，今天太晚了，不然今天就采访完了。"江蕙说完，发现宿舍几个人都看着她，"什么情况，有什么不对吗？"

大家异口同声："嗯！"

"小甜甜说你假公济私去了，我们开始还不信，现在信了。"徐丽影说完，冲张甜竖起大拇指。

张甜很是享受地两手作了个"赢了"的姿势。

"你们都胡说什么啊？"江蕙一头雾水。

"甜甜发现，那个弹吉他的男生唱完，大家都鼓掌完了，你还在无声地鼓掌，很反常。"徐丽影抢在张甜前面说道，说完摸了摸下巴，作出捋胡子的姿态。

"抢我的话，讨厌！你就别捋了，你是张飞又不是美髯公。"张甜白了徐丽影一眼。

"嗯！"几个声音同时响起，张甜得意地笑着躺下了。

"确实不错，都得了冠军了。"江蕙边说边回想。

"招了吧，是不是看上人家了？"张甜说，"姐啊，长点心，那男孩虽然歌唱得好，但是人长得一般吧，我觉得配不上你的美啊！你们说对不对？"

"嗯！"大家再一次异口同声。

"甜甜说得对，那家伙虽然五官端正，但配我们大姐大还是差了点。"徐丽影摇了摇头。

"同意，但如果要说郎才女貌，也没啥问题。"一直没说话的曾心梅坐了起来。

"你哪头的？"徐丽影用脚蹬了蹬上铺的床板，"老奸巨猾，老江湖啊！"

"你们都在想什么呢，我的天！那大男孩很好啊，朴实，现在很少见了。再说你们都这么肤浅了吗，都以貌取人，颜值第一啊？"江蕙又好气又好笑。

"你们看看，我们又没说那男生不好。"张甜指了指江蕙。

"就是啊，分明心里有鬼。"徐丽影不失时机，立刻补上一句。

"什么时候采访啊？我们都去旁听，做陪审员，帮你把把关。"张甜看着徐丽影，朝江蕙努努嘴。

"就是，我们要拯救同志啊，不能看着战友滑向深渊啊！"徐丽影都不知道整得什么词，乱说一通。

"都什么乱七八糟的，你们都在想什么啊，服了你们！"江蕙说完，上了上铺。

"就是嘴硬，还不肯承认。算了，当局者迷，我们也不怪你。"张甜探着头说了一句，抿着嘴笑，立马躺下。

"甜甜是学坏了啊，估计有徐丽影一半的功劳。"江蕙笑道。

"没我什么事啊，这小丫头本来就坏，本性吧，哈哈！"徐丽影又大笑起来。"你才本性呢！"张甜头往里面一侧。

叽叽喳喳的宿舍安静下来，时不时有呼声响起。江蕙在黑暗中睁着眼睛，看着微弱光线反射下的白色房顶，像一块屏幕，只是没有画面。她轻轻地闭上眼睛，屏幕上仿佛出现了画面，是张乐唱歌的样子："我来唱一首歌，古老的那首歌，我轻轻地唱，你慢慢地和……"看着，听着，她慢慢地睡着了。

张乐按照江蕙发的导航，找到校刊的编辑部。偏僻不起眼的小楼里，江蕙从楼上窗户探出身来，挥了挥手示意位置。

"不好意思，比较路盲，也不知道咱们学校还有这么个地方，没接触过。"张乐接过江蕙递来的水。

"没事啊，正常，我们是'保密'单位，哈哈！"江蕙笑道，也是想让张乐放松一点。

"我在校园网看过你写的文章，对你那篇《为什么我来到这里》印象非常深，写得太好了。我对写文章好的人一直很羡慕，自己的文学水平差，连写个歌词都写不好。"张乐喝了口水。

"谢谢夸奖啊！"江蕙微笑，"咱们直接进入正题吧，不浪费你时间，你看如何？"江蕙点了点鼠标，唤醒电脑页面。

"好，那……那你问吧，保证如实回答。"张乐正襟危坐，双手攥到一起。

"你这是……哎呀，这又不是审讯，我不是特务头子！"江蕙忍不住笑了起来，"就是随便聊聊，也没有坦白从宽、抗拒从严，放心，更不会给你用刑的！"

张乐也意识到自己的样子像犯人一样，用手挠了挠头，憨憨地笑了。江蕙看在眼里，轻轻点点头。

"你在唱歌或者说音乐上非常有天分，为什么选择学医呢？音乐学院应该才是你最正确的去处啊，我觉得。"江蕙抛出第一个最想问的问题。

"可能我那时理科成绩好，家里人和老师也觉得理工农医类专业比较稳妥。我热爱音乐，从小就喜欢，但确实没想过去音乐学院，也没专门培训过，就是自己喜欢，自己捣鼓，吉他也是自学的，现在弹得一般，还在努力学习。至于学医，可能是从小到大被医生受人尊重的程度所影响吧，看着一个个病人在他们手中被治愈、重生，有那种成就感。"张乐打开了话匣子。

"你音乐的天赋要是被埋没了，不可惜？"江蕙继续问道。

"不会啊，并不矛盾，我完成自己的学业，爱好则可以陪伴我一生，我也会按照音乐专业的标准来要求自己，对得起自己这份热爱。"

江蕙竖了竖大拇指，张乐又挠挠头傻笑。

"这次得了冠军，也是实力的体现，就没有往音乐圈子发展一下的想法？毕竟大家都知道那是很赚钱的行业呢！"江蕙继续拷问。

"没有这样的想法，特别是昨天听完胡戈老师唱歌，更坚定了。"张乐若有所思地严肃起来。

"为什么？"江蕙好奇得睁大眼睛。

"胡戈老师唱歌那是相当厉害，就从他对歌手的点评来说，估计没有人不服的，我是非常服气。再说，胡戈老师可以说是我们学校的明星吧，开学就是作为优秀教师代表发言，可想而知，他的事业和爱好是一样的优秀啊！我觉得这才是我的偶像。"张乐说着仿佛眼里放着光一样。江蕙给张乐一个大大的赞："不错不错，小伙子前途无量啊！"她看着张乐使劲点点头，开着玩笑。

张乐也傻呵呵地笑着，有种在这个女孩子面前无所遁形的奇怪感觉：怎么想就怎么说，不敢有任何隐藏似的。

"今天的'审讯'就到此结束吧，哈哈，谢谢你坦白。"江蕙继续开着玩笑，手也没停地敲着键盘，窗外的阳光照进来，光线洒落在她的长发上，洒落在白皙的脖子上，洒落在蓝色的连衣裙上。

这瞬间的美令张乐看呆了，完全没注意江蕙说什么，眼里只有如此美妙的画面，那带着光环的天使般的美丽，和那灿烂的笑容。

江蕙感觉有点异样，抬头看了看张乐，发现他正呆呆地看着自己，脸腾的一下红了。

"张乐同学，你听到我说什么了吗？"江蕙故作平静地维持之前的状态，但手已经离开键盘不知该放哪里了。

"啊，你刚才说话了吗？我没听到啊。"张乐也意识到自己的失态。

"哦，我说，问你这么多问题差不多了，你还有什么要说或者补充的吗？比如高中枯燥的学习生活里你是如何学习音乐的，音乐带给了你什么，你想说什么都可以。"江蕙随口说了个问题。

哪里知道这好像又勾起了张乐的回忆，他开始呱呱地讲个不停，讲自己怎么学吉他，怎么学唱歌，喜欢听谁的歌，自己唱歌的时候怎么琢磨唱得更好，等等等等。到后来江蕙干脆一手托着下巴，一手放在键盘上听他说。大男孩诚挚的脸庞，讲到动情时发亮的眼睛，一点点地印在她心里。

渐渐的，窗外的阳光已经照不进屋子了，光线也暗了下来。张乐似乎也感觉到了时间的流逝，但那种畅快淋漓的感觉似乎并没有消失，他有点不舍，但也知道自己像个话痨一样。

"我是不是说得太多了，好像没刹住车，该说的不该说的好像我都说了。你……你别介意啊。"张乐慢慢地平静下来。

"没有啊，我一直都在认真听你说，多有意思的生活啊！"江蕙也从聆听的状态里走出，拿起张乐的杯子加了点水，"喝点水。"

"嗯，谢谢。"张乐接过杯子抱在手里。

"今天的采访结束了，谢谢你。"江蕙说道。

"啊，这就结束啦，我感觉时间很短啊，这就是采访啊？"张乐露出有点不相信的表情。

"是啊，对我来说已经够多了，不能只报道你一个人吧，还有其他人呢。怎么，你还嫌不够，要不你继续交代？"江蕙笑起来。

"没有没有，我没那个意思，这是我第一次被采访，感觉有点不真实似的就过去了。"张乐有点恍惚。

"谢谢你接受采访，很喜欢听你唱歌，希望下次有机会单独听你弹唱。"江蕙伸出手，递到张乐面前。

"哦，没什么，可以的，我，我也乐意。"张乐有点慌张，迟疑地握住江蕙纤细修长的手，心怦怦直跳，说话也结巴起来。

江蕙收回被张乐湿湿的滚烫的手包裹的手，心跳也不免加速。

"今天有点晚,改天请你吃饭吧,我还要把稿子赶出来。"江蕙合上电脑。

"啊,请我吃饭?不不不,我请你吧。"张乐摸了摸头。

"都一样,走,我们回去吧。"江蕙把电脑装进背包,两人一起出了编辑部的小办公室。

张乐就这么默默地跟在江蕙后面,不是并排,也没说话。一直走到岔路口,江蕙回过头:"那就这样,改天我们再约,听你唱歌,请你吃饭。"

"好,好,一定一定。"张乐忙不迭地答道。

目送江蕙进了女生宿舍楼,张乐这才松了一口气,放松下来,他从来都没这么紧张兴奋过。低头看着脚面,缓缓挪着步,他嘴角露出了微笑。

江蕙一直没回头看,径直走进宿舍大门,到暗处才回头看了看张乐的方向,发现他还没走远,低着头。一股暖意涌上心头,她抱着包走得轻快了起来。

"我的天,你这小脸啊,是刚结束相亲呢,还是发春啊?这是秋冬,还早呢,我的姐姐。"张甜左右端详着刚进宿舍的江蕙的脸。

"胡说八道,我揍你啊!"江蕙作欲打状。

"你们快来围观啊,同志们!我姐发情了,这脸温度烫手啊这是。"张甜飞快地摸了下江蕙的脸,蹦出一步远的距离,话音未落,好事的那几个——徐丽影、曾心梅、张彤就围过来了。

"坦白吧,我们的政策你也是知道的,不需要我们重复吧?"徐丽影首先说。

"确实红红的啊!小甜甜没瞎说。"曾心梅接道。

"老中医你给把把脉,说不准生病了呢。"张彤推了一把曾心梅。

"那也是哦,让我瞧瞧,这孩子。"说罢曾心梅伸手抓住江蕙的胳膊。江蕙一把打开她的手："一个个没正形的，造反了是吧！"

"快说快说，别磨叽了，肯定有事，你就交代干吗去了。"张甜安排大家围坐过来，连不爱说话的邓雪也从上铺下来了。

"你们这是要审讯我啊，我昨天不是说过今天专访的吗？"

"不对啊，你昨天说的是采访不是专访啊，我记得很清楚。"张甜用手指着江蕙使劲点了点。

"有吗，有不一样吗？"江蕙疑惑地问道。

"嗯，对！"几个围观群众一致得很。

"今天我专访了我们的冠军歌手啊，没什么吧！"江蕙看着几个人猫一样地围着自己，仿佛自己是老鼠正被无死角地盯着。

"对不对，我昨天就说了，肯定有事，看看今天就露形了。"张甜得意地笑道。

"嗯，春心荡漾，刻在脸上了，没救了小朋友。"徐丽影老干部似的背着手摇摇头。

"还是小甜甜观察细致，将来做法医吧。"曾心梅竖起大拇指。

"你们啊，看来要好好教育了，小脑袋整天胡思乱想的。"江蕙拿起张甜的枕头作势要打她，众人都笑起来。

入夜，江蕙写完稿子，没有睡意，一挥而就的流畅使她脑子里满是张乐大男孩的样子。想着采访的场景，她不自觉地嘴角扬起笑意。夜是美好的。

周末了，江蕙也没睡多久，依然早起，收拾自己，试了两件衣服，最终选了一件觉得合适的对着镜子仔细打量。

张甜迷迷糊糊地看着这一切，直到见江蕙要出门的样子，困意也没了。

"哼，你别想把我甩掉，想自己跑出去约会，没门！"说罢坐起来噘起嘴，她说话的声音很小，因为其他人还在睡。

"你周末不是都起不来吗，怎么这会儿就有精神了？"江蕙皱了皱眉头，压低声音说。

"你别想偷溜出去，我有感应。"张甜瞪着江蕙。

江蕙哭笑不得，从开学那会儿时不时地照顾不太会做事的首次离家的张甜开始，小甜甜在她面前也越发像自家妹妹一样，后来也处处维护她。两人一路走来越来越亲，不是亲姐妹胜似亲姐妹。

"反正我不管，你别想甩开我。"张甜伸手拉住江蕙的衣角，装作要哭的样子。

江蕙有点犯愁了：怎么办呢？跟张乐说一下吧，看他什么意见。想着就拿手机给张乐发了个微信。张乐很快回复：没事，人多热闹。

"带你带你，别把我衣服拉皱了。"江蕙拉开张甜的手。

张甜噌的一下从床上蹦起来，头都撞到床铺了："我就说嘛，嘿嘿……哎哟，疼！"

"没撞破吧，你动作小点，别人还在睡觉。"江蕙摸了摸张甜的头，小甜甜伸了伸舌头，轻手轻脚地下床去洗漱了。

手机震动，江蕙拿起来看了看：你慢慢忙不着急，我等你们。张乐发过来的，江蕙回了个"OK"的表情，笑意浮上脸颊。

远远地，张甜就看到张乐了："我就说吧，没那么简单，嘿嘿，还狡辩，能逃得出我如来的手心吗？哼！"

江蕙推了张甜一把。

离学校不远的商业中心，周末人特别多，三个人逛了好一会儿，也都累了，到了吃饭时间，但是到处是人，没有餐厅是不满的。

"我们去吃西餐吧，这里到处是人，排这么老长的队，刚才我们逛的时候，看三楼有家西餐厅人不多。"张乐问江蕙。

"好啊好啊，我也好久没吃西餐了。"张甜连忙抢着说。

"西餐不好吃还贵，我们去吃快餐吧。"江蕙拉着张甜，转头对张乐说。

"还是吃西餐吧,你看这哪有位子啊!"张甜总是抢话。

"对啊,难得在外面吃饭。"张乐附和道。

"还是去吃本地的特色吧,汤包、粉丝汤,我知道在哪,我带你们去。"江蕙说完,不容张甜说话,拉着她就走,张乐赶紧跟上。

"小气鬼,还没那什么呢,就想着帮人家省钱,没救了,无可救药!"张甜说完瘫在江蕙身上,让江蕙拖着她走。

"你胡说八道什么啊,我揍你信不信,小孩家家的。"说完,江蕙在靠在自己肩膀上的小甜甜头发上呼了一把,把她头发弄乱了。

"什么人啊,本来我就没你好看,还把人家头发弄乱了。"张甜左手理了理头发。

三个人吃完,出了小店。"怎么样,好吃吧?你看你吃得最多。"江蕙看着张甜,等着后出来的张乐。

"我还真没想到,这家确实好吃。"张甜使劲点了点头。

张乐买单出来,三个人往回走,江蕙和张甜在前面,张乐默默跟在后面。

"张乐还不错哦,对吧,姐。"张甜调皮地看着江蕙。

"是不错啊,怎么了?"江蕙似乎明白了张甜的意思。

"不过呢,要想配上我姐,我觉得还差点。哼,不能便宜他。"张甜说着咬咬牙。

"你说什么啊!你想什么呢?你……"江蕙也不知道说什么。

"你看看,你看看,我又没怎么样他,咱们学校那么多又高又帅的,你都看不上,看上这么个榆木疙瘩,我确实为你惋惜啊。他要是对你有一点儿不好,我一定不会放过他!"张甜说完往后看了看。

她俩只顾边走边说,连张乐没跟上来都没注意。

"人呢，不是跟我们一起的吗？"张甜停下，拽了拽江蕙。

"是啊，人呢？"两人努力避开往来的人流搜寻着，返回往路口的方向走去。只见斑马线边上，张乐正扶着一个老奶奶，老奶奶也拉着张乐，张乐在说着什么。两人小跑起来。

"老奶奶，我都说了几遍了，我是看你跌倒在地，扶你起来的啊！"是张乐有点急躁的声音。

"我跌下来，不是你碰的还有谁啊，旁边就你一个，你不能走。"老奶奶又使劲地晃了晃张乐的胳膊。

"怎么回事啊？"江蕙关切地问。

"红绿灯差几秒，我就等下一个红绿灯过马路，在这边的斑马线，有辆电瓶车把老奶奶带倒了，我就帮着扶她起来，结果老奶奶说是我碰倒她的。"张乐皱着眉头，一脸无奈地说。

"老奶奶你怎么样啊，摔到哪里没有？"江蕙仔细看了看老奶奶身上。

"就是他撞的我，还想走？"老奶奶并没有回答江蕙的问话。

"他肯定不会走的，您先告诉我，有没有哪里摔到了，要是有的话我们带你去医院，或者不能走的话我们叫救护车，您放心。"

张乐疑惑地看着江蕙，张甜也是同样的表情看着江蕙，江蕙并没有理会他们。

"我不知道，反正你不能走。"老奶奶边说边动了动脚，她可能也怕自己摔到哪里了。

"你这老……"张甜刚说一半就被江蕙拽了下胳膊，把剩下半句话咽了回去。

"老奶奶你放心，他不敢，你看周围这么多人呢！"江蕙安慰老奶奶。

张甜还要说什么，被江蕙制止了，江蕙指指头顶。张甜抬头一看，立马明白了，不再吭声。这时围过来的人越来越多，有的说报警，有的问怎么回事，张乐和老奶奶则各说各的。

此时一辆电瓶车停在路边，一个中年男人下车走了过来。

"老人家，我忙着抢绿灯，是我电瓶车刮到你了，过去后才意识到，调头又不能反道，就又绕了两下等了两个红绿灯才过来。"中年男人边说边用手画了个圈。老奶奶看着中年男人，抓着张乐衣服的手还是没放。

"老人家，是我碰到你了，不关这年轻人的事，你放开他，我送你去医院。"中年男人怕老奶奶听不见，音量放大了许多，旁边围观的人也在说让老奶奶放开张乐。

老奶奶将信将疑地松开张乐，看着中年人："你们不是一伙的吧？"

"老人家你放心吧，这是我的责任，不关这个年轻人的事，年轻人扶你起来的，我得先谢谢他。"说着他伸出手握了握张乐，张乐不明所以地也跟他握了下手。

"老人家，你看看哪里不舒服，活动下看看，有不舒服我带你去医院。"中年人继续对老奶奶说。老奶奶活动了下腿脚，转了转身体，好像没什么不妥。

"好像没事。"老奶奶又活动了下胳膊。

"这样，你确定下，走走看，哪里不舒服我们就去医院检查一下。"中年人扶着老奶奶。

老奶奶走了走，活动了几下，发现没什么问题："我不去医院，好好的。小伙子对不住啊，错怪你了。"老奶奶拉着张乐："谢谢你帮我，我还赖上你了，真对不住了！"

"没事没事的，本就我应该做的。"张乐连忙说道。

中年人在大家的见证下，留了电话给老奶奶，拦下出租车送老奶奶回去。

"胆子不小啊，小同志，家里有矿啊，敢扶老太！"张甜拿张乐开玩笑。

"别胡说，哪里有那样的，你看到现实生活中不都还是有乐于助人的人吗！"江蕙拍了拍张甜。

"就是啊，我是不相信有那么多不讲理的人，我相信好心人更多，每个人都这么想，那社会是多冷漠啊。"张乐赶紧附和。

"我就这么一说，都是网上的说辞，看把你俩激动的，我都成反面教材了快。"张甜翻着白眼。

"你就是这么皮！"江蕙按了一把张甜的脖子。

"网络上关于这个的讨论可多了，看得我眼花缭乱，有时我觉得大家说得都有道理，几乎，唉……"张甜叹了口气。

"中国有十多亿人，发生的这种事的大概是亿分之一，属于极小概率事件，没有代表性。舍身忘我地去帮助救助他人的人非常多，那么多的好人、英雄才是主旋律，才是正常的社会。你看看我们身边，有多少可能碰到那些事情，甚至一辈子也碰不到，碰到的都是热心助人的事情。"江蕙看着张甜。

"我知道啊，我只是感慨网络上的那些言论，我知道啊！"张甜赶紧说。

"网络上很多东西是被放大的，把分散在全世界的相似的事情集中起来，是不是就显得很多了？而回过头你在生活中就没有碰到这些事，甚至在我们国家，好几年说不定都难得有这么个事，对吧？"江蕙说得很认真。

"姐，你别这么严肃好不好，我是个积极向上的好青年。"张甜抱着江蕙的胳膊摇了几下。

"张乐今天做得很好啊，不怕吗？"江蕙转过头问。

"我啊，我当时没想那么多，从小无论是父母还是老师都教育我们要乐于助人，我下意识地去扶，没有想其他的。"张乐憨憨地笑起来。

"你看我说的吧，憨头憨脑，哈哈！"张甜大笑。

"你当时啊，可能也是不知道怎么办了吧，老奶奶拽着你？"江蕙继续问。

"是啊，我也不知道说什么，都急死了，说了老奶奶也不信啊，幸好你们回来找我了。"张乐有些不好意思，又如释重负。

"哈哈，你就是傻呗，红绿灯路口有监控啊，怕什么啊？"张甜连忙抢着数落张乐。

"那倒是哦，对对对，我没想到。"张乐抓了抓头。

"别听她的，我不拉着她，她估计要上去跟老奶奶理论了！"江蕙说完，闪开张甜的手。

"哼，别跑！太坏了，出卖我，胳膊肘往外拐，气死我了！"张甜追上去捶江蕙。

张乐在一旁看着两个人打闹，傻傻地笑着。

"那个中年大叔还是挺有担当的，居然回来了。"张乐说道。

"对啊，我也这么觉得。"

"俺也一样。"张甜举起手。

在学校的分岔路口，大家要回各自宿舍了。

"我们下次再约吧，去找好吃的。"张乐主动说话，眼睛看着江蕙。

"当心我把你眼珠子给抠出来，这么盯着我姐看，不想活了啊！"张甜总是对张乐有点不客气地调侃，张乐被说得一愣一愣的。

"好啊，下次听你唱歌，你把吉他带着唱歌给我们听，我们要尽情地欣赏冠军的歌声，可以吗？"江蕙一边说，一边拉了拉小甜甜。

"一定一定，只要你们想听。"张乐脸上和心里一样喜悦。

"这还差不多，你要说'你'而不是'你们'，我告诉你，你就死定了。我是我姐的发言人,任何事不准瞒着我不带我。"张甜也笑了。

"不敢不敢,发言人大人。"张乐说完一抱拳。

"你们今天去哪儿浪了啊,一大早就失踪了?"徐丽影看着进门的两人,跷着二郎腿。

"对啊,一大早就偷偷溜出去了。"曾心梅放下手机。

"想知道吗?贿赂我,劲爆大八卦。"张甜扔下背包,手摸着下巴。

"那得看你的八卦值不值了,咱也不在乎那三瓜两枣,对吧。"徐丽影说完,扔了颗话梅进嘴。

"对啊,看八卦质量,值就重奖。"曾心梅附和。

张甜转头看看江蕙:"事关我们大姐大的重磅感情八卦,值不值?"说完摇着手指。

"别胡说八道,胡说看我不揍你!"江蕙挂起张甜扔在床上的包,轻轻地踢了她一脚。

"快说快说,一包梅子都归你。"徐丽影举起手中的包装袋晃了晃,张甜过来一把抢去。

"不怕你不说,不说把你揍扁了。"徐丽影继续跷着二郎腿。

张甜眉飞色舞地演绎了从早上发现江蕙要偷溜出去,到张乐去扶老太太,以及张乐唯江蕙马首是瞻,看江蕙的眼神,又说自己是1000瓦的灯泡……添油加醋地一通说书,曾心梅扔给张甜一瓶水,算作奖励。

"难怪呢,你看看校园网上关于大姐大对我们冠军的专访,那是满满的欣赏啊,其他人的篇幅都不多,就张乐最多,你赶紧看看。"

"是吗,那要看看,我看怎么吹的。"张甜赶紧翻手机。

江蕙静静地看着小甜甜"说书",她也知道此刻辩解会招来整个宿舍的"围攻",索性让她表演完。

"我们为什么来到这里——校园歌手大奖赛专题报道。"张甜读着。

"我先看评论,哇……这么多热评啊!"张甜抬起头,冲江蕙竖起大拇指。

"我们带着迷茫或者未知来到学校,是这篇文章让我重新思考了我为什么来到这里……哇,评价这么高啊!我的姐啊,你太厉害了。"

小甜甜这么一读,其他人包括江蕙都拿起手机看了。

一向不太讲话的邓雪说:"是真的,我也是看完后好好想了我来到医学院是不是只为将来混个毕业证找一份好工作的问题,我觉得要充实自己,不停地学习,我想给自己定个目标。"

"是不是啊,这么厉害?我来看看文章。"张甜将信将疑。

"作为新时代的青年,正像张乐同学说的那样,胡戈老师才是我们真正的偶像,学习榜样,精于自己的专业,修炼自己的爱好使其炉火纯青,我们不是要做网络流量明星,而是要丰富自己的知识,更好地认识这个世界……哇,我们的蕙姐对张乐同学的好感表露得淋漓尽致啊,同志们!"

"对,我们都是这个感受,对吧老曾?"徐丽影敲了敲床板。

"对,所以我们商量等你们回来要严加审讯。这是徐丽影说的。"

"你,这算出卖我啊!对,明人不做暗事,是我说的,那肯定是要好好审审的,结果还没审小甜甜全招了,合格的叛徒啊!蕙姐,下次带我出去,我一向守口如瓶,打死也不说的那种,不像小甜甜,一包梅子搞定,哈哈哈!"徐丽影说完,指了指曾心梅大笑不已。

张甜扑过来和徐丽影扭打在一起,终究不是身材"魁梧赛张飞"的徐丽影的对手,向江蕙求救:"姐,你看张飞欺负我,你还不救救我？"

江蕙看宿舍里甚是欢乐，也笑个不停，示意徐丽影放了小甜甜。

"下次要掂量下再来挑战，咱不是一个重量级的，请自重啊您呢！"徐丽影松开小甜甜，拂了拂衣袖，装作正衣冠似的投给小甜甜一个蔑视的眼神。张甜趁徐丽影正得意地摆 pose，轻轻爬起来顺势咬了徐丽影一口，转身就躲到江蕙身后，冲着徐丽影挑衅地笑着。

"我了个去，你属狗的啊，竟然咬我腿，看我不揍扁你！"徐丽影作势要扑上来打小甜甜。

江蕙摆了摆手。

一番喧闹后，宿舍慢慢恢复了宁静。江蕙躺在床上，想了想今天的事，看了看自己的日常安排，张乐大男孩的样子又浮现在她眼前。江蕙露出笑意，心里想：今天小甜甜要是不在，会是什么样子……

江蕙躺在床上迷迷糊糊，手机震动，是张乐发来的微信：什么时候去图书馆啊？

江蕙有点意外：怎么突然问这句，巧的是自己还正要去图书馆还书借书。她轻轻笑了笑，回复：明天下午。

张乐：那好，下午两点图书馆门口见。还发了个可爱的表情。

江蕙：好。

回完微信，江蕙嘴角扬着笑：会有这么巧的事？见面再问审他吧。想想还是很开心的，她又看了看手机。

学校图书馆门口，张乐早就等着了，远远看到江蕙，他摇了摇手打招呼。

"来这么早，我没迟到吧？"江蕙故意道。

"没有,没有,是我来得早,在宿舍也待不住,索性就逛过来了。"张乐有点紧张,好像一看到江蕙就会不自觉地紧张起来,他自己也很奇怪。

"我们进去吧,别站着说话了。"江蕙领头往里走,张乐赶紧跟上。江蕙还了书,又拿了本书坐下,张乐也拿了本书放在桌子上。

"你看的专业书籍啊,我看的音乐类的,没想到学校图书馆也有这方面的书,我一直觉得我们医学院的图书馆应该都是专业方面的书,没想到也有艺术类的。"

张乐坐在江蕙对面看着她,光线洒在江蕙的头发上,让头发也在发光,江蕙秀丽的脸庞像逆光照片里的影子一样,美得无与伦比,张乐看得有点发呆,上次也是这样。

江蕙抬起头,撞上张乐炙热的目光,脸一下子就烧了起来。

张乐也感到自己失态了,赶紧低下头翻书,其实一个字也没看进去。

图书馆里特有的书香让江蕙渐渐地平静下来,她之所以喜欢图书馆,就是因为这份能让人静下来的书香气,比世界上任何一种香味都更让人舒畅。图书馆里很安静,每个人都好像对知识有无尽的渴望,偶尔有读到精彩处不经意发出的感叹声和笑声,在安静的环境里尤为突出,出声者赶紧环视四周,旋即又安静下来。不少同学在书架前挑着书,或跟同行的同学小声地商量讨论着什么。在这里,唯一的就是书。

突然,旁边的同学在小声嘀咕什么,随即一阵小小的骚动,好像是说谁来了。江蕙抬头望去,原来是胡戈老师——难怪,大家对这样又帅又有气质的老师都是难以抗拒的。胡戈正好面向江蕙这边,张乐也回头看到,脱口而出:"那不是胡戈老师吗?"

胡戈听到张乐和江蕙轻声喊他,径直走过来,在张乐旁边坐下。

"胡老师好！"江蕙和张乐几乎异口同声。

"你们好。"胡戈放下手中的一摞书。

"胡老师，您看这么多书啊，挺吓人的。"张乐看到自己的偶像，激动得很。江蕙看了张乐一眼，示意他不会说话别说，张乐领会到意思挠了挠头，憨憨地一笑。

"哦，不多啊，这是系列书籍，我怕麻烦就一次性多找点。"胡戈拿起最上面的一本书，翻了一页，"这本书是我老师看过的，看这儿，有名字和购书日期。"

"翟墨羽。"两人小声地读出来。"就是那个角落专门的藏书区吧？"江蕙指着一个方向说。

"是啊，那是我老师的个人藏书，好多都捐给学校图书馆了。因为书多，所以图书馆专门辟了一块作为他的藏书区。翟老师是我们学校的解剖学教授，但他的涉猎面其实非常广，他家实际上就是一个图书馆，只要你想阅读的书，那儿基本都有。"胡戈说到老师，一脸的尊敬与遐想。

"我每次来都注意到，但没进去过，只在分类区找自己要的书。"江蕙很难为情的样子。

"我都没在意，压根不知道。"张乐很老实地答道，说完意识到什么，露出略显尴尬的表情。

"哈哈，也没什么啊，有空进去转转，不少有意思的书。老师涉猎很广，说不定有你们感兴趣的。"胡戈说话依然很小声。

"一会儿走之前就去看看。"江蕙好奇起来。她看了看胡戈拿的书，是医学心理学的："胡老师在看心理学方面的书啊？"

"是啊，这些都是，大部分是我老师的藏书，这方面我需要加强学习，书到用时方恨少啊！"胡戈翻了翻书给他俩看。

"这一堆要看到什么时候啊？我看了就害怕。"张乐继续老实地感叹，江蕙直接白了他一眼。

"心理学在您的诊断治疗中有很大作用吗？"

"那是啊，因为每个病人的病情不同，引起的心理问题程度也不同。比如有的是怀疑自己生病的焦虑，有的是患了癌症的绝望，我们医生不能只是简单地开药、手术，在关注患者身体健康的同时，也要关注他们的心理健康。"胡戈看了看自己的书和江蕙的书点点头。

江蕙投以崇敬的目光，眼前的胡戈老师高大了许多，张乐还在琢磨胡戈的话。看了一会儿书，胡戈的手机震动，他看了下说："两位同学，你们继续学习，我有点事先走了。"说完站起身把书放进背包里。

"胡老师再见。"江蕙站起来，张乐也跟着站起来，目送胡戈离开。

重新坐下，张乐托着下巴："我的天呢，明明可以靠颜值的，偏偏靠的是才华，靠才华也就算了，还这么努力，我还怎么活啊！"说着直摇头。

江蕙笑起来："那你还不赶紧努力起来，无论颜值才华都比不上，就没理由不努力吧！"

"那是，那是，得努力。"张乐不好意思地憨笑起来，同时欣赏着江蕙美丽的笑容，说话也有些心不在焉。

江蕙看到张乐眼里满满的情意，立即低下了头，躲开那炙热得让人心跳的目光。

快乐的时光总是短暂的，说是来看书，张乐几乎一个字也没看进去。他乐呵呵地跟在江蕙身后，此刻江蕙就是他的"女神"。

晚上胡戈回到家里，吃完饭休息了一会儿，依旧雷打不动地在书房里看书听音乐。想到今天在图书馆遇到自己的两个学生，不免有些感慨：很像自己上大学的时候，有点时光倒流的感觉。他想着，无意识地笑了笑。

"笑什么啊，看到什么精彩的让你这么开心？"陈彦端着茶杯，倚在书房的门框上，审视着胡戈。

"我啊，今天去图书馆借书，遇到两个学生，那情形就像当年的我和你一样，男生还是我们学校校园歌手大赛的新晋冠军，也是吉他弹唱，你说，这不好玩吗？"胡戈微笑着望着陈彦。

"真的，有这么巧的事？那男孩也死皮赖脸吗？"陈彦说完，扭过头去偷笑。

"谁死皮赖脸啊？这话说得也太不友好了。"胡戈白了陈彦一眼，"别把水笑洒了。"

"不是吗，那女孩也像我这么优秀吗？"陈彦笑着转过头，眉毛挑了挑。

"比你优秀多了，人长得漂亮，也是学霸，你去学校的网上看看她写的文章，那是真不错。"胡戈逮到"报复"的机会了，说完笑着靠进沙发里。

陈彦直翻白眼，一脸"生气"的样子："可算给你逮到机会趁机怼我一顿了是吧，开心啊？"手中的杯子扬了扬。

"你别真来啊！"胡戈吓得往旁边躲了躲，陈彦又复笑了。

"男孩呢，是不是像你一样不正经，不爱学习？"陈彦继续怼胡戈。

"我哪里不正经啊？天呐，苍天可鉴。"胡戈张开双手，望向天花板，"男孩看上去还挺老实，有点憨，歌唱得很不错，比我那时候强。"

"还蛮谦虚啊，看来是真不错，要不然以你这种性格，很难肯定一个人的。"陈彦喝了口水。

"这么多年了，我就一直这种形象吗？"胡戈一脸冤枉。

"我是在夸你!"陈彦微笑着。"我先去睡了,你不要太晚啊!"陈彦迈出书房回头叮嘱一句。

"遵命,老佛爷!"胡戈一抱拳,顺手拿起遥控器按下"play"键,继续马勒《夏日清晨的梦》,看起书来。

也不知道什么时间了,两张CD已经听完,一本书也看了许多,困意袭来。胡戈放下书,伸了一个大大的懒腰,起身拿起手机,准备去睡觉。这时手机震动了,胡戈惊了下,一看,是秦四时的语音电话。

"这么晚不睡觉,还打扰别人睡觉啊?"也不等秦四时开口,胡戈一句话就怼过去,假装自己已经睡了。

"你好了吧,说话这么清楚有力,哪里睡觉了?"秦四时识破胡戈。

胡戈笑了起来:"这么晚有什么事啊?你老人家无事不登三宝殿的。"

"当然有事,大事!本周末啊我请你们夫妻俩吃饭,我们两家小聚一下。"秦四时显得很诚恳。

"听这语气不像忽悠我,怎么,这阵子没出去喝酒啦?"胡戈故意找碴儿。

"看你说的,我还敢喝酒吗?!我也是谨遵医嘱啊!"秦四时知道胡戈故意逗他。

"也是难得,没生病之前你应酬那么多,约你都没空,一天天的。"胡戈依然不依不饶。

"大哥,我以前是比较浑,好了吧?我是诚心请你吃饭,前些时候比较忙,挤不出时间来,你又不是不知道,饶了我好吧。"秦四时怕胡戈继续怼他,先示弱为强。

"好啊,有人请吃饭那不是好事啊,必须好好让你多花点,我不会客气的,哈哈!"胡戈笑道。

"没问题,没问题,就这么说了。"秦四时立即答应。
"早点睡,我也睡了,晚安。"
"晚安。"

玄武湖畔

你俩还真是天生一对

南方天空飞翔的小鸟,
带我去和你们一起翩跹。
古老河畔的霓虹灯下,
和风拂过的心比蜜还甜。

一阵凉风袭来，让人惊觉夏天已经过去。

餐厅是临湖的，不远处的荷叶开始有些发黄，没有摘的莲蓬颜色枯萎，湖水依然清澈，偶尔几只小鸟落在水面，叽叽喳喳地似乎在说着什么，夕阳的余晖印在湖面上，随风而起的波浪闪着金闪闪的浪花，几只脚踩的小鸭子游船慢慢悠悠地晃过，远处是小山茂密的树林。

"这地方不错，边吃饭边欣赏风景。"陈彦拍完照片放下手机，"谁选的地方啊？很不错！路过这边也不少次，好像每次都是匆匆忙忙，也没留意欣赏过，看来还是自己的生活状态不对。"

"那肯定是我啊，老秦以前都是夜归汉，经常一身酒气、东倒西歪地踩着月亮回家。"王曼白了秦四时一眼，转头冲陈彦露出了笑容。

"弟妹这文采可以啊，踩着月亮回家……不错不错，我要记下来。"胡戈一边点头一边笑着看秦四时。

"你这是给老胡提供子弹啊，下次他肯定拿这个笑话我。"秦四时一脸无可奈何的样子。

"我们今天以茶代酒吧，这是从老家带来的茶叶，你们喝喝看。"

王曼给大家倒上泡好的茶。

"小秦同志,要不我俩喝一杯?"胡戈对着秦四时一脸挑衅,被陈彦踢了一脚,又变成龇牙咧嘴的样子。

秦四时看着胡戈:"平常都是我'调戏'你的,现在你来报仇了是吧,我就是投降认输也不上你的当。"

"他现在不抽烟不喝酒了,再没有过了,家里也干净了许多。"王曼一边给大家分菜一边说。

"今天我们都说好的啊,都不带小朋友来,哈哈。"陈彦笑着谢谢王曼。

"孩子去他外婆家了。"

"哈哈,我们家的也是,来我俩碰个杯。"陈彦举起茶杯和王曼碰了一下。

"那我们俩也碰个杯吧,感谢我们胡主任救小可我一命。"秦四时也举起杯子。

"哎呀,你不要这么肉麻行不行,我们都多少年的好基友了,再说都是我分内的事,有啥可谢的。"胡戈还是举起杯子跟秦四时碰了下。

"你是不知道啊,这半年来我们家老秦夸了你多少次啊,住院的时候夸,回来调养的时候夸,你简直成他偶像了。"王曼立即接话。

"是吗老秦,太阳打西边出来了,良心发现了?"胡戈故作惊讶地看着秦四时。

"吃你的菜吧。"秦四时歪过头冲着王曼说,转过头堆起笑脸冲着胡戈,"玩笑归玩笑,我确实发现你身上很多优点是我没有的,不吹不捧。"

"他有什么优点,我怎么没发现?"陈彦接过话来。

"今天不宜给我颁奖授勋。"胡戈感觉到一阵杀气,连忙拍马屁,"我们家有英明的领导坐镇,想不好都难。"

陈彦笑着白了他一眼,也不再说了。

"我俩吧,要是论技术和你应该不相上下,但要论耐心啊、对病人的态度啊、心理上的引导啊,比你差不少,这是实话。每次你过来查房,我都在观察,这是我以前确实都做得不怎么样的。"秦四时一脸诚恳地说。

"我有这么……"胡戈"好"字没说出口,看了看陈彦,陈彦没看他。

"我说的都是实话啊,虽然我有时候不怎么正经啊,但现在很正经。"秦四时像个认错的学生。

"老秦是真的,他在家跟我说的,说你会关心人,工作就是工作的样子,一丝不苟,反正说了很多。"王曼补充。

"他会关心人?你问他儿子什么时候放假,穿多大码的衣服鞋子,你看他知不知道?"陈彦还是开炮了,"一回来吃过饭就钻进书房听音乐看书了,家务、孩子都是我的事,还关心人?拉倒吧。"

"还是嫂子家教好啊,以他那种吊儿郎当的样子,没有你的指导,哪里会有今天的样子,说不定是个二流子呢!"秦四时可算找到机会,既拍了陈彦马屁,又顺便损了胡戈,偷着乐。

"那倒是,上学那会儿就不爱学习。"陈彦笑着看了胡戈一眼。

胡戈瞪了一眼秦四时,嘴里无声地说了一句什么,王曼在一旁看得直笑。

菜点得很多,四个人吃得很撑,最后都吃不动了,大家都是一副慵懒的样子,坐的姿势都是不规范的。

"我在单位的公告栏里经常看到你的表扬信,后进的同志现在真不一样了嘛!"胡戈跷起二郎腿,把牙签咬在嘴里。

"嫂子你看看,老胡的原形又露出来了。"秦四时指着胡戈对陈彦说。

陈彦侧过头看了胡戈一眼,又转过头去。胡戈倒是一惊,准备收回来的腿随着陈彦转过去的头又就动了动而已。胡戈用手指了指秦四时。

"剩下的菜打包吧,要不然太浪费了。"陈彦指了指一桌子的菜,看了看王曼,"然后湖边散散步。"说完往湖边望去。

四个人走出餐厅,来到湖边,秋天晚上凉爽的风吹着,对几个刚补充完热量的人来说再舒适不过。

"我都感觉有好久没出来散步了,真舒服。"陈彦感慨道。

"不是吧,不是有时在小区散步吗?"胡戈在后面嘟囔了一句。

"能一样吗,那才多点大的空间,我那是带着儿子饭后散步,你都是懒得一动不动。"陈彦的"炮火"像随时准备着一样。

秦四时看看胡戈直笑。

"我家老秦还不如老胡呢,现在稍微好点,又开始进入拼命工作的状态了,我还真有点担心!"王曼和陈彦两人在前面走着。

"我看着他现在生龙活虎的啊,胡戈回家也会跟我通报你家老秦的情况,一直都非常好啊。"陈彦疑惑地看着王曼。

"我就是想让他悠着点,时间还长着呢,生病才好,不可能像以前一样,一下子回到这么大的工作强度,我还是挺担心的。他总是说没事,工作方面他也不听我的。"王曼"唉"了一声。

"没事,我回头让胡戈教训他,他说的老秦还是会听的。"陈彦拍了拍王曼的肩膀。

"那好那好,我本来就想让你们帮我说说他,身体是革命的本钱嘛,我又不是不支持他工作。"王曼握着陈彦的手。

"你还是要悠着点啊,才恢复,别这么拼,来日方长。"胡戈一脸严肃。

"我没事啊,好得很,我自己还不清楚自己吗!"秦四时"嘿嘿"一笑。

"我是很认真地跟你说,别嬉皮笑脸的。"胡戈瞪了一眼秦四时。

"是，胡主任，我一定遵照您的医嘱。"秦四时提高了嗓门，前面两个都回头看他们。

"什么事啊？"

"没什么，我俩闹着玩呢。"胡戈回了陈彦一句。

回家的路上，陈彦靠在副驾驶座上闭目养神，胡戈开车。

"王曼跟我说，让你劝劝秦四时，身体才好，别这么拼命工作。"陈彦说着话，眼睛也没睁。

"我知道啊，我已经说过他了。这家伙恢复后一下子工作热情高涨像换了个人似的，着实让人想不到。"胡戈一直看着路，也没看陈彦。

"你怎么知道的，我不是才跟你说吗？"陈彦睁开眼睛。

"单位的宣传栏里有他的表扬信，我看到了就知道啊。这段时间他也没跟我电话，估计这家伙也知道我看到表扬信了，来堵我的嘴，贼精的。"胡戈说完微笑。

"你俩还真是天生一对。"陈彦说完，重新闭上眼睛，不想听胡戈的狡辩。

胡戈一声"我"刚出口，看了看陈彦，又把话咽回去了，认真开车。

深 爱

秋日的私语

我行过许多地方的桥,
看过许多次数的云,
喝过许多种类的酒,
却只爱过一个正当最好年龄的人。

——沈从文

张乐摸清了江蕙起床、上晚自习等的时间，会在不打扰她的情况下给江蕙发信息，江蕙每个信息都回了。江蕙时不时地看手机笑，即使她再注意还是被聪明的张甜看在眼里。

一个季节有一个季节的风景，也有属于这个季节的音乐，无论是开始泛黄的银杏树叶，还是秋日的私语，抑或是天凉好个秋，总之这是个舒适惬意的季节。人们享受着这种惬意，记录这样的风景，早年明信片上的图片也不过是手机里的一张照片而已。

早晨初升的太阳和罩在金黄色水稻田的一片雾气，映成了一幅幻象绝美的画面，早起的鸟儿也开始了一天的歌唱。露水洒满了树叶枝头草尖残荷，阵风吹过，恍若片片雨滴洒落，抬眼看去的远方和低头凝视的脚下各成一色。美其实就在你身边，只在于你是否发现。

江蕙和张乐走在铁轨附近的道路上，张乐想约江蕙出去走走，江蕙提议约在大多数人还在懒觉和美梦中而无法看到的清晨，一天之计在于晨。

收割了的稻田和晚熟的稻子一片一片，远远望去，像棋盘格一般。江蕙用手拂过路边稻田里的稻穗，手立即像在水里浸过一样。跟在后面的张乐忍不住拿出手机拍下她唯美的背影——迎着朝阳，雾气中一袭白衣飘飘，天空金黄，雾气层层，自然虚化背景分层，一张美照就这么诞生了。张乐看着这张照片，寻思取个什么名字好。江蕙走了一会儿才发现张乐没在旁边，回头看见他在自己身后五六米远，正低头看手机。

"你干吗呢，这么早有人给你发信息？"

"没有，没有，我在看我的作品呢。"张乐一溜小跑到江蕙跟前，把手机的照片呈现在江蕙眼前。

"看不出来啊，还是个摄影师。"江蕙嘴上调侃，心里却很欣赏张乐拍的这张照片。

"哪里啊，难得发现这样的美，就是手机随便拍一下。"张乐就是这样。

两人漫步在被两旁金黄色簇拥的路上，走向太阳。张乐偶尔侧过头看着身边宛若天仙的江蕙，一脸痴状，被江蕙发现了就不好意思地扭开脸，江蕙没在意的时候就又再次侧头凝视，江蕙感觉到了。

"你以前也是这么没礼貌地看别的女孩子吗？"江蕙看着前方。

"没有没有，从来没有过，你真的是太美了，是情不自禁，真的！"张乐连忙解释。

江蕙低头一笑，张乐这种傻乎乎的劲儿也是可爱的。

"你歌唱得这么好，女同学欣赏也很正常啊！"江蕙继续拷问。

"我唱歌弹琴只有我们班上很少人知道，练琴也是在家练，以前在学校也没表演过。"张乐像犯人一样"招供"。

"我是觉得你真的可以往这个方向发展一下，要不然有点可惜了这把好嗓子。"江蕙看了看张乐。

"我的理想是做一个创作型的歌手,将来有可能出一张自己的唱片,我适合做幕后,比在台前更好。"张乐深吸一口气,"我也没觉得怎么样啊,就像我们胡戈老师,人长得帅,唱歌超级棒,比我条件优秀多了,他还不是勤勤恳恳地扎根自己的专业?有机会你得采访采访他,问问他为什么选择这条路。反正我觉得,他才是我的偶像。"

"那倒是,这是个好主意,一定找时间来做个他的专访,也让我们学习学习。"江蕙点点头。

一列货车从面前驶过,"咣当咣当"地摇晃着节奏。两个人都没说话,一个看着火车驶过的蜿蜒车影,一个数着火车有多少节车厢。

"我都好多年没看过这种火车了,出门坐车不是高铁就是动车,脑子里对老火车的印象都是《铁道游击队》里那样的。"张乐数完感慨道。

"是啊,我也是。"江蕙点点头。

"你人这么美,追求你的人应该很多吧?"老实人问出了他最想知道的话。

"嗯,是啊,从初中到现在没少过。"江蕙大方地回答。

"有时我感觉自己在做梦,在你的身边就是一种幸福了。"张乐不敢再问。

"是很多啊,可是我有自己的标准,所以很多人说我冷傲,并不是,我不喜欢那种有意无意透露自己的条件有多好多好的,我只在乎眼神清澈见底的男孩子。以前一直也没遇见,更何况都忙着学习呢。"江蕙依然大大方方。

张乐有点不知所措地搓搓手、挠挠头,憨憨地笑,这一刻,久悬的心落了地了。张乐摘了几支不知名的蓝白色花瓣黄色花蕊的小花,收集了一束,用花枝扎好,递到江蕙面前:"让我送你一束花吧，代表我最诚挚的祝福。"江蕙接过花的一瞬间，张乐碰到她的手，心跳"腾"的一下加了速。

江蕙接过花看了张乐一眼："谢谢，这是我收到的第一束最喜欢的花。"

四目相对了一秒，各自挪开，张乐的心像花一样怒放。江蕙拿着花仔细看看，放在鼻尖闻了闻。

张乐的心里满是江蕙，压根没有看路和前方，一遍遍地偷眼审视身边的"天仙"，两人就这样漫无目的地走着。江蕙自然摆动的纤细的手不停地在眼前晃过，终于，张乐鼓起勇气用自己汗湿的右手握住了江蕙空着的左手。江蕙没有抽出手，任由张乐握着，也感觉到了张乐大手的滚烫和湿漉漉。

张乐的心在沸腾，一切如梦境一般，此时的他犹如凯旋的将军，昂首阔步，带着江蕙的步子也跟着快了起来。江蕙心里暖暖的，张乐身上的热浪让她的脸颊也泛红起来，犹如施了粉黛。张乐越看越兴奋激动，双手抓住了江蕙的双手，那一刻感觉时间已经停止了。江蕙低着头，张乐看着她。雾气渐渐消散，金黄色的稻田，以及已经爬到两人头顶斜上方的太阳，这时应该有一位摄影师或者画家记录下这完美的时刻，不需要刻意构图，已经自然是一幅画，就叫《秋日的私语》吧。

江蕙感受着张乐身上散发的气息，张乐沉浸在低头闻见的芬芳里，此时的天地仿佛只为两个人营造一样。时间分分秒秒地过去，就这样过去了两三分钟。

江蕙指着前面一片水面："我们去那边坐坐吧。"

"嗯，好！"张乐此时已经完全变成应答机，江蕙说什么他根本无从思考。握着江蕙的手，张乐满心幸福，他完全跟着江蕙的步伐，也不看路，目光离不开江蕙美到极致的侧脸和那一头秀发。

很远的对岸，已有两个早起的渔人在钓鱼。两人找了块干净的石头坐下,张乐怕脏了江蕙的衣服,从背包里拿出平时装琴谱的布袋垫在石头上面,阳光在水面闪耀,已经一片波光粼粼,身边的江蕙让他怎么也看不够。

"你家人怎么看待你学医啊?"江蕙侧过头。

张乐愣了愣,收回看着江蕙的目光:"哦哦,我家人随我,我自己的选择,父母没有干涉。"

"那你将来打算做什么?"江蕙继续问。

"很远的没想过,最重要的是现在,你到哪儿我到哪儿!"张乐转过头坚毅地看着江蕙,四目再次相对。

江蕙的目光在这一瞬间像天鹅绒一样柔软,目光所至,张乐那轮廓分明的脸庞也变得英俊起来,两朵红晕飞上她的脸颊,她轻轻地低下头,看着又被张乐攥住的双手,一瞬间心飞得很高很高。

张乐试探着松开一只手,轻轻地搂住了江蕙的肩膀,每个动作都显得那么小心翼翼,生怕惊了眼前的仙女。江蕙没有闪避,往张乐的肩膀靠了靠,张乐搂肩的手更有力量了些,江蕙顺势将头靠在张乐的肩膀上,这宽厚的肩膀让江蕙心安。

张乐的心都快飞出来了,他闻了闻江蕙的发香,轻轻地吻了下江蕙的头发,轻到江蕙都感觉不到。阳光洒在两个人的身上,残存的雾气间隙地朦胧着,映着粼粼的宽阔的水面。生活本就是一幅美丽的画面,世间美好莫过于此。

也不知道过了多长时间,两人才从这种幸福中醒过来。

"还没问过你,将来做什么?我好明确地跟着啊!"张乐轻声说。

江蕙抬起头坐正了身姿,摇了摇手里的花:"我啊,当医生啊,当老师啊!"

"那就好,我还以为你以后要步入文坛或者做新闻记者呢,因为在校刊上看过你好几篇文章,说心里话,只能是羡慕你这样的文笔。"张乐没有放开的手轻轻地抚摸着江蕙的手。

被张乐的大拇指轻轻划过手心,"痒!"江蕙抽出同样被汗湿的手。

"我爸是语文老师,我从小受熏陶吧,喜欢文字,至于要从文,那倒不至于,我没有鲁迅那样的才情。"江蕙抬起手搭个凉棚看着水面,水面反射的阳光有点刺眼。

"那你怎么选择学医啊,中文系才对吧?"张乐疑惑地问。

"我可能没有大多数人幸福吧,我那美丽善良的妈妈早早地离开了我,所以这也是我从小的心愿,长大了当医生救死扶伤,让更多人幸福。"江蕙幽幽地说着,"我说得有点过了,其实我也很幸福,主要我那个既当爹又当妈的爸爸对我宠爱有加,不能抹杀他的功劳。"

"那是为什么……不对,那是怎么个情况,你妈妈的离去?"张乐也不知道该怎么问,"如果你介意就不说,我也是很冒失地问了这个,sorry 啊。"

"没什么,我妈妈是生病去世的,我们家在小乡村,妈妈是十里闻名的大美人,爸爸是个中学老师。虽然说生活应该也还可以,但是我爷爷奶奶体弱多病,光我爸爸一个人的工资来负担很吃力,所以妈妈到玩具厂上班,经常把玩具带回家来做。有时候晚上我醒了,发现妈妈还在做工。农忙时还要种田,打理菜地,家里还养着家禽,我妈的辛苦程度高于我爸爸,日积月累积劳成疾吧,我妈妈倒下了。我们那儿的医院条件差,我妈又舍不得钱,没去大城市的大医院,就这么耽误了治疗,离我而去,我那时候还在上初中。因为妈妈生我的时候难产,所以我妈非常宠爱我,从小我就像生活在蜜罐子里一样。"江蕙每每想到妈妈,眼睛总不由自主地湿润了。

"给你看看我妈妈的照片,让你见识下什么才是美女!这也是我第一次让别人看我妈照片。"江蕙找到手机里妈妈的照片,递到张乐面前。

"哇,就跟我在网上看到的老杂志《大众电影》的封面明星一样,不对,还要更美!"张乐看着嘴都合不上了。江蕙的妈妈穿着很普通,胸前梳着两条粗辫子,五官每一样都精致得如小说里描写的一样,天然素颜,那种美今天是再也找不到了。

"难怪呢,你这基因好啊。"张乐看了看江蕙,又看了看照片。

"我比我妈差远了,我听我爸说,那时候上门提亲的、追求她的能排到我们集镇上。"江蕙看着照片说,露出了笑。

"你妈怎么看上你爸的?我就好奇。"张乐追问。

"我爸语文老师吧,会说话会哄人呗,关键人平时很憨,书教得好也出名啊。我们农村就是那样,一家有点事,十里八乡的都知道,不像城里人对门都不知道谁是谁的。"江蕙收起手机,拿起刚刚放下的花,若无其事地摇晃着。

"那你学医会不会是负担啊?"张乐挠了挠头,也不知道这么问是好是坏。

"我想过这个问题啊,我爸也说过这个问题,除了我妈的原因,也是因为我喜欢,我就喜欢做一些有挑战性的事。再说了,俗气一点,医生的工作也好找啊,也稳定啊,收入也不错啊,对吧?"江蕙看了看张乐。

"那倒也是。"张乐看着江蕙又恢复了那种自信的模样。

"那你呢,你为什么学医啊?"江蕙捋了捋头发。

"我说过啊,就是觉得这是个受人尊敬的职业。我们的课本里不是有很多那种悬壶济世的故事吗,医生自古就高尚啊!"张乐不紧不慢地说着,上次采访时就已经被江蕙"审问"过了。

"还有啊,以后你到哪儿我到哪儿!"张乐的自信也多了点。

"为什么啊?也不一定要做同样的事情吧!"江蕙笑。

"那可不是这样的,我要看好你,你这么万众瞩目,被别人抢走怎么办?!"张乐坚毅地看着江蕙。

江蕙笑得低下了头:"我能跑到哪里去,谁抢我啊?我又不是超市打折商品!"

"那我不管,我下定决心了,向太阳保证!"张乐指着太阳说。

江蕙看着这个傻乎乎的大男孩,心里很甜。他并没有想很多,没问她觉得很俗的那些问题,只是由着自己的感觉,让一切自然地发生。

"我真的羡慕你文笔好啊,我自己的就很烂,往往自己想写歌词,又写不出来。请教一下大文豪,怎么才能把自己的水平提高点?"张乐一半是真心话,一半也是讨好江蕙。

江蕙秒懂他的意思。"真的想提高呢,就多看书,我也不需要这样的奉承,下次再这样说,我会生气的。"江蕙也故意说道。

"下不为例,下不为例!"张乐连忙说道,"要不这样,咱们合作,你写词,我写曲,像十一郎和张宇、林秋离和熊美玲,还有更早一点的小轩和谭健常,他们搭档写了好多好歌。"

"我就知道十一郎和张宇,其他人都不知道。"江蕙一脸迷惑。

"应该是胡戈老师那个年代,或者更早一些,有些歌你也应该听过,比如林秋离和熊美玲的《哭砂》《谢谢你的爱》,小轩和谭健常的《三月里的小雨》《三百六十五里路》。我也是追溯着听的,听到这些歌也很喜欢。"张乐挑了几首大众比较熟悉的歌说给江蕙听。

"有点印象,没印象的你以后唱给我听吧,我也正好学习下,就当新歌听。"江蕙下了"命令"。

"愿意效劳,一定一定!"张乐听江蕙说愿意听他唱歌,心里高兴还来不及呢!

"关于合作,倒是可以试试,我还没写过歌词,只写过诗,尝试一下也行。"江蕙的答应让张乐开心不已:"太好了,肯定没问题的，我对你太有信心了！"张乐想着举例的这几位都是夫妻档，心里就美得冒泡。

"我们往回走吧，太阳有些晒人了。"江蕙站起来，舒展了一下身体，打断了张乐的美梦。

"你看看我，昏头昏脑的什么都忘了，只顾着你……"说完，张乐从包里拿出两瓶矿泉水，递了一瓶给江蕙，"昨天我就买好放包里了，刚才忘了。"随即又憨憨地挠了挠头。

江蕙喝了一大口水，丝丝的甜蜜涌上心头，不是这水有多甜，是真的口渴了，但又真心觉得水是甜的：这个大男孩也不是粗枝大叶，心还是很细的。

早晨迎着太阳出发，回去的时候却是踩着自己的影子，张乐又拉起江蕙的手，身形故意错开一点，让两人的影子挨在一起。江蕙看在眼里，什么也没有说，算是享受这样的小举动了。

离学校还有一公里左右的时候，江蕙抽回手，怕有认识的同学看到。张乐明白江蕙的意思，没有说什么。

在校园里应该分开的地方，他们相互挥手，张乐一直目送着江蕙的背影消失在宿舍门的楼道里，才转身离开。江蕙在宿舍阴影处看着张乐一蹦一跳像个孩子一样地走路，心里在笑。

"你这一大早的死哪去了啊？"江蕙还沉浸在早晨这段温馨的时光，刚进宿舍就被张甜劈头盖脸吼了一句，瞬间从天上堕入凡尘。

"我出去散步了，顺便还采了野花呢！"说罢，江蕙摇了摇手里已经有点蔫了的花。

"我信你个鬼，你个老太婆坏得很！"张甜做了个表情包的动作。

"这谁家小孩啊，怎么这么没规矩没礼貌，把她拖出去打五十大板。"徐丽影看这架势立马拱火。

深爱 | 秋日的私语

"对对对，把这孩子拖出去毙了。"张彤更直接。

"你们……什么人啊，一个比一个坏，恶毒，呸！"张甜翻着白眼看了看那两人。

"哟，小家伙嘴硬得很，牙尖嘴利啊！"

"是啊，那要不大刑伺候啊？"

"嗯，我看行，没规矩了都。"徐丽影和张彤一唱一和地好像在说相声。

江蕙找了个瓶子接了点水，把花插上、放好。"大小姐今天咋啦，居然不睡懒觉？"她依然春风细雨般对张甜说。

"这是谁送你的花吧？"张甜指指蔫了的花。

"不是我说你啊甜甜，你这是脑子有问题了，要补补。哪有人送这么抠了吧唧的花，要是送给我我得给他扔了！"曾心梅探出头来。

"你还是算了吧，俗气，不懂浪漫。"张甜嘴下不留"活口"。

"今天这小孩确实有问题，还是修理修理吧！"曾心梅坐了起来。这时徐丽影已经套上拖鞋，张彤在找拖鞋。

"姐，你看这几个老巫婆，要欺负我。"张甜拉了拉江蕙，嘴里依旧不饶人。

"你就不能少点嘴损吗，你再这样我也救不了你，从我一回来你就怼天怼地的，今天是啥子情况？"江蕙把张甜推坐在床上。

张甜一脸委屈："你不在她们欺负我，说我的保护伞没了要修理我，说我嚣张跋扈都是因为你是保护伞。"

"那这是为什么啊？"江蕙不解。

"还不是因为你吗，她们说你不爱我了，找了个男朋友把我抛弃了，哼！"张甜指指那几个，咬咬牙。

江蕙又好气又好笑：宿舍里几个活宝天天唱戏，倒也热闹，小甜甜就是她们的开心果。"没有啊，你想多了，她们逗你玩的。"

江蕙捏了捏张甜的脸蛋,"你还是笑起来好看,这种苦瓜脸难看死了!"

小甜甜一把打开江蕙的手,结果没打着:"连你也欺负我,你现在跟她们一伙的。"继续拉着个脸,扭到一边。

"大姐大,你还是让我们来收拾她吧,收拾过就好了!"徐丽影站起来就欲扑过来。

张甜一把抓住江蕙挡在自己身前:"你看姐,她们还来真的了,你不在她们就露出嘴脸了。"

江蕙冲徐丽影和张彤眨了眨眼睛,两人才又坐回床上。江蕙把张甜的手拿开:"好了好了,她们不欺负你了。"

张甜还是挑衅地看了看徐丽影和张彤,那两人挥了挥拳头,各自躺回去了。

"又跟那个歌王约会去啦?"小甜甜略带赌气地问,"那家伙有啥好啊?除了歌唱得好,憨里憨气的。"张甜提高了嗓门。

"对啊大姐大,你可是我们校花之一啊,那个家伙又不咋帅,我们觉得亏啊。"徐丽影心领神会地接话。

"是啊是啊,俺也这么认为。"张彤凑热闹附和。

曾心梅话到嘴边没说,看着江蕙。

"我是看出来了,将来我找什么样的男朋友,要我的'家长'们先审核通过才行,哈哈!"江蕙指指她们几个笑了起来。

"唉,女大不中留啊,还让我们操心,你没回来我们就在讨论这个事情,这是我们宿舍的头等大事。"一向没什么存在感的邓雪来了一句。

江蕙惊讶地看着邓雪,刚准备说什么。"别看我啊,是她们几个说的,我是传达今天的会议精神。"邓雪指指其他几个人,立即补充道。

"我的家人们看来对我意见很大啊!"江蕙笑道。

深爱 | 秋日的私语

"嗯!"几个人同时拉长了音调回答。

"俗话说,鞋合不合脚只有自己知道,但我也非常希望家人们帮我参谋监督。"江蕙大大方方地。

"嗯,这孩子态度不错。"徐丽影拿了根火腿肠作雪茄状抽了一口。

"哈哈哈,老徐活脱脱一副流氓的样子!"张甜夸张地大笑。

大家也都笑了起来。

"你个小屁孩,我一定会收拾你的,今天先放过你。"徐丽影用火腿肠指了指小甜甜。

"活宝们,闹得差不多了,不吃饭啊?"江蕙看了下手机,十二点了。

"吃饭!"宿舍里恢复了正常的样子。

逛街奇遇

今天你是英雄

君子义以为质，礼以行之，孙以出之，信以成之。

——《论语》

"同学们,今天的课就上到这里,下课!"随着老师一声"下课",早就等在后门的男生们迅速鱼贯而出,这是他们每天的日常。

　　"姐,今天下午就两节课,还早,陪我去买衣服呗。我在网上看了,但还是不放心,想去店里试穿一下。"张甜一边收拾一边说。

　　江蕙也在收拾,听到小甜甜的话,抬头看了她一眼,若有所思。

　　张甜以为她不答应呢:"姐,陪我去吧,大不了我再叫个伙计跟着呗!"

　　"我没说不答应啊,刚才只是在想有什么事情。陪你去啊,正好我也去逛逛。"江蕙面露笑容。

　　"太好了,我把张乐叫上,保镖助手吃饭付款什么的就都齐了!"张甜开心地晃晃头。

　　"哇,原来你还有这鬼主意啊,真是越来越坏了!"江蕙白了她一眼,也没反对。

　　"就这么愉快地决定了,赶紧跟他说一声。"张甜说完就飞奔出去找张乐了。

　　江蕙看着小甜甜的背影,心里想:这么个聪明的娃,脑子怎么就短路了呢，我微信跟他说一声不就行了！随即摇摇头，笑笑：让她折腾去吧。

不是周末，也不是下班高峰期，商场的人并不是太多，无论是百货商场还是专门的服装店，人们显得更加悠闲，咖啡店里的人也是三三两两——即使在这样繁华的大都市，大家也有放慢脚步的时候。商场里的专柜营业员有的也刷起了手机，偶尔回应下路过询问的。生活可能就是这样，有时候主动，有时候懒散。

三个人边说边笑地走进商场。

"姐，你是不知道张乐同学表现多好，我一说这是你的最高指示，他秒懂啊，二话不说就来了，表现不错！"张甜得意地看着江蕙。

江蕙白了她一眼："你是真的和她们几个学坏了，一天到晚没个正形。"

张甜吐了吐舌头："我们去四楼吧，四楼是品牌专区，我看看有没有刚上市的新款。"张乐跟在她俩后面也不吭声。

"走扶梯吧，不坐直达电梯，也不赶时间，随便看看，说不定发现什么好玩的呢。"张甜拉着江蕙的手踏上扶梯。

张乐老老实实地跟在后面，对他来说，这是美差。

逛街对男孩子来说本就是不擅长的，女孩子天生比男孩子爱美，小甜甜试了网上看中的，又去别家试了其他的，对比之后又回头买下。每每问到张乐这个怎么样那个怎么样的时候，张乐只说好看，他也提不了啥意见。江蕙乐于见他这样，只是又被小甜甜怼了。

终于买完了，张乐如释重负，两个女孩倒是聊得兴致勃勃，这估计就是天性吧。

依然从扶梯下楼，张乐跟在后面，江蕙和张甜依旧旁若无人地聊着，张乐四处张望。此时旁边扶梯上来一个美女，手里拿着风衣挎着包,正低头看手机,一袭紧身衣配不长的裙子,长发,那种人群里最靓的自信无论从哪里都能显现出来。吸引张乐多看几眼的倒不是女子,而是跟在女子后面的一个戴眼镜的男子,他正蹲在扶梯上一只脚上一只脚下,好像在系鞋带。但张乐似乎看到男子的鞋面上有道闪光,是商场灯光的反光,一上一下的。靠近再仔细一看,是个手机!眼镜男并没有起身,只是换了换脚,继续蹲着。"这难道就是网上说的那些偷拍的?!"张乐心跳加速,转过身来继续盯着眼镜男:没错,就是在偷拍,这还得了!

张乐下到二楼后,脚步都没停直接折回到上三楼的电梯,一路跑上三楼。这时江蕙和张甜只顾着自己聊天,压根没注意到张乐。

张乐在三楼到四楼的扶梯上追到了眼镜男,张乐的脚步声让眼镜男回头看了看,慢慢地站起身来。

"你是在偷怕!"张乐手指眼镜男。

"神经病,你说什么啊!"眼镜男冲着张乐骂了一句,转过头去装作若无其事的样子。

这时前面被偷拍的女子回过头看向身后的两人。

"美女,他用手机偷拍你裙……"张乐有点脸红,话没说完。

"你胡说八道,我低头系鞋带就偷拍了?"眼镜男恶狠狠地瞪了张乐一眼,"再胡说信不信我抽你。"

"你就是偷拍了,我亲眼看见,你系鞋带还把手机往前伸?"张乐一把抓住眼镜男的胳膊。

女子反应过来,但是她也不确定是不是真的,也不知道该说什么,就杵在那看着两人争执。

眼镜男急了:"松开,松开,再不松开我打你了!"

"你别想走,你就是偷拍,我看得清清楚楚。"张乐手上加了劲儿,也不管自己的口袋里手机在响。

"他说的是不是真的?"女子问了句不知所以的废话。

"别听他胡说，这里是大商场，哪有人敢啊，我就是低头系鞋带，这小子脑子坏了，自己想象。"眼镜男一听女子的话，反而放松了点。

"你把手机拿出来，打开，让我们看看你有没有偷拍！"张乐指着眼镜男的口袋。

"对啊，你把手机拿出来让我们看看！"女子的态度一般。

"笑话，我又没偷拍，凭什么看我手机啊？我要偷拍我不早跑了，跟你们在这废什么话啊！"眼镜男反而越来越镇静了。

由于扶梯口没什么专卖店，也没什么工作人员，这会儿几乎也没有顾客，有偶尔路过的只是远远看一眼，以为是吵架就又自己继续逛了，而张乐也没看到商场的保安人员。

眼镜男见张乐依然没有放开他，被偷拍的女子态度又不是太强硬，便说："最后一次警告你，再不松开我就对你不客气了！"眼镜男看张乐毛头小伙子的架势，不想把事情闹大引来更多人，便吓唬张乐。

张乐看着眼前的状况也有点懵，他没想到女子是那样的态度，一时间不知道怎么办："你别想跑，你个色情狂！"

女子似乎真的不在乎，或者是更关心买衣服，看了看手机上的时间。

报警！对啊，报警！我这猪脑子怎么这个时候短路呢！张乐突然回过神来："美女，你打电话报警吧，让警察来看看，就知道是不是真的了。"张乐一下子清醒了。

眼镜男用手扒拉着，挣扎地想甩开张乐的手，怎奈张乐抓得紧紧的，甩都甩不开！

女子似乎不知道该如何处理似的犹豫不决，只是又看了看手机。

眼镜男一听"报警"两字有点急了："你神经病，别耽误我时间，松开！"说着打掉张乐的手，转身跨步踏上扶梯。

张乐反应迅速，一手抓住眼镜男衣服后襟，一手抓住眼镜男的胳膊拽住了他。眼镜男反手一巴掌就抡在张乐的腮帮子上，打得张乐脑袋嗡嗡的，眼前有小星星闪过。张乐一个趔趄，但抓着眼镜男的手始终没有松开。这时江蕙和张甜也找过来了，两人都快走出商场了才发现张乐不见了，四处看没看到，打电话也没人接，这才回头找的。看到张乐和一个男的扭在一起，两人赶紧从扶梯跑上来。

"打电话报警，找商场保安，这是个偷拍的变态狂！"张乐还没等她俩上来就喊道。

"你打电话报警，我去找保安。"江蕙脚步不停，直接走向这层楼的品牌专柜找人。张甜站稳掏出电话，但紧张地输错密码一时没解锁手机，这种报警的场面她长这么大也没遇到过啊。

眼镜男看到张甜拿出电话，慌了，跨步一把打掉张甜的手机。他这一冲带着身后的张乐一个惯性撞到眼镜男身上，眼镜男也没站稳，被撞到后倒向张甜，张甜已经呆在当场，眼看眼镜男撞过来没办法做出任何反应，直接被撞得向身后的扶梯倒去。

张乐见张甜倒向扶梯，松开抓住眼镜男胳膊的手，一把抓向张甜的手，他的身体也顺着这股力量往张甜身后倒去。张甜被张乐一拉一带，减缓了倒下去的速度。张乐脸朝下直奔扶梯台阶而去，本能反应让他扭开头，但脸颊还是磕到了扶梯的金属台阶，顿时被划出一道小口子渗出血来。幸亏张乐用手撑住了台阶，要不然脸直接撞在不停运动的扶梯台阶上，那就要开很多口子了。

张甜被撞得一屁股跌在张乐腿上，眼镜男乘机跑上扶梯下楼。张乐两只手撑着扶梯的台阶，顾不得疼痛，也顾不得被扒拉到一旁的张甜，一个箭步去够扶梯的扶手，手上一使劲就跳到下行的扶梯上，几个跳步就到了二层，再往前一扑，抱住了刚下扶梯准备逃跑的眼镜男的双腿，把眼镜男摔倒在地。眼镜男的眼镜被甩到一边，张乐爬起来按住眼镜男，眼镜男挣扎着挥拳向张乐打去，张乐此时已经完全是战斗状态，但没有与眼镜男对打，只是把他挥来的手臂挡开，并且牢牢地控制住了他。

这时候江蕙带着保安赶到了，被偷拍的女子后来喊的一个男性朋友也过来了，逛商场的一些顾客也聚了过来，不知道是谁报的警，警察也过来了。于是，就像电影一样，该来的都来了。

眼镜男一直没有时间删除手机里的照片，在警察的强制下照片被翻出来，也和被偷拍的女子进行了核实。眼镜男一下子怂了，瘫软在地。

警察询问张乐要不要紧，准备送他去医院，张乐说不用没关系，没有哪里不舒服，其实他也忘了疼痛了。

由于是商圈，而且是城市最繁华的地段，派出所离得很近。张乐做完笔录出来，才彻底放松下来，瞬间觉得脸有点疼，用手摸了摸，伤口已经结痂了。

江蕙和张甜都在等他，张乐看着江蕙，又憨憨地笑了笑。江蕙心疼地看着张乐，上下审视，生怕哪里没检查到一样，拿着早就准备好的湿巾轻轻地认真地擦拭张乐脸上干了的血迹，眼里的心疼与爱惜和手上轻轻的动作传递着一样的表达。张乐看在眼里，心里暖意满满，一时间觉得自己是世界上最幸福的人。

张甜似乎哭过了，眼睛红红的，平时活蹦乱跳的样子不见了，站在那儿不说话。江蕙拍遍了张乐身上沾的灰："甜甜啊，今天我们在外面吃饭吧，我请客，请两位大英雄，你俩是我的骄傲。"

"张乐，谢谢你！"说完，张甜眼泪又掉下来了。

"谢我啥呀？我没做什么啊。"张乐有点摸不着头脑。

"又哭了，我刚才不是跟你说了吗，已经没事了，你看，都好好地！"看着张乐脸上红肿的划痕，江蕙搂着张甜，似乎被传染了，眼睛也湿润了。

张乐被眼前的情景弄懵了，不知道该说什么该安慰谁，只好搓着手。还是江蕙反应过来："别愣着了，咱们去吃饭吧，边走边聊。"她扶着张甜的肩膀，拉了拉张乐的胳膊。

张乐龇了龇牙，感觉手臂好像也磕到了，但立即装作没事的样子，可还是被细心的江蕙发现了："你手怎么了，疼得很吗？"

"哦，没事没事，可能碰了一下，真的没事，不信你看。"张乐说着使劲抡了抡胳膊，对着空气打了两拳——疼，但脸上仍然装作没事。

江蕙看着确实没什么事，放心了点，此时张甜像受了惊吓的孩子一样还没缓过来，跟着江蕙机械地挪动着脚步，也不说话。

吃饭的时候，完全是张乐一个人在表演，好像几天没吃一样。张甜在江蕙的再三劝说下，象征性地吃了几口，喝了点汤。江蕙也没什么胃口，简单吃了一点。

张乐拿餐巾纸擦了嘴，又拿了一张擦了擦头上的汗，没在意擦到伤口处，还很疼呢。

"小甜甜说，你当时像成龙一样从那么高的扶梯直接往下跳去追那个男的，你是不是学电影里的啊，还是你练过？"为了缓和大家的情绪，江蕙问道。

"啊，有吗？我可能只想着不能让他跑了，没想其他的。我哪有练过啊，顾不了那么多了吧！"

"你知道小甜甜为什么要谢谢你吗？"江蕙接着说。

"对啊，刚才我也奇怪呢，为什么啊？"张乐不解。

"要不是你，她可能就摔到扶梯台阶上了，那脸上受伤被刮花的可就是她了，知道吗？"江蕙捏了捏张甜的脸蛋，"受点小伤可能还好，这么漂亮的小脸蛋要是花了，那可不得了！"

张甜拨开江蕙的手，露出了一点笑容，脸上的小酒窝又浮现出来。

"她刚才把所有她知道的好词几乎都说了一遍,什么侠肝义胆啊,奋不顾身啊,见义勇为啊……把你夸得跟花儿似的,你就是英雄啊!大侠,受我一拜!"江蕙说完,抱拳一鞠躬。

张乐乐了,张甜也忍不住笑起来,江蕙这才松了一口气。

"我说实话啊,这些我从小到大只是在小说、影视剧里看过,生活中从没见过,连打架我都没看过一两次。"张甜终于缓过神来,真诚地对张乐说,"我以前老说你不帅啊配不上我姐什么的,对不起啊,你真的是最帅的了!"

张乐又不知道说什么好了,直挠头:"啊……你,你说的是事实啊,我也觉得我有点配不上江蕙,她在我心里就是仙女。"说完偷偷地看了眼江蕙,被江蕙瞪来的眼神吓得赶紧低下头。

"我姐的眼光还是太厉害了,偷偷摸摸地就把你拿下了,原来确实是块宝!"张甜看着江蕙,不停地眨着眼睛。

"怎么说话呢,小心我回去收拾你!"江蕙又掐了一把甜甜的小脸蛋。

"你在派出所是什么情况啊?"江蕙好奇地看着张乐。

"对啊对啊,什么情况?"张甜也来精神了。

"哦,我就把整个过程说了一遍啊。末了,警察还问我哪个学校的,准备写表扬信给学校。我说不用了,小事情,应该做的。"张乐轻描淡写地说,"对了,商场也来人了,也是要感谢什么的,要把这事告诉学校,我都拒绝了。"

张甜和江蕙同时竖起大拇指伸到张乐面前,张乐乐呵呵地挠挠头。

回到宿舍,张甜第一件事就是扔下衣服到外面给爸妈打了个电话,把今天的事一五一十电影般给父母描述了一遍,说了足有四十分钟。打完电话,脸上的神情恢复到往常的样子:"姐,有空去我们苏州玩呗,带上咱姐夫。"

"你这胡说八道什么啊!我看你是欠收拾了,要不我叫桃园三结义的几个来跟你聊聊?"

"你不是说还没去过苏州,想去玩吗?我刚才给我爸妈打电话,说了今天的事,他们邀请你俩去我家玩。真心诚意的啊,我没瞎说!"张甜拍怕胸口。

"谢谢,我相信啊,那我们一言为定!"江蕙也一本正经地看着张甜说道,"一定要去看望我们大小姐的父母的,我要采访他们,是怎么把大小姐培养得这么优秀!"

"别取笑我了,我哪里优秀啊,有你优秀吗,哼!"张甜脸上虽然摆出不高兴的样子,心里还是挺高兴的,毕竟得到自己最在意的朋友的认可,比什么赞美都有意义。

张乐回到宿舍,洗完澡后躺在床上,眼前浮现的是江蕙认真帮自己擦拭的眼睛,一双会说话的眼睛。这时手机震动了:今天你是英雄,但下一次不能这么"勇猛"得什么都不顾了,有个什么闪失怎么办!还附了一个拥抱的表情。

张乐这个开心啊:是,领导,一定做到。以及一个憨厚的笑脸加一个拥抱的表情,一并回了过去。

苏州行

我那时只想到救人

如临深渊,如履薄冰。

——张孝骞

苏州，江蕙和张乐都没去过，但"上有天堂，下有苏杭"的美名从小就听过，电视、杂志、网络上美图也见过无数。张甜是典型的苏州姑娘，水灵秀气，人如其名。江蕙每天看着这么甜美可爱的女孩在眼前晃来晃去，也甚是开心，保护她照顾她的感觉油然而生，没有丝毫违和。

这次受张甜邀请到她的家乡苏州去玩，也是江蕙向往的，江蕙很早就想看看苏州的园林，对悠长的水巷传来的评弹声同样神往已久。所以张甜一说，她就满口答应了。张甜非常开心，能带自己最喜欢与欣赏的姐姐去自己家玩，她倍感荣幸，她一直为在外有人照顾和关心而深深地感激。

被捎带上的张乐其实就是"苦力"——拿东西、背包、跑腿，一个都不能少，但他乐此不疲。

站台上，三人正在等高铁，张甜一刻也不闲着："除了玩，我还要带你们去吃，民以食为天，吃是头等大事，我带你们吃地道的苏州面条，不是那些网红店，是我们本地人认可的店！"

"你就带我们吃面条啊，是不是小气啊！"江蕙开玩笑。

"不是不是，大菜、硬菜呢，由老妈负责，我觉得我妈做的比饭店的好吃，保证你们吃了忘不了。还有啊，我这么长时间没回去，他们肯定好好给我补补的，何况我最好的同学来了呢！"张甜连忙辩解，尽管她知道江蕙是在开玩笑。

"上车咯！"张甜捋了捋头发排在第一个，最后一个下车的旅客刚迈出车门，她就窜了进去，找好座位，指挥"苦力"张乐放好行李箱和背包。本来张乐准备跟江蕙坐一起的，却被小甜甜一把拽走："你坐对面，这是我的位置，有我在的时候老实点，我是我姐经纪人，要讨好我！"张甜小嘴一撇。

"你啊，人小鬼大！"江蕙有点不好意思。

"我就比你小半年不到吧，小什么小！不过你是我姐是肯定的，他是外人。"小甜甜把头靠在江蕙肩膀上，挑衅地看着张乐。

"我也没惹你啊大小姐，都唯命是从了，还不够吗！"张乐笑着说。

"不够，有点成绩就骄傲自满啊！这是应该的，革命尚未成功，你……仍需努力！"张甜摆出徐丽影常用的姿势和语气。

江蕙笑得有点停不下来："你这是被徐丽影传染啦！"

"嘿嘿，我觉得她挺好玩的啊！"张甜继续摆出加油的姿势。

"你们苏州有什么特产？"张乐问道。

"我们苏州特产啊，说起来那可是……我也不太清楚……"小甜甜一百八十度转弯的语气让江蕙和张乐既好笑又无语。

"你是苏州人，咋会不知道啊？"江蕙扶正张甜的身体。

"是，我是苏州人啊，但我没觉得什么特产不特产的啊，从小到大就知道吃啊穿啊，没想过其他地方有没有！"张甜有自己的逻辑和理由。

"那也是，只缘身在此山中吧！"张乐插话。

"哟哟，小伙子挺会整词啊，看来你给我姐整过不少词吧。来，交代下!"张甜说着,把手里的耳机线当成皮带似的轻轻地抽了下座位前面的小桌子,一条腿刚抬起来就被江蕙打回去了:"正经点,公共场合!"

张甜非常兴奋,完全不顾旁边还有其他乘客,不依不饶:"我说得不对吗,肯定整过不少词讨好你吧?"

"那我可不敢,我没那胆子。"张乐赶紧搭话。

"我看也是,我姐登在校刊上的文章你也看过不少吧,她的文笔你也领教过,我是不太信你敢在我姐这儿班门弄斧的。"

"是是是!"张乐哭笑不得,心想以后还真要哄好小甜甜才行了,她胡搅蛮缠起来得浪费多少时间啊!

"在想什么馊主意呢,是在想怎么对付我吗?别痴心妄想了,趁早打消犯罪的念头。"张甜似乎洞察一切。

"好了好了,你声音越来越大知道吗,会影响到旁边的人。"江蕙拉了拉张甜,她吐吐舌头,白了张乐一眼,指了下张乐咬咬牙,终于正襟危坐。

"哦,没事没事,不影响,你们继续!"旁边的大叔扶了下眼镜。

江蕙他们坐在离车门不远的位置,这时车厢前面突然躁动起来,有人尖叫:"有人昏倒了,快来人啊!"

江蕙起身前后看了看,立即跑了过去,张甜和张乐也站起来,不明所以地跟在江蕙后面。只见一位老太太头朝着过道瘫倒在地,旁边的老大爷手足无措。

"怎么了,什么情况?"江蕙问道。

"我也不知道,坐着好好的就倒下来了,这可咋办啊?!"老大爷一遍遍地重复着,双手不停地颤抖。

"大爷,您别急,我来看看,我是医科大学的学生!"江蕙一边说一边蹲下身,用力拍打老太太的肩部:"大娘您醒醒,您醒醒……"老太太没有任何反应。江蕙把手放在老太太颈动脉的位置上，回头看了看张乐和张甜："张乐，你帮我把大娘移到过道上。甜甜，你去找乘务员，大娘的脉搏已经摸不到了！"

"好的！"两人异口同声，仿佛听到指令的战士。

"我们要把大娘搬到过道上，大家暂时不要围观了，留出空间来，谢谢你们！"江蕙没抬头，大声喊道，同时解开老太太的上衣扣子，观察胸部是否有起伏。

"大娘已经看不出来呼吸了，我们要给大娘做心肺复苏！"张乐这时紧张得只剩服从命令听指挥了。

"这样，你来按压，我来做人工呼吸！"江蕙说着用手掰开老太太的嘴看有没有异物，确定没有异物后，从旁边的小桌板上抓起一包其他乘客的餐巾纸快速抽出两张，在餐巾纸中部撕出一个小洞后把纸覆在老太太的嘴唇上，一只手的手掌根部按住老太太的额头向下压，顺势用手指捏闭鼻孔，另一只手按住老太太的下巴并向上抬，使其头部呈仰着的状态。

张乐跪在老太太身旁，手都不知道往哪儿放。

"你磨蹭啥，还不赶紧的！"江蕙发觉了。

"我忘了按压的确切位置。"张乐脑门直冒汗。

江蕙把张乐的手扯过来放到老太太两个乳头连线和前正中线的交叉点，白了他一眼："十指交叉，手臂成一条直线，双臂夹紧，以上半身的重量按压，课堂上学的忘了？！"

张乐这时汗都滴下来了，一边按压一边胆怯地回答江蕙："一次按多少下我也忘了！"

此时张甜带着列车员回来了，立刻接话："一次按压 30 下，深度 5 厘米到 6 厘米，按压频率每分钟 100 次到 120 次。上完课我和姐姐在宿舍里练过，姐姐说，说不定以后用得着。"

张乐听了立即忙活起来。

江蕙抬头看了看张乐按压的姿势："压下去的手不要离开胸壁，随着身体顺势跟着回复！"江蕙指出张乐的错误，张乐紧张得不敢吭声。听到张乐和张甜数到"30"，江蕙深吸口气，使劲儿往老太太嘴里吹了两口。

"好！张乐继续按，开始第二循环周期！"在张甜的指挥下，两人有条不紊地忙活着。5个周期的心肺复苏结束后，江蕙重新检查老太太的呼吸和颈动脉搏动："心跳呼吸没恢复，我们继续！"江蕙大喊一声，额头也开始冒汗了，尽管高铁车厢的冷气很强劲。

又一轮心肺复苏结束，江蕙仔细观察老太太的胸部有没有起伏变化，再次检查颈动脉："还是没有恢复，没哪里不对啊？！"江蕙急得直皱眉头，转身对列车员说，"阿姨，我们需要医生帮忙，病人的情况危急，我们没有把握。"说完回头对张乐说："再来！"

列车员赶紧用对讲机联系，过了几十秒，车上的广播开始反复播报："乘客同志们，第九车厢有位乘客突然出现呼吸心跳停止，急需帮助，有从事医护工作的乘客请立即赶往九号车厢，谢谢！"

张甜看江蕙急得冒汗，再看躺在地上一动不动的老奶奶，咬着嘴唇快要哭了，她知道自己也帮不上忙，只能不停地搓手。

"26、27、28、29、30！"这次江蕙也跟着一起数数，数完立马再次吹气，漫长的五分钟过去，再次探摸老太太的颈动脉，观察着老太太的胸部。

"有呼吸了！有呼吸了！"看到胸部出现明显的起伏，江蕙激动起来，张甜紧咬的嘴唇也松开了，同时好几位听到广播的医生也赶到了。

张乐"咕咚"一声一屁股坐在地上，背撞在旁边的座椅上一声闷响，整个人瘫倒在地，他太紧张了，上衣已经湿透。

这时老太太的眼睛慢慢睁开，江蕙紧绷的神经一下松下来，跪着的身体都有点摇晃，顺势坐到地上，手撑着地。张甜连忙蹲下，扶着江蕙的肩膀。

一位医生说:"我是心脏科的,让我来看一下!"随即俯下身看了看悠悠醒来的老太太,伸手摸了摸老太太的颈动脉:"暂时没什么大碍了。"看着老太太逐渐恢复生气,医生问了声:"大娘,你能说话吗?"老太太发出"啊"的模糊声音。

医生站起身来,看了看几个坐在地上的年轻人,又看了看扶着座椅紧张地观察老太太的老爷子:"老人家,大娘是怎么回事?"

"啊?哦!她坐得好好的,突然就一头栽下来了。"老大爷才反应过来医生是跟他说话。

"她以前有什么毛病没有?"

"她心脏不好,这段时间感觉没啥问题才让我带她出来的。"大爷语气里带着埋怨。

"你们这是要去哪里啊?"

"上海。"

"那这样,你们暂时先不要去上海了,大娘情况比较危险,为防止意外必须马上送医院!"

"这是火车上啊,怎么去医院呢?"老大爷喃喃道。医生转过头对列车员说:"您好,下一站是哪里?"

两个声音一起回答:"常州!"除了列车员,张甜也脱口而出,说完才意识到不是问自己,赶紧低下头。

"您赶紧联系下常州站,让他们联系医院的救护车在车站等候,这位大娘要送往医院才行。"

"好的!"列车员拿起对讲机,一边说话一边朝外走去。

老太太意识清醒了许多,手在旁边抓了两下,碰到地毯,目光聚焦到老爷子的脸:"这是……什么情况,我这是……在哪里?"声音还有点停顿。

这时候江蕙已经在张甜的帮助下站了起来,张乐也扶着座椅站起来,捋了捋贴在脑门上湿了的头发。张甜帮江蕙擦了擦汗,自己也擦了擦。医生让张乐帮他把老太太扶起来坐到座位上。

"多亏你们抢救得及时啊,晚一点就很危险了!"医生转头看着他们三个,"你们几个像是学生啊?"

"我们是南江医科大学的学生。"江蕙恢复了平静。

"难怪呢,我来的时候看到一点你们的救助,很好!"医生竖起了大拇指。

"我们都太紧张了,第一次遇见这种情况,幸好幸好。"江蕙若有所思。

"可不是吗,我都要哭了!"张甜接着江蕙的话,江蕙侧过脸,露出笑容。

"你们做了件很了不起的事情,我们大家给几个年轻人鼓鼓掌吧!他们为大娘争取了'白金十分钟'!"医生提高了嗓门。

话音未落,车厢里爆发出热烈的掌声。之前都在关注抢救,大家都屏住呼吸,不敢发出一点声音,生怕影响了他们。此刻终于可以长舒一口气,紧张感得到释放,掌声也热烈异常。

三位年轻人都有点不好意思,江蕙带头给大家鞠了个躬,张甜和张乐连忙跟着鞠躬。

老大爷离开座位,握着几个人的手,眼角似有晶莹的泪光:"谢谢你们啊,没有你们我老伴就没有了,谢谢谢谢!"大爷要鞠躬,被张乐扶住了。

"大爷,没事,这是我们应该做的!"

这时列车员折回:"我们已经联系好了,再有二十分钟就到站了,救护车会进站等候,你们放心。"

"谢谢!""谢谢!""谢谢!"老爷子、医生和江蕙他们三个分别道。

三个年轻人一屁股坐回自己的座位，一个个如释重负，都有点乏力。

"好样的，给你们点赞，很荣幸跟三位英雄坐在一起！"旁边戴眼镜的大叔伸过竖起的大拇指。

"哎呀，不敢当不敢当。"江蕙回了一个不好意思的笑容给眼镜大叔，三个人立马从"烂泥"的状态坐正了。

火车到达常州站，几位医护人员上来把老太太接下车，老爷子路过江蕙他们时，还是深深地向他们鞠了个躬。几个人猝不及防，都没来得及站起来，老爷子就迅速跟上老太太下车了。

"姐，你怎么那么冷静啊？换我早就呆在当场，脑子不动了都。不是听到你吩咐的话，我当场就石化了！"张甜抱着江蕙的胳膊。

"哪有啊，我也紧张啊，汗都下来了。"江蕙说着捋了下头发，"你看，湿的。"

张甜看了看："嗯，是的。可是我觉得你还是比我冷静太多了，我是被吓着了。"

"我那时只想到救人，因为我想起我妈妈了，如果当年我要学会心肺复苏，说不定能救回我妈来……也不一定，那时我还小。"江蕙望着窗外。

"啊，阿姨当时是怎么啦？"小甜甜抱着的手臂紧了一点。

"我妈是因为我们当地的医疗条件差，拖的时间长，当时倒下来的样子和这位大娘很像，家里人忙着找车送去医院，可能耽误了时间。"江蕙平静地说着，两只手却无意识地握在了一起。

"其实那次上完心肺复苏课，回到宿舍我让你跟我练习，就是想起我妈了，我想说不定将来有用，还真的用上了。"

"是啊，我当时只是以为你开玩笑闹着玩，没想到是这样。"张甜有点伤感地看着江蕙。

"我是真紧张,现在浑身没劲!"一直没开口的张乐头靠在座位上。

"嗯,我们都是第一次遇到,谁心里都没底,紧张正常的。"江蕙看了看张乐。

"虽然我是个大老爷们,但那时候我跟小甜甜的感觉一样,不知所措。"张乐看了看小甜甜。

"拉倒吧,你不如我,你都忘了学过的内容了,哼!"小甜甜撇了撇嘴。

"确实,这我得承认。"张乐瞥了眼小甜甜。"说实话,我还是很欣赏江蕙,同样都是紧张,她要比我们冷静得多,头脑清醒得多,对吧?"张乐顺便堵小甜甜的嘴。

"那肯定,我姐是将军,你顶多是士兵。"张乐依然没有逃过一劫。

"那你呢?"

"我是将军经纪人,哈哈哈,你逃不出我的魔爪的!"张甜笑得都呛到了。

"哎呀,我要眯一会儿,你们继续吧。"张乐两手抱在胸前闭上眼睛,顺便躲开小甜甜的"子弹",要不然可有的受呢!

"嗯,是有点累呢,我们都眯一会儿吧!"江蕙摸了摸张甜的头发。

张甜翻了个白眼,也乖乖地靠在椅背上闭上了眼睛,看似没有睡意的她反而第一个睡着了,江蕙温柔地看了看她,也闭上了眼睛。

出了车站,张甜带着两人上了出租车,立马跟司机说起家乡话来,吴侬软语甚是好听。江蕙和张乐静静地听着,谁也没吭声,蛮享受这样的方言氛围,虽然一句也听不懂。两人相视一笑。

"本来我爸说开车来接我们,我说不用,还是打车自由些,我也是怕你们拘束,反正到家了是我的天下,就不存在拘束了,哈哈!"张甜回过头说。

"你们苏州话很好听唉,在学校都没听你说过。"江蕙道。

"在学校跟谁说啊,回来就自然地说了,很好听吗?我是没什么感觉。肯定会带你们去听评弹的啦,我好像没在意,也没啥稀奇的。"张甜歪了歪脑袋。

"爸!妈!我回来了!"张甜三人进门换上拖鞋,门口三个人的拖鞋准备得好好的,大门都是开着的。张甜的爸爸妈妈"列队"欢迎宝贝女儿和她的同学。

"叔叔阿姨好!"江蕙带头,张乐跟着问候张甜的父母。

"欢迎,欢迎啊,欢迎来我们家玩。"张甜爸爸的嗓门爽朗洪亮。

"这是我跟你们说了好多次的江蕙,这是张乐。"张甜一边介绍,一边抓起桌上的水杯喝了口水。

"知道知道,如雷贯耳啊!小甜无论是电话还是回家,一直跟我们说起你。"

张甜爸爸边说边不停地点头。

"可不是吗,小甜说多亏你照顾,比亲姐姐还好呢。你呀就知道自己喝水,也不招呼同学喝茶!"甜妈轻轻地"责怪"张甜。

"哎呀,不好意思,不好意思,两位大人请上座,看茶。"张甜一弯腰,左手背到身后,右手摆出一个"请"的姿势。

"这都跟谁学的啊,油嘴滑舌的!"甜爸笑骂道。

茶几上水果、零食、小吃摆了一长条,茶水已经倒好。张甜端着自己的水杯,单膝跪在沙发上,看着有点拘谨的两人,笑。

"你这孩子,招呼客人还要我教你啊?站没站相,坐没坐相的!"甜妈拍了一下小甜甜,向厨房走去。

"哎哟,疼!"小甜甜夸张地顺势坐倒在沙发上。甜妈笑着白了她一眼:"我去炒菜,等一下吃饭。"

"要不要我们帮忙啊?"江蕙站起身来,张乐也跟着站起来。

"不用不用,该炖的早就炖了,菜什么的都已经洗干净切好,就炒一下。你们先坐,吃点点心,聊会儿,一会儿就好。"甜妈连忙摆摆手。"你看看你,要学着点。"顺便用手指了指张甜,张甜伸了伸舌头。

甜爸早已经在厨房了,甜妈说完也进去了,客厅里又回到无拘无束的状态。

"你在这儿喝点茶,我带我姐到我房间去,就不带你啦。"张甜拉着江蕙的手起身对张乐说。

"你们去,你们去。"张乐忙不迭地答道。

甜甜的房间收拾得干干净净、整整齐齐,物件的摆放看上去颇用心思。一架钢琴放在靠窗的角落里,上面盖着白色绣花的绵绸布;另一边是甜甜的书桌,上面摆着小公主的玩偶。

"你会弹钢琴啊?"江蕙好奇地问。

"是啊,我小学学的钢琴。"甜甜很自然地回答。

"又一个没听你说过的。弹了多少年啊,现在还弹吗?"

"好像在学校也没机会说,我没觉得稀奇,就小学弹的,考完了十级。后来初中学习紧张起来就没弹了,现在更没弹了。"甜甜把窗户完全打开。

"那多可惜啊,为什么不弹呢?"江蕙不解。

"没什么可惜吧,就是一时的爱好,况且我又没想过把它当成职业。"甜甜坐在床边,江蕙踱着步仔细欣赏她的房间。

"你的毛笔字写得比钢笔字好啊,没想到!"江蕙盯着挂在墙上的一幅字说。

"哎呀,见笑见笑,这是我初中时写的,我妈挂在这儿的,也就是上过书法兴趣班。"甜甜一边说一边站到江蕙身边,"你是不知道,我那时的小伙伴们周六周日暑假可忙了,学画画的,学书法的,学舞蹈的……差不多每个人都要上兴趣班,想想都觉得累。"张甜摇了摇头。

"你是真幸福,我小时候就没这条件。"江蕙有点羡慕。

"还幸福?我的天,那时兴趣班成风,大人也不管小孩子的感受。"张甜有点惊讶,她想象不到偏远地区农村孩子的学习条件是什么样的。

"甜甜,你们出来吃饭啦。"外面传来甜妈的声音。

"哦,来咯!走,吃饭去,吃完饭带你们去玩。"张甜摆出"请"的姿势,拉着江蕙出了房间。

"哎呀,阿姨叔叔,你们也做得太丰盛了吧,这么多菜!"江蕙看着满满一桌子菜感慨。

"我早就跟我妈说了啊,我最好的朋友来玩,一定不能怠慢了。对吧,妈?"甜甜转头看着甜妈。

"对对对,我们甜甜的吩咐敢不当回事吗!"甜妈笑道。

"要不要喝点酒啊你们?"甜爸抓着面前的白酒瓶说。

"我们是学生,哪能跟你一样啊,还喝白酒!"甜甜立马一个白眼。

"那喝点红酒吧,今天高兴嘛!"甜爸看向江蕙他们两个。

"那我们少喝点红酒啊,反正也没事。"甜甜睁大眼睛看着江蕙和张乐。

"我们也不会喝酒啊!"江蕙代表了张乐。

"就一点点吧,我们又不是像我爸一样的酒鬼。"甜甜偷偷瞄了甜爸一眼,甜爸正往自己杯子里倒白酒呢,脸上挂着笑。

"你少喝点,少倒点。"甜妈板着脸命令着。

"没事,我有数。"甜爸倒满了杯子。

"你天天有数。"甜妈白了甜爸一眼,转过脸就堆着笑看着江蕙他们,"多吃菜,多吃菜!"

因为张甜回家,甜妈做了她最爱吃的菜——响油鳝糊和红烧肉,甜爸则找熟人买了阳澄湖大闸蟹,为了招待两个同学,甜妈还炒了碧螺虾仁。江蕙早就听张甜说过好多次,说甜妈做的菜比饭店的好吃,这回算是逮着了。一桌子菜看着就流口水,更别提闻到的香味了。

张乐也是埋头吃,偶尔搭一下她们的话题,他可不想成为张甜的焦点。啃完了一只大螃蟹,江蕙感觉很饱了,但还是有停不下来的感觉。

"阿姨做的菜太好吃了,我都舍不得放下筷子。"江蕙拿纸巾擦了擦嘴和手。

"嗯,嗯,是啊!"张乐嘴里嘟囔着,继续啃螃蟹。江蕙看着直想笑。

"你们吃得开心我就很有成就感啦,我们家甜甜啊再三交代,你们是贵客,不能怠慢!"

"叔叔阿姨你们辛苦!这么一顿回味无穷的饭菜,我们有得回味呢。"说完,江蕙端起酒杯,用脚踢了踢张乐,张乐连忙也站起来端起杯子。

看着他俩站起来,张甜也站起来了。

"来,为今天的高兴干一杯,顺便也为我们今天的壮举干杯。"

"等等,今天什么壮举,我怎么听得稀里糊涂呢?"甜爸拉住甜甜举起的胳膊。

"哈哈哈,我让他们不要说的,由我来说。想不想听?"甜甜干了一口,放下酒杯,重新坐下来。

"快说快说,什么事,搞得这么神秘?"甜妈白了甜甜一眼,期盼地看着她。

"是这样，我们今天在回来的高铁上救了一位老奶奶。"甜甜微笑着。

"快说怎么回事？别磨磨唧唧了！"甜爸非常好奇。

"我们在车上看到老奶奶昏倒了，给她急救，把她救过来了……"甜甜把整个过程绘声绘色地描述了一遍，甜爸甜妈听得入神。

"你们是不知道啊，到站下车的时候，同车厢的旅客让出一条道让我们先下，给我们鼓掌，还有人竖大拇指，两个列车员一边站一个，像列队欢送一样。啧啧，那时候我就像明星走红毯一样，别提多开心了。原来做了一件平凡的事也可以这么伟大！"甜甜说到此处，不自觉地连眉毛都往上挑了，仿佛此时她就是在做一个英雄事迹报告会呢。

"给孩子们鼓掌啊，老太婆。"甜爸带头鼓起掌来，甜妈反应过来立马也鼓起掌来。

"这是值得喝一杯的事。"甜爸举起酒杯，"来，为我们的英雄干杯。"江蕙和张乐也连忙端起酒杯站起来。

"说句俗话，你们将来是国家的栋梁，你们今天的表现就是证明。年轻人不错！"甜爸干了一大口。

落座后，甜妈打开了话匣子："难怪我们甜甜老跟我夸你呢！"边说便又拿了一只螃蟹放到江蕙的碗里："多吃点，辛苦……"说着愣了下，又拿了一只放到张乐的碗里。

"谢谢阿姨，我那只还没吃完呢。"张乐忙说。

"年轻人多吃点，这点没什么！"

"甜甜说，才去的时候，都是你帮她这个那个的，洗衣服啊，叠被子啊，还帮梳头。你看看甜甜，都是我们太惯她了，什么都不会。"甜妈瞥了瞥张甜。

"是啊，我啥都不会，都怪我妈！"张甜说完做出挨打的样子。

苏州行 | 我那时只想到救人

"我们都是出门在外啊,互相帮助应该的,甜甜人又聪明可爱,照顾一下自然的,何况现在她什么都会了,有的做起来没人能比。"江蕙夸甜甜。

"我怎么那么不信呢?"甜妈故作疑问状瞅瞅甜甜,嘴角挂着笑。

"你看我妈啊,还讲不讲理啊!"张甜说着皱着眉头苦了个脸看着甜爸。

"我们甜甜也长大了,身边有这么优秀的同学,近朱者赤嘛,天天跟这么优秀的朋友在一起,能不好吗!"甜爸笑道。

"就是嘛,你看我爸多会说话。"张甜给甜爸一个大拇指。

"我啊还是不信呢,你那么笨!"甜妈笑。

"甜甜哪里笨啊!这么聪明还要多聪明,我刚看了眼墙上的这些奖状,比我多好多。张乐,你拿过这么多奖状吗?"

张乐顺着江蕙指的方向望去:"这是学霸啊,我可没有这么多。"

"甜甜学习不认真啊,漫不经心地,一直都改不了。"甜妈继续说张甜。

"不认真都这么好,那要认真还得了啊!"江蕙看着张甜笑。

"我很认真啊。"张甜一脸得意。

甜妈看了看张乐和江蕙,转脸神神秘秘地对张甜说:"你什么时候带个男朋友回来啊?"

张甜随便回了句:"没空,没人要。"

江蕙和张乐互看了一眼。"甜甜的眼光可高了,基本看不上,追她的多了去了,她不搭理。"江蕙笑着说。

"哦,是吗,甜甜?"甜妈很不信。

"啊,别听他们瞎说,没有啊!"张甜头也不抬,"再说了,抢迟了,好的都被挑了!"

"听听,听听,这拽的!"甜妈冲着甜爸直皱眉头。

"你啊,就是操心的命,我是不管!"甜爸就一个劲儿地笑。

100　这世界我来过

大家痛快地睡了个懒觉，第二天下午，张甜带江蕙他们去转了苏州的几个园林，处处风景都能让人想象到当年的文人墨客、才子佳人的情景。几个人一边感慨园林的美与精致，一边讨论那些流传下来的轶事。

不知不觉已近黄昏，夕阳下的深秋，金色越发亮得鲜明，江蕙觉得整个人仿佛梦回古代文人墨客的浪漫诗画之中。

告别一座座典雅秀丽的园林，告别一个个文人轶事，他们来到烟火繁盛的苏州民居，一条长长的小河延伸向远方，金色的余晖在小船划过的波浪里折射出粼粼的光，游人如织却不紧不慢，每个人似乎都放慢了脚步，生怕自己错过每一帧美丽的画面。相机随便一拍就是一张韵味十足的照片，此时每个人都是专业摄影师。

三个人顺着河边漫步，看着的是两岸的古建筑，是偶尔划过的小船，是微风吹动的姑娘的裙摆，是一间间颇具特色的小店，里面陈列着各种令人流连的饰品，偶尔有家快餐店出现，将人们的思绪拉回现代。三人就这么一路走着、看着、说着，不知不觉天色已渐暗，落日似孤灯，河两边的灯光也慢慢亮了起来。

眼前似乎换了一幅场景，电影电视里看到的各种灯都亮起来了。此刻三人手拿纸扇，漫步在这古道，感觉就像置身画中，江蕙边走边想。

三人玩了一个下午，走了不知道多少路，此时也到了晚饭时间，张甜准备带他们去一家本地人认可的很好吃的面馆吃面，吃完继续逛。沿途经过两个唱评弹的地方，恰好没有表演，他们也就没停留。谁料他们离开面馆没走多远，就听到了琵琶声声，江蕙立马竖起了耳朵，脚步不自觉地加快。张甜跟着都有点小跑了："姐，你走这么快，吃过饭有劲儿了是吧！"

江蕙没有减速，也没说话，朝着琵琶声传来的方向走去。张甜拽住她的手跟上了，一旁的张乐看了偷偷地笑。

　　琵琶声的源头就在河边，透过窗户就能看到里面的场景，三人决定还是进去看看。居然还是张甜小时候来过的，用她的话说：不稀奇啊！

　　穿着古色古香的评弹演员抱着琵琶坐在台上唱着，台下好多观众聚精会神地听着，舞台的设计也很仿古，使人有种回到古代的错觉。

　　终于感受了心心念念的评弹，三人出来，张甜带着江蕙和张乐继续品尝沿街的小吃，经过四角亭或者长石凳时已经需要坐下来休息一会儿了，毕竟从下午到晚上一直在不停地走。江蕙很喜欢老街这种小桥流水人家的慢生活的感觉：白墙黑瓦，河街相邻，一边是各式各样的商铺，一边是住在这里的人家；一边是悠远、斑驳和古旧，一边是现代风情，你置身其中也跟着不停地切换感受。

再回首

青葱岁月

路漫漫其修远兮,
吾将上下而求索。

胡戈整理好手头的资料，准备下班，手机震动了，一看——老班长。

"老胡啊，下班了吧？"那边传来一如好多年前的声音，还是一口东北大碴子味，虽然说着普通话。

"刚准备下班，好久不见！"胡戈有些意外，同学群里经常一潭死水，没什么人说话的，大家都这个年纪了，懒得说话是通病。

"是这样，今年是我们大学入学二十周年，我们搞个聚会，大家聚一下，很多同学都没什么联系了，虽然有个同学群，也好多年不见了。我先看看你们几个活跃分子的看法，然后再在群里说，所以给你们打个电话。"班长说完"嘿嘿"笑。

"好啊，好啊！我是没任何意见，玩儿我是最积极的，听领导安排。"胡戈也很高兴。

"那就这么说，你负责联系下你们宿舍的，具体到每个人，能来的一定要来，特别你的好基友赵南一。"班长依然是班长的口气。

"没问题，保证完成任务！"胡戈仿佛被唤起了调皮的细胞。

晚上吃完饭，胡戈照例钻进书房享受自己的世界，陈彦忙完也在喝茶。

"我们班长今天给我打电话,说搞个大聚会,今年入学二十周年,群里在热烈讨论呢,平时根本没人说话,偶尔有人转个鸡汤什么的,这倒是没想到。"胡戈按了按遥控器,把音乐声调小了点。

"啊,都二十年啦,我都没在意,我们班好像还没说这个事,还是你们班会来事儿。"陈彦睁大眼睛依旧靠在门框上,端着茶杯看着胡戈,这样说话的场景几乎每天都有,甚至有时不说话,她也是这样看着胡戈。

"那可不是,我们班多好玩啊,在学校活动最多,花样百出,你是不知道同学们这次的热情。"胡戈"嘿嘿"地笑。

"那我也要去凑热闹,反正你们好些个同学我都熟,特别是跟你铁的几个。"陈彦撇撇嘴。

"哈哈哈,羡慕吧!不过他们几个已经说了,要我把你带着,说这是任务。"胡戈笑着看陈彦。

"嗯,这还差不多,说明你的几个死党还是有良心的,有好吃好玩儿的没忘了我。"此时的陈彦像是回到了校园里高傲的公主模样。

胡戈借着喝茶掩饰自己的笑,眼睛看的是陈彦,脑子里也还是校园里那个高高在上的校花陈彦。

"你又在坏笑什么?"陈彦看出胡戈在偷笑。

"啊,没有啊,我就是想到当年学校的场景。"胡戈抬起头笑着看陈彦。陈彦盯了胡戈一眼,转身迈着高傲的步子去客厅加水了,明明书房也有水。

胡戈笑出声,手上的遥控器顺便迅速调大了音量。

接下来的联系还是很顺利的,同学们的热情都很高,连大忙人、全国有名的"一把刀"赵南一也是一口答应。同学群里也在热烈讨论，多少年都没这么热闹过了，好多同学工作间隙都要来群里刷一刷。聚会的日子转瞬就到，同学们都狠狠地捯饬了自己一番，生怕自己落后了其他人，天很热，但同学们的热情更热。

聚会是在一家酒店的超大包间，设备一应俱全，酒过三巡，菜过五味，班长站了起来："我们班总共38个同学，实到36个，那两位有非常特殊的情况来不了，可以说已经非常成功。这里我要谢谢大家对我工作一如既往的支持，加上我们几个家属也是我们班的荣耀，因为我们班是当时我们年级恋爱成功率最高的班，这说明什么？说明我们班是特别能战斗的集体。"

话音未落，掌声雷动。班长按了按手："谈学习我们可能不是最优秀的，但如果谈玩，我们肯定是NO.1，对不对啊？"

"对！"几十个人的声音整齐划一。

"对于过往的成绩我不再一一唠瑟，继往开来，我也大致了解了我们班现在的情况，证明我们的战斗力依然强悍。说实话，对很多同学现在的状况，我只有羡慕嫉妒恨的分儿。我刚才说了，我们学习成绩不是最好的，但是我们班人才多啊，以至于他们现在非常忙。开始组织的时候，我都担心有些人来不了，事实上大家很给我这班长面子，基本都来了。人生没有几个二十年，为我们二十年的聚首，来，再干一杯！"说完，班长先举起了酒杯。

大家都举杯站了起来。

"我说我们班好多人才那真不是吹，校园歌手大奖赛的冠军胡戈，画画最好的赵南一，校足球队成员我们班有三个，篮球队有两个，还有校象棋冠军吕梦，笔杆子梁小熊……太多了。接下来呢，要进入我们的娱乐时间了，这是我们的强项，我们也都十多年没看过彼此的表演了，来吧，大家热烈掌声欢迎！"

掌声再次雷动。

同学里有变魔术的，有脱口秀的，有创作的诗朗诵的，压轴那当然还是胡戈了。胡戈依然是那么帅气,多了的只是成熟稳重,少了的则是稚嫩和顽皮。胡戈出场,大家的掌声经久不息,因为在同学们眼中,胡戈是比专业歌手还专业的、一个被学医耽误的大歌星。

"曾经以为我的家,是一张张的票根,撕开后展开旅程,投入另外一个陌生……"歌曲里的汽笛声把所有人拉回了青葱岁月。

"哐哧哐哧"的火车终于停了下来,拥挤的人群开始下车,旋即又投入拥挤的人群。胡戈背着大帆布包,一手拿着外套,一手提着军绿色书包,挎着水壶,牛仔裤和白T恤倒是很搭,要不是年龄小,乍一看还以为是个时尚小生呢!只是帆布包有点拉垮。

穿梭在南方车站的人群里,胡戈既陌生又兴奋,南方的天气热得他脸上的汗不停地往下滴,阳光映衬下的是英俊少年坚毅的脸庞。

交通还是很顺利,胡戈来到自己想象中的学校,从收到录取通知书的那天起他就在想,现在终于在眼前。

宿舍里已经陆续到了几个同学,一阵陌生的问候之后大家都变得小心翼翼——都是第一次出远门的人,很多人还是第一次来到大城市,拘谨是一定的。

收拾好床铺后,趁着还有时间,胡戈下楼溜达了一圈。除校门口到宿舍区这条路上有很多人,其他地方并没有太多人,大家都忙着收拾自己的床铺和打扫卫生。操场很大,比起自己高中学校的操场,气派很多也好看很多,是标准的足球场地,操场旁边是有一溜排篮球架的篮球场,一群高年级的同学已经打上球了。

胡戈深吸了一口气,第一次感觉到学校的空气是有味道的,也许是因为大城市的污染大吧,说不上来是什么味道,就是和家乡的不同。他不由得又深吸了一口。

溜达一圈把一些地方熟悉了一下，胡戈径直回宿舍，小伙伴们已经全到了。大家说着有些蹩脚的普通话，带着各自家乡的口音，甚是好玩，一番自我介绍后，慢慢地开始唠了起来。

来自五湖四海，为了同一个目标走到一起的热血青年们，无论性格内向还是外向，此时此刻来到这里，要共同度过五年的校园生活。

吃过晚饭后，大家还沉浸在开学的兴奋中。杨海波打开小收音机开始听音乐了，南江的电台音乐节目丰富，好几个台都在放好听的歌曲，在家他也听。河南的章劲感慨，这比他们那边的电台丰富多了。胡戈看着大家各忙各的，自己也没啥可听，只能眼巴巴看着同学摆弄。

"那个杨……你把声音开大点，我们一起听吧！我还记不住你名字，抱歉啊！"胡戈望向杨海波。杨海波旋即开大了音量，有人跟他一样喜欢听音乐，那自然是高兴不过了："杨海波，南通的。"

赵南一在摆弄自己的画板、各式各样的颜料和笔，看得出来这是他带出来最宝贵最心爱的东西了，每件都擦拭得干干净净。听见音乐很大声，他只是皱了皱眉头。

刚刚开学，也刚刚离家，能不带的东西都不带，所以宿舍里有几个同学也不知道玩啥，就躺着望着天花板发呆，床铺靠窗户的索性看向窗外，就这么漫无目的地看着。

宿舍里的气氛有点沉闷，一向活泼的胡戈有点不习惯，他想象的大学生活应该是更好玩的。

"唉，我说各位，咱们聊聊为什么考医学院学医可好？"为了打破这种沉闷的局面，胡戈随便找了个话题，这当然也是上了医学院的学生首先讨论的共同话题。

"那你先来吧，你开个头。"由于刚才的搭讪，杨海波似乎放松了许多。

"那我就先来，咳咳，我嘛觉得当医生牛啊！自古以来就是。我也可以去艺术院校的，但还是觉得当医生好，受人尊重。再说我家老爷子也是医生，从小就耳濡目染吧！"胡戈也不客气，自己先来了。

赵南一抬头看了看胡戈，似有点不信或者看轻的意思。

"我啊，跟着成绩来的，班主任和我家人综合评估，觉得我能考上，结果就来了。"杨海波也很大方。

"到你了，那个……章劲。"胡戈先找记得名字的问。

"我还好吧，考得不挺行算是，或许可以上更好的学校的，但既来之则安之吧！"章劲摇摇头。

"我主动点，我，何书同，江苏徐州的，爱好喝酒、打牌，当然只能偷偷摸摸喝了，请多指教。我爸妈认为以后医院里有人看病方便，就帮我报了医学院，实际我也没什么主张。"何书同说完一抱拳。

"哈哈，你这个爱好厉害了，分分钟上学校黑名单啊这是，爽快！"胡戈哈哈大笑。

"我河北唐山的，赵丽蓉说的就是我们那儿的话，我属于超常发挥，考好了才来的。为什么学医没想过其实，跟他差不多。"卢伟说完指指杨海波。

还剩赵南一了，大家一起望向他。

"我啊，一开始就是为了把画画好，天真地以为学医能更好地了解人体，了解人的各种极端情绪，更好地在绘画上表现出来。"赵南一一开口，大家都懵了——这是什么鬼理由，简直怪得一塌糊涂。

"哇，你这个想法真是闻所未闻呢，那后来呢，后来怎么想的？"胡戈的疑问也代表了大家。

再回首｜青葱岁月　　　　　　　　　　　　　　　　109

赵南一放下手中摆弄的画板："行行出状元，也许我将来可以做一个医生里画画最好的。"说完苦笑了笑。

"这个不错，我觉得靠谱，我也是，也要做医生里唱歌最好的。"胡戈信誓旦旦地被赵南一带跑了。

大家都用怀疑的目光看了看胡戈，觉得这个爱说话的家伙吹牛的成分比较多。

胡戈也感受到了："哎，你们不相信啊，有机会让你们信的，我家那把吉他太破了，何况也不好带，等以后买一把新的。"胡戈就是这么自信且不管不顾。

赵南一看了看胡戈，对这个聒噪的帅哥还是不太相信。

胡戈也懒得解释，他自己对音乐还是比对未来的学医之路更有信心的。

大学的生活不像高中，供自己自由支配的时间很多，有的依然认真学习，且不说为了奖学金，还有一部分人真的是想出人头地的。而对于胡戈来说，大学就是天堂，一个爱玩的人，又有那么多的时间，简直是如鱼得水，玩疯了都。凭胡戈的聪明劲儿，成绩马马虎虎过得去，不上不下。好在宿舍里并没有那种死读书型的，很快整个宿舍相处得非常融洽，想出的玩法总能得到回应。

今天是解剖课，最感兴趣的当然是赵南一，好像只有这样的课他才很认真似的，潜意识里他学医还是为绘画服务，大家也慢慢地了解和理解了他。

教解剖课的教授叫翟墨羽，已经六十多岁。同学们看这个名字都觉得应该是位很有文化、斯文儒雅的老师，可是让他们没料到的事情就这么愉快地发生了。

老教授可以说是满头白发，戴着一副老掉牙的眼镜，有只眼镜腿还用胶布裹着。讲到骨骼时，老教授扶了扶眼镜："同学们，解剖课是我们的重中之重，希望同学们都要认真学习，这对你能不能成为一个好医生来说至关重要，特别是我们临床医学的同学。"

缓了缓，老教授继续说："为了让你们更深刻形象地了解人体骨骼，我突然想到一个办法，就是呢，大家别嫌弃我这干巴的身材，我把人体的骨骼对应地画在我身上，马上我们一边对照书上的图，一边看着我这把老骨头来讲解，希望你们也别介意。"

班上一阵骚动，许多同学惊讶得合不上嘴，同时伴着些许笑声。

说到就做到，老教授脱下T恤——皱皱的皮，松弛的肌肉，同学们先是哄堂大笑，然后就都不作声了。

老教授没有丝毫的尴尬，拿起标记笔在自己身上画了起来，线画得歪歪扭扭，着实不好看，且效果不是那么好，同学们有的窃窃私语。

"老师,我能来帮您画吗？我学过画画的！"赵南一站起来举手，同学们的目光"唰"的一下全看过去了,赵南一也丝毫没觉得尴尬，坚定地望着老师。

"哎呀，好啊好啊，那太好了！我这画得不标准也犯愁呢，谢谢这位同学。"老教授向赵南一伸了伸手。

班上一片掌声，这出乎所有人的意料，胡戈对着赵南一竖起了大拇指，连连点赞。赵南一也不客气，走上讲台。随着老教授的讲解，赵南一认真地画出每一道骨骼线，等老师讲完了，赵南一也画完了，画得几乎跟书上一模一样，差别只是老教授身体肌肉没有书里那样紧致。老教授给赵南一竖起大拇指，班上又响起一片掌声。同学们对这堂课的印象那是相当深刻。

下课了，老教授首先走到赵南一桌子前："这位同学如果有空的话，请你帮忙，帮我画解剖图谱，因为书上不可能全都有图，有些需要我们来绘制。你看可以吗？"老教授一脸诚恳。

"翟老师，没问题，您随叫随到。还有下次如果有课上需要画图的，我们来，我找一个同学搭档，他做模特，我来画，您只管讲就行了。"赵南一说完看了看胡戈。

胡戈吓得往后缩了缩。

"好！好！好！好同学！"老教授一连三个"好"，不停地竖着大拇指，拍着赵南一的肩膀直点头。

"我说你，说就说看着我干吗啊！看得我毛骨悚然的。"离开教室回宿舍的路上，胡戈就对赵南一开炮了。

赵南一哈哈大笑："下次上课就喊你，奉献一下你的身体啊，小伙子，要有思想觉悟。"宿舍另外几个纷纷表示"老赵说得太对了""胡戈你要有觉悟"，弄得胡戈哭笑不得，狠狠地捶了赵南一几下。

"你越是打我，下次越是肯定喊你了，并且我跟老师说，我们说好的，哈哈！"赵南一边躲边说。

"对对对，你放心，他要不上去，我们把他架上去。"杨海波的话立即得到大家的一致认同。

胡戈走在前面回过头指指其他几个："我怎么……怎么就没看出来呢，你们一个比一个坏。""做个真的汉子，人终归总要死一次，无谓要我说道理，豪杰也许本疯子……"胡戈悲怆地唱起林子祥的《真的汉子》，几个路过的女生侧目观望，直说唱得不错。几个舍友都知道胡戈此刻的心情，哈哈大笑。

胡戈还是用省下的钱买了把吉他，每天一回宿舍就抱起来练，玩的时间都少了些，至少不再主动出主意了。舍友们都领教了胡戈那非常不一般的歌声，都说他没去唱歌可惜了，胡戈也不在意，但对自己的嗓音还是非常自信的。从听到胡戈唱歌的那一刻起，赵南一对胡戈的态度有了极大的改变,一开始认为胡戈爱吹牛的想法彻底没有了,可以说胡戈用歌声征服了他,他也明白了胡戈说自己可以上艺术院校并非虚言。

于是,宿舍里正常的画面:胡戈弹琴唱歌;赵南一画画;杨海波戴耳机听歌,偶尔跟唱几句跑调的,引得大伙哈哈大笑;章劲看武侠小说,美其名曰说是把失去的青春补回来。

吃晚饭的时间到了,因为宿舍外面的走廊传来"开饭咯"的声音。

"走吧,禽兽们,吃饭了。"胡戈边说边走过去摘下杨海波的耳机。

每天去得早啊,不仅菜刚出来好吃,给的分量也多点。几个爱吃的家伙早就研究过了,而且人还少些,不用排多长的队,汤里的青菜也还多。这一切都是好多次"战斗"的经验总结,要说吃饭,本宿舍是最积极的。

食堂的窗口还没开,大家的目光都盯着同一个目标——专注!

窗口一打开,同学们纷纷展开小猪奔向食槽一样的速度,一手拿着餐盘,一手拿着饭卡。

食堂有个区域大家一般都不去坐,俗称"情侣区",几个人经常感慨,哪天能坐到那个区域就幸福了,望着坐在那里的双双对对,不自觉地咽下口水——是饿的还是羡慕呢?

"我说胡大帅哥啊,你啥时候起个带头作用啊,你这么帅都坐不到那个区域,你让我们还有希望吗!"何书同一边鼓着腮帮子吃着,一边有些含糊不清地说着。

"吃你的饭吧,饭都堵不住你的嘴。"胡戈斜视了下何书同。

"老何说的没毛病啊,你作为我们宿舍的靓仔,应该做个表率,不要让别的宿舍看低我们啊!"章劲也是边吃边说,还别说,"集体荣誉感"挺强。

"嗯，老章说得对，按理说我们宿舍也不差啊，还没开张就不对啦，同志们加把劲，不要当落后分子！"杨海波擦了擦嘴，吃完了都，"老胡确实要加油了，你是我们最闪亮的星星，你没解决问题就是犯罪，丢我们大家的人。"

"我……倒，有你们这样的吗！做生意啊，还开张？！"胡戈是又好气又好笑，这帮损友只要逮到机会就开损，无论时间地点。"好吧，我投降，要不然你们有的损我呢。找对象谈恋爱又不是去菜市场买白菜，提了就走的，没有合适的我能咋办，我向老天爷保证，一有机会我肯定主动出击。"胡戈说着举起了筷子。

"老天爷才没时间管你这屁事呢，你多大的脸啊！"一直没说话的赵南一一句话逗得大家直喷饭。

"好吧，好吧，我吃饭，不跟你们说了。不过我听隔壁班的说，周末我们食堂桌椅一撤就是舞厅啊，你们有没有兴趣啊？"胡戈嘴上说不说，还是在说着。

"我晕，你为吗不早告诉我们，是不是想一个人来？！"卢伟作势一拍桌子，动作很大，声音很小，毕竟公共场合，要注意形象。

"得！你们啊都是老佛爷，极其难伺候，说什么你们都不满意，我不伺候了！"胡戈说着也作势要起来，被旁边的何书同一把拉下。

"你就让他走，你看他能到哪儿去，跟我们玩这个，小同志，还嫩的吧！"赵南一看看胡戈，略带挑衅的眼光。

"老同志，你说对了！"胡戈笑着，"我是没辙了，遇上你们算我倒霉吧，认命。"作势抹了把眼泪。

周末的舞会除非特殊情况，否则大家是风雨无阻的，还真没在晚上去过食堂的家伙们，早就眼巴巴地数着时间，虽然说大家都不会跳舞，但热闹还是要看的，再说可以学嘛！胡戈不喜欢跳舞，就是去凑凑热闹，听听音乐也好，反正周末大把的时光。

"舞厅"的设备非常简陋，简单到可以忽略的地步，两三个彩灯不停地转着，灯光也调暗了很多，一个体积稍大的音响放着碟，声音马马虎虎——反正这也不是最主要的，最主要的是跳舞，是邀请美丽的女同学跳舞。

几个"土蛤蟆"看着别人一对对地荡来晃去好生羡慕，自己又不会，只能干着急，各自认真地观察着场上的舞者——看看好像也不难，三步四步、小拉、恰恰，几个回合看下来，信心大增，个个跃跃欲试。

胡戈径直守在音响旁边，翻看放在那儿的盗版碟，虽然吵了点，但一点也不影响他看。看碟要结束了，立即换了碟，原来放碟的看有人在操作，也就只管跳舞，不过来了。

就这么听了好几首歌，正跳着舞原来负责放音乐的人在场上喊："哥们，帮忙放个嗨的，来点热的！"

太吵，胡戈听到了做出一个"OK"的手势，爆裂的摇滚响起，刚刚慢悠转圈的男女一个个都扭动起来，下场跳舞的人多了。

"这有什么啊，不就是上去乱扭吗！走，我们也上去跳，只要节奏对就没问题。"杨海波说着欲往场上去，看其他几个人都没动弹，不禁止住了脚步，"你们啥情况？走啊，这也没什么难的，走，上！"

"你先去试试，看你跳个两分钟我们再来。"卢伟摆摆手示意杨海波先上。

"这有什么啊，上就上！"杨海波一边说一边撸起袖子，不知道的还以为他是去打架呢。

看着杨海波顺利地"舞"起来，其他几个人才慢慢地上场。胡戈看到几个损友也下场乱扭了，哈哈大笑，冲着他们直竖大拇指。

"那时啊，学校不鼓励谈恋爱，但也不禁止。当然学校也是为我们好，虽然我们也没当回事，大家心照不宣。从成功率来说，我们班在这方面还是很突出的，对吧？"班长喝得兴起，开始说起当年大家最有兴趣的事来了。

大家异口同声说："那是！"不少人互相看看，指指点点。

班长摆了摆手："在这方面，我们班涌现了许多可歌可泣的'英雄事迹'，这里头把交椅那肯定是胡戈了，追到我们公认的校花，我们除了羡慕的分儿也没有其他的，对吧？二十年后，我们重温下当年胡戈光辉的历史可好？请胡戈谈谈感想，顺便请相关同学爆料下当年的细节趣事，大家鼓掌！"

掌声热烈无比，毕竟这也是当年最吸引眼球的话题。

胡戈被班长搞得反而不好意思了，连连指责班长不厚道，大家哈哈大笑。坐在胡戈旁边一直没怎么说话的陈彦也不好意思起来，端着饮料杯掩饰。

"没有什么可说的啊，你们不都有这种经历吗，难道有哪里不同？没什么好说的啊！没有，没有。"胡戈想糊弄过去。

当然是糊弄不过去的，作为当年学校的焦点，这是大家津津乐道的话题，顿时一片起哄的声音。

"我来开个头吧！我们同宿舍的，估计也没几个比我们更熟的了，对吧？"杨海波站了起来，掌声一片。

胡戈只好投降，他知道刹不住车了，手托着下巴微笑着看了看陈彦，言下之意：你要来啊。陈彦瞪了下胡戈。

"事情呢要从一次公共课大课开始，在阶梯教室那个。"杨海波打开了胡戈的回忆。

今天上大课，胡戈他们去得迟了些，后面的位置基本都被占了，只好往前坐，认不认真学习，只有自己知道。

冬日下午的阳光暖暖地穿过阶梯教室高大的窗户洒了进来，同学们为躲避阳光的直射，有的托着半边脑袋，有的侧脸趴在桌上，有的把书打开一个扇形立在桌上，头藏在书里，下巴垫在手上。

胡戈时不时用手托着脑门，时不时转动脑袋望向两边，看看有什么新奇的，

有没有同学在搞小动作——没有什么发现，百无聊赖。这时，他突然发现左边斜后方的位置坐着一位大美女，忍不住不时地偷看，但每次偷看必须拿书挡着才敢。这女生实在是太漂亮、太有气质了！班上不好好上课的同学可不少，胡戈就是其中一个，跟别人比他似乎有点肆无忌惮，压根不管不顾。

胡戈这样长时间地盯着女生看，被女生眼睛的余光扫到了，女生侧过脸来，盯了胡戈一眼，旋即看向讲台。

胡戈被女生这一眼盯得像被扎了一针似的，这才意识到自己的失态，赶忙重新托着脑袋，眼睛看向桌面，装作认真听讲看书的样子。没忍一分钟，又侧过脸去偷偷地看那女生。这堂课，胡戈什么也没听进去。

下课回到宿舍后，胡戈依然魂不守舍，没像平时话痨一样，反常的举动被其他几个人看在眼里。

"今天这是怎么了，这么反常？不高兴，还是有什么事？"老杨说出大家想问的。

"哦，没什么，没有事，也没不高兴啊！"胡戈忙不迭地挤出一丝笑容，装作没事的样子。

"撒谎都不利索，说吧，什么事，别不好意思，我们给你分析分析，人民的智慧是无穷的，这么多臭皮匠呢！再说，你上课的小动作我们不是没有看到，老实交代吧！"赵南一审问起来。

经过一番"灵魂的拷问"，胡戈还是如实交代了，即今天上课看到的女生。大家七嘴八舌地开始讨论宿舍要"开张"的问题，

好事的已经跑到别的宿舍打听那位女生是哪路神仙。

经过几个臭皮匠的综合研判,女生是三班的陈彦,由于特别漂亮,一来就出名了,但是有名的冷美人,对众多"登徒子"没给过什么好脸色。如何出手?讨论又陷入困局。经众臭皮匠研究,一致认为:去"堵"她,哪怕不说话,也要让她记住胡戈,总是要开始的嘛!

此时的陈彦并不知道一件有"预谋"的事即将发生,还和往常一样几点一线地生活。

这天,陈彦从图书馆回来路过男生宿舍的盥洗间区域。"谁娶了多愁善感的你,谁看了你的日记,谁把你的长发盘起,谁给你做了嫁衣……"盥洗间自带混响的声音效果,使得这个歌声特别动听,嗓音甚至比原唱还好,陈彦不由得驻足,手里忙假装着整理书包,不让路过的同学看出她是为了听歌才站在那儿的。

陈彦站了足足有三分钟,歌唱得确实非常好,也有其他女生驻足,小声议论着:这谁啊,歌唱得这么好?随着里面嘻嘻哈哈的说话声传出,陈彦这才抬步回到自己的寝室。

似乎是有默契一样,大课的时候陈彦还是坐在原来的位置,胡戈紧盯着人家,也坐到了原来的位置,他认为这是最佳角度——既可以避免正面对视,也可以悄悄地看她。于是乎,"上大课"变成胡戈"开小差"的代名词了。

课间休息,胡戈看左右隔壁的同学都出去了,陈彦还坐在位子上。"机会来了!"他心里想着,拿起书,径直走到陈彦面前。"你好,刚才我上课没怎么听清楚老师说的重点,有可能我刚好开小差了,能不能帮我画一下?"可不是吗,胡戈刚才确实开小差了,倒是没撒谎。

陈彦愣了一下，抬头看看眼前这个帅气但有点小滑头的同学，印象分不及格。她没说什么，拿过书翻到上课老师讲的地方，用笔虚画了几下，看了看胡戈。胡戈点点头，陈彦就在书上画了起来，画完套上笔，把书推给胡戈，全程没有说话。

"谢谢，谢谢！"胡戈连声说道，拿过书。陈彦点点头，并没有看胡戈。胡戈回到自己座位上，心里那个不是劲儿啊！但是胡戈也似乎认定了，反正一有机会就在陈彦面前晃悠，说不上话就不说。课间也还是这样，找机会去问陈彦问题，陈彦也不反感胡戈，因为胡戈就是问问题，没有其他乱七八糟的事。

就这么，胡戈的学习成绩也开始好了，因为他算是跟着学霸学习。宿舍里的舍友也奇怪：这家伙也不认真上课，怎么成绩就好了呢？拷问胡戈，他也说不出个所以然来。只是胡戈变得爱看书了，除了弹吉他就是看书，几乎不出去玩了，众人都觉惊奇。

渐渐地，陈彦也不讨厌胡戈了，习惯自己后面跟着个小尾巴：经常是自己到了图书馆，胡戈也跟着到了，他也不打扰陈彦，但总能找个能看到陈彦的角落待着，平时不太看书的他竟然慢慢地也看起书来。两人就这么不说话地、零碎地持续了整整有半年的时间，陈彦习惯了，胡戈也习惯了。

今天周末，像往常一样，胡戈跟着陈彦来到图书馆。图书馆的人并不多，很多桌椅都是空着的，也像往常一样，两人各自拿了书坐到相隔一定距离的位置上。陈彦看了一会儿书，有点看不下去，遂抬头看看胡戈，胡戈还是很认真地在看书，就这么陈彦欣赏了胡戈足有五分钟：这个同学好像比以前帅气多了，越认真越帅气。

陈彦敲了敲桌子，胡戈听到了抬起头朝她这边望过来，陈彦冲他招招手，指指对面的位子。胡戈一脸惊讶，有点不敢相信，张大了嘴，指指自己，又看看旁边，确实没人，陈彦笑了起来。胡戈拿起书走过来，坐下。

"你跟我很久了吧，不怕我发火吗？"陈彦倒是开门见山。

"没有啊，我没打扰你，而且离你也比较远，你应该没理由讨厌我吧！"胡戈说着脸上露出狡黠的笑容。

"你倒是蛮聪明的嘛！脑袋瓜子很够用，好像这样我确实不能拿你怎么着。"陈彦继续微笑，眼里却流露出一种严厉。胡戈似乎发觉了，一惊。

"不是，我不敢打扰你啊！你学习那么认真，不敢影响你，想过好几次跟你说话，但都没敢。"胡戈说的也是实话。

"这还差不多！"陈彦心里嘀咕，"再滑头就别怪我不客气了。"她眼神放缓了很多："你这么胆小怎么追女孩子呢？你们男生不是常被教导要'胆大心细脸皮厚'吗？"陈彦略带挑衅地看着胡戈，胡戈感觉自己像个犯人一样在被审讯。

"我确实有这个想法，但是怕冒犯你，问你作业你都不会理我了，看到我就绕得远远的，那种感觉更不好，我还是很在意维持现在的样子的。"坦白是可以从宽的。

果然，陈彦听到胡戈这番话很是受用，语气也温和了很多："还好是这样，你也听说过吧？我恶名在外！"

"这还真有，我们……舍友打听到的。"胡戈就差报出舍友的名字了——这个叛徒！

陈彦点点头：很诚实嘛，起码到现在没有说假话。"我要不喊你，你就一直这么跟着我，不说话？你就不怕我谈了男朋友，让他来收拾你？"

"所以啊，我离你远远的，你要是有男朋友了，我还是会这样，好像我也习惯来图书馆看书了。"前一句多少有点水分，来图书馆看书倒是真话。

120　　这世界我来过

陈彦听到有些小感动，目光也变得真诚了许多，也是因为看着眼前这么帅气的胡戈跟自己说话时一脸的真诚。

胡戈看着陈彦笑起来的样子，觉得真是甜美无敌，看得都有些呆了。陈彦见胡戈这样痴痴地望着自己，脸上泛起了羞涩。

两个人依然没有像别人一样有个开始或者有个仪式，就这么默契地一天天地形影相随，图书馆是他们最好的约会场所，一切都是那么自然。

"我们都知道胡戈这家伙那时候可皮了，也不老实啊！很多的馊主意都是来自他，怎么一下子就变了呢？这里面肯定是有什么隐藏的没说。不行，我们不太相信，陈彦你来说说，我们相信你！"赵南一带头起哄，大家立即跟上。

陈彦站起来看看胡戈，看看大家："也真的没什么啊！我们就是很普通的，没什么轰轰烈烈的事迹，水到渠成呗！他改变那是真的，是从他喜欢看书开始的。我说的是实话，他以前怎么不老实我倒不知道，你们可以跟我透露透露，他也没跟我说过啊。"陈彦说完看着胡戈，大家一片哄笑。

"没有啊，别听他们的，我不是一直很老实巴交的吗？！"胡戈说完自己都忍不住笑。

"幸好我吃得不多喝得不多，要不然得吐出来！"杨海波指着胡戈直摇头，大家起哄着要杨海波说说故事。

"哎呀，多了去了，翻学校围墙去外面上网，看电影，吃宵夜……哎呀太多了！"杨海波一说完，大家纷纷表示他是胡戈的托，这根本什么也不算。

"说实话，才开学那会儿，老胡说他是可以去上艺术院校的，我一点儿都不信，怎么样也得我这样才像艺术家吧！直到我们学校校园歌手大奖赛，老胡拿了冠军，才真的信了，才相信老胡不是吹牛，老胡比明星还明星，那家伙迷倒一大片啊，收到不少情书呢！甚至都有女同学要送老胡手机的，我们着实羡慕啊，真的！"赵南一朝着胡戈举了举杯。

陈彦略带疑惑歪头看了看胡戈，言下之意：好多事情我怎么不知道！胡戈睁大眼睛看了看赵南一，转过来一个笑脸朝着陈彦。

大家一致要求胡戈必须讲讲后来的情况，胡戈看躲也躲不过去：不就一死吗，多大事啊！

"我报名参加校园歌手大奖赛了，这两天我得练练歌弹弹琴，第一次登上这么多观众的舞台还是有点紧张。"胡戈看着对面的陈彦。

"啊，你会唱歌？你好像没说过。弹琴？弹什么琴？"陈彦有些惊讶，两个人聊了这么久，除了学习，文学啊、艺术啊都有聊过，可胡戈就是没说过唱歌的事情。这家伙藏得挺深啊！陈彦皱着眉头看着胡戈。

"弹吉他啊！没说过是因为我都聊你喜欢的东西，我又没机会表现，我总不能把吉他带到图书馆来吧！"胡戈的小脑瓜子一转，主意就出来了。这么久了，他俩还没有单独约会过，都是在公共空间。

"那倒也是！"陈彦说完也意识到胡戈的话里有话，反应迟了零点几秒。看着眼前这个脑袋转得飞快的家伙，陈彦心里想：这是福还是祸呢？

胡戈看陈彦同意他的说法，开心地笑了，这更加验证了陈彦的看法。陈彦明白了，耷拉下睫毛算是默认了。胡戈这个开心啊！

校园歌手大奖赛，胡戈不出任何意外地拿了冠军，评委老师直接说："下一届不给胡戈参加了，来做评委。"这一下子，胡戈在学校就火了，拿了奖下台来，就有女生找他签名。在她们眼里，胡戈这种要颜值有颜值、要实力有实力的，将来肯定是要进娱乐圈的，先签名为敬！

"我听过你唱歌啊，歌唱比赛那是第二次。"看着身旁的胡戈从包里拿出吉他，陈彦说。

胡戈一下子愣住了："不可能，我除了在宿舍唱过歌，连班上联欢会都没唱过，很低调的，你怎么可能听过！"

"真的听过，你再想想你在哪里还唱过？"陈彦故意不说，逗逗胡戈。胡戈抓耳挠腮，想了老半天，依然没有头绪。

"你快说吧，我实在想不起来！"

"你们男生的盥洗间！"陈彦笑着说。

"哦，对对对！这我肯定想不到，你们回宿舍会经过我们的盥洗间外面。"胡戈恍然大悟，却也好奇地看着陈彦。

"没啥奇怪的啊！你唱歌确实好听，吸引本小姐驻足听你唱《同桌的你》，我说得没错吧？"

"对对对，我洗澡经常唱歌，澡堂自带混响嘛，唱起来舒服，所以洗澡时我经常会号几嗓子，有时也会在盥洗间弹吉他唱歌。"胡戈有点不好意思地笑。

"真的很好听啊！不光是我还有其他的女生呢，怎么样得意吧？只是当时大家不知道是你唱的。"陈彦的语气略有挑衅。

"没想到啊，没想到！"胡戈一时也不知道怎么接陈彦的话，有点不知所措。陈彦看到胡戈的表情，一下子意识到自己这个习惯不太好，对胡戈说话有时候会不自觉得语气不好……其实也没有什么，只是心里想着对方了。

胡戈看着陈彦深情地歌唱，给自己心爱的人唱歌，是世界上最动听、最动情的!"你是我生命中的精灵,你知道我所有的心情,是你将我从梦中叫醒,再一次给我开放的心灵……"(《生命中的精灵》)唱不完的情,唱不完的爱,一首接一首……

胡戈就这么一首接一首地唱着,不知道唱了多少歌,歌里的那个人怎么样都是化身陈彦的。这公园深处,四周绿松环绕的石桌石椅,犹如翡翠中间的宝石。微风拂过的树梢起伏,又宛若平静湖面上的小船。两个相爱的人相互依偎,有说不完的话,有唱不完的歌。伴着夕阳余晖的金黄,胡戈的嘴唇落在了陈彦的额头、脸颊、嘴唇……

大家酒喝得差不多了,小范围的谈心聊天开始了,赵南一挨着胡戈坐下来,看着陈彦说道:"你们家这个家伙贼精贼精的,你可得小心啊!"

"你酒喝多了吧,哪有你这么说话的?你不怕我揍你啊!"胡戈拍了拍赵南一的肩膀。

"我有点好奇,他怎么贼精了呢,还发生过什么事是我不知道的,快说说!"陈彦被赵南一的话勾起兴趣,笑了起来。

赵南一就借着酒劲,开始翻胡戈的老账了。

"你知道吧,我和胡戈可以说是我们解剖学翟老教授的爱徒了,自夸一下啊!我呢离得太远,翟老大部分的关爱几乎都给这家伙了,这家伙每次得到好处呢,还不忘跟我炫耀,你说气人不气人吧!"赵南一说完瞪胡戈,胡戈在偷笑。

陈彦听得更是好奇地看着胡戈,心想:你跟他炫耀什么了?

"你俩怎么成了翟老爱徒的呢?这个我蛮好奇的。"陈彦笑着问赵南一。

"那还得从我们上人体解剖课说起,我负责画,胡戈是模特,哈哈哈,我们班都欣赏过!"赵南一大声说完这个,大家都笑了起来，胡戈有点不好意思。

"快点说说！"陈彦更加好奇了。

"我们上翟老师的课，第一次在身体上画骨骼以后，我就说了，翟老师讲课辛苦，下次课我来画，然后拉胡戈当模特，就是让胡戈光着个上身，我来画。我这个提议被老胡骂得那叫一个惨哦，没修理我就不错了。"

赵南一顿了顿继续："第二次，翟老说要画骨骼的时候，你猜怎么着？这家伙竟然主动要求上去当模特，完全出乎我们意料。"

陈彦晃着胡戈的膀子："你怎么那么勇敢了啊！"

胡戈看了看赵南一，又看了看陈彦："你想啊，上课的时候老师要是问哪位同学上来配合一下，我不主动，然后这家伙当着全班的人点名要求我上去，那多丢人啊！那肯定不如我化被动为主动，能一下子堵住他的嘴，还不让同学们笑话我，实属无奈之举，被他逼成这样的。"

"难怪呢，老师对你俩印象这么好，也说明你俩确实不错啊！"陈彦也笑了起来。

胡戈还沉浸在回忆里，陈彦端着帮他泡好的茶进来了。"在想什么呢，想得这么入神？"陈彦有些好奇，

"在想我第一次一下子给你唱几十首歌。"胡戈笑着看陈彦，陈彦立刻就知道了胡戈的意思，假装白了一眼，笑着端着自己的茶杯走出书房。胡戈看着陈彦的背影有些感慨：一向傲娇、万千瞩目的公主，有时像个老妈子一样，要忙工作，忙家里，忙小孩……自己何德何能啊！

胡戈还在出神呢，陈彦又端着自己的茶杯进来："你跟赵南一炫耀啥了啊？

胡戈回过神来："哦，没什么啊，书啊，CD啊，我好像跟你

再回首 | 青葱岁月

说过的。"胡戈喝了一口茶，清了清思绪，"那次，老师来医院拿药，我门诊，他一直等到我门诊结束才进诊室找我，给我送书和CD，知道我喜欢看书听音乐。"胡戈指了指书橱和碟柜："那些都是翟老师送给我的。"说完一脸骄傲。

陈彦也着实羡慕，但嘴上并不认："哦，就这你跟老赵嘚瑟的啊！"

"对啊，还不够吗？！"说完，胡戈像个孩子一样得意地晃晃脑袋，陈彦白了他一眼走出了书房。

"老赵啊，你什么时候来一下呢？翟老师住院了，希望你能来一下。"胡戈头夹着手机，一手翻教案，一手打字。

"啊，那我明天就过来，今天下午我有既定的手术安排，完了请个假。"电话那头的赵南一有些惊讶，说完就挂了电话。

胡戈放下电话，手也停下了，静静地出神。

"一会儿见到翟老师说什么？我都不知道什么情况，昨晚也没睡好，一大早就赶过来了。"赵南一和胡戈边走边说。

"有什么说什么，老爷子乐观得很，虽然病情不乐观，很多年了。"胡戈看看赵南一，他也不知道要说什么，听老师的吧。

"翟老师！"两人走进病房，来到翟老师的床前。翟老师看到他们两个，眼神都亮了许多。

"你们来啦，坐吧！我早让他们准备好凳子了。"翟老师向他俩眼神示意床前的凳子。两人还是像学生时代一样，听老师的立刻坐下。

"我感觉还可以，这个年纪了，有多好也不可能，都是正常的，你们也不用问我怎么样了。"翟老师似乎不太愿意他俩问他感觉如何。

"看到你俩，我心情好很多啊！叫你俩来，是有些事情想跟你们交代下，要不然我也不放心啊！"老师是真的心情不错，嗓音似乎都提高了些。

"翟老师您说，有什么要我们做的，一定做好！"胡戈看着老师用力的表情。

"喊赵南一来呢，是有些我已经挑选出来的图文资料要交给你，我觉得你是最合适的人选。胡戈负责帮我整理下家里的书，也挑一些喜欢的，都送给你，其他的书全部捐给校图书馆。前几年我已经整理出大部分图书捐给了学校，希望能够对老师、对同学们有帮助。学校还在图书馆专门为我的藏书开辟了一个专区，很是令我感动、欣慰。"老师说得有点激动。

赵南一握着翟老师干瘪的手，有些激动，老师对他的关怀着实不少，自己毕业后不在这里，时常因为太忙只能电话问候或者趁开会的时机来看看老师，心里有些难过。

"我也没什么积蓄，有闲钱都买书了，所以书是我唯一留下来的东西。我跟老伴商量过了，都捐给学校，说不多，也不少。这事交给胡戈，帮我跟学校交接，妥善安排好，这样我才安心放心。"老教授又说了一遍。

"知道了，老师，我一定办好办妥，您放心！我也替全校师生感谢您，不瞒您讲，我还经常到学校借阅您的藏书呢！"

"前些日子我和管床医生讲，我想签个生前预嘱，等我不行的时候叫我安静地走，不要把我全身插满管子做没有必要的抢救，人终有一死。但医生没有同意，因为我们国家对这个没有立法，说除非家属签字主动要求放弃抢救。所以我和孩子们交代好了，他们也表示认同，我也就放心了！"老教授若有所思地看着天花板。

"还有啊，我去世后，遗体捐给学校解剖教研室，我这把老骨头做最后一点点贡献。我老伴也说了，以后她去世了，遗体也捐给学校。这是我们战斗一辈子的地方,能在这儿也是我们最好的归宿。我们都和学校履行了手续。"老教授顿了顿,"你俩可以说是我最骄傲的学生了,不是你们取得的成绩,而是你们的精神,是对于我们学校文化的传承。"说到这儿,老先生明显有些激动,胸口起伏得厉害。

"和您比我们差很多,您才是我们的榜样,我们会继续努力的,向您看齐!"胡戈赶紧接话。老先生欣慰的笑容爬上脸颊,像看自己孩子一样的慈祥目光里满是赞许。

出了病房,胡戈和赵南一相互对视了一眼。

"走吧,我们去吃饭吧,路漫漫其修远兮。"胡戈说道。

"吾将上下而求索。"赵南一笑了笑。

教师节

像大体老师一样闪光

你在死亡中探究生命的意义
你见证生前的呼吸化作死后的空气
躯体有尽时,灵魂无绝期
趁生之欢愉,快与时间同行
共赴永恒生命

——保罗·卡拉尼什《当呼吸化为空气》

又是开学，这些天大家互相吃彼此带来的地方特产，感觉都长肉了似的。最明显的算是张甜了，大家都在说小家碧玉要长成南瓜了。每天都是宿舍里调笑的对象，张甜甚是苦恼，但抵挡不了美食的诱惑。

江蕙进门，把雨伞放进盆里，捋了捋有点湿的头发，抬头看见小甜甜斜靠在床边，嘟着小嘴。

"哟，这谁惹大小姐生气了，胆子不小啊！"江蕙习惯性地捏了捏张甜可爱的小脸。小甜甜还是一把没打着，白了江蕙一眼，侧过头去。

"还真是有点生气的样子啊，你们谁欺负她了？"江蕙说完看了看徐丽影、张彤、曾心梅她们，几个人都在笑，没回答。

江蕙把小甜甜掀过来："咋啦这是，还不肯说，看来冤屈挺大啊！"

"就是她们挨个编排我，说我越来越像地瓜、地雷、土豆、南瓜、小二师兄……你们不会少带点东西给我吃吗，讨厌！"小甜甜似乎很委屈的样子。

江蕙听明白了，她们又逮到机会对小甜甜"下口"了。

"你们啊，甜甜哪里有胖啊，就是暑假回家营养太好，长了几斤而已。区区零食哪里奈何得了她的身材，现在只是暂时的而已！"说完，江蕙冲那几个挤挤眼睛。

"对对对，失误了，不是吃零食的问题，也不是甜甜长肉的问题，我们其实都没资格说甜甜，看看我们自己，再看甜甜，差距太大了。同志们，要引以为耻，向甜甜同志学习，管理好自己的身材，为将来抓获一枚称心的对象而努力！"徐丽影停下手中的吃食，向小甜甜指指，嘴形指示，"预备，一，二，三——"

"向张甜同志学习！"三个人齐声喊道。

江蕙和张甜都被逗乐了，张甜立马恢复了状态。

"一天天没个正形！"江蕙边说边笑，"跟大家说个事啊，教师节了，学校举办给大体老师过教师节的活动，除了安排参加的同学，也欢迎大家自行参加，没有任务，自愿的都可以参加。

"哎呀，正好周六，我们几个已经买好车票去玩了，咋办？"张彤说。

"正常去玩啊，全校师生都可以参加，那么多人也没地方啊！"江蕙摆摆手。

"我看来只好跟着姐了，唉，她们几个也不带我去！"张甜诡异地笑了笑。

"你这纯属恶人啊，你都说跟我们几个出去能把你卖了。小丫头片子越来越坏了！"徐丽影站起来指着小甜甜。

"甜甜坏还不是跟你们学的吗！"江蕙看看甜甜，再看看她们几个，忍着笑。

"对啊，还不是你们教得好吗！"张甜顺竿儿爬，说完嘴角一扬。

"老徐啊，我看新学期很重要的任务就是对甜甜同学进行再教育，一定要让她健康成长。"曾心梅拍拍徐丽影。

"对，一定要把甜甜育直了，不能让她长歪了！"徐丽影说完冲着小甜甜握了握拳头。

"姐,你看你看,你不在,我就仿佛活在恶人谷一样,随时都有危险。"张甜拉了拉江蕙,江蕙白了她一眼。这几个整天斗嘴,她都习惯了。

"姐啊,我什么时候能像你一样,拿一等奖学金,当优秀学生代表、校刊主编……反正一堆。我连奖学金的边儿都沾不上,唉!"小甜甜半真心半调侃地望着江蕙。

"对啊,大姐大在我们宿舍就是鹤立鸡群啊!"张彤立马接话。

"你才是鸡呢,不会说话就别说。"徐丽影白了张彤一眼。

"哦,也确实不妥啊,可是用什么词呢?"张彤也意识到话里有歧义,张甜这时也笑开了。

"大姐大出类拔萃,又不只是在我们宿舍,在全校都是啊,有什么好比的。你看我们几个有几样能拿得出手去比的。你们就是一群落后分子,不努力,净想好事,不是我批评你们!"曾心梅可算是逮到机会了。

小甜甜笑得更放肆了,在床上故意打滚。

"甜甜进步可不小啊,离奖学金之类的只是一步之遥。曾心梅、邓雪本来就拿过奖学金,又是一学期了,我们大家都努力,争取成为全年级最牛宿舍。"江蕙说给大家听,也是说给自己听,她的目标很明确。

这开学动员江蕙不经意间就完成了,每个人都暗自下了决心。

连续几天的雨停了,天空还是阴沉沉的,气压多少让人有点沉闷,好在不下雨,略有安慰。

江蕙因为要遵从组织安排,和张甜分开抵达会场——学校的解剖教研室。在通往教研室的走廊入口,有一尊半身铜像,这是学校历史上第一位捐献遗体的教授。不太短的走廊就是个宣传栏,里面是一位位大体老师的介绍,他们来自各行各业,有老师、军人、工人、农民、学生……大家前行的步子都很慢。张甜从门口拿了一枝玫瑰花,因为是教师节,所以可选择的花有很多种,学校考虑得很细致。

原本要在室内举行的仪式挪到了室外,一来雨停了,二来参加的同学实在是很多,室内容纳不下。

临时搭起的舞台上,有横幅"让生命闪光,让生命延续",还有阶梯舞台,看来今天还有节目表演。张甜和江蕙一起来得早,站在前面的位置,可以更好地观看。

教师节活动准时开始,江蕙和几位一袭白裙的女生抬着一个装扮漂亮的大花篮,整齐地缓步走入舞台中间,将花篮摆放在阶梯舞台后面最高的位置,摆放完后分列两边。

校长做了简短的开场致辞,然后请解剖教研室的主任发言,接着是教师代表发言——胡戈西装领带,很正式地做了《点亮生命》的演讲:

我们每一个生命绽放的时候,一定是要让他闪光,一定要让他延续,点亮生命的那一刻就是让所有人铭记的时刻。我们的大体老师们在生命的最后依然发出最耀眼的光,他们不再用语言来传道、授业、解惑,他们用身体给我们上了一堂堂难忘的课。今天是教师节,我也代表我们所有的师生祝他们节日快乐,我们没有忘记他们!

胡戈最后的发言引起热烈的掌声,就连张甜这种平时没心没肺的,一瞬间也像被击中一样感动了,小手拍得都发红了。

和江蕙她们一样的一群白衣女同学站满了阶梯舞台,每个人手上都拿着一枝花,原来是一首合唱曲目,舞台前面几个男生女生伴着合唱起舞。张甜用手机拍了合唱,拉近镜头捕捉机会记录下江蕙唱歌时的样子。

纪念活动结束后,江蕙让张甜陪着她走一圈,解剖教研室的会议室内,三面墙上都有大体老师的相框栏。江蕙认真地一个个看着,小甜甜跟着,偶尔偷眼看看江蕙。

"我是当定老师了,大体老师也是真正的老师,我老了去世后,也要把遗体捐献给学校。"江蕙看着墙上的大体老师,似乎是喃喃自语。

"姐,你还这么年轻呢,想得是不是太早了点啊。"小甜甜惊讶疑惑地拉了拉江蕙。

江蕙也没说什么,看完便出了会议室沿着走廊继续看,走到半身铜像的位置已是看完可以出去了。江蕙把手里的花放在铜像前众多的花上,略微整理一下,深鞠了一个躬,小甜甜也赶紧跟着鞠了个躬。

回宿舍的路上,江蕙和张甜并没有说什么话,都在低头走着。

"甜甜,你看我们给两个班主任谭老师、胡老师送花去,怎么样?今天是教师节,下午还有活动,他们两位一会儿肯定都在学校的办公室。很多同学周末出去玩了,我们就做代表去送花,你看怎么样?"江蕙停下脚步,侧过身看着小甜甜。

"我没意见啊,听你的,你说怎么样就怎么样!"小甜甜也没想什么,脱口而出。她习惯了这种思维方式,在她看来江蕙什么都是对的。

"就这么说,走!"江蕙拉着小甜甜快步向校外走去。校外的花店今天生意特别好,虽然已经是囤满货了,可还是卖得所剩无几。两个人也没啥可选的,索性来了两束比较贵的。

两人抱着一大束漂亮的花走在校园里，倒是吸引了不少的目光。

"姐，你看人家看我们，是不是像收到男朋友送的花？"小甜甜笑呵呵地问江蕙。

"估计是吧，也没什么稀奇的。"江蕙没多在意。

"那也是，你收到花也没啥稀奇的，可我不一样啊，还没人给我送花呢，生气！"张甜想想觉得气不打一处来。

"那是你眼光太高吧，去年有人给你送花，你看你把人家给说的，我都说不出口。"江蕙笑着看了看小甜甜。

"哦，你说那位啊，那是配不上我，我还能怎么说，要不然麻烦，干脆一次性永绝后患。"小甜甜想起来颇有点得意。

"说实话我也不知道你的标准，反正不在我思考想象的范围内。"江蕙摇摇头。

"哪有什么标准啊！我还小，没想好，再说吧。"小甜甜自信又迷茫。

"是啊，小姑娘。"江蕙一只手拍了拍小甜甜，小甜甜连忙作咳嗽状。

办公室的门没关，离得还远就传来里面的说话声，小甜甜探头探脑地左右看看。

"你搞得跟做贼一样，我们是来送花的啊！"江蕙使劲摇了下小甜甜，"正经点！"

江蕙敲了敲办公室的门，小甜甜跟在身后。

"请进，请进！"里面几乎同时传来两个笑着的声音。

小甜甜是第一次进老师的办公室，江蕙不是第一次了。这时胡戈正背对着门，半靠坐在办公桌上，一回头看到两个女生，赶紧下来拉了拉衣服。

"你们啊，不好意思啊不好意思！让你们见到老师随意的一面了。"胡戈略有尴尬地扶着桌子。

"胡老师，节日快乐！"江蕙送上花。

"谢谢，谢谢，这么漂亮的花！"胡戈接过花。

江蕙拉了拉抿嘴偷笑的小甜甜，小甜甜赶紧把花递给班主任："谭老师，节日快乐！"

班主任接过花："这是今天收到的最漂亮的花，也是最贵的吧？"

"真的让你们破费了，我也是第一次收这种花啊！"胡戈闻了闻，把花放在办公桌靠书的位置。办公室里其实已经有很多花了，看来今天给老师送花的同学着实不少！

"一个是学习标兵，一个是班上最小的，江蕙的文章写得好啊，我也经常拿手机看。"班主任赞许地点头。

"是啊，江蕙可是非常优秀哦，我们学校的名人哦！对吧，谭老师。"胡戈笑着看着江蕙，赞许是发自内心的。

"是啊，希望江蕙同学继续保持啊！"谭老师也点点头。

"老师过奖了，我们还远远不够。"江蕙拉了拉小甜甜，准备逃了，老师们的夸奖让她有想逃的感觉。

两个人跟老师道别后，迅速撤离。

"我待不下去了，老师哪有这样的，当面这么夸奖学生我还是第一次见，受不了，赶紧逃！"江蕙舒了一口气。

"那我不是更想逃，夸你啊，你知道吗，我啥感受啊，哼！"张甜气呼呼的。

"我还真没想到，只想逃了。"江蕙略带抱歉地看着小甜甜。

"不行，我要下次他们夸你的时候把我带上，起码不是那种对比的对象，起码要比你差不太多才行，要不这样很难为情的。"小甜甜的嗓门不知不觉地提高了不少，心里想着：两个老师真不像话！

"这我肯定信啊,你只要稍微努力一点点,那就非常厉害了,平时你都不认真学就已经那样了。"江蕙搂着小甜甜的肩膀,"我是很真诚的。"

"嗯,姐是我的目标,我会的。"小甜甜斗志起来了。

胡戈:"我们刚才这么猛夸江蕙,没有考虑旁边同学的感受啊!不过江蕙确实太优秀,忍不住夸。"

"是啊,我还没来得及夸张甜呢,她俩就走了,估计我俩要被她'骂'了,哈哈!"谭老师大笑起来,"也不一定是坏事,说不定能激发她的斗志呢!她本就是个很不错的学生。"

胡戈把江蕙她们送的花带回了家,今天是教师节,借花献佛吧,他准备把这花送给陈彦。

"你今天回来得早啊!以为你不回来吃饭,没剩的了,自己下点水饺吃或者点外卖吧。"陈彦没抬头,低头看平板。

"节日快乐,陈老师。"胡戈把花伸到陈彦面前,挡住了平板。

"蓝色妖姬啊,这么贵的花!"陈彦露出惊讶的笑,每个女士好像都抵挡不了鲜花的魅力。

"怎么这么舍得啊?平时除了借听话的样子逃避家务,好像没这么殷勤过啊!"陈彦的笑是秒速收回。

"今天是教师节啊,给我们敬爱的陈老师献花属于正常操作吧!"胡戈依然带着笑。

"我知道是教师节啊,我的几个学生也给我送花了。"陈彦依然疑惑地看着胡戈,以她对胡戈的了解,她觉得胡戈的举动不太寻常,"交代吧!别浪费我时间。"

"唉,真没意思!本想献个殷勤,被这样无情地打击,天呐,哪有这样的公理!"胡戈说完一屁股坐在陈彦旁边的沙发上,"好吧,我说,就是我跟你说过的我们班上那个学霸,颇有你当年的风范,不对,比你当年有过之而无不及。花是那个女生和她的小闺蜜送的,我和谭老师一样的。今天收到的花不少,全带回来也没地方放啊,我看这个最好看,就带回来了,顺手送给陈老师,哪知道陈老师不领情!"胡戈一脸无辜的样子。

"我就说嘛,原来是这样!"陈彦拿起桌上的花闻了闻,"嗯,不错,孺子可教,还知道不忘师恩!"陈彦旋即又露出灿烂的笑容,并没有介意这花是不是胡戈买的:"你就没送过我几次花,我也不介意。"

胡戈察言观色,一看陈彦心情不错:"学校的庆祝活动忙完,在办公室接待学生,一直到现在才有空回来,再加上路有点堵,还没吃饭,早就饿了。"

"我去给你炒个蛋炒饭,烧个汤,凑合吃吧。"陈彦起身打了胡戈一下。胡戈看着陈彦去厨房的背影,深深地静静地做了个胜利的姿势。

胡戈确实饿了,狼吞虎咽地吃完,虽然陈彦一直让他慢点吃。

喝了口陈彦帮他泡好的茶,胡戈像个老爷一样摸摸肚皮:"那个叫江蕙的女生,我们老师没一个不知道她的大名的,这点和你当年比较像啊!"陈彦听到胡戈这么说甚是高兴。

"你可以到学校网上看看她写的文章,可以说文武双全了。还有啊,她把自己的很多奖学金都捐给了那些需要治病的求助者,我们不只一次收到感谢信和电话了。学校要宣传她,她却说不要,所以很多同学都不知道,但我们老师是知道的。学校写过通讯,没写她的名字是应她的要求,她本来就是校刊的编辑。"胡戈带着着敬意说。

"这么优秀啊,我也是第一次听你说,以前你只说过这孩子学习非常好。"陈彦记得胡戈不止一次提过这个学生。

"是啊,她对自己人生的规划是当医生、做老师,这是她的文章里透露出来的。"胡戈喝了口水继续说,"将来有什么我们能帮到她的,一定帮啊。估计也不用我们帮,她自己就可以。"

"嗯,那倒是,我们那时候还不都是靠自己的吗!既然她比我优秀,那肯定不是问题!"陈彦继续看平板。

胡戈吃饱了有点困,难得早休息。

一天过去了,小伙伴们也陆续回来了,宿舍立马又成了欢乐的海洋,"群口相声"又开始了,瓜子花生矿泉水的声音此起彼伏。

江蕙坐在床上,在笔记本电脑上写今天的稿子《教师节:老师们,我们没有忘记您!》,脑海里浮现今天大体老师纪念活动的场景,一个个人物,一段段生平,不论平凡与否,他们在生命的最后一刻都选择了闪光,选择了不平凡!人的一生难道不就是这样吗?让生命延续,让生命闪光!想到这儿,她文思如泉涌,以至于其他人说了什么哄堂大笑,她都没听见。

她记得白天活动的每一个细节,她站在阶梯舞台最高的位置,能看到参加活动的人的表情,她看到了感动落泪的同学们,也看到了四处张望还跟她挥手打招呼的小甜甜。胡戈的精彩发言也是她印象深刻的一部分——人来到这个世界的意义,她甚至想到什么是生什么是死。

江蕙不知不觉地写了一篇长文,从头仔细看一遍,觉得没什么问题,保存后关上电脑,伸了伸懒腰,略感疲倦。她从床上探出头,小甜甜还在那儿眉飞色舞地比画着,徐丽影她们几个就像在听说书一样看着小甜甜,江蕙微微一笑:这小丫头片子越来越能了。

小甜甜眼睛的余光扫到江蕙,立刻停住了说书:"姐,你忙完啦,你看我们多自觉啊,知道你在用功,都没打扰你,怎么样,可以吧?"

江蕙没想到几个姑娘都知道她在写东西,所以没有人找她说话,心里一暖:这帮小姐妹太好了。"我爱你们,你们是最'胖'的!"江蕙说完自己先笑起来。

"你看你看,大姐大太不厚道了,我们表现这么好,还说我们胖,天理啊!"徐丽影率先发飙。

"对啊,姐,你太不厚道了,说吧,怎么补偿我们受伤的心灵?"小甜甜逮到机会"敲"一把。

"好好,我说错了,该罚,请大家吃糖炒栗子!"江蕙只好趁机下台。

"我们都这么壮了,你还给我们喂糖、淀粉,要把我们养成猪啊!"张彤接话。

"对啊,把我们当猪一样养啊?!"徐丽影伸了伸壮腿,脚趾头点了点。

"你们不吃啊?我吃!姐,给我吃,我喜欢吃!"小甜甜不假思索地应道。

"马屁精,还有你不喜欢吃的吗!"曾心梅话音刚落,小甜甜的一颗瓜子就飞了过来。

"好了好了,你们想吃什么告诉我,为了不让你们长肉,一人只能一样!"江蕙看了一眼小甜甜,"糖炒栗子是另外的。"

"我就说嘛,还是姐姐好!"小甜甜话音刚落,另外几个人都作呕吐状。小甜甜满不在乎,她很享受江蕙宠着她。

"对了,我跟你们说一件事啊,你们说说看法。"小甜甜止住嬉皮笑脸。

"啥事?这么正经的样子,罕见啊!"徐丽影疑惑地看看小甜甜。

小甜甜白了她一眼,嘴巴动了动:"今天我跟姐去参加大体老师的教师节活动,活动结束,我姐看完那些大体老师的宣传介绍,自言自语地说了句:'我老师是当定了,大体老师也是真正的老师,等我去世后,也要把遗体捐献给学校。'你们说说看法啊,我姐这才多大年龄,这是要考虑的事吗?"

大家的目光一起投向江蕙,连一直不说话的邓雪也暂停追剧,惊讶地看着她。

"当时我一听到就觉得很震惊,所以把姐的话重复了几遍,标点符号我都记得清楚。"小甜甜一脸认真的样子。

"胡说八道,不会说话,说话有标点符号嘛?"徐丽影瞪了一眼小甜甜。

小甜甜伸了伸舌头:"我的意思是,绝对是原话,一个字也不会错。"

"小甜甜将来老了一定是个话痨,现在我们加起来快没她能吹了。"张彤摇摇头。

"大姐大真的吗?"徐丽影朝江蕙投出恳切的目光。

"是啊,我是这么说的啊,我一定会这么做的啊!"江蕙点点头。

"呐,我说的吧,没瞎说啊。"小甜甜摊摊手。

"捐献遗体,太遥远了吧?起码五六十年后再考虑这事不迟吧!"曾心梅也是不解地看着江蕙。

"是啊,生活才开始,哪里想到那么远,我就压根没想过。"张彤附和。

"你们啊,大姐大是个多愁善感的人,想得多,谁都跟你们一样,没心没肺的。"徐丽影一脸不屑。

"没什么啊,我没有太高的理想,就是当一个好医生、好老师,不管生前死后,我都要在这个岗位上发光,也许我生前没什么突出的闪光点呢,那么我去世后做大体老师一样闪光啊!这是我今天去参加活动的感受,所以会这么说。"江蕙很平静。

"姐,不是我说啊,我看了那么多网络玄幻小说、盗墓小说,什么风水、忌讳啊乱七八糟的……迷信点说啊，你这样说是不是不好？这是我最忧虑的。"小甜甜伸头看着江蕙。

"你们看看，都什么年代了，还有这么封建的？我们是唯物主义者好吗！"江蕙笑起来。

"我觉得小甜甜的担忧跟我一样啊，我也是看怪力乱神的小说比较多。"一向很少说话的邓雪看着小甜甜说，小甜甜点点头。

"呸呸呸！闭上你们的乌鸦嘴吧，就不能想点好的啊，这都是什么啊！"徐丽影冲江蕙笑道，转脸变色看向小甜甜。

"就是啊，看来哪天我要给你们好好上一堂课，真不知道你们怎么学的马列哲学。"江蕙指了指小甜甜和邓雪，邓雪已经用书挡住了脸。

"姐，有我呢，我啥都懂，有我保护你呢，放心吧！"小甜甜一脸认真。

"我是最应该教育教育你，小脑瓜子不知道想啥。"江蕙又爱又恨。

"我不管，以后你到哪我到哪，你当医生我也当，你做老师我也做老师！"小甜甜一脸倔强。

"那可要努力啊，老师不是那么好当的！"曾心梅语重心长。

"我知道啊，我会努力的！"小甜甜给自己加了个油。

江蕙又好气又好笑地看着小甜甜。

暑期社会实践

在"生"的时间发出光和热

知道为什么能活的人,便能生存。

——尼采

最后一场考试一结束,同学们感觉好像从牢里放出来一样,到处欢声笑语。迷人的假期马上就要来临,祖国的大好河山都在向他们召唤——飞流直下的瀑布,辽阔的草原,雄伟险峻的山峰,以及在无人的海边看落日的余晖……这一切都随着走出考场的脚步迅速攻陷了大家的脑细胞。

同学们的步伐比平时欢快得多,暂时放下日常繁重的学习总是轻松的。张甜边跑边走,在江蕙眼前晃来晃去:"姐,你暑假去哪里玩啊?"

"我?我没打算出去玩啊,怎么会这么问?"江蕙一脸疑惑。

"班上好多同学都说了要去玩的地方,我以为你也是呢!我看我们是不是同一个地方或方向,好结个伴啊!"小甜甜依然蹦蹦跳跳。

"我要报名参加暑期实践啊!是去附属医院,今天看到报名的通知,一会儿开始报名了我就去,迟了怕人多报不上。"江蕙的脚步也加快了。

"我怎么没看到啊,哪里呢?"小甜甜歪着头,皱起眉,认真脸。

"你眼睛太大,忙着看帅哥呢吧!学校的公告栏、校园网都有啊！"江蕙笑道。

"你怎么也跟她们一样啊，口头警告一次！"小甜甜瞪着眼睛。

江蕙抿着嘴忍笑，还是忍不住："好好好，不说了，你下次看别品头论足的好吗，生怕人不知道似的，哈哈！"

"爱美之心人皆有之嘛，能让我评论下那是多大的荣幸啊，对吧！"小甜甜跟徐丽影她们"混"多了，也"大言不惭"了许多。

江蕙逮住小甜甜，捏了捏她的小脸："小姑娘家，皮厚啊！"两人一路小打小闹地回到宿舍，还没进门就听见里面热闹非凡。

"夏天去黄山啊，避暑多好，去过黄山其他山可以不去了，听我的！"徐丽影的大嗓门在门外就听到了。

"什么就听你的啊，抢班夺权啊！"小甜甜跳进宿舍冲着徐丽影就是一句。

"你们回来得正好，我们在规划暑期旅游路线呢，欢迎加入。"徐丽影"嘿嘿"一笑。

"你们去吧。我刚和甜甜说了，我要参加暑期社会实践，去不了。"江蕙把手上的东西放在桌上。

"是啊，姐不出去玩，我要和家人一起出去。唉，估计没啥意思，还是跟你们在一起有意思，家人肯定看得死死的，这也不行那也不行，不自在。"小甜甜轻声叹一口气。

"大姐大不出去玩啊，那我们这么嚣张是不是不合适啊！"徐丽影拍了拍胸口，其他人笑了起来。

"哈哈，我也想出去玩，不过难得有学校组织的社会实践活动，我还是留下来算了。"江蕙也一脸笑意。

"我老乡也准备报名了，不过我和同学约好了，要回去聚一聚，不然我也留下了。"张彤一脸无奈又转瞬即逝。

"我回去可能就出不来了，去年家里人就让我去实践来着，帮忙性质，顺便看看我学得咋样。唉，我的志向又不是在家。"曾心梅说到这儿有些无奈。大家也不知道为什么，随着江蕙的留下开始吐槽，可能都觉得比起江蕙自己还是有差距的吧。

"不行，我不能落后啊！我要跟家里说，我参加社会实践，没时间出去玩。"说完，小甜甜拿起手机就出了宿舍门，一会儿就隐约传来听不懂但好听的苏州话。"我妈同意了哎，我爸说我大了自己拿主意，Yeah！"小甜甜兴奋地直跳。

"嗯，我们甜甜确实长大了哈，跳得老高了。"徐丽影边点头边看看大家。大家心领神会，一起点头："嗯，甜甜长大了！"

江蕙忍不住笑了起来，小甜甜冲过去就是一小拳，徐丽影边笑边象征性地躲。"哼，你们就羡慕吧！"小甜甜一手叉腰一手挨个指着她们。

报名的人真是多，好不容易才把名报上。这时问题来了：张甜和江蕙不在一组，这可急坏了小甜甜。她在报名的人海里到处找认识的同学，好不容易找到一位男同学跟江蕙一组的，就差作揖了，跟人家换了号码，如愿地跟江蕙一起。

"哎呀妈呀，真是不容易啊，幸好找到了，要不然我就要跟你分离了。"小甜甜作擦汗状。

"你呀，就是这么夸张！"江蕙微笑。

"哈哈，还好吧。"小甜甜扮作兔子，"刚才为了感谢我们班的刘亮辰，我还说回老家带好吃的给他。亏了，其实以我的美貌应该不用的。"

"哈哈，你现在是徐二了你！"江蕙笑弯了腰。

回到宿舍，那几个还在规划旅游路线呢！

"你们也是醉了，开会这么久啊？我们要是吃过饭回来，估计你们还在吵吵呢！"小甜甜一脸鄙视。

"这不是大家推荐和心仪的地方不同嘛！我们讲究民主，各人摆出观点，分析优势，投票决定，你懂个锤子！"徐丽影白了小甜甜一眼，"再说了，吃是头等大事，我们不要讨论哪里吃的东西有特色嘛！"

"好好，你们讨论吧，挑灯夜战也是可以的，我就当听群口相声了！"小甜甜一屁股坐在床上，撇撇嘴。

"老徐，你的地位不保啊！我越来越看好甜甜了。"张彤笑着对徐丽影说。

"这孩子学好不容易，学坏倒是挺快的！"徐丽影摇摇头。

"我跟你们学的，难道你们就是坏的？"小甜甜睁大眼睛。

"说句公道话，甜甜嘴倒是越来越不饶人了，这是事实。"江蕙也笑着说。

"就是啊，这小丫头片子越来越不得了了。"曾心梅附和地指了指小甜甜。

"我还是你们最可爱的小妹妹啊！"张甜说完，自己先做了个呕吐的表情。大家也都被"恶心"得笑倒在床上。

明天就要去医院开始社会实践了，江蕙有些不放心。

"甜甜，我们去医院一趟吧，打仗前不是要观察下地形吗？我们得先去了解一下医院才行，省得明天去了抓瞎！"

"好啊，反正我姐啥都对，我都可以不用脑子，跟着就是了！"小甜甜晃晃脑袋。

江蕙又好气又好笑地看看小甜甜，拿她没办法。

两人下了地铁一路晃悠到医院，由于是周末，医院里明显人少了很多。江蕙拿着手机一顿拍，门诊部的厕所啊、各个检查室啊、药房啊等等，拍了很多张照片。

"你拍这么多照片干吗？"小甜甜不解，她跟着来就是走马观花，过过场。

江蕙一边拍一边说："导医啊，病人或者家属找这些地方问到我的话，我就直接带过去或者指路了啊！再说，我们不是也要去这些地方吗，先做个功课，只有好处没坏处。"

"我是服，真是太细心了。"小甜甜伸了伸舌头。

第二天一早在老师的带领下，一群同学浩浩荡荡进入医院，为此还搞了个简短的仪式，然后在几位医护人员的带领下分别熟悉医院环境，小甜甜冲江蕙竖起大拇指。

前一天江蕙回宿舍后，就把医院各个重要地点和标志性的位置用自己的方式记下，比如在哪里、在几楼、怎么坐电梯等等，写下来又默默看几遍，便都记住了。

同学们按组被分到各个部门，轮岗体验。江蕙和张甜首先被分到导医台，负责引导病人和病人家属到各个科室门口排队。江蕙和小甜甜分工：江蕙让小甜甜在诊室门口负责维护秩序，按显示器上的号喊病人进入诊室，江蕙则是在诊室区大门口引领那些不熟悉地方、找不到诊室的病人。她们早上到的时候，医院还没开诊，随着人越来越多，大家都开始忙碌起来，江蕙边引导病人，边观察旁边的护士姐姐跟病人说话的方式。

她们是在内科诊室，很快诊室门口都坐满了人，还有站着的，诊室区外面的长条椅上也坐满了人。江蕙一边引导一边观察病人——不同年龄的、不同表情的，有时会主动上前告诉他们：还有一会儿，哪里有厕所，哪里有开水，等等。

和江蕙一起的护士姐姐好奇地看着江蕙的一举一动，感觉江蕙非常熟悉这里似的，分担了自己的很多工作，不禁由衷地点头称赞。这是她见过历届来实践的大学生里最好的了，所以她也不各把自己对江蕙的夸奖分享给同事，其他医护看到也都竖起大拇指。江蕙当然不知道这些，只是认真地站好自己的岗。

张甜那边比较轻松，偶尔碰到病人询问自己不知道的事情，看旁边的护士不在，就让他们去问诊室通道尽头的江蕙。虽然离得远，但她还是能看见江蕙顺利帮病人解决了一个又一个问题。难怪她昨天提前来做功课呢，自己真是不如啊！小甜甜也发出由衷的感叹。

第一天的实践就在青涩和重复的学习中度过，回到只剩江蕙和张甜两个人的宿舍，感觉清净很多。

"哎呀累死了，我是不是草率了或者脑袋发热啊，跟你留下来。要是回家的话，吹着空调，吃着冷饮，我妈肯定给我做好多好吃的，也不用早起坐公交挤地铁，吃了睡睡了吃的，多爽啊！"小甜甜极尽舒展地躺在床上一动不动。

"怎么，后悔啦？我看你还好啊，没多少事的！"江蕙一边把脏衣服泡起来，一边看了看小甜甜。

"有点吧，反正一对比就不平衡了，两种生活啊，谁不想舒适呢！"小甜甜一只手百无聊赖地敲着床栏杆。

"先把你的臭衣服换下来一块儿洗了吧，天这么热！"江蕙停下来看小甜甜。

"我先躺会儿，不想爬起来，等洗澡的时候再换下来一起洗吧！"小甜甜理由充分，底气也足。

"换下来吧，穿你那件平时在宿舍穿的，快点，别磨蹭！"江蕙加强了语气。

小甜甜心不甘情不愿地脱下衣服递给江蕙："你不累啊，我看你比我多走了起码有十倍的路，我的腿和脚都酸痛了，你不疼？"

"也有啊，还好吧，你没长胖也是奇迹了。"江蕙不无调侃地分散小甜甜的注意力。

"本小仙女天生丽质,怎么吃也不会胖的体质,你没看到我那些'二师兄'们羡慕得不行啊!"果然小甜甜的注意力被这个话题转移了。

"医院实践真是和学校学习不一样,像今天的工作,面对各种各样的人,就要脑子不停地转不停地思考怎么应对。"江蕙试着跟小甜甜聊聊今天的工作。

"我还好啊,不知道的我就让他们去找护士或者找你,也简单得很啊!不过询问的人态度都很好,都很礼貌。"小甜甜回想了下。

"那你知道为什么吗?"江蕙"咕咚咕咚"喝下大半杯温水,顺手把小甜甜的水杯递给她——一回来她就倒好热水凉着了。

小甜甜这才爬起来接过水杯:"不知道为什么啊,我也没想,刚才你说起来才想到。"

"那是因为我们身上穿的白大褂,他们以为我们是医护人员啊,那是尊重,是我们几千年来的传统啊!"江蕙一说到这个,眼睛都是放光的。

"这么神奇吗,怎么一下子我高大起来了呢!等我以后当上医生了,是不是更高大啊?"小甜甜站了起来,昂首挺胸斜向上看。

江蕙被小甜甜逗乐了:"高大高大,我们未来的大医生!那你现在是不是要好好学习啊!你能力是非常有,就是会偷懒,能躺着你是绝不爬起来。你看看今天医院的医生也好,护士也好,她们可比我们辛苦多了。我看显示屏上有的医生门诊量那么多,换我光说话都要说得嗓子疼的,再看护士们来来回回地穿梭不停,你就在诊室门口维持下秩序就喊苦啦?小同志,觉悟得提高啊!"江蕙拍了拍小甜甜的肩膀。

"是,领导!您说得对,我会努力的,还是你了解我啊!"小甜甜微微欠身,摆出古代行礼的姿势。

"哈哈，你这一天天地跟徐丽影她们学这些个，倒是很快嘛！"江蕙忍不住笑起来。

第二天她俩来到外科诊区，还是负责头一天的岗位工作，只是两人互换了位置。很明显，张甜要比昨天认真许多，也不再有那么多空闲时间观察江蕙了。

江蕙维持秩序的位置恰好是胡戈的诊室，趁还没有忙，江蕙偷偷用手机给小甜甜发了张照片——胡戈诊室特写。见小甜甜朝这边看，比了个胜利的手势，小甜甜看得直跺脚，江蕙发了一句：你带人过来的时候可以待一会儿。小甜甜朝江蕙点点头。

星期二是胡戈的门诊日，他在诊室门口看到江蕙。"早啊，今天你在这边啊！"胡戈朝江蕙点点头。

"早，胡老师！是的，今天巧了正好在这边。"江蕙赶紧回答。胡戈也没再说什么，进了诊室。

今天是胡戈的门诊时间，他的号早早地被挂完了，不断有人进去找他加号。江蕙咂咂舌，这一天不得看一百多号病人啊！

诊室的门开着，江蕙站在门口，除了注意过往的人群，也时不时地朝里面看，看胡戈给病人诊断，语气温和体贴，像对待家人一样，总是耐心地给病人解释，有些不用开药的就让他们回家好好休息，一再打消病人的顾虑："你这没什么毛病，可能只是过度疲劳造成的，回去好好休息几天观察一下就行了，如果没有好转再来复诊。"而病人认为自己有问题，感觉医生看病不开药哪里不对似的，一再确认后才半信半疑地离开。

有个病人满不在乎的，是在家人"押送"下来就诊的，回答胡戈的问题时也漫不经心，胡戈依然耐心细致地询问，好长一段时间，不管病人如何暴躁不耐烦，胡戈依然静如止水。一直到看、问清楚了，他才告诉家属带病人去做个CT检查，现在做下午还来得及看。那个病人一直不停地说:"我都没毛病,要这个检查那个检查的,医院这不坑钱吗!"

胡戈略带笑意地跟他说:"让你来的都是你的至亲,你的状况他们也是最清楚的,你要是没问题,他们就不会这么把你'逮'到医院来了,对吧!你没问题,他们也不会如此担心,这么担心说明你在他们心里的位置和分量,你看他们跑前跑后的是为什么啊?那还不是对你的关爱吗!有没有问题,以你这样的脾气我现在不能跟你直接谈,等下午片子出来的时候我再跟你说,好吧!"

病人听了胡戈的一席话,情绪下去了很多,转头看看身后两个亲人,没再吭声。

病人和家属出门后,江蕙告诉他们几楼怎么走,坐几号电梯,因为诊断过程江蕙在外面听得很清楚。

病人才走,就听到胡戈说:"刚才那病人的症状,分析下来基本是肿瘤引起的,但是这种时候跟他说,他只会更狂躁、不信,因为他觉得好好的,偶尔疼而已,认为是过于辛劳导致的,而不认为自己有问题,而且是家人逼着他过来的。"这时江蕙才仔细看胡戈对面的两个年轻人,应该是胡戈带的研究生了。

一上午的时间过得飞快,到了午饭时间,胡戈和两个研究生出了门。

"走吧,跟我们一起吃饭去吧,饭点了。"说完胡戈伸了个懒腰,活动了下身体。

"不了,谢谢胡老师,我还有个同学一起呢!"江蕙站得很直。

"那就喊着一起呗,反正都要吃饭,食堂的饭菜还可以的,走吧!"胡戈带头朝前走去,也没等江蕙是否回应,江蕙索性就跟着了。

到了前台看到张甜在那儿晃荡,胡戈说:"走吧一起吃饭。"

"好的!谢谢胡老师。"小甜甜答应之爽快着实令江蕙意外,不过想想也不必意外，小甜甜也不知道说过多少次，胡戈老师是全校教师里最帅最温文尔雅的。

医院的食堂和学校也没什么区别，江蕙和张甜坐一边，胡戈带着两个学生坐另一边。两个研究生看看面前的两个漂亮的女同学，估计中午也要少吃许多，秀色可餐嘛！

"我听说了，你们这期暑期社会实践的人数是历届最多啊，你们还习惯医院这种环境？"胡戈边吃边问两个女生。

"还行，昨天刚来有点累，今天就好多了。"小甜甜抬起头看着胡戈，表情极其认真，让江蕙看了都想笑。

"能学习到不少学校里没有的，比如怎么面对病人和病人家属啊，看医生护士对待患者的态度和热情啊，受益匪浅！"江蕙也认真起来，吃完擦了擦嘴。

两个研究生看着两个小师妹，很新鲜的感觉。

"嗯，很不错啊，本来学校、附属医院就提倡让同学们早临床，所以安排的实践内容比以往多了不少，我看了实践内容的单子。"胡戈点点头，放下筷子。

"是的，就是因为这个我才决定暑期留下来不回家的，可以多学点东西。"江蕙很实诚地说。

"我是怕回去我妈管我、不自由，才留下来的，我很坦白。"小甜甜毫不觉得有啥不好意思的，况且这也是实话。

胡戈点点头笑道："也不错，我看到你们的时候总是两个人，没猜错的话你俩关系也是最好吧？"

"那是，我是她的小跟班！"小甜甜越来越爱说话，两个师兄低着头忍笑，胡戈和江蕙也是笑意满满。

"胡老师我看你今天加那么多号，那是不是今天要晚一些下班啊？"江蕙一脸的认真。

"是啊，很可能是这样，不过也习惯了，每个星期两天门诊，尽量能看则看。"胡戈面对江蕙这样认真优秀的同学，也是由衷地欣赏。他侧过头对两个研究生说，"这位女同学可是文武双全哦，可能将来能进入校史的优秀学生行列了，学习好，文章也写得好，做事情认真细致。"

两位研究生立马换了崇敬的目光看着江蕙，江蕙有点不好意思地低下头。

"而且还是大美女！"小甜甜适时地补充，一脸的机灵样。

两个男同学异口同声："那是！"说完意识到什么，相对一笑。大家都笑了起来。

下午还没到门诊的时间，人就已经很多了。小甜甜看到这么多人觉得有点头疼。而江蕙一边看着护士们有条不紊地做准备工作，一边扫视整个过道椅子上的人群。有两个病人是坐着轮椅被家人推着来的，也有一看就是从农村来的病人，那种眼神是她曾经熟悉的。

准时进入上班的节奏，就像一个庞大复杂的机器启动一样，一切看似多头纷杂，但还是秩序井然，每一个齿轮和传送带都恰到好处地相扣运行。

江蕙帮着推轮椅上的病人进诊室，病人的家属提着包，拿出病历和片子递给胡戈。胡戈边询问病情边就手把片子放到阅片灯上。江蕙把老人推到合适的位置，然后退出了诊室。

突然，前面小甜甜待的进口处闹哄起来，只见护士在前，小甜甜跟在后面。

"哎，还没轮到你们，听到广播看到显示器上有你们名字再进来。"护士一边说，一边挡着要往里走的一行人。

"我们这个病情比较紧急，等不了那么久了，况且大老远赶过来，这要排到什么时候啊！"一个高大的年轻人走在前面，后面两个人扶着一个病人往里走。

"那也是要排队的，还没轮到你们！"护士试图阻拦，但大块头的年轻人那体型像推土机似的，护士的小身板哪里能挡得住。

江蕙冲过去，顺手将诊室的门带上，站在门前，大块头一行四人正好是冲着胡戈诊室来的。

"请你让开，我们要进去找医生给我们先看下，我们比较紧急！"大块头看到江蕙挡住门把手，不得不礼貌一点地说。

"您要等一下，里面有病人在就诊呢，请您尊重下，不好打扰的！"江蕙闻到一股浓烈的酒味，但也没有显得害怕。

"你让我进去跟医生说一下，下一个就给我们看，我不打扰。"大块头见似乎没办法开门，只好跟江蕙对话。

"那您也要按照挂号的顺序来才行，你看看，这边还有坐在轮椅上、躺在椅子上的病人呢！"江蕙边说边指指等候在一边的人群。

大块头看也不看："我们比他们紧急，你让我自己跟医生说一下！"又不知道怎么让江蕙让开门把手的位置，找不到空隙无处下手开门。

"那您等一下，等排到你，按照挂号顺序来就行了。大家都在排队，如果每个人都这么要求，那不就乱套了吗！"江蕙的身体紧紧贴在门把手处。

"哪里？还有谁？你们还有谁很紧急的？"大块头转过身对诊室门口的椅子上的人说着，手指着，没有人吭声。围观的人渐渐多了。

这时候一个五十多岁的妇女急匆匆地跑过来："你在这儿干啥！不是在外面排队排得好好的吗！"

"我舅舅这情况应该比较紧急，我让医生给我们提前看下，排队排到什么时候啊，都快一个小时了还没轮到我们！"大块头看到来人,气焰比刚才稍微缓和了点。

"你是中午喝酒了吧,喊你来是帮忙的,不是来添乱的!"妇女让另外两人把病人往外面扶,这时候医院的保安也过来了。

那两个人看着大块头,没动。大块头说:"我进去跟医生说下我们的情况,让他先给看下。"

"你进去干吗,还没到我们,我是下午没号挂了,好不容易才让胡主任给我们加个号的,你别添乱可以吗!"看起来是大块头妈妈的妇女有点儿怒了,朝大块头吼着,"你整天就知道吃喝玩乐,找你来帮忙扶你舅,你这是想来砸场子啊!"

大块头见他妈发火了,示意两个人架着舅舅往外走,这时保安正跟护士说着话。江蕙松了口气,这大块头可能有一米九高,又壮,站在自己面前很有压迫感。

张甜走过来,瞪大了眼睛:"吓死我了刚才,还以为要打架呢,我都有点哆嗦。"

"没事,现在什么社会啊,这种情况极少的,回去吧!"江蕙一边轻描淡写地安慰了下小甜甜,一边默默平复自己紧张的心情。

等到大块头一行人按照排号再次来到诊室门口的时候,大块头不知道是因为被自己老妈教育了还是酒已经醒得差不多了:"美女,对不起啊,我酒喝得有点多,上头刚才,多有冒犯请原谅。"

大块头这番话,以及跟刚才判若两人的表现,让江蕙有点始料不及:"哦,没事,病人和那位——是您妈妈吧,进去就可以了,一次性不要进去这么多人。"

"哎,好的好的,我们就在外面等,遵守纪律。"大块头连连点头。江蕙都有点迷糊了,刚才那个凶神恶煞的样子和现在简直不是同一个人。

回到宿舍，两人就像泄了气的皮球一样，瘫倒在床上——人都是这样，从一种状态到另一种状态的落差。

半天，小甜甜才说话："我的妈呀，现在才有点缓过来，好像不那么累了。刚在路上我就惦记着我的床了，想立刻躺下，这会儿舒服多了。"

"也是啊，其实工作也不累，就是太多的人，神经一直绷得紧，放松下来就这感觉。"江蕙也没坐起来，舒缓一会儿是一会儿。

"还真是，今天那个大块头吓死我了，那么高壮，在我面前跟座山似的，你当时不害怕吗？"

"我没想那么多啊，不过现在想有点后怕，他要是随便一拨，我还不得有多远滚多远啊！"江蕙笑笑。

"哈哈，那是，就你我这小身板，他估计一手一个拎起来。"小甜甜拍了拍江蕙。

"当时就想着不让他进诊室，还真没想其他。说来也是，稍微多想一刻，估计都不确定会不会那样了。"江蕙一边坐起来，一边看看小甜甜。

小甜甜也爬起来伸了伸懒腰："我姐就是我姐啊，向你学习。"

"学什么啊学，这个没啥，可学的多了去了。"江蕙站起身来，拿出自己的笔记本放到书桌上打开。

小甜甜知道江蕙又开始写日志了，这是她每天必做的事，即使在外面她也会在手机里同步写好。夜色笼罩着安静的校区，往常这个时候，宿舍里还在叽叽喳喳海阔天空，偶尔会听到隔壁或者很远的地方传来的笑声、大叫声。晚风带来一丝清凉，让人心情舒畅了许多。小甜甜走到窗子前看着外面，路灯下偶尔有人路过，安静。

实践是在各个科室轮换，今天她们轮到了重症监护室，这里的要求也比之前严格许多,很多时候只能看,不能动手,有事要找护士和医生,所以她们反而觉得没多少事做,更多的是观察。而监护室外也不像门诊那边很多人在说话,人们多是沉默着,或露出沉重的表情。

有时候她们也看监视器,观察病人的血压心跳是否出现大的变化。在这里,大多数患者都游走在死亡线上,很多病人身上满是管子仪器,他们就躺在那儿,唯一能标明他们还有生命的是监视器上显示的心跳和血压,气氛有些压抑。

一向活泼的小甜甜也不敢大声说话,被这里的氛围影响,仿佛能感受到生气的缺失。在门诊区,人来人往谈话声不断并没有让她觉得和平时有多少区别,除了病人略带痛苦而紧皱的眉头。而重症监护室里几乎每一个病人都是不能说话的,来往穿梭忙碌的是医生和护士。

此时,监护室一个病人有突发情况正在紧张地抢救,江蕙和张甜退出来在门口看着,江蕙有点紧张也有些迷茫,恨不得自己能上前去帮忙,但是现在还不行。

室外的长椅上坐着几位家属,一位头发花白的大妈轻轻的抽泣声吸引了两人的目光。旁边的人都同情地看着她,并没有人去打扰,因为此刻他们的心情几乎都是一样的,感同身受,最好的方式就是不去打扰,否则自己也会绷不住的,自己的亲人也在里面躺着呢。

江蕙走过去,蹲下身扶着大妈的肩膀:"大妈,别哭,会没事的!"江蕙也不知道自己怎么会说出这句来,也许就是一个纯粹的安慰,她自己并不知道。

大妈抬起头看看江蕙,看看她身上的白大褂:"谢谢你姑娘!"边说边眼泪还止不住地往下流着。

江蕙鼻子一酸，视线有点模糊："大妈，怎么个情况，里面正在抢救的是您亲人吗？"江蕙还是一样问完就开始自责，自己压根就不像个学医的。

"是啊，在抢救的是我儿子，我唯一的儿子，他还年轻，他不在了我怎么办啊！"大妈的眼泪更加汹涌了，"他就是太懂事了，回来就帮我干活，家里没盐了，说到对面超市买袋盐，就被车给撞。我那么多时间为什么不把这些东西备好，家里有不就不用他去了吗？！都是我啊！"大妈说着说着哭出声了，也许穿着白大褂的江蕙是她眼里可以信赖的倾诉对象。

"他年轻扛得住，何况他也舍不得你啊，不会的，别多想，现在挺过难关就好了，他要知道你这样他会泄气的！"江蕙也不管那么多了，想到什么就说了，她自己心里也乱，总想起自己的妈妈。

大妈听江蕙这么一说，立即止住了哭声，有点摇晃地站起来，想往监护室看，其实看不到什么，但她好像就是能看到一样："是的，我儿还年轻，怎么可能把我扔下呢！"喃喃自语的一句话戳伤了在座的很多家属，好几个人不约而同地站起来望向监护室的门，眼里是期待。

江蕙的眼泪也掉下来了，她能理解躺在里面的是自己最亲的人的感受，失去亲人那种撕心裂肺的痛不是所有人都能体会的。在她开始懂事的那一年，妈妈离开了她，这一刻眼前的大妈那种期盼的泪光，她是最懂的。

小甜甜看着江蕙和大妈的面色，更加不知道说什么好、怎么做好，只是站在一旁直搓手，牙咬得紧紧的。

门开了，医生出来了，脸上戴着口罩，但是那双闪亮的眼睛让江蕙第一时间知道：人挺过来了。

果然，医生跟大妈说，因为全身多处外伤，失血过多，再加上经历了大手术，病人情况很差，刚才血压突然掉下去，心跳也几乎没了,经过二次输血、补液等抢救措施,现在情况已经平稳,让大妈放心,不必过分担心。

大妈的眼泪就像闸口关了一样,她抡起袖子擦了一把,眼睛变得异常有神,连忙拉着医生的手说"谢谢",嘴里唠叨着:"谢天谢地!谢天谢地!"

这一切江蕙都看在眼里,心里也默默地替大妈高兴。小甜甜看着几个人的脸色好转,才松开咬紧的牙齿,也才松开自己紧握的双手,这是她第一次面对这样的场景。

一旁站起来的几个家属又慢慢地坐下,他们其实也知道自己在这儿也起不到什么作用,但他们想的可能是自己在这边能给亲人带来力量——我就在你身边。

回去的车上,江蕙和小甜甜并没怎么说话,江蕙甚至是小甜甜喊她才知道到站该下车了。这一天不是累,是有些沉重。

回到安静的宿舍,小甜甜坐在床边,江蕙站在窗前。此刻江蕙希望徐丽影她们都在,叽叽喳喳地说笑,能让她暂时忘了这些沉重。

手机震动了,江蕙划开手机,原来是张乐发来一张他随他们当地的医生下乡给老乡义诊的照片:憨憨的笑脸,手里还拿着血压计。江蕙看着这么朴实的笑容,心里暖暖的,回了个"点赞"的表情,张乐也回了一个"拥抱""开心"。

江蕙的变化小甜甜看在眼里,宿舍里就两个人,一个人有什么细微的变化都逃不过另一个人的眼睛。

"看样子就是那个憨憨给你发消息了吧,一看你脸就知道。"小甜甜斜靠在床边指着江蕙。

"是啊,也没说什么,就发个照片。"江蕙也没隐瞒。

"那我要看看，什么照片这么大魅力啊，能让你心情都好了很多。"小甜甜飞身扑到江蕙身边，"拿来我看看吧！"一脸挑衅。

"也没什么，你看吧。"江蕙倒是大大方方地把手机递给了小甜甜。

"哟，还可以吗，挺阳光的，这张拍得好像也不丑了啊，还可以勉强配我姐。"小甜甜放大照片又看了下，把手机还给江蕙。"这个榆木疙瘩，也不知道打个电话来，视频也行啊，真是憨得可以，鄙视下。"小甜甜仰头观察江蕙。

"这不是挺好吗，我也不想讲话啊其实。"江蕙接过手机顺便又看了一眼照片，张乐的笑容还是很有感染力的。

"姐，你今天都学到啥了啊？我就感觉自己像个呆子一样杵那儿，啥也没学到，就看她们忙忙碌碌，还有你安慰大妈那个场景。"小甜甜撇着嘴。

"观察每个病人的心跳、血压、挂的什么水，每个病床不是有卡片吗，你没看？还有医生护士是怎么操作的，我就发现两个字——认真。"江蕙认真起来。

"我感觉我就像个领导随便看看一样，啥也没留下多深的印象。在外面的时候感觉你可能想起你妈来了，怕你控制不住，也不知道说啥，所以那时我也蛮紧张的。"小甜甜说了自己紧张的原因，是因为江蕙。

"是啊，你这小脑瓜子绝顶聪明啊！"江蕙露出微笑。

"我才不绝顶呢，绝顶那是秃子，看我的头发。"小甜甜用手撩了下头发，头一甩。

江蕙被小甜甜这动作给逗乐了。

江蕙在自己的记事本里写下了今天的工作笔记，最后一句话是："妈妈，我一定要成为最优秀的医生，救死扶伤，让更多的人不失去亲人。"

夏天虽然炎热,但是当你静下心来的时候,也并没有那么热了。

周末,小甜甜照例睡了个懒觉,江蕙也是照例轻手轻脚地早起,一通忙活完,给小甜甜带了早饭,往日的周末这种情形都是常规操作了。

小甜甜也起来了,感觉吃了早饭,中午饭可能也就不用吃了。

"姐啊,我在想,我要是跟你一起生活,将来肯定是个胖子,你这么会照顾人。"小甜甜用纸巾擦了擦嘴。

"吃饱了是吧,又开始有劲了是吧,下次不给你带早饭吃了可以吧?"江蕙笑着看着小甜甜。

"你才舍不得呢,你会忍心不管你可爱的妹妹吗?"小甜甜笑哈哈地搂着江蕙的肩膀。

"肉麻死了,你现在真是跟她们学得皮厚多了啊,夸起自己来也是这么顺溜。"江蕙假装嫌弃地推开小甜甜。

小甜甜笑得直打战:"让你说不关心我,我恶心不死你。"

"对了,甜甜,我写的实践记录你也可以看,除了一些我自己的感想,其他都是我们每天所见所闻。"江蕙指了指自己床上的笔记本电脑。

"好啊好啊,我最喜欢的就是'窥探'别人的隐私了。"小甜甜一蹦一跳地去拿电脑了。

"一天天没个正形,我有什么隐私啊,还有你不知道的!"江蕙白了小甜甜一眼。

"人的一生也许是短暂的,在生的那段时间就要发出光和热,照亮别人燃烧自己,也是不枉来这世上一遭。"小甜甜读到江蕙笔记里的一句话,"姐啊,你这么深刻干吗,年纪轻轻想这想那的,我们还有好多好玩的没有去尝试呢!"

"我就随便瞎想的,也是这几天我在医院里的感受。很多人生病了啊，有可能对他来说这一生就到此结束了，那么他会不会有很多事情没做，很多愿望没有实现呢？所以，珍惜时间才是最正确的。"江蕙依旧看着窗外，炽热的阳光洒在静静的校园里，依稀几个身影在树下晃动。

"那倒也是啊，可是，可是……"小甜甜觉得好像自己的境界比江蕙差好多似的，想辩解却不知道怎么说。

"我只是偶尔感慨一下，你别多想，绝大多数的人都是正常的人生轨迹，工作、结婚、生儿育女、退休终老，我就是想在这个过程中应该尽量发挥自己的能量而已。"江蕙回过头冲小甜甜笑笑。

"哦。"小甜甜慢慢合上笔记本电脑。

"明天周一啊，要起早，明天跟胡戈老师去查房，不要晚睡，早上也不要赖床啊！"江蕙冲小甜甜摇了摇手里的手机。

"啊，真的啊？那你放心好了，肯定会起得比你早，哈哈。"小甜甜兴奋地跳起来。

江蕙看看小甜甜，心里想，明天起得比我早才怪呢："嗯，那轮到你叫我起床了。"脸上是掩不住的笑。

第二天早上还是跟往常一样，江蕙把小甜甜从床上拽起来，床是可以打败小甜甜的一切的地方。

胡戈看到江蕙和张甜早就等在护士站，由衷地点点头："早啊，两位同学。"

"早，胡老师。"两个人一前一后。

"我们学校这届美女挺多啊，这次学校过来的同学里我看到不少了。"护士长问完早之后，和胡戈说话。

胡戈看了看江蕙两人："那是啊！我们学校是出了名的美女多，没看到现在报考我们学校的越来越多吗！"胡戈说完笑起来。

"我们胡老师还挺能吹啊！"小甜甜扒在江蕙耳边轻声嘀咕，江蕙也扭头避开胡戈笑起来。

"那等我家儿子以后也考进我们学校，给我抢个漂亮媳妇回来！"护士长也笑起来。

"你家儿子才多大啊，想得也太远了吧！"胡戈的手扶在台子上。

"马上高一啦，再过三年不就高考了吗！但要考我们学校还得加把劲，我也为这事发愁呢。"说完，护士长又看了看江蕙她们两个。

正说着，上次在诊室看到的胡戈的两个研究生也来了，问候了声"胡老师早"，就戳那儿不动了，眼睛盯着江蕙两人。没一会儿，又有两个年轻护士样的女孩子来到，问候了胡戈和护士长后，也站在了两个男生那一排。

江蕙一看这情形，连忙拉着小甜甜排在了两位女生旁边，小甜甜还一脸懵地看着江蕙，江蕙也没说话。

胡戈扫了眼站成一排的几位，转过头对护士长说："走吧！"护士长拿着文件夹跟在胡戈旁边，一行人像部队里一个班的战士一样。

进入病房就是一片问候声："胡主任早。""戴护士长早。"胡戈挨个认真检查，询问刀口愈合情况，吃药挂水后的反应，化疗的情况，包括吃饭睡眠如何，还不停地叮嘱病人按时吃药等等，简直事无巨细。胡戈讲解病情和应对措施给学生听，也是给病人和家属听，那边护士长也在跟两个见习护士说着，胡戈跟护士长一边交流一边交代。江蕙和张甜站在床脚的位置，胡戈和护士长依次站在病床右边靠近患者的位置。

一番查看下来，病人们恢复得都很不错，胡戈点点头，看了看还在讲解的护士长。这时最后一个床位的病人家属——一位老伯走到胡戈面前，一把握住胡戈的手："胡主任啊，太感谢你了，要不是你起死回生，我就没了老伴了！"老伯甚是激动，握着胡戈的手不停地摇动。

胡戈用另一只手拍了拍老伯的手："老人家，我们都希望您老伴早点康复出院，再跟您说一次啊，不能相信那些江湖骗子，那样人没了，钱也没了！不用谢啦，毛主席不是说过吗，我们都是为人民服务的！"胡戈用老伯最能听得进的话说，这也是实话。

"不会不会，再也不会了，那些东西害人不浅啊，再也不会了！"老伯说着一个劲儿地点头，既像是点头同意，又像是鞠躬致敬。

胡戈客气了几句，带领众人继续巡视另一个病房。每到一个病房，情形都差不多，有的病人甚至拉着胡戈说个不停，感谢的话像是说不完一样，更有朴素的病人家属拿着水果招呼他们吃。当然，他们是不会吃的，这是纪律。

巡查结束，几个学生在整理手中的笔记，江蕙和张甜站在胡戈的身旁。胡戈和护士长交流了好一会儿才结束谈话，并交代几个当班的护士一番，这才算真正结束。

"走，去办公室。"胡戈一边走一边和他的研究生们继续说着患者的病情，显然两位研究生也对病人的病情了熟于胸，一边提问题一边讨论，江蕙和小甜甜默默地跟在后面。

进了办公室，胡戈找了两个椅子让她俩坐下，两个研究生坐到了胡戈对面桌子的电脑面前。

"怎么样，有什么感受？"胡戈分别看了看两人。

"很多问题想问您？"江蕙首先开口。

"哦？有什么尽管问。"胡戈略有点意外，喝了口茶停下来。

"胡老师，为什么在查房的时候问那么详细，有的病人甚至连大便的情况都要了解？"江蕙一脸好奇。小甜甜懵懵地看着不说话。

"问得详细，是因为病人在经过治疗以后，他的身体反应状况可以帮助你了解患者的病情是否好转，恢复是否顺利，哪些药起了关键作用，接下来该怎么用药治疗，这些都是依据。至于大便的问题，那是因为我们要了解患者是否存在消化道出血，看术后病人消化道功能恢复的情况。"胡戈边说边暗暗称赞这个孩子。

"胡老师，您能不能跟我俩说说那个握着你手不放的老伯的事？我俩都很好奇。"江蕙说完用胳膊肘轻轻碰了下小甜甜。

小甜甜立即心领神会；"是啊，胡老师，我们很好奇这是个什么样的故事呢？"

胡戈看着两人笑了笑："那个老伯啊，他妻子得了肿瘤，拍片检查后发现肯定是的，需要手术切除也基本上是肯定的。哪知道老太一听要手术，就感觉自己离死不远了，不同意。她也不知道从哪儿听来的，有江湖偏方、祖传秘方能治病的消息，不听劝阻去找偏方了。结果病情更加严重，是用救护车送来的，穿刺检查后发现肿瘤是良性的，手术切除后，病人恢复得很快。老太很倔强，老伯和儿女都说不动她。就这么个事情，我们日常接诊碰到这样的情况不少。"

"原来是这样！胡老师，我看你到哪个病房，哪里都对你热情得很，是不是您脾气好的缘故啊？"江蕙此时俨然是校刊记者的感觉了。

"对待病人和病人家属，可以换位思考啊，如果躺在床上的是你的亲人，你会是什么样的心情？都……"

"很着急，很担心，很恐慌。"江蕙打断了胡戈的话，说完自己也意识到了，连忙示意自己失礼了，表示抱歉。

胡戈并没有介意："对啊，他们当然希望自己的亲人病情好转，很快能下地，然后康复出院。那我们所要做的就是高度地认真负责。他是你的病人，你得使出全部的本事把他往好了治，这样所有人都有了希望。一个人重新燃起希望的时候，是能爆发出很大力量的。康复的患者我们也回访过，脱胎换骨的多得是，所以于我们医生而言这也是成就感。"

江蕙听得很入神。

"人与人之间最朴实的情感最重要，能让别人记住你一辈子，就是你的光荣，我们的职业给我们带来了这样的捷径。你除了做好它，还有别的选择吗？对吧！"胡戈意味深长地看着两位小姑娘，转头也看看两个研究生，两个学生也看着他，正听得入神呢。

"胡老师说得太好了！"江蕙由衷地说出这句最普通的话来。

一路上江蕙和张甜叽叽喳喳地聊着，回去的路好像很短一样，感觉还没说什么车已经到站了。又回到了宁静的校园，此刻的校园变得那么美，也许不仅是因为风景。一篇校刊文章第二天就贴了出来——《暑期社会实践之我们的老师和我们的未来》收获了校刊历史上最多的点赞和评论。

噩耗传来

这就是命吧

命运像玻璃,越明亮,越闪亮,越容易破碎。

——贺拉斯

一场暴风雨,把人们瞬间从舒适的气候里拽回了现实,怕冷的人念叨着要裹着被子去上课。就这么,秋天还没来得及展示风采,就被冬天的凛冽挤下了舞台。其实,冬天对懒人是极其友好的,提供了不知道多少懒床的理由——谁又愿意离开那温暖如春的被窝呢!

小甜甜被喊了几次也没能起来,中间睁开眼睛看了看,发现江蕙还没起来,就放心得很:不用管,肯定没问题的,江蕙会把她拽起来,就像自己老妈一样。一想到妈妈,小甜甜更使劲儿往被子里缩了缩。

过了一会儿,宿舍里安静下来,其他几个人不知是去洗漱了还是去吃早饭了,反而这种安静让小甜甜睡觉的环境变得不安全了似的。正常的早上是她跟着江蕙喊其他几个人起床,挨个去揪那几个跟自己一样的"懒鬼"的耳朵,嘴里"懒猪""懒鬼"地叫着很有成就感,这也是那几个只要有机会就"收拾"小甜甜的最好理由,好在有江蕙"护着",小甜甜一直有恃无恐。

小甜甜疑惑、警惕地睁开眼睛,在被窝里找到手机——离上课只有三十多分钟了!"我晕,你们这帮家伙什么人啊,也不把我拽起床，我姐呢？姐！"小甜甜说着扯过衣服往身上套。没听到江蕙的动静，她一边套衣服一边站起来扶着床边探头看江蕙，江蕙身子侧向里面，好像还在睡觉!

这还有王法吗？从来不睡懒觉的江蕙居然睡起懒觉了，你也有这出啊！小甜甜想到这儿倒有点兴奋，终于可以揪江蕙的耳朵了！也不管自己裤子还没穿好，冒着冷伸手就去揪江蕙的耳朵。一碰到江蕙的耳朵，烫！小甜甜缩回了手，想想又把江蕙侧着的身体拉正了，江蕙整个脸红红的，小甜甜摸了摸江蕙的脸，一样的烫人。

"姐，姐！"小甜甜摇着江蕙，江蕙依然没什么反应。小甜甜一下子完全清醒了，手忙脚乱地把外裤穿上，摸到羽绒背心利索地套上，拉好拉链。她站到自己的床上，伸手掀起江蕙的被子，把江蕙的手拿出来，手也一样的滚烫！小甜甜把江蕙的头拨到自己的方向，感觉到江蕙呼出的气都是烫的。我的天哪，这是生病了啊！回过头看看空荡荡的宿舍，除了她和江蕙，其他人都不在。几头"猪"都不在，去教室了？！小甜甜心里骂道。

这时候门外几个声音叽喳着近了，小甜甜心里继续骂着，嘴里喊着江蕙的名字，她也不知道该怎么办。

几个人去吃早饭了，一进门就被小甜甜劈头盖脸地骂："你们几个猪啊，就知道吃，大姐好像病了，我都喊不醒她！"眼泪快掉下来了。

"我们还以为你们睡懒觉呢，就先去吃早饭，还帮你们带了！"徐丽影扬了扬手中的袋子。

"快来看看姐怎么了！"小甜甜一脸着急欲哭的样子。

曾心梅过来摸摸江蕙的脑门："高烧啊这是，得送医院去！"

"那我们要把她弄下来啊，这烧得迷糊了看来。"徐丽影丢下袋子走过来。

"那赶紧啊！老徐张彤你俩劲大，在下面接着，我和老曾上去。"

170　　这世界我来过

小甜甜说完就往上铺爬。

这时江蕙醒了,艰难地睁开眼睛,一脸疲惫:"怎么了?"轻轻的几个字把爬上来贴得很近的小甜甜吓一跳,差点掉下去,徐丽影一把托住了她。

"姐,姐你醒啦,吓死我了,我喊你一直喊不醒!"小甜甜眼泪掉下来了。

江蕙想抬一下手,但好像没劲儿抬起来,只动了一下。她艰难地用目光抚慰着小甜甜,小甜甜看懂了,泪更多了,直往下掉。

"我好像没什么劲儿,甜甜你扶我一下,我能起来。"江蕙说话的声音很虚弱。甜甜使出吃奶的劲把躺着的江蕙扶起来,江蕙还是晃了晃,两只手撑着才坐起来。

"你们去上课吧,我坐一会儿就好了,迟点我去上课。"江蕙艰难地看了看围在自己床前眼巴巴看着她的姐妹们。"去吧,真的没事,就是发烧而已,再不赶紧的要迟到了。"江蕙见大家都不走,坚持着提高了点嗓门,头上冒出汗来。

"你真没事啊?那我们去上课了啊!有什么情况通知我们。"徐丽影拍了拍床边,几个人边走边回头地出了宿舍。

小甜甜还是呆呆地站在床边,其他人说话的时候,她去倒了一杯水捧在手上。

"喝点水吧,昨晚到现在都没吃饭,也没去上晚自习,我以为你心情不怎么好呢,就没敢骚扰你,让你睡了。"小甜甜把水递到江蕙面前,想起刚才江蕙吃力的样子,忙把手缩回来,站在自己床上,一手抓着床边,一手把水杯递到江蕙嘴边。江蕙喝了几大口水,好像有点缓解,脑门上的汗也随着室内的冷意慢慢干了。

小甜甜够着了江蕙的厚衣服给她披上,江蕙温柔且疲惫地看了看小甜甜。坐了一会儿,感觉好像好了许多,江蕙决定下床,小甜甜几乎当了人梯,江蕙才下得床来,两个人都一头汗。

江蕙又喝了一杯热水,感觉好多了,似乎有些力气了,昨天晚上的疼痛几乎全部忘了,现在想的是赶紧去上课。

"我还是送你去医院吧,不是开玩笑的!"小甜甜从来没有这么认真过。

"没事的,可能昨天吃坏肚子了,拉肚什么的脱水发烧而已,现在好多了。我带一个保温杯去,应该可以的,我们都是学医的,自己没数吗?对吧!"江蕙一边在小甜甜的帮助下穿好衣服,一边试着活动活动,她自己觉得可能是太久没吃饭的缘故,虚弱无力,想补充点食物,但实在是没任何胃口,一丁点儿都没有。

"我还是觉得我们先去医院看看,我看你这样感觉不行啊,我真的担心!"小甜甜依然不放心,江蕙的一举一动她全看在眼里。

"没事,你不在我身边呢吗?有你这根拐杖,不会有什么事的,大不了有事了你再送我去呗,我现在真的好很多了。"江蕙一边安慰小甜甜,一边有点摇晃地站起来。

小甜甜已经收拾好江蕙和自己的书放在包里背上:"来吧,我也拿你没办法,只能听你的,谁叫你是我姐呢!"小甜甜把江蕙的一只手放在自己的肩膀上,算是架着江蕙去教室了。

到了教室门口,江蕙示意小甜甜放开,自己能走进去,小甜甜知道她要强,也没说什么。

"胡老师,对不起,因为我早上发烧所以迟到了,张甜同学也是因为照顾我才迟到的!"今天是胡戈的课,江蕙站在教室门口使劲地提高嗓门报告情况。

"没事,赶紧进来坐好吧。"胡戈转过身看了看江蕙,皱了皱眉头。

"谢谢老师!"江蕙提着劲走到自己的位置,两个位子留得好好的,没人去坐。江蕙经过胡戈面前的时候,胡戈仔细看了看江蕙的脸色,又注意到了江蕙走路的小动作。

江蕙和小甜甜坐到了自己的位子上，胡戈继续讲课，眼睛的余光有时看向前排江蕙的表情。因为她们来得迟，没一会儿就下课了。

胡戈径直走到江蕙的座位边："什么情况？"

"她早上发高烧，喊她都喊不醒，好不容易醒了，不肯去医院，要来上课！"小甜甜立马站起来"告状"。

"是这样吗？"胡戈看着江蕙。江蕙点点头："我可能昨天吃了坏东西，拉肚，有点脱水发烧吧，现在应该没什么事了。"江蕙也看着胡戈，像是等着胡戈的肯定似的。

"还有什么情况，昨天到现在都没吃饭吗？"胡戈继续问。

"她昨天说不舒服，晚饭没吃，晚自习也没上，晚上我问过她要不要吃点东西，她说不想吃。"小甜甜抢着回答，生怕江蕙不老实说。

这时候徐丽影她们几个也围了过来，有些同学不知道什么情况，向这边张望。

"这样，我的课结束了，下面的课你不要上了，正好我回附属医院，跟我车去医院检查一下。"胡戈已经观察了江蕙半天。

"对啊，我也这么说，你看，胡老师也让你去医院了吧！"小甜甜终于有点兴奋。

"我没事吧，就是发烧，不用吧？现在好像也不烧了！"江蕙说着把自己的手放在自己的脑门上。

胡戈也没像平时一样满脸笑容，有点严肃："去医院检查一下！"更像是命令。江蕙没再说什么，她觉得那些疼痛都能忍，应该没事。

上了胡戈的车，小甜甜立马掏出手机给张乐发了个微信，告诉他江蕙的情况，让他速来医院。

胡戈开得很快,到了医院,他叮嘱小甜甜关于江蕙的检查事项,说完让她俩先坐一会儿,就走开了。小甜甜和江蕙还没坐一会儿,张乐就已经赶到医院了,几乎就和她们间隔十几分钟左右到达。看到张乐,江蕙看了看小甜甜。

张乐显得非常着急,但是看到江蕙冷静的有些苍白又有点发黄的脸上没有表情,把想问的话给憋回去了。

胡戈回来,已经换上白大褂了:"我马上有台手术,不过没关系,我和李医生已经打了招呼,你们挂一个急诊内科的号,然后去诊间找他就行,就说是我的学生。检查结果出来我手术也该结束了,到时我们电话联系。"胡戈拍了拍张乐,匆匆地走了。

附属医院的日常就是人多,到处都是人,医护们也都是忙忙碌碌。他们三个在人群中没有一点儿显眼,江蕙四处看了看:这以后就是我战斗的地方!

一项项检查报告单陆续拿到手,几个人的脸色也越来越凝重了,以他们现有的医学知识,也差不多能看懂各项数据的含义,不太好,还有的报告上午出不来要等下午。这时江蕙的手机震动,打开一看,是胡戈发来的,让他们等他,他马上就来了。

胡戈已经脱了白大褂,见到他们三个:"跟我走吧,去食堂吃饭,现在是饭点了。"

"不用了胡老师,我们三个在外面买点吃的就可以了。"张乐挠了挠头。

"是啊,不麻烦了,胡老师。"江蕙接话。

"走吧,别磨叽了,不麻烦,又不是请你们去饭店吃,走吧!"胡戈已经在前面走了。

三个人相互看了看,跟上了胡戈。

江蕙依然没什么胃口，几个人帮她要了些粥、汤之类的，但是她依然喝不下去。

"你还是要吃一点东西，要不然人没力气，这两人就要成你的拐杖了。"胡戈用筷子点了点江蕙左右的两个人。

小甜甜饿了，加上医院食堂的饭菜感觉比学校的好多了，吃了不少。张乐也没什么胃口，时不时侧头看看江蕙，也不说话。

"检查都做完了，等报告是吧？"胡戈问道。

"是的，有些报告下午才能出来。"张乐的注意力都在胡戈这儿，胡戈一说完他就立刻回答了。

"别影响心情，吃点饭，你就是不吃也帮不上忙。"胡戈眼里流露出肯定。

"嗯。"张乐低头吃饭不吭声了。

"你以前有什么不舒服的地方吗？"胡戈看着江蕙。

"有时会感觉腰部和腹部疼痛，消化不太好，偶尔会腹泻。"江蕙没有隐瞒。

"有多长时间了？"胡戈皱了皱眉头。

"有半年了吧，她们说我怎么吃都不胖，我自己知道是消化代谢不太好。"江蕙看了看小甜甜，小甜甜这时也在看着她。

胡戈点了点头，思考了一会儿，没再说什么。

坐在办公室处理事情的胡戈有些莫名的焦急和忐忑，时不时用鼠标点击检查结果的状态栏。检查报告终于出来了，清晰地写着"恶性肿瘤"！这时，胡戈感觉脑袋"轰"的一声，也是以前从没有过的。胡戈把片子看了又看，不想认可这样的诊断，但还是要面对现实。他轻轻地叹了口气：这么优秀的孩子怎么会这样呢？

所有检查报告都给医生看过，医生暂时开了点缓解症状的药。

三个人走出诊室,坐在休息区,你看看我,我看看你,一时间不知道谁先说话,时间仿佛停止了。

大约有四五分钟,江蕙呼了一口气:"这就是命吧,也许!"

小甜甜憋了这么久,随着江蕙这一句话"哇"的一声哭了出来,旋即紧紧地抱着江蕙。一旁看着的张乐也眼圈一红。

"干吗呢?我这不是好好的吗!现代医学这么发达,又不是过去,就是生病了而已!"江蕙拍了拍小甜甜的后背,强忍着不让自己的眼泪掉下来,心里的那份痛却扎得无比得深。

"哪里好好的啊?我又不是傻子,我不想失去你,姐!"小甜甜哭得越发伤心。

"这里是医院,公共场所,注意影响啊小美女!"江蕙摸了摸小甜甜的头发。张乐把脸扭到一边。

"我不管,我不能没有你啊,姐!我以前生病的时候都是你日夜照顾我,比我妈还好。"小甜甜想到这儿更加伤心,眼泪把江蕙的衣服都浸湿了。

江蕙捧起小甜甜的小脸蛋:"能有你这么个妹妹,我真的很满足了。不过得听话,这里是公共场合啊,注意不要影响别人!"

小甜甜带着泪眼四处看了看,被自己的哭声吸引确实有人往这里张望,她连忙放低声音抽泣着。

"走吧,咱们回学校吧,反正医生说了,等安排手术时间,我们在这也没用啊!"江蕙看着张乐,张乐点点头,掏出手机叫车。

"我们坐地铁回去吧,别浪费钱了。"江蕙说道。

"你啊……你不用管!"张乐看着江蕙,似有埋怨的话要说,却只挤出了这几个字。

"好,听你的。"江蕙不再多说,她知道多说也无益。

这时胡戈匆匆走了过来,虽然内心非常沉重,但强忍着保持平静:"结果你们看到了吧?我看过了,先不要紧张,不要着急,明天上午我来和相关科室的主任讨论下一步的治疗,手术是肯定要做的。你们陪江蕙先回宿舍休息,等我消息。"

在车上,小甜甜一直抱着江蕙的胳膊,就这样回到了宿舍。宿舍其他几个人见到她俩回来,都不约而同地站起来。

江蕙坐在小甜甜床上,小甜甜依然抓着她的手臂坐在旁边,眼里依稀还是有泪花闪过。

"怎么样啦,大姐大?我们刚才还在说呢。"徐丽影走到江蕙面前蹲下身子。

"没多大事,有个肿瘤,可能要手术,等医院通知了去手术切除下就好了。"江蕙笑了笑。

"小甜甜,是不是这样啊?"徐丽影把头扭向小甜甜,其他几个人都屏住呼吸。

"当然是啊,但肿瘤是不好的,哪里是没什么事啊!"小甜甜眼泪又掉了下来。

"好不好的手术切了不就完了吗,我相信没问题的!"江蕙索性表现得不在乎。

"那可不是开玩笑的,你说得这么风轻云淡,感觉像就长了块息肉似的。"曾心梅说道。

"是啊,我听起来好像也不严重一样,但是看小甜甜的样子,也不是啊!"徐丽影看着小甜甜。

小甜甜的难过一直无法宣泄,就只有流泪了。

"真的没什么大碍,你看我现在不是好好的吗!一切正常。"江蕙摆了摆手。

宿舍里被小甜甜带得弥漫着一股悲伤的气氛,大家都不再像往常一样说笑，连话都没有了。

已经关灯睡觉了，小甜甜跟江蕙睡一起，她不让江蕙回上铺睡。江蕙在被窝里打开手机，看着张乐给自己发的微信：蕙，加油，我就在你身边！还有两个"拥抱"的表情。

江蕙的泪水不经意地掉了下来。

"妈妈，我要来找你了，您女儿不够坚强，不够努力，终究还是要在你怀抱里入睡才行。妈妈，我很累，我要枕在你的臂弯里，你哄我睡觉吧！"江蕙闭上眼，仿佛慈祥的妈妈就在眼前。

"张乐，我很对不起你，不能陪伴在你身边了。我们还没合作写歌，还没有手牵手看夕阳，还没有……很多很多。"眼前又换成张乐傻傻的笑着的模样。

小甜甜的身体像个火炉一样靠着她，江蕙没有感觉一点点冷，反而有点热，此时小甜甜已经像个孩子一样睡着了。

"我以后要是有这么一个聪明可爱的女儿多好……不好！她还那么小就会又没有妈妈了。"江蕙的脑子不停地转着，想起一个个的人来，胡思乱想，没有睡意，也没有疼痛。

冬天的夜特别地黑，特别地冷，没有人愿意在这样的夜里独处。

第二天江蕙像往常一样起得很早，小甜甜则比往常睡得更沉。江蕙没有喊她，只是自己梳洗好，掐着时间才喊小甜甜起床。小甜甜清醒得比往常快很多，看着眼前的江蕙，放心了很多似的，也没说话，迅速洗漱完毕。小甜甜也看到了江蕙的眼睛红红的，知道她昨晚没睡好，但也没吭声，她知道这个要强的姐姐心理的变化，越是没事就越有事。

张乐早早地就等在江蕙宿舍门口，准备跟她们一道去食堂吃早饭，宿舍其他人看到张乐就自觉地加快脚步脱离队伍走在前面，小甜甜就当没看见一样挽着江蕙。

"怎么样啊，我一直担心，发微信你也没回，发给张甜也没回。"张乐见面的第一句话似乎有点抱怨。

"这不是好好的吗，有事还能来吃早饭啊！"江蕙还没来得及说话，小甜甜先说了。

"那倒是，我这不是担心吗，心里这么想的，就这么说了，没过脑子。"张乐一边自嘲，一边把关切的目光投向江蕙。

"没什么，我也没睡好，有一会儿心烦意乱胡思乱想来着，后来就好了，身体上没什么反应，还好吧！"江蕙跟张乐也实话实说了。

食堂的人还没那么多，大部队要再过十分钟左右才进来。江蕙要了白粥，三人坐下吃早餐。

"我昨天上网查了查，发现得早应该没什么大问题的。"张乐一边吃一边看着江蕙。

"饭都堵不住你嘴啊，张大医生！"小甜甜翻了张乐一眼。

"我说错什么了？"张乐有点懵。

"你没说错什么，是没什么事，我也有信心，别想了，吃早饭吧！"江蕙平静地看了看张乐。

这样的对话有点僵硬，使得张乐不知道说什么才好，只好闷头吃饭。

"姐，手术我肯定去照顾你啊！"小甜甜突然冒出一句，在沉默了好一会儿的情形下。

"哟，我们甜甜长大了啊，说出这话来了都。你好好上课吧，我肯定通知我爸让他过来的。"江蕙冲小甜甜笑了笑。

"我也是，我也去，要不然我也不放心。"张乐放下筷子拿纸巾擦了擦嘴。

"都不用，你们好好上课吧，有一个人照顾就可以了，人多医院也没地方待啊！"江蕙摇了摇手。

"你去凑什么热闹，你一个男孩子在那儿方便吗？我是女孩子，我去没问题的,知道吗?"小甜甜怼了张乐一句。

"我去跑跑腿总可以吧,有什么需要我的,随传随到,没需要时,我就站岗。"张乐不以为然。

"怎么,你是送快递的啊,还跑腿?"小甜甜也不依不饶。

江蕙听着这两人拌嘴,笑了起来:"你们两个好了,一大早说相声啊!好意我都心领了,但真不用,学习第一。"

"反正不行,不由得你,我是肯定在的,轰也轰不走!"小甜甜异常坚定。

"那我肯定也在啊,你都在了,我还能不在吗!"张乐也甩出一句,就像上战场一样的。

"你什么关系啊,这是我姐,我去是应该的,你想说你是男朋友吗?跟我这层关系差了老鼻子远了!"小甜甜像是早上吃的不是大米,是火药一样。

张乐被堵得说不出话来,脸都有点涨红了。

江蕙实在是忍不住的又好气又好笑:"我说你俩不去说相声是不是可惜啊,也别一大早的就说上了,还都不听我的,想造反啊!"江蕙轻轻地用筷子敲了敲碗。

"都是你,惹我姐不高兴,我跟你没完!"小甜甜指了指张乐狠狠地咬了下嘴唇。

张乐一脸的委屈无处安放。

"姐,你还是不去上课,休息吧,马上要手术,你先休息休息。"小甜甜吃完又把这话说出来,先前在宿舍她就说过,这会儿看到张乐在,她想张乐会呼应她的。

"对啊,你别去上课了,休息吧!"张乐果然如小甜甜所料。

"哎呀,没什么啊,我在宿舍坐着和在教室坐着有什么区别,我都能跟你们一起来食堂吃早饭呢,又不是不能走不能动的。"江蕙说得也有道理,让两人一时也不知道该说什么,唯有听从了。

手术的时间很快就定下来了，江蕙告诉了爸爸，于她的本心是不想说的，但她知道这么大的事不告诉爸爸是不行的。

"爸，我后天手术，您要来一下，因为要家属签字的。"轻飘飘的没什么情绪的一句，让电话那头的父亲愣了好一会儿才反应过来。生活对于他来说也是残忍的，听到这个消息，他没再问什么，去了就都知道了，他知道自己女儿的性格。

上完一天的课，宿舍里暂时恢复了往常的样子，除了小甜甜，其他人好像没多大改变，包括江蕙。即使大家都逗小甜甜，她也不冷不热得没多大反应。

就要手术了，江蕙着实有点紧张，张乐的信息她也一直没回，张乐只能跟小甜甜发微信，小甜甜也爱理不理的，搞得张乐像热锅上的蚂蚁一样焦躁不安。他可能不知道此时的江蕙需要的是安静。

江蕙被安排进了病房，等待手术。小甜甜和张乐很晚才回到学校。

小甜甜一回到宿舍，大家就叽叽喳喳地问这问那，小甜甜有些敷衍地回答着。受江蕙生病影响最大的就是小甜甜，她的生活乱了，每天依仗的人病了，对她来说从没有经历过的事。从小到大，她也没这么担心过，神经过度紧张，但精神上的疲劳反而能给她带来一晚好的睡眠。

闪亮的日子

感激有你们在

我们曾经哭泣,也曾共同欢笑。
但愿你还记得,永远地记得,
我们曾经拥有闪亮的日子。

手术很顺利,江蕙在病床上略嫌无聊,因为可以自己坐起来了,显得更没事做,除了竖着耳朵或者闭着眼睛听隔壁床的家长里短,要不就是听爸爸和别人聊天。家里的亲戚来过了,江蕙觉得又荒废了一天:不行,这不是个事儿,这样下去我得落下多少课啊!用手机给小甜甜发了一条微信:放学后把我的书顺便给扛到医院来,别忘了!亲。

昨天小甜甜说了今天放学过来,江蕙生病她几乎天天来医院,一开始江蕙说让她不用来,安心学习就好了,自己没事,可说了也没什么用。小甜甜的理由是:学习没问题,你不在干什么都没意思,还不如来陪你,其实也是你陪我。

江蕙也不再坚持,知道这丫头任性,说多了她还生气。轮到小甜甜和张乐一起来的时候,就势听小甜甜和张乐斗嘴也是有意思的,当然大部分时间是小甜甜"欺负"张乐而已。

小甜甜回信息了:遵命。

小甜甜和张乐一起来的,小甜甜背着自己的小挎包甩着两个膀子,一进来就给江蕙一个大大的拥抱。令人窒息的拥抱过后,江蕙这才看清小甜甜后面的张乐提着包都没有放下戳在那儿,呆呆的。

"你怎么来了?"江蕙很疑惑地看着张乐。

"哦,是我让他来的,书也怪重的,这种体力活本大小姐不得找个伙计帮忙啊!"小甜甜得意地抢着回答了。

江蕙又好气又好笑,看着张乐还在发呆,示意他把包放下,张乐这才放下,放松了许多。

"你好点了吧?看上去是这样。"张乐望着江蕙手术后有些发白的脸。

"废话,这不明摆着吗!就是等着刀口恢复而已,就可以下床蹦跶了,还要问!"江蕙还没来得及说话就被小甜甜抢了。小魔女啊简直!——现在江蕙和张乐心里的看法是一样的。

"哦,那就好,那就太好了!"张乐呆劲又上来了,说完朝小甜甜撇撇嘴,当然是在小甜甜看不到的时候,小甜甜要是能看到,他是不敢惹这魔头的。

"嗯,没什么事,恢复得很好,一天一个样。那边有凳子,你们拿个过来坐。"江蕙指了指。

"甜甜啊,我这么多天落下不少课,你要辛苦点帮我啊!"江蕙拉着小甜甜的手。

"这个完全没问题,你不在,上课的时候我把你平时那套流程全部复制了,记笔记啊、画重点啊等等。我自己的书画完了,回宿舍按照你的习惯用尺子画的直线,都有,一点儿没落下,也没偷懒。"

小甜甜说着从自己的挎包里拿出一个新的笔记本:"呐,你看看,保证是你的习惯,应该不会差,平时看你的问你的多了,算是我的补偿吧,嘿嘿。"

江蕙有点感动地看着小甜甜:小甜甜越来越心细了,更懂得体贴人了。

"哎呀,你这么含情脉脉地看着人家怪不好意思的。"小甜甜装模作样地低下头扮害羞状。

"我的天,这鸡皮疙瘩都出来了!"张乐说完挠挠膀子。

"你懂个六啊,就一呆头鹅,再得罪我,等我姐好了,我让她休了你!"小甜甜恶狠狠地瞪了张乐。

江蕙笑了起来,刀口疼了。"哎哟,哎哟,你们别逗我笑,刀口笑炸线了全是你们的事啊!"江蕙慢慢地忍着笑,平静下来。

"都是你,不会说话乱说!"小甜甜指了指张乐咬咬牙。

张乐:"我……"

一直在窗户底下坐着的江爸爸边看边听他们几个斗嘴,心情很好,也跟着露出微笑——这俩都是江蕙最好的朋友,那是真的好。

江爸仔细打量了一番张乐,江蕙也发现了江爸的举动。江爸打量完了看江蕙,眼神流露的意思:这男孩看你的眼神不一样,是你的男朋友?江蕙也是秒懂,垂下眼帘轻轻地点点头。这瞬间的眼神交流丝毫没有引起小甜甜和张乐的注意。

胡戈在门外就看见几个人有说有笑的,下班了顺便过来看看江蕙。

"胡老师。"几个人看到胡戈进来不约而同地打招呼,小甜甜和张乐都"唰"的一下站起来。

"坐,坐,你们好,我只是下班刚好路过来看看,不是查房别紧张。"胡戈摆摆手。

江蕙爸爸也站了起来。

胡戈看了看江蕙,又看了看记录,问了几句江蕙的情况,满意地点点头。

"恢复得很不错,这样下去很快就可以出院回学校了,这应该是你最想听到的消息吧?"胡戈带着微笑看看江蕙。江蕙使劲狠狠地点点头。

"那就太好了！Yes！"小甜甜做了一个"加油"的动作。

胡戈看了看江蕙床头的书："现在还没完全恢复，要注意休息，别太用功！你是认真学习的典型了，早有耳闻。"

"胡主任辛苦了，下班了还来看我家江蕙，谢谢！"江蕙爸爸走过来。

"哦，不辛苦不辛苦，顺便。"胡戈点点头，抬手看了看表。

"已经到吃饭时间了，你们还没吃饭吧？这样，跟我到食堂吃点饭吧，反正都要吃晚饭的啊，吃完了你们好早点回去。"

"太好了，我就等胡老师这句话呢，耶！"小甜甜首先跳起来了。江蕙和张乐诧异地看着小甜甜，胡戈也笑起来，江爸爸也有诧异。

"啊，这是我心里话啊！医院食堂的菜可好吃了，吃过难忘啊！"小甜甜也没觉得尴尬。

"嗯，这样挺好啊，走吧，江爸爸您也跟我们一块去吧。"胡戈倒是挺欣赏小甜甜这样的直率不掩饰。

"我就不去了，我留下来，你们去吧。"江蕙爸爸看看江蕙。

"爸，你也去吧，我这又没啥要照顾的。"江蕙望着爸爸。

胡戈看着江蕙爸爸："走吧。"

食堂吃晚饭的人并不多，三三两两地坐着，胡戈偶尔遇到同事打个招呼。小甜甜不知道是饿了，还是太喜欢吃这边的饭菜，狼吞虎咽毫不夸张，点得也多。张乐看在眼里，心里想着：这是才放出来的吧！小甜甜感觉到张乐看她异样的眼光，瞄了瞄张乐，随即瞪了他一眼，吓得张乐赶紧低下头继续吃饭。

胡戈吃得不多，已经放下筷子用汤勺喝汤了，大家也都差不多了，只有小甜甜饿死鬼投胎一般还在埋头苦干。

胡戈看小甜甜也吃得差不多了，就说："你们两个作为江蕙最好的朋友，要担起好朋友的责任，就是监督她。很快她就要出院了，出院以后，她有可能用超出以前正常学习的时间恶补，这样很不好。身体是一个系统，有一块受损了，那就按照这块最低的机能去配置，无论是高强度的体力和脑力劳动都是，所以有可能的话，带她出去散散步，旅游什么的都可以。要保持充足的睡眠时间和正常的饮食，一个良好的作息才能保证她身体的恢复。目前看，她恢复状态很好，各项指标都正常。"

小甜甜和张乐连连点头。

"放心吧，有我在，都得听我的，超出时间没收作案工具！"小甜甜擦了擦嘴，异常坚定地摆出一副领导的架势来。

张乐不敢说什么，也不知道该说什么，默默地点头。

江蕙爸爸听得非常感动："谢谢胡主任和两位同学，江蕙得到你们的关心真是她的福气，真的是衷心地感谢，我也会好好跟她谈谈的。"

"是的，您的重要性无人能比，也是关键。"胡戈看着江蕙爸爸，意味深长。

"人的心情状态很重要，你们啊，给她一段比较平静的时间，心情愉悦是第一位的，作为她最好的朋友，你们更了解她，也更有办法，对吧？"胡戈看看小甜甜和张乐微笑着。

"那是！还有谁比我更了解我姐啊，我是寸步不离的，放心吧，保证完成任务！"小甜甜肯定是抢在前回答的，张乐也像江蕙一样，习惯了小甜甜的这种状态，他还是没吭声，频频点头。

终于回来了。江蕙踏进校园的那一刻，心情瞬间愉悦，算了算离开学校的时间，已经很久了，有一种小鸟归巢的感觉，这里才是自己的天堂。

宿舍小姐妹们举行了隆重的欢迎仪式，在宿舍楼道口列队欢迎，好多同学包括别的班的都来看望，礼物收了一堆，经手人嘛肯定是小甜甜，宛若经纪人一样。

宿舍里终于安静了，江蕙除了还不能做一些剧烈运动，其他都正常。她坐在小甜甜床边，听徐丽影她们说群口相声。小甜甜忙着看礼物，看到有吃的东西就归类，有包装的就晃晃看里面是不是吃的。

"甜甜，你这床单要洗了，你这枕巾也要洗了，被套换过了还不错，你怎么不一起换了洗呢？"江蕙检查了小甜甜的床，又看了看她挂在门后的毛巾。

小甜甜心想：老妈子回来了，自己好日子也到头了！"刚准备换了洗的，还没安排到。"说完，也没回头看江蕙。

"你拉倒吧，我来告密，要不是我们监督她，被套也还没换洗呢！你不在我们轮流监督她的。"徐丽影说完自己先哈哈大笑起来。

小甜甜回头恶狠狠地瞪了徐丽影一眼，严厉的目光扫过其他几个偷笑的，再一转头面带笑容地对着江蕙："嘿嘿，不是还没来得及吗，明天，明天就全部搞定。"

"多啰啰，多啰啰，寒风冻死我，明天就搭窝。"徐丽影说完带着那几个又大笑起来。

"你闭嘴吧，讨厌死了。"小甜甜一个劲儿地翻白眼。江蕙看着眼前的前景，这才是生活。

小甜甜跷着腿，戴着耳机，看着平板里的恐怖电影，投入程度之高以至于完全没在意宿舍里诸位的活动。

"姐，帮我倒杯水，渴了。"小甜甜转过头说着，边指指平板，意思我在看电影呢，动比较麻烦，说完伸了伸舌头，双手合十。

江蕙白了她一眼，还是起身给她粉红的杯子倒满了水："刚打的开水，等会儿再喝，烫！"

"谢谢姐！"小甜甜眼睛都没离开屏幕，她戴着耳机，说话声音特别大，大声得整个宿舍都听得见，躺在上铺的几个都探出身子好奇地朝这边看，江蕙指指小甜甜又摆摆手，意思没事。

小甜甜全神贯注地看着电影，眼睛余光瞅见杯子，手伸过去拿，视线一刻都不曾离开平板，然后端着杯子，看着屏幕，好像定格了一样。

电影里一张恐怖的脸跃上屏幕，小甜甜吓得一哆嗦，忘了手上还有水杯，本能地用双手去捂嘴，瞬间感觉到手上有杯子，手抓紧杯口，杯子虽没脱手，但已经迟了，开水泼出来，淋在她跷起来的大腿上，剧烈的疼痛使得她连忙收腿，一阵手忙脚乱，她本能地放下的杯子歪倒了，一杯开水整个洒在她的大腿上。

"啊！"小甜甜惨叫一声，随即哇哇大哭起来，被扯乱的耳机还有一边耷拉在脖子上。

江蕙被小甜甜的惨叫吓一跳，一个箭步奔过来，连人带椅子把小甜甜拖离"事故现场"，耳机也从小甜甜脖子上掉下来挂在桌子上晃荡。宿舍其他人也被这惨叫声吓着了，纷纷探头，还以为是小甜甜看剧鬼叫呢。见小甜甜被开水烫着了，上铺的几个人也纷纷跳下床。

小甜甜左边大腿内侧已经通红一片了，这时候曾心梅说："赶紧拖到水池子那边用冷水冲，快！"

"有用吗？还真不知道。"徐丽影自言自语。

大家手忙脚乱地把小甜甜架到水池边，拧开水龙头用冷水缓冲烫伤的地方。

曾心梅看了看烫伤的地方："嗯，还好不严重，水不是很开的，应该没事的。"

"我听说可以抹蜂蜜牙膏什么的。"张彤插了一句。

"那些不靠谱。如果烫伤严重的话更不能用，因为烫伤伤口没有抵抗能力，这些都是有细菌的，会造成感染。还有，有颜色的东西涂上去后期也会影响医生的判断。"曾心梅俨然一个老专家的模样。

大概冲了二十多分钟，皮肤那片红有所消退，没出现水泡。

张彤："小甜甜的腿真漂亮啊，嫩得能掐出水来，要是徐丽影那黑腿屁事没有。"

本来一直在抽泣的小甜甜破涕为笑，盥洗室时不时传来一片笑声，引得路过的同学驻足观望。

回到宿舍，曾心梅用干净毛巾盖在小甜甜腿上，江蕙从宿管阿姨那儿要来了些冰块用塑料袋裹起来帮小甜甜冷敷，安慰她没事。小甜甜用感激的眼光扫视着大家。

考试对江蕙来说根本就不是难事，至少在其他同学看来是这样。虽然江蕙生病这么久，但第一名的宝座还是她的，别的同学也是服气，毕竟学习没有她认真。小甜甜的学习成绩则继续稳步上升，已经进入班级前五名了，可是她并不是那么认真学习的。

江蕙学习越来越用功，这让小甜甜有点头疼。趁江蕙去图书馆的时候，她决定在宿舍开个会。

"今天会议由我来主持，会议的议题呢就是如何让江蕙同学多休息多玩耍，不要那么拼命学习，有可能身体吃不消。我这也是谨遵医嘱，大家明白吗？"小甜甜特地把小书桌搬过来，横在宿舍中间，把手机支架头用红布裹起来放在桌上，当作麦克风，说话前还装模作样地拍了拍"麦克风"。

"明白——"其他人拉长了声调。

"那好，谁能提出合理化建议，本宫……不对……本公主奖励水果一箱或等值的其他吃食。来吧，畅所欲言吧！"小甜甜扫视大家。

曾心梅举手，小甜甜："曾同学请说！"

曾心梅："我们可以安排她去逛街看电影吃饭，或者教她玩手机游戏,加入我们战队。"

"你这馊主意大家都能想得出来,玩游戏上瘾了还不如学习呢,你……跪安吧!"小甜甜小手一挥,"下一个。"曾心梅骂骂咧咧地站在一旁。

"让她跟我一起追剧吧,这样我们聊起来也有共同话题。"上铺很少说话的邓雪举手。

"那些剧我都不会看,何况大姐,差评,又出去!"小甜甜翻了个白眼。邓雪撇撇嘴戴上耳机继续看剧了。

"我看可以搞个读书会什么的,要投其所好,这样她也有兴趣,乐意参加。不太成熟的意见,望领导参考。"张彤举手示意,说完一抱拳。

"这还有点像话,暂时记录备用,不错,继续加油,手工点赞!"小甜甜伸出大拇指朝张彤竖了竖,张彤表了个"万福"退下。

"她们还是太嫩了点,这一箱水果非我莫属了,闪开!"也没人挡着,徐丽影用手作出扒拉的样子。小甜甜都忍不住笑了:还是老徐会演。

"首先,我们要弄清楚问题的实质,就是让江蕙同学劳逸结合,并不是让她跟我们一样废料——在座的各位,说的就是我们几个!"徐丽影一手叉腰,一手比画。

"来,大伙呱唧呱唧。"小甜甜带头鼓掌,宿舍里掌声一片。徐丽影连忙双手抱拳——作谢。

"别磨叽了,快说,戏真多!"小甜甜不耐烦地指指。

"是了您呢,领导,这就说。"徐丽影撩了撩衣襟,"那么首先找到大姐大最密切的人,那就是小甜……甜领导和张乐那个呆子。"

其他人都齐声拉长音:"嗯——"

老徐得意得很:"大姐大是红花,我们是绿叶,甜领导和呆子是最肥大最靠近的那俩叶子,怎么能让他们一起出现呢?"说完抬抬手。

"那，怎么能呢？"大家齐声附和。

"既要能让她暂时放下学习，又要能让她感到好玩和温暖，同时我们也好处，就得有个周全的主意。"说完双手叉腰，头仰得老高。

"警告一次，再卖关子扣奖励！"小甜甜随手一支用完的水笔就扔了过来，徐丽影一闪，众人哄笑。

"那么这个终极的活动是什么呢？那就是集旅游、烧烤、露营于一身的珍珠泉一日游。同时，张乐那个呆子的宿舍和我们宿舍结伴，这样人多又热闹，再来个篝火晚会，绝！"

小甜甜带头给徐丽影鼓掌，宿舍里掌声一片，刚要停下来的时候，小甜甜抬抬手，掌声又持续了好一阵子。徐丽影得意地抱拳致意。

"经组织研究决定，采纳老徐的建议。老徐的建议有建设性、合理性、娱乐性……各种综合成一体，实乃良策。遂本宫……又错了……本公主宣布：大奖归徐丽影所有，张彤奖励辣条一包。退朝，散会！"小甜甜摆了摆并不存在的宽袖。

"我主英明！我主英明！"徐丽影带着其他人高呼，宿舍里笑声一片。

小甜甜立即跟张乐打了微信电话，说明情况。张乐跟宿舍几人一说联谊的事，个个开心得不得了，小甜甜她们宿舍的平均颜值那是学校里数一数二的，大家都夸张乐做了件好事。

江蕙回来后，大家轮番做江蕙的思想工作，摆事实，讲道理，亮明利害关系……一顿操作逗得江蕙直笑，根本没有拒绝，就一句"OK"。这个结果倒是很出大伙的意料。

"我知道大家都是为我好，我心里很清楚很明白，我也真心地感激有你们在。"江蕙说得有点动情。

"那啥，其他就不说了，就这么愉快地决定吧。"
"珍珠泉，我们来了！"

一天满满当当的活动项目，大家都玩嗨了。除了观赏一些景色寺庙啊这些必备的项目，说历史谈轶事，什么捞鱼啊，捞虾啊，竹排啊，打水仗啊这些项目也悉数上场。由于女生们做了比较充分的攻略，这趟玩起来那是相当的过瘾。

张乐没有加入嗨的队伍，那就做了苦力，大包小包全部塞给他一个人。有江蕙陪在他身边，他也没感到一点点的累，边看小伙伴们玩得兴起，边和江蕙聊天。江蕙心情非常好，从医院出来后一直忙于学习，很久没这么放松了。大自然的美好，加上全是笑脸的陪伴，倍感舒适，惬意的很。

看着江蕙满脸的舒展和微笑，在阳光的衬托下美的无话可说！本来张乐就喜欢看江蕙这个侧面，还跟江蕙说，他准备学习摄影，学好了给江蕙拍。江蕙原本也就听了高兴高兴，哪知道张乐说到做到，利用暑假帮工实践攒的钱还真买了个单反相机，只是这次没带出来，因为带的东西太多！

"他们玩的多嗨啊，把我当苦力！"张乐看着在竹排上打水仗的小伙伴们。

"你要不也去吧，看你这样有点按捺不住啊！"江蕙笑着看了看张乐。张乐挠挠头："没有啊，我就是看他们嗨的不行。"

江蕙抿着嘴笑，她知道张乐是为陪着自己才不去玩的，虽然说张乐不怎么会说话，那玩的东西他没有不精的。

"你把吉他也带来啦。今晚准备唱什么歌。"江蕙瞄了瞄张乐放在旁边的琴包。

"是啊，你家好妹妹吩咐，并且还说也有你的意思，我敢不背来吗！虽然估计没你什么事，假你之名，但我也不敢得罪她啊！

要不然有的是小鞋给我穿呢！ 她就很皮厚地跟我说，她是你经纪人，我必须讨好她，否则有我好看。"张乐倒出了一肚子苦水。

"哈哈，这我完全相信，这小丫头片子就是这作风。"江蕙笑得不停。

"晚上唱什么歌我也没准备，到时看大家想听什么吧。"张乐眼睛看着水中竹排上的小伙伴们。

"那你还唱《闪亮的日子》，我很喜欢听你唱这首歌，我在网上听其他人唱的，找不到你那种感觉。"江蕙边说边回想第一次在学校听张乐唱歌时的情景。

"这是对我最大的夸奖了，一定唱一定唱！"张乐心里乐开了花。

"我想过了，我们上次不是说我们俩合作写歌吗！那首歌的名字我想好了，叫《这世界我来过》，等我空下来静下心来写歌词。"江蕙边说边玩着手里不知从哪儿抓过来的小树枝。

"当然记得啊，我还在等你的歌词呢，我做梦都想过我俩合作来着。"张乐深情地看着江蕙。

江蕙眼睛的余光感受到张乐的热情，低下头，一抹云彩飞上脸颊。

嗨了大半天，天色渐暗，开进烧烤区，除了自备的一些烧烤食材，今天捞的小龙虾也是晚上烧烤的重头戏。泉边开辟的这块场地可以烧烤也可以篝火，由专门的人负责，一应俱全地支棱起来，男生们忙着架火，女生们忙着吃的。

江蕙是个小能手，经她烤的大受欢迎，小甜甜就一个任务——吃！她负责"检查"江蕙烤得怎么样，她就是这么说的，烤好的东西她先尝一下，然后一阵风似的端给大家。张乐负责给江蕙打下手，拿食材，递调料。

酒过三巡，菜过五味，娱乐节目正式开场。随着这边的歌声、笑声，篝火越来越旺，围过来的人也越来越多。还真不少其他学校的学生，大家都是一样的想法。

有人扛来了唱歌的设备，这下就更热闹了，有的把自己带的食物也搬了过来，一开始也就他们十几个人，慢慢超过了四十个人。

终于等到了压轴大戏张乐的出场，张乐从包里拿出吉他，试了下音准，坐在宿舍小伙伴找来的凳子上。

"首先，我把这首歌送给我的女神江蕙，之所以我这么胆小的人敢这么说，是我鼓起了 N 次的勇气，也是我梦寐以求的，这首歌叫《闪亮的日子》，希望我们未来的日子里有更多的闪光。"

"我来唱一首歌，古老的那首歌，我轻轻地唱，你慢慢地和……"唱到这儿，张乐深情地看着江蕙。

"你我为了理想历经了艰苦，我们曾经哭泣，也曾共同欢笑。"

"但愿你还记得，永远地记得，我们曾经拥有闪亮的日子。"

掌声雷动，欢呼声响彻这寂静的夜空。江蕙手都拍疼了，他能感受到那个"慢慢地和"的人就是她，她也能感受到张乐那种发自内心真挚的感情。

此刻的两颗心在如此喧杂的人群中贴得很近，丝毫不受任何影响。

张乐又唱了好几首歌，大家热情如火，不让他下台，就如一场小型的个人演唱会，连这里的管理人员都围过来听，为他鼓掌加油。

夜色慢慢地深了，篝火已经慢慢地熄灭，人群也已散去，还坐在草地上的三三两两悄悄地说着话，月亮也假装看不见躲进了云彩，唯有不识趣的路灯还竖着耳朵偷听。微微的凉意也告诉所有人，不早了！

小甜甜和徐丽影她们也都钻进各自的帐篷里睡了，这一天下来的疯让她们睡得相当踏实。

江蕙挨着张乐坐着,头靠在张乐的肩膀上,张乐心里激动但膀子一动也不敢动,生怕惊醒了思绪里的天使,这一刻他什么也看不见什么也听不见。

江蕙抬起头:"张乐,我们来到这个世界上是为了什么呢?"

"啊,这个啊?我还真没好好想过,为了理想吧,我有理想要去实现。现在所做的一切都是为了实现理想做准备。"张乐猝不及防也不假思索地脱口而出。

"对啊,每个人都是这样啊,我也是啊!我们现在的努力,现在的学习都是为了实现自己的价值,实现自己的理想。"江蕙欣赏地点点头。

"人的一生是很短暂的,所以荒废光阴对自己来说就是最大的不负责任,只有实现自己的目标,或者说哪怕没实现你已经努力了,你回忆起来才会不觉得遗憾。我现在就这么想的,甚至五年计划十年计划都有。"江蕙望着远方。

"我也不知道是不是所谓的正确,但是就是这么想的,你觉得呢?"江蕙脸转过来看向张乐,发现张乐一直在看自己,赶紧低下头看着脚下。

"啊,你都有五年十年的规划啦!五年十年……嗯!你的十年规划里有我吗?"张乐没回答江蕙的问题睁大眼睛盯着江蕙。

"有啊,再过十年我都三十多了,怎么可能没有你呢?"江蕙突然就没有了刚刚的羞涩,反而毫不犹豫地坚定起来。但是说完想想又羞涩起来,心里暗暗地骂自己一点都不矜持。

张乐兴奋得从地上弹起来蹦蹦跳跳:"我太高兴了,我太高兴了。"张乐突如其来的举动把江蕙吓一跳,看到张乐高兴得像个孩子,自己也觉得满满的开心。未来有多美好?就像这从云里悄悄探出头来的月亮,仿佛伸手就能碰到一样。

亲爱的小孩

妈妈我爱你

萤火闪烁　星河流淌
小小的我　依偎在你肩膀
可是我啊　终会去向远方
带上思念　记住你的目光

陈彦把儿子胡晔接到医院等胡戈下班一起回家，明天就开始快乐的暑假，一路上小家伙已经开始规划暑假里的各种玩耍，学习的事只字未提。陈彦听得直皱眉头：没有王法了还，听到最多的词就是"游戏"！

电话过胡戈，今天最后一台手术还没有结束，陈彦把儿子带到胡戈病房，护士们都认识陈彦，让她在胡戈的办公室坐会儿。胡晔已好久没来病房，想到处看看，毕竟孩子是有好奇心的。陈彦叮嘱儿子不准乱跑后，自己回到胡戈办公室，坐下休息。

办公室隔着护士站对面就是病区，中间有个区域设有一张桌子和固定的椅子供谈话用。有个穿着病员服的小朋友坐在椅子上，手里拿着手机肘架在桌上似乎在玩游戏，手机横着，两只手在不停地动。这个画面被胡晔看到，他立马明白这一定是在玩游戏，好奇心立即来了，推开门冲着里面的陈彦说了句"我在护士站那边玩哦"，就飞快地跑过去，压根没等陈彦回复，陈彦的一声"别跑"他估计连半个字也没听见。

小胡晔装作不是有意跑过来而是无意路过似的，脚步轻轻地靠近小男孩，走到他身边停下，假装在四处寻找什么，眼睛偷瞄过去：哦！原来是《王者荣耀》啊，这小朋友是个新手呢。小朋友玩得入神，压根没发现有人在看他玩，仍然聚精会神地"奋战"着。

小胡晔一边搓着手一边看，看着看着就凑近了，心里这个急啊：这个我打过啊，你应该走这边，那边不能去……想着想着，嘴里也就自然地说出来了。

小男孩似乎听到了耳边的话，也就按照胡晔说的操作了，果然化险为夷。趁着作战间隙，小男孩抬起头，发现一个比自己大一点点的男孩正在看自己的手机呢。小男孩看过来的时候，小胡晔才发觉自己的失态，有点不好意思地直起身，笑笑。

"小哥哥，你教教我呗！我才玩了没多久，这个我总是打不过去。"小男孩一开口就是稚嫩而亲切的声音。

小胡晔很受用，一瞬间觉得自己的形象还挺高大的。虽然自己在同学中玩得不是最好的，但在这小男孩面前，自己是"王者"啊！

"啊，这个我打过，你这样这样这样……"小胡晔在家也很少能玩到手机，只有节假日才有可能玩那么一会儿。说完，他回头看看爸爸办公室的门。

胡晔在小男孩旁边坐了下来，手指指指点点地告诉小男孩怎么操作。这一指导，小男孩的水平立马上去了。两个人你一言我一语地，旁边的护士一句也听不懂，好奇地看看这两个小孩。

胡晔也时不时地回头看看胡戈办公室的门，他希望那门不要打开。

"小哥哥，你太厉害了。"小男孩对着胡晔竖起了大拇指，"你比我好朋友厉害多了，他总吹他多厉害，我觉得还是你厉害，他有点吹牛。"小男孩看着胡晔一脸崇拜。

小胡晔被一句一个"小哥哥"、一口一口"小哥哥太棒了"夸得有点飘飘的，两人就这么热火朝天地玩得忘乎所以，身后的那道门也忘了。

胡戈手术结束回到办公室："忙完了！我们走吧，儿子呢？"没看到胡晔。胡戈的目光四处搜寻了一番，还是没有看到。

"儿子在外面玩呢！"陈彦收拾整齐胡戈的桌面，和胡戈走出办公室。一出来就听见两个小孩伴着笑的声音："这边这边，退退退……"

胡戈刚才走过来时没发现，现在才看到胡晔和小男孩几乎头靠头地蹲着。偶尔感觉自己声音大了，还抬头往两边看看，见护士阿姨们并没有看他们，就又继续。

陈彦刚准备去喊胡晔，被胡戈拉住了："让他们玩一会儿吧，难得这么开心，两个小孩好像很投缘的样子。"

"你啊，就一直这么惯孩子，都被你带坏了，儿子越来越像你了！"陈彦收回跨出去的脚，看了眼胡戈。

胡戈："像我也没什么不好吧，你看现在……啊……啊！"胡戈说着指指自己，指指陈彦，又指指儿子，咧着嘴笑。

"也不一定是坏事，以后也找个能干的老婆就行了。"胡戈继续带着调皮的笑看着陈彦，伸了个懒腰，抡了抡手臂，活动一下忙碌了一天疲惫的身体。

"你总能说一堆乱七八糟的理由，还真不太好反驳你。"陈彦看着胡晔的背影说。

"我也想管得严厉点啊，一来我觉得没必要，二来他也不听我的，明明我说过的，他都要去请示你一番，你让我怎么办，对吧？"胡戈偷偷看了看陈彦，发现她的注意力都在儿子那边，压根就没在听他讲，舒了口气。

"胡主任、陈主任，下班了还没回去啊！"一个熟悉的中年护士拿着包整理着衣服路过，对他们说。

"你也走得迟啊,我们马上就走,说两句话。ByeBye！"陈彦、胡戈微笑地点点头挥挥手。

玩得忘了时间的胡晔听到这熟悉得不能再熟悉的具有威慑力的声音,一愣,用不太明显的侧过头的姿势偷看了后面一眼,确定"险情"。他压低了声音跟小男孩说:"不能陪你玩了,我妈来了,我要回去了,下次有机会我们再玩。"说完站起身,对着父母挤出一个很勉强的笑:"我还以为你们还有一会儿呢,就跟小弟弟玩了一会儿。"

小男孩回过头:"叔叔阿姨好！"

"你好你好。"陈彦带着笑。

小男孩消瘦的小脸蛋上,大大的眼睛显得很突出。

这时候,对面病房里出来了一位女性,浑身上下收拾得很利索,没半点随便的感觉,走到小男孩旁边。"胡主任,下班啦。"她冲着胡戈、陈彦点点头,顺手理了理小男孩自己抓乱的头发。

"已经下班了,马上走。"胡戈点点头,陈彦跟着一个微笑示意。

"小哥哥,你下次什么时候来啊？"小男孩满是期盼的目光看着胡晔。

"我,我……"胡晔抬头看了看陈彦。

"你们刚才是一起玩游戏的？"陈彦问儿子。

"是啊！"胡晔使劲地点点头。

"那你们留个联系方式就好了,想玩的时候约好上线玩。"

胡晔有点不相信这是妈妈说出来的话,要知道平时他很少有机会能碰手机或平板的。"好啊,好啊,太好了！"胡晔一边说一边鼓掌,说完把手伸到陈彦面前。

"干吗？"陈彦没反应过来。

"手机啊,没有手机怎么留联系方式！"胡晔也不解地看着陈彦。

"哦对！"陈彦把手机给了胡晔,胡晔根本不用思考地输入密码,打开手机。陈彦看得有点目瞪口呆,胡戈看了直笑,悄悄给胡晔比了个赞。

陈彦带着惊讶的表情看着胡戈,一副"他怎么会知道密码?这都是改过几次的!"的样子。胡戈低着头忍着笑,摊摊手,意思是"我哪知道"。陈彦指指胡戈,意思"一定是你告诉他的"。胡戈指指自己的手机,意思"我不会把我手机给他玩啊",撇了撇嘴。

"我们俩加个微信,这是我妈手机,我只能用她手机玩。"胡晔熟练地操作着。

"那你什么时候会在线啊?"小男孩一边找出二维码,一边问胡晔。

"额,大多数是周末时间,我能玩游戏也只是在周末,其他时间估计不可能了。"胡晔说着略有些遗憾的样子。

"我知道,平时你要做作业的,我以前也是。"小男孩已经足够欣喜了。

"那你现在不用做了?"胡晔大概知道小男孩生病了,但并不知道小男孩病得有多严重。

"是啊,我很想去上学,我那么多小伙伴也见不到他们,很想去操场踢球,很想我的同桌,很想……"说着说着,小男孩的目光变得有些黯淡。

"刚才我们玩游戏的时候你告诉我才知道,我只比你大一点儿,原以为比你大几岁呢。我会来看你的,找你玩。我会跟我妈说,我也经常会来医院,不过暑假我也不知道能不能来。"胡晔说着有些大人样地皱皱眉头。

"你要是能来那就太好了,我就住在那个病房。"小男孩一脸的高兴指着他住的病房给胡晔看。"还有,我不喜欢躺在里面,经常让我妈抱我出来坐在这儿,我就喜欢看人来人往的,反正比在里面看着天花板好多了。"

胡晔听得一愣一愣，胡戈和陈彦也听得心似被敲击了一下。

胡晔拉起小男孩瘦弱的小手："我一定会来的，还是在这个位置，你等我。"

"好的啊，拉钩。"小男孩伸出小拇指。

"拉钩。"胡晔一边说，一边也伸出小拇指，一边企盼地看着陈彦，意思是："亲爱的老妈，我先斩后奏啦！"

陈彦冲着他点点头，两只小手这才到了一起。

在场的护士也好，小男孩的妈妈也好，胡戈陈彦也好，都看得动情，仿佛这是电影里最可爱的画面。

都走出很远了，胡晔还回头跟小男孩挥手，小男孩也一直跟胡晔挥手，直到拐弯挡住了视线。

"那个小弟弟好聪明啊！我跟他说什么，他都秒懂，有几个都是他想出来的办法，一开始是他不知道，我估计是他玩得比较少，不熟悉。"胡晔显得很兴奋，坐在后座也不老实，扒着椅背跟胡戈和陈彦说话。

"那你可要认真研究啊，要不然人家很快就超过你了。"胡戈也没觉得有啥不妥就接着话了。

"你作业不用写吗？整天就想着玩，这次期末考试还不知道考得怎么样呢！"陈彦回过头看看胡晔，那是"王的凝视"。

刚刚异常兴奋的胡晔立即像被定在座位上一样，可怜巴巴地看着陈彦，不敢吭声。

"劳逸结合，暑假玩肯定是可以玩的，学习第一，别玩上天就好。"胡戈看着前方说，同时侧头看了一眼陈彦。

胡戈的"坡"来了，胡晔也就好"下驴"了："我爸说得对吧，肯定学习最重要，偶尔玩玩。"说完伸出手指摆了个"三"，看看陈彦没作声，就变成"二"。还没作声！——心不甘情不愿地变成

亲爱的小孩 | 妈妈我爱你

"一"。

"这可是你说的啊,本来我准备给你两天时间玩的,你自己主动要求一天的,别怪我啊。"陈彦说完调过头看着前方笑。

"老妈,你不能这样啊,我是以为你不同意的,我就没敢要啊!"胡晔说着抓住陈彦的肩膀摇着。

在等红绿灯,胡戈靠在座椅背上,看了一眼陈彦,意思:阴险啊,老手段了。陈彦秒懂:咋啦,你不服气吗?带着挑衅的目光看着胡戈。"我没说什么啊,对不对!"胡戈装作一脸无辜的样子,扭开头看着前方了。

"你先老实回答我一个问题,我就批准你两天尽情地玩。"陈彦侧头看着胡晔。

"肯定老实,不敢撒谎,撒谎你会打我的。"胡晔激动地举起手,似乎要发誓的样子。

"我手机密码你是怎么知道的,是不是你爸告诉你的?"陈彦开始审问。

"怎么可能?我都告诉你了,我至于吗!我不会把我手机给他玩啊。"胡戈继续一脸无辜,带着"我这智商需要这么做吗"的意思。

"你敢把手机给他玩吗?你给他玩了?"陈彦继续挑衅地看着胡戈。

"我爸怎么敢啊?你不是说过,发现一次让他承包半个月的家务,况且他才不会为我牺牲呢,哼!"胡晔对胡戈"哼"了一声。

"那倒是,谅他也不敢。"陈彦笑了笑。胡戈假装非常认真地开车,一声不吭。

"你快说,怎么知道密码的?"陈彦缓了过来。

"那个很简单啊,每次你打开手机输入密码的时候,看你手指按的那个位置就知道是哪些数字了啊!"胡晔心想:这么简单,小问题而已。

"那还真是我大意了,他爸你可不可以做到啊?"陈彦问胡戈。

"儿子都说了啊,简单!"胡戈忍不住笑。陈彦白了他一眼。

"那两天啊?不许反悔啊老妈。"胡晔忙不迭地问。

"我什么时候跟你说话不算数了?说话不算数的只有你老爸!"陈彦微笑。胡戈摇头,不做无畏的抵抗。

"妈,那个小男孩什么病啊,怎么都不能自己走路了?"胡晔在这么高兴的时候,依然没忘了医院里的小男孩。

"哟,我还真不知道,这个得问你爸,怎么问我呢!"陈彦看了看胡戈。

"唉!这小男孩得的是腹腔恶性肿瘤,而且已是晚期,侵犯了脊髓。"胡戈继续看着前方。

"这孩子咋这么可怜!"陈彦一声叹息。

小胡晔虽然不懂这个病,但毕竟父母都是医生,平时听父母聊天也大致知道了恶性肿瘤是个什么病,心里一阵难过。

第二天,胡戈查完房来到护士站,一说起那个小孩,大家都夸这孩子乖巧聪明伶俐,嘴又特别甜,再说到病情大家都叹了口气。

胡戈和陈彦刚进门,胡晔就跑了过来。

"爸、妈,小弟弟今天怎么样,很严重吗?"

陈彦摸了摸儿子的头:"刚刚你爸跟我说了,是很严重,那个小男孩大家都叫他小柯,所有认识他的医生护士都喜欢他,聪明、礼貌、懂事。现在他还在治疗中,一时半会儿可能跟你还打不了游戏呢!"

"哦,对,他跟我说过名字,只是当时在玩游戏,忘了。我知道,我不是只知道玩的。"胡晔有点生气似的走开了。

"你看看这孩子这是怎么了?"陈彦也有点莫名。

"我觉得他开始懂事了,或者说开始关心别人了,你不觉得吗?

好像之前也没这样过吧!"胡戈倒了两杯水,递给陈彦一杯。

"也是啊,我好像也没说什么,但他好像生气是因为我说他就知道玩游戏,不知道关心别人呢。"陈彦摇摇头。

"还喜欢生气,有点像你啊!"胡戈喝了口水。

陈彦的脸色立即沉下来,切换得比什么都快:"像我什么啦?你再说一遍呢!"

"你看看,你这演变脸啊,还说不像!"说完径直快速朝书房走去。身后甩来一句提高分贝的话:"今晚你做饭,你洗碗!"

接下来的几天,每天父母回来,胡晔首先问的都是小柯的情况,以至于胡戈每天回来要先跟儿子汇报。

陈彦回来时倒是带给胡晔一个好消息,微信上显示:"小哥哥,这个周六咱们上线打游戏可以吗?'

"我替你做主回复他了啊,看到吧,不怪我吧!"

"怎么会怪老妈呢,谢谢老妈!"胡晔挺高兴。

书房里,胡戈暂停了音乐,向沙发的一边挪了挪,陈彦坐下。

"你是不是也发现儿子最近变化蛮大的啊?"陈彦把茶杯放在茶几上,双手抱着头向后面靠去。

"是啊,我也发现了,好像安静了许多,不那么闹腾了。"胡戈点点头。

"是啊,不光是问小男孩的病情,还问过我累不累呢!问过你吗?"陈彦朝儿子房间那边看看。

"没有啊,没问过我,还有这事?"胡戈有点惊诧也有点嫉妒。

"可能真是有点长大的感觉呢,可能发现我比较辛苦吧,你没我辛苦,所以关心我。"陈彦顿了顿又笑了起来,"总算看到一点收获了!"

"还真是没天理啊!平时我从不打骂他,基本上是有求必应的,你是又严又凶，他还这么对你，这不对吧，就没见过关心过我！"胡戈不停地嘟囔，"这个没良心的！"

"所以我说，儿子开始懂事了，他知道我那么做是为他好啊。"陈彦有点得意地看着胡戈。

胡戈摆出一副嫌弃的表情，肩膀被陈彦打了一拳。

胡戈和陈彦并没有对儿子隐瞒小柯的病情，只是换了一个胡晔能更好理解的解释方式。

一整天忙碌下来，胡戈有些疲惫。这时，放在茶几上的电话震动起来，胡戈迷糊着没听到，陈彦胳膊肘拐了下胡戈："电话！"

胡戈一激灵，拿起电话也没看是谁打电话来，就接了："你好，哪位？"

"我啊，二姨家佳成啊！我家孩子吃花生米时说说笑笑可能是卡到气管里去了，这可咋办啊？！打了120，但是我们家离医院又远，一时半会儿还到不了，孩子的脸发红都有点紫了，我们不知道怎么办啊，急死了！"机关枪一样的语速，听得出那边是万分焦急。

胡戈一下子清醒了："别急，按照我说的做！算了，视频通话吧，照做就行！"胡戈转念一想，赶忙挂断，找到微信，一边点击视频通话，一边朝儿子的房间跑去："儿子，来帮忙救人！"胡晔还懵着就被老爸拖到客厅。

胡戈把椅子放好，把手机交给陈彦。视频那边紧张的孩子妈已经哭出声来。

"你现在跟我做！"胡戈从后面环抱着儿子让他坐在自己腿上。"你紧靠着小孩，小孩身体弯曲，头低着，你双手抱着小孩，像我这样一手握拳，另一只手抓住拳头。哎，对，就是肚脐以上、胸廓以下的位置！哎，对对！然后双手用力向后上方用力挤压，要快速大力，一秒钟一次，就像这样多来几次。"

一颗花生米从孩子嘴里掉了出来，慢慢的，孩子的脸色开始反红，孩子妈带着哭腔连连鞠躬说着"谢谢谢谢"。

胡戈、陈彦说着"没事"，看着孩子恢复了才挂断电话。儿子问胡戈："蛮神奇的，什么原理啊？"

胡戈望望陈彦，陈彦说道："嗯,怎么说呢，人体就像个容器——气球吧，唯一的出口呼吸道被堵住了，我们使劲按压气球，那么堵住呼吸道的东西就被来自气球内部的气体给冲开。这叫'海姆利克急救法'，是美国外科医生海姆利克发明的。"

陈彦一边说一边用手比画着从腹部一直到嗓子，到最后嘴一张。儿子点点头："明白了。"

胡戈伸出大拇指："难怪你妈生气这么多呢，原来是个大气球！"说完转身就走。

儿子哈哈大笑，陈彦跟着胡戈要捶他。

胡戈查完房又顺便来到小男孩的病房，小柯似乎没有醒，输液滴得很慢，孩子妈坐在床头位置，看着输液瓶发呆。直到胡戈走到她面前，她才回过神来。"胡主任。"小柯妈妈木讷地站起来问了声好。

"我是特地代表我家小孩来看看的，他要来，我没让他来，等小柯好一点再让他来。"

小柯妈妈打扮朴素一尘不染，整洁舒服的感觉。

"目前孩子有什么想法吗？"胡戈问道。

"唉，孩子几次夜里醒来，都跟我说要回家，老是说：'妈妈，我很疼很疼，又怕你伤心，所以我尽量忍着，我想回家，你抱着我睡觉，虽然我说我是大人了。'"小柯妈妈幽怨又心疼地看着还没醒来的孩子，目光所到之处尽是伤心过后的那种平静。

胡戈也顺着她的目光看过去："您有什么想法呢？"

"我也想带他回家，想着跟您说呢！"小柯妈妈眼里都是萧瑟绝望。

"哦！"胡戈也不知道如何去安慰，这时一个电话进来，胡戈接了电话快步离开病房，眼睛是湿润的。

一家人吃完饭，胡晔在客厅里看电视，胡戈和陈彦进了书房。

"今天我们讨论了下小柯的病情，结论呢，就是不太好了，不乐观。后来有听护士说，小孩生病一直是他妈妈照顾，孩子的爸爸只出现过两次，我都没碰到过，钱好像是他交的。孩子是单亲家庭，爸爸再婚了，妈妈没有再婚，带着孩子一起过的。"胡戈端着茶杯，今天没有开碟机。

"啊，是这种情况啊！那要是这位妈妈失去孩子……我都不敢想，作为女人，失去孩子那种心情我能想象得到。"陈彦两只手使劲握了握。

"还有你说的这种情况，离婚了，唯一最亲的最依赖的人……可以说是叠加打击了，这孩子妈妈能不能承受得住真说不定呢！"陈彦目光恳切地看着胡戈。

"是啊，据我的观察，她眼睛里没有悲伤，或者是内心深处那种凄凉不想被别人看出来，怎么说呢，就像冬天北风扫过的大地，一片萧瑟凄凉那种感觉。即使我想安慰几句，但就连我这么会说的人都不知道说什么，感觉说什么都没有用似的。"胡戈皱着眉头回忆当时的情形。

"那真是有点担心了，这种情况我也不知道该怎么劝，换位思考失去儿子我也是不活了那种。"陈彦说着都有非常伤心的感觉。

"是啊，我今天一天脑子里都会时不时浮现她说儿子想要回家，她也想带儿子回家时的情形。"胡戈摇摇头。

"首先要预防她绝望！那种痛不是一般人能承受得住的。"陈彦也皱起眉头。

"对,首先不能让她有这种想法,生活还在继续呢,失去亲人的伤痛可以随着时间慢慢地养好,不能就此失去了生活的信心。我觉得比较可行的方法就是不让她闲着,因为很多事就是因为闲才出现的,家庭矛盾也是一样,像我们俩都很忙,就没有多少时间来吵架和胡思乱想。"胡戈皱着的眉头有些舒缓。

"说得有道理,不过我们家不吵架是因为我不跟你计较,闲也是你闲,这点胡戈同志你得搞清楚。"陈彦一本正经地盯着胡戈。

眼看着这战火就要烧过来,胡戈坐正了身体:"老佛爷说得极是,我闲我闲!"随后一弯腰,逗乐了陈彦。

"说正经的,还是要多了解她一些,我是女人,我去跟她聊聊,你是男的,人家有什么话跟你也不好说啊!"陈彦一副管定这事的架势。

"你明天要到其他医院会诊对吧?我明天应该会准时下班,中午我回来接儿子,下午下班带他一起去看小柯。你看他,天天你一回来就问你人家的情况。"

"对哦,不过小男孩不一定是醒着的,就是醒着也要叮嘱儿子尽量不要多打扰啊!"胡戈还想说什么,被陈彦打断了。

"这个我还不知道,要你教我啊!你要觉得你能做得比我好,那就你带他去。"陈彦白了胡戈一眼。

"我错了我错了,有点自大了。"胡戈赶紧说。

"胡晔,明天我们去看你那个小弟弟好吗?"书房外已经传来陈彦问儿子的声音。

"好啊,好啊!"胡晔听到陈彦的话,激动地从沙发上蹦起来。"那我该带什么礼物给他呢?"小胡晔一脸认真地看着妈妈。

陈彦看着眼前的小帅哥儿子,母爱泛起,想着小柯和他妈妈,一把把儿子搂过来。小胡晔不知道咋回事,有点懵:"哎呀,妈,我都要透不过气了。我问你,我能带什么礼物去看他?"

"你想带什么都行,你做主就好了,要买礼物也行!"陈彦看着儿子,等着他欢天喜地呢。

"老妈万岁!我想想还是把我最好的玩具送给他,又不能带吃的东西,你都说过无数次了,病人不能乱吃东西,我早就记得了。"胡晔抓耳挠腮地想着送什么礼物。

陈彦和小柯妈妈一起走出了病房,胡晔一个人待在病床旁边,带来的变形金刚放在床头柜上。他看着小柯,小柯还没醒,胡晔轻轻碰了下他吊水的手,冰凉凉的。这还是胡晔第一次离一个病人这么近,而且还是一个刚认识不久的朋友,在他心里小柯那么乖巧可爱,是小弟弟的感觉。胡晔此刻的眼神里是期待、迷惑还是怜悯,他自己可能也不知道。

"我听我们家老公说了情况,孩子一直想来看看小弟弟,我既怕他打扰,因为他比较皮,又觉得他每天都要问小弟弟的情况,那种关心不能抹杀,所以还是带他来看看。接下来有什么打算?"陈彦和小柯妈妈坐在一条椅子上,一边说话,一边点头和路过的护士打招呼。

"最近他醒来就跟我说他想回家,说了很多次,我也想带他回家了!"小柯妈妈望着病房的门。

"你呢,你怎么考虑自己的,可以说说吗?"陈彦看着她的眼睛。

"我,我也不知道,我所有的就只是这个孩子,没有他,我不知道怎么过下去,我不在他身边,我一点都不放心,我……"小柯妈妈眼前有点模糊。

也许伤心太久,也许哭得太多,小柯妈妈的脸上很难表现出更多的喜怒哀乐,只有平静,非常平静。

陈彦似乎想从小柯妈妈的表情里找到一些答案，但是找不到。她有些话想问，但又觉得不合适，无论是因为自己的身份还是因为别的。

"人的一生里有许多的坎坷，有的人出现得早，有的人出现得迟，但是都要坚强地去面对，放弃是最容易的选项，也是最没有力量的。"陈彦说完，自己回味了一下，反思这么表达是不是过于晦涩。

"命运可能对我不公吧，我也不知道上辈子是干什么了，这么惩罚我。小柯刚出生没多久，我和他爸就离婚了，我也不纠结谁对谁错。好不容易他十多岁了，眼看着我要解放了，谁知道……我真想生病的是我，拿我自己换回儿子。看着他现在的样子，我又无能为力，这种无助的感觉真的是太压抑了。我祈祷过无数次，眼泪都哭干了，又有什么用呢？！"小柯妈妈眼里那种深邃的无尽的悲伤一下子散发了出来。

"生活还是要继续下去啊，你还这么年轻，属于你的世界才绽放没有多久，路还很长。我想你孩子那么聪明懂事，他一定跟你说过吧，要你好好的。"陈彦脑子转了转，一边感受到她那种绝望的气息，一边想着怎么唤醒她对生活的勇气。

"嗯，小柯有次醒过来跟我说：'妈妈，我不在，你要好好的，这是我最大的心愿。本来想等我长大了，我来照顾你的，不让你那么辛苦，但是可能不能了。你是天底下最好的妈妈，你身体健康、开心快乐就是我唯一的心愿。'"想到儿子说的话，小柯妈妈用泪水模糊的双眼深情地望了望病房。

"你孩子真的非常懂事，也说得非常对啊！将来很多事情要由你来完成了，他是你最重要的人，你不能辜负他啊，对吧！"陈彦叹了口气。

小柯妈妈点了点头："我知道，但是我舍不得他，他还小，我不在他身边，什么我也不放心，有时候他迷迷糊糊的还喊着'妈妈'。"眼泪还是突破了最后的防线，掉了下来。

陈彦从包里拿出一张纸巾递了过去，自己的眼睛也有些湿润了。

"本来小柯就一直很懂事，很多家务他都会。他比其他小朋友要懂事得早，很小很小就开始帮我做事情，大了些更是了，放学自己回来，有时我下班回来晚，他把饭菜都做好了等我，他还是个十一二岁的孩子啊！对他，我只有愧疚，发自心里的愧疚。"小柯妈妈似乎找到了一个可以倾诉的人，一边说了憋在心里许久的话，一边用纸巾擦着眼泪，"我自己爸爸妈妈身体也不太好，还好有我姐姐照顾，我能依靠的就只有他，他是我的支柱，没有他我真不知道怎么过！"

望着眼前这个普普通通的和自己年纪相仿的中年女性，陈彦心里不禁感慨：有时候很多事真的是因为没轮到自己，摊到自己的时候，未必有她那么坚强，未必做得更好。

胡晔在病房门口探头探脑地看了几回，陈彦看到向他招招手，他才飞快地奔过来。

"怎么这么久啊，你在干吗呢？"陈彦问道。

"小弟弟还睡着，我在门口看你们一直在说话，就没过来，看了几次了。"胡晔好奇地看看两人。

陈彦给他竖起一个大拇指，小柯妈妈给了胡晔一个微笑："真是懂事的孩子！"

回家的路上，陈彦和胡晔都没怎么说话，陈彦开车都有些走神，时不时扭过头看看儿子。

吃过晚饭，胡戈如往常一样进了书房开了音乐看书，陈彦也收拾妥当，端了水杯进了书房，胡晔在客厅看电视，全家似乎都有了这样的默契或是习惯。

"今天带儿子去了,小家伙这一天都很老实,不叽叽喳喳的,也没玩什么游戏,现在在看电视呢。"陈彦坐在茶几旁搬来的一把椅子上。

"可能你也不好说什么问什么吧!"胡戈倒是直接。

"是啊,本身我是医生,她是患者家属,我能怎么说呢,只能旁敲侧击地说说,真不知道应该怎么说。"陈彦摇摇头。

"本来就是啊,这个度不好掌握。"胡戈点点头。

"但是我还是觉得有突破点。"陈彦若有所思。

"哦,什么情况?"胡戈合上书望着陈彦。

"就是小柯,小柯非常懂事,因为生病,成长得也快,他能知道妈妈的想法,所以一再交代妈妈要坚强。这孩子太让人心疼了!"陈彦回想着。

"就是要说,即使孩子离开了,也要让妈妈完成孩子的心愿,这样吗?然后让时间来平复她心里的伤痛。"胡戈似是懂了陈彦的意思。

"是啊,这是个比较长时间的恢复,首先得让她挺过第一个冲击,这个冲击挺不过,都是零。"陈彦停下想了想,"所以他们回家未必不是好事,娘俩能更深入地交流。"

"那你这个外人帮不上忙,也不好帮,只能提醒她要兑现对儿子的承诺,这也可能是她唯一的动力了。"胡戈的表情略有些无奈。

"是啊,我们儿子今天你也看到了吧,不疯不闹的。在医院我跟孩子妈说话的时候,他宁可自己待着也不过来打扰,是不是有点懂事了!"陈彦说起儿子来,眼睛都会放光。

"可能每个人的成长过程就是面对的东西越多成长越快吧,被照顾狠了,成长会慢,因为很多事情不需要他去面对了。"胡戈按了下遥控器,是柴可夫斯基的《小夜曲》。

214 这世界我来过

小柯还是出院回家了,整个病区的医护心里对此都有一种无法描述的滋味,有的站在窗口,目送他们的背影消失在楼下的车流里,也有经常护理他的护士在一片的告别声中掉下眼泪。小柯带走了满满一堆的礼物,带走了所有关心他的人的祝福。

陈彦回到家:"儿子儿子,我回来了。"

胡晔听到开门声就已经站在客厅了。陈彦放下包,拿出手机,三下五除二地甩了鞋,匆忙套上一脚一个不同颜色的拖鞋就趿拉着走过来了。

"那个小弟弟约你明天打游戏呢,你看看!"陈彦说着把手机递到胡晔面前,"我没回,你自己回复啊!"

"小哥哥,明天是周末,我们晚上八点上线玩一会儿游戏好吗?"一个"可爱""拥抱"的表情。

"好的,准时见,不见不散!!!"一个"Yes"的表情。

胡晔回复完又给陈彦看。

"妈妈,小哥哥给我回复了,明天晚上准时打游戏!"小柯靠在床头,一双大眼睛放着许久不见的光。

"那好啊,你看你高兴的!"小柯妈妈摸了摸小柯没有肉的瘦弱的脸颊,她也很久没看到儿子这么灿烂的笑容了。

"妈妈,你答应我的事要做到啊!"小柯望着妈妈突然说道。

"我答应你什么了一定要做到的?"妈妈一脸疑惑。

"你答应我,无论我怎么样,你都要好好的,我答应你坚强,我做到了啊!"小柯声音不大但有力量。

"妈妈舍不得你啊,你就是妈妈的唯一!"小柯妈妈的视线模糊了,每当儿子这么跟她说话的时候,她就知道儿子在忍受着疼。

她去拿了热毛巾，擦了擦儿子头上的汗，把脸也擦了一遍："很疼吗？"

"不疼了，就刚才一会儿。"小柯脑门上的汗还在出，脸色越发苍白。

"妈妈，我都跟你说过好几次了，从小你就跟我说要有信用，自己说过的话、答应别人的事一定要做到，对吧？！"小柯有点艰难地挤出笑脸。

"是啊，我的小柯做得可好了，你是妈妈的骄傲！"妈妈擦完小柯头上的汗，把小柯的小手抱在了怀里，又贴在自己的脸上。

"那你答应我，一定要好好的，你肯定能做到的，对吧？妈妈，我爱你！无论什么时候我都希望你身体好好的，开心快乐。我有时候也想过，我是不是你的累赘？后来想，不是，我是你最可爱懂事的宝贝。常听我们同学说，他又如何如何被他妈揍了，我就很骄傲，你从来就没打过我。"小柯有些激动，呼吸也快了很多。

"我的宝贝是全世界最听话懂事的孩子，做得比妈妈都好，我为什么要打你啊，对吧？这是我的幸福啊！"一滴眼泪落在了小柯的手臂上。

"小时候你就跟我说，要学会照顾自己，那你也是哦！你看你头发都白了，我知道这是因为我，所以我更希望妈妈你好好的。我的妈妈是最美的！"小柯的眼泪顺着眼角流了下来。

房间的灯光有些昏黄，妈妈把小柯的手紧紧地贴在自己的脸上，闭着眼睛，任眼泪肆意地流淌，泪水已经完全浸湿大手和小手。小柯深情地看着妈妈，泪水挣脱所有的阻拦滚落下来。这一刻，寂静无声。

"妈妈不哭了，你答应过我不哭的，我也不哭，我也答应你的。"小柯使劲挤干眼泪。

"我的宝贝，你今天怎么说这么多？"小柯妈妈这才有些缓过神来。

"我就是想说，我经常夜里醒来看到你在哭，我没打扰你。"小柯的眼泪还是忍不住。

"我的儿啊，你越这么懂事，妈越是舍不得，越是疼啊！"小柯妈妈强忍着不放声大哭。

"妈妈，我知道你有多心疼我，你越是这样，我也越不放心。我有好多好多的想法都没办法去实现了，希望你能帮我实现。"小柯已经不再落泪。

"我？能实现你什么想法？"小柯妈妈有些不解。

"嗯，希望你健康快乐，这个是能做到的，对吧？这也是对我最大的帮助！"小柯说完，脸上露出笑意。

"妈妈能做到，你跟我说了好多次的事情，我要是做不到，你不是要笑妈妈了！"小柯妈妈也露出了笑容。

"妈妈，我爱你！"

"我也爱你！"

吃完饭不久，胡晔就把陈彦的手机拿了过来，一边看电视，一边看手机。

"现在才七点钟，还早吧，你就霸占我手机，我不要用了吗？"陈彦眼睛睁得大大的。

"今天不是周末吗，你不是常跟爸喊周末不要有那么多事吗，我看爸的手机就放那儿没动。"胡晔一点儿没有示弱的意思。

"我……你这胆子上来了是吧，那是我的手机，我朋友就不能约我去哪玩、购物什么的吗？"陈彦被儿子呛得不知道怎么说了。

"你过会儿再回呗，我有正事！"胡晔一本正经。

"那……也还早啊！"陈彦也不是不支持儿子，看胡晔那么认真，也就没忍心再说他。

亲爱的小孩 | 妈妈我爱你

七点四十五了,胡晔跑到书房门口把手机给陈彦看:"时间都快到了,还没有信息,我一直盯着呢,他会不会忘了啊,会不会不玩了啊?!"

陈彦看了一眼茶几上胡戈的手机:"还有十几分钟呢,还没到时间,人家跟你约好的,会的,耐心点,再等一会儿。"

胡晔也没说话,扭头回了客厅。

"这孩子,今天特别着急,心心念念的。"陈彦坐在胡戈旁边,头靠着沙发。

"正常啊!我那时跟朋友约时间玩儿也是这种状态,度分如年,五分钟都觉得特别漫长,谁要是迟到了,恨不得骂死他。"胡戈笑笑。

"嗯,还是我拯救了你,要不然你还不知道在哪混着呢。"陈彦说着跷起了二郎腿。

胡戈白了一眼陈彦:"您老人家就是观音菩萨啊!救我于水火。"

"那是,必须的。"陈彦得意地看看天花板。

"还有三分钟,他还是没上线,我游戏和微信来回看,都没有他,急死人了!!!"胡晔又跑到书房门口亮出手机。

陈彦坐正身子,胡戈也跟着坐正了。

"应该会来的,跟你说好的,你倒计时吧!"陈彦心里也没数,只能安慰他。

"那我能给他打个语音电话吗?"胡晔摇了摇手机。

"先不打吧,他生病不舒服,也不知道他什么情况,打电话会打扰他,耐心等等,可能一会儿人家忙好了就上线了。"胡戈冲着胡晔摇了摇手。

"那好吧。"胡晔一脸泄气地踱回客厅。

"可能情况不太好啊那孩子,也真是不方便问。"胡戈叹了口气。

"嗯,只能祈祷安然度过了。"陈彦也叹了口气。

"时间到了，还是没有啊！"胡晔急躁地又站在书房门口。

"有可能小弟弟今天身体不舒服，也许他现在有事不方便，要不再耐心等一会吧！"陈彦安慰儿子。

"他昨天还能跟我发微信呢，今天就不舒服啦？"胡晔有点不相信，他对小柯的病情一知半解，在他的概念里，哪有过一天情况就不好的。

"我们都是身体好好的人，但我和妈妈每天和各种各样的病人打交道，生病是一件痛苦的事，不但身体疼痛，很多事也做不了，不能用你的思维去想他们。何况小弟弟的情况你也去医院看过，那时候他都没醒过来对吧，说明病情很严重。他肯定也希望能玩游戏啊，可能他现在不能玩呢！"胡戈语重心长。

"我知道，我也是担心，那我再等等他。"胡晔低着头慢慢地走回客厅。

"儿子是真担心啊，你看他这一会儿急的，我觉得他把这个约定看得很重，倒不是有多喜欢玩游戏，要不然他自己玩就是咯。"陈彦看着胡戈。

"是啊，我也知道，只能这样去劝劝他了。要像我那时候，可能早就急了，他还能控制，已经很不错了。"胡戈点点头。

时间一分一秒地过去，只有等待的人才觉得漫长。

"妈妈，都过了快一个小时了，他都没有上线，我硬忍着不跟你们说，就等！可是到现在他也没有上线，又不能电话问，急死我了！"再次出现在书房门口的胡晔哇哇大哭，吓得陈彦和胡戈都从沙发上弹了起来。

"宝贝，别哭别哭。"陈彦一个箭步跨过去抱住了胡晔，叫胡晔"宝贝"那还是好几年前的事了。

胡戈跟着走了过来，摸摸胡晔的头。

"我也不知道为什么这么希望小弟弟上线跟我玩游戏,就是那种非常想的感觉,从没有过,要是跟同学玩,就不是这种感觉,玩不成就下次了。"胡晔继续在陈彦的怀里哭泣着。平时他觉得自己长大了,是大人了,没事躲在妈妈怀里是很丢人的事,此时他早已经忘了。

"你是真心地关心这个小弟弟,你都能把你最喜欢的礼物送给他,说明你非常在意他,在心里你就是他的哥哥,你要照顾他,对不对啊?"陈彦用手擦着胡晔的眼泪。

"嗯,可是我还没有机会呢!"胡晔又哭出声来。

"好朋友就应该是这种感情,我在你这么大的时候也是这样。"胡戈拿了纸巾过来递给陈彦。

胡晔抬起头看看胡戈,似乎将信将疑,胡戈冲他点点头。

"那你明天帮我问问他究竟怎么了,好吗?"胡晔泪眼汪汪地望着胡戈。

"好,一定!"胡戈点点头。

"爸爸都答应你了,你别想了,去洗澡,洗完澡早点睡觉。"陈彦心疼地摸着胡晔的头,这么温柔她自己也觉得好像有些陌生。

胡晔去洗澡了,陈彦给两个茶杯加了水,端进书房,放在茶几上。

"儿子好像真的长大了,知道关心,知道惦记,知道失去,知道心疼。"周末本就是在家看看电视剧,刷刷网购,却因为儿子的小朋友引起了更多的思考,有的甚至是自己平时没在意的。

"是啊,成长的过程。就像我们先前谈论小柯和他妈妈一样,小柯成长得更快,也是因为早早地意识到这些吧。有时候,有些事、有些心情,让他自己去感受与总结,有利于成长,而不是通过说教的形式,也不能让他像妈妈的宝贝疙瘩似的,处处都帮他处理好。"胡戈点着头,看看陈彦。

"你那种太放任自流也不好吧，小孩子本身约束力就不强，你想你都上大学了，还不是没约束自己的能力吗！"陈彦侧着头看看胡戈。

胡戈想想，陈彦也算是接受了自己的说法，至于顺口说他的话，他也无法反驳，本来就是事实吗。胡戈端起茶杯，边喝水边点头，这事算是过去了。

胡晔洗完澡，走到书房门口，说了声"爸妈晚安"，就回自己房间了。

"我是觉得，以后还得在心理学这块多下点功夫，要不然像这种没遇到过的情况，都找不到什么方法去开导别人，想说又不知道说什么。"胡戈若有所思。

"你说得有道理，我也是，说话的时候生怕自己会触痛别人，只能不断地迂回，也不能解决任何问题。"陈彦也在回忆自己面对病人和病人家属时的情景。

"明天再去书店看看书，顺便带儿子出去玩玩。"胡戈按了下遥控器。

"你是不是说反了？带儿子出去玩玩，顺便逛书店！"陈彦皱了下眉。

"哦，对对。"胡戈连忙答道。

音箱里的音乐已经响起——莫扎特的《安魂曲》。

第二天早上一起来，胡戈就请病房护士打电话问了小柯的情况，跟他预测的没有差别，但他没有马上告诉胡晔，而是跟陈彦说了情况。接着，他们带儿子出去游了湖，看了动漫展，吃了饭。小家伙很高兴，似乎昨天的不开心此时已经不记得了一样。

晚上回到家，忙完了一切，一家三口坐在客厅的沙发上，胡戈这才把消息告诉胡晔。虽然胡戈尽量用了一些温和的词汇，但是小家伙还是忍不住掉泪了,只不过这一次是无声的——眼泪哗哗地流下,嘴角不停地抽动,但没有哭出声来。陈彦给他递纸巾都来不及,索性拿来毛巾帮他擦眼泪。

夜深人静,胡晔已经带着泪花睡去了,没人知道他此刻在想什么。有时候两个人认识一辈子也成不了朋友,有时候只要相处那么一点时间就够了,这其实跟年龄、时间长短无关,只跟彼此内心的认同有关。

胡戈和陈彦靠在床头,还没睡,台灯亮着。也许此时他俩思考的问题也差不多,只不过陈彦在看书。

"这几天除了上班,也在思考由小柯的事情带出来的一系列问题,就是我们应该怎么样适当地、正确地介入患者和患者家属的心理疏导甚至治疗,因为这有着很大的作用。"胡戈懒散着看着不亮的顶灯,似乎脑海里面有答案一样。由于职业的缘故,对于生死,对于病患的不幸,他们早已司空见惯,这当然也是职业的需要——医护人员不管在什么情况下都要保持冷静,才能正确地处置病人,同时司空见惯也是一种自我心理保护。但经过这一次与患者、家属的深入交流,也设身处地体会到患者及家属的不易,有时可以更关心他们一些,关注疾病给他们带来的心理痛苦。医学应该是有温度的,那就是对患者的人文关怀。

"嗯,你好好学习,学习成果向我汇报。"陈彦没抬头。她喜欢躺在床上看书,有了小孩以后,她都要忙到很晚才有时间看书,而书房几乎成了胡戈一个人的书房,她几乎没在书房看过书,要知道以前陈彦可是比胡戈爱看书多了。

胡戈歪过头看看陈彦,自己的学霸女神为了他和这个家,付出的辛劳让自己都无话可说,忍不住亲了亲陈彦的头发。陈彦也没感觉,以为是胡戈的手摸自己的头发呢。

这世界我来过

记得你记得我

这世界我来过,不会再有绝望和失落。
这世界我来过,有你的天空不再是梦。
记得你记得我,记得我们燃起的篝火。

学校一年一度的颁奖典礼甚是热闹，这里是顶尖学子竞争的场地，各路神仙施展各自的独门绝技攻下一个个属于自己的山头阵地。虽然坐在台下的绝大部分同学只有羡慕的份儿，但其中也有不少是当啦啦队的，一起来为自己的好友舍友加油鼓掌，也看看自己的目标是哪个领域的哪个对手，暗下决心的不在少数。

以前学校并没有举办过这种规模的颁奖典礼，直到新校长的到来。表彰优秀的教师，表彰优秀的学生，表彰从传统的教学、学习，扩大到学术、科研、创造发明、人文等不同层面。慢慢地学校里从老师到学生都很重视这一年一度的颁奖典礼，是相互的激励，是对过去一年很好的总结，也是对自己未来一年的鞭策与鼓励。

每年，学校都送走一批优秀的毕业生，他们进入工作岗位或攻读硕士、博士深造，"赶帮带"的氛围相当浓郁，涌现一大批杰出的人才。

颁奖典礼的最后，校长说道："学校里最具价值的就是我们所有的同学，同学们不光是国家民族未来的希望，也是学校的希望，每个家庭的希望。而每个人体现自己的价值就应该从学生时代开始,每个人都应该有这样的认识。'为中华崛起而读书'不是一句口号,是落实到每个人身上的责任。在民族复兴的关键时刻,我们每个人都应该有这种主人翁意识,作为见证历史的我们,不负青春!具体到每个人,对得住你的身份,学生搞好学习,老师教好书、研究出成果,这才是我们每个人应该交出的正确答案。我们每个人都做到了自己应该做到的,那还有什么困难能阻挡我们呢!"

掌声雷动,持续了几分钟,仿佛要把学校礼堂的房顶给掀了。同学们热情澎湃,不禁各自讨论起未来的目标,设计自己的将来。

小甜甜的目光一直没离开坐在前排领完奖的江蕙,察觉到江蕙坐着没再动过一下,鼓掌也很缓慢。颁奖结束了,江蕙依然没有起身。

"你们快来!"小甜甜冲着徐丽影她们喊了一句,就逆着人流奔了过去。徐丽影她们还不知道发生了什么,但看到小甜甜奔向江蕙坐的地方,也就明白了,跟着小甜甜一起朝前跑去。

江蕙一脸倦怠,一堆奖状、奖品和证书放在膝盖上,她坐在那里,给人的感觉颁奖典礼还没结束似的。

"你怎么啦?"小甜甜冲过去,一把抓住江蕙的手,急切地问道。在这还算炎热的天气里,江蕙的手让她感到冰凉。

"我就是浑身没力气,好像动不了,试了几次都站不起来,疼痛得很厉害。"江蕙很吃力地挤出这一串话来。

"算了!之前就跟你说,我们跟老师说,陪着你,你不愿意,非要自己硬撑着。"小甜甜虽然嘴里责备着,心里却是一阵阵疼。

徐丽影她们也来到了江蕙面前:"怎么样?什么情况?"

"她没力气了,站不起来,动不了!"小甜甜代为回答。

"再让我缓缓可能就好了。"江蕙眼睛都快要睁不开了,脑袋有点耷拉地靠在小甜甜的手上,仍有股不服输的气势。

"你看你都这样了,急死个人,还硬撑,还……"小甜甜话还没说完,扶着江蕙的手就感受到江蕙身子忽然沉下来。

"赶快送医院,江蕙好像昏迷了!"曾心梅看得真切,一只手也搭过来扶着。这时几位负责典礼的老师也过来了,看到这种情形,立即打电话给校医务室联系救护车。

江蕙的病复发了。

小甜甜电话张乐,张乐随后也赶到医院。经过商量,暂时小甜甜、张乐留下,徐丽影等人先回去。

经会场负责老师的告知,校领导也都知道了这件事,给附属医院打了招呼,医院立即安排专家组进行会诊,由胡戈负责。

胡戈领完奖后还看到江蕙上台领奖,才跟一旁的同事夸赞过她,转眼就要为她做诊断了。

江蕙的病情越来越严重,几次陷入昏迷状态,昏迷时间也越来越长。小甜甜和张乐守在监护室外,谁也没说话。

夜色已经笼罩大地,一丝丝的清凉让从燥热的夏天过来的人们心里开始平静。江蕙的父亲也赶到了医院,小甜甜跟他说明了江蕙的情况,头发花白了许多的江爸爸什么也没说。即使是一名语文老师,他此刻也无法用什么词来形容自己的心情。沉默,还是沉默。

第二天,一轮忙碌的讨论下来,结论并不乐观:江蕙的病复发且已经转移。这个结论一出来,胡戈也沉默了,只是看着窗外,灰蒙蒙的天飘着细雨。

胡戈把这个结果告知了江蕙的父亲,他似乎是已经知道了,只是点点头,没有说话。小甜甜掉下了眼泪,却没哭出声。张乐只是低着头盯着自己的脚。

此时的胡戈也不知道说什么来安慰眼前这几个人，几个心在痛的人。

"哪位是江蕙的家属？病人已经醒了，要见您。"护士站在监护室门口对他们说。

"我，我！"江爸爸连忙应道，一步跨到门口，差点撞到护士。胡戈也进去了，留下小甜甜和张乐向监护室里张望。

江蕙一脸苍白，与乌黑的头发对比特别显眼，眼窝深陷，精神状态似乎恢复了不少。

"爸爸！"她叫了一声，眼泪顺着眼角流下来。又看到后面的胡戈："胡老师！"胡戈点点头。

江蕙爸爸眼泪也止不住地流，一边用手擦了下自己的眼泪，一边拿纸巾给女儿擦眼泪，凌乱的头发一夜之间似乎又花白不少。

"好点了吗？"江爸爸理了理江蕙的头发。

江蕙艰难地露出一丝笑容："好多了，你头发怎么白了这么多啊！"说完眼泪如泉涌般。

江爸爸替她擦干眼泪："不哭不哭，我只是老了而已，老了头发自然就会白了。"

"我没事，只是太累了，休息些时间就好了，一直没好好睡觉，我这是睡了很久了吧？"江蕙输液那只手的手指动了动，视线随着输液管看上去。

江蕙爸爸点点头，从小到大江蕙就没让他操心过，无论生活还是学习，很小就帮他做事，家务啥都会，对她唯一的担心就是这次了。

"胡老师，我觉得我好多了，是否可以住进病房去？再好一点我还可以看看书学习。"江蕙望向胡戈。

胡戈鼻子一酸："如果观察下来情况稳定，会安排你转到普通病房的。"这孩子,唉,实在是让人心疼。

江蕙闭了下眼睛,算是同意胡戈的说法了。

"爸,我真的没事了,你要按时吃饭,我知道你担心。"江蕙慢慢地轻轻地对着爸爸说。

江蕙爸爸点点头,看着自己的女儿,泪光里流露的是疼在心窝里的十万个为什么!

江蕙慢慢闭上眼睛,一阵阵的晕眩让她产生了仿佛置身一片花丛中的幻觉——张乐送给她的那些野花,是的!张乐呢?我怎么看不到啊,张乐你在哪里?

张乐在外面,时刻盯着监护室随时可能打开的门,希望能看到江蕙,哪怕只是看一眼。江蕙在他心里是无比强大的,懂得照顾、关心别人,处处为别人着想,自律、朴素……江蕙的优点让他做一场演讲都说不完,平时他已经习惯了江蕙能照顾自己,完全不用他操心费力,甚至假期自己玩疯了,好多天不联系,他也觉得没事。但此时正是江蕙最艰难的时刻,可自己又什么也帮不了,心里的懊悔和自责无以复加。"给我一次机会,给我一次机会吧!我一定不是这样的,一定不是!"张乐的心里一遍遍地自责,一遍遍地懊悔。

江蕙终于转到了普通病房,也确实是因为她的身体情况稳定下来。几次会诊之后专家们做出决定,觉得她可以住进病房了,暂时没有什么大碍。

最高兴的是小甜甜,江蕙情况不稳定的这几天,她虽然天天来医院,但多数时候看不到她,要么就是见到江蕙躺着一动不动的样子,只有看到旁边的仪器,她才能意识到江蕙还在。她大多时候是在走廊的椅子上坐着,坐久了起来踱步,又坐着,又踱步,连手机都不想看,带来的书也像摆设一样,后来索性不再带书。

张乐的心情变得很沉重,有时候和小甜甜一起来医院,也不说话,只是站在走廊尽头的窗户前,看着外面发呆。探视时间,他也只能看到脸色苍白的江蕙闭着眼躺在病床上,江蕙醒来的时间大多是上课时间,他不在。他本来想请假,被胡戈严厉地挡了回去,告诉他不用,江蕙通过这几天的治疗会好转很多,可以转到普通病房的。

今天江蕙的精神好很多,江爸爸也难得地露出这几天的第一丝微笑,他帮女儿把头发梳得很整齐,用他非常不熟练的手势帮江蕙把头发用发圈扎好,左看看右看看,还是不错的样子才放手。

这是爸爸第一次为女儿梳头,小时候因为妈妈走得早,江蕙一直留的短发,等她长大自己会打理的时候才留起了长发,这一留就再也没有剪短过了。

江蕙看到父亲像是满意地欣赏自己的作品一样,心里也很高兴。作为语文老师,父亲上课的时候滔滔不绝,可平时反而不太爱说话,妈妈走了以后江蕙深刻地感到这种变化。

"爸,我今天好看吗?"江蕙晃了晃头。

"好看,当然好看,我家宝贝不是我自夸,黛玉在面前也得失色!"江蕙爸爸说完满是笑意的脸突然僵住了,似乎他意识到什么。

江蕙看到父亲的脸色晴转阴,立刻明白:"爸,今天张甜和张乐来,我不知道我宿舍的几个舍友会不会一起来,帮我看看还有哪里收拾得不好不整齐的,我可不想让她们看到我的糗样子"

"没有没有啦,你都仔细检查好多次了,我也按你的要求检查了好几次。"爸爸还是左右看了看,他知道江蕙对自己的要求有多严格,她从小就是这样的一个性格,不让别人觉得她是没有妈妈的孩子,所有东西收拾得特别干净整洁,即使现在也没有降低一点点的要求。

江蕙爸爸拿来小镜子让江蕙各个角度看看,江蕙这才满意地靠了下去。

手机震动,拿起来一看,是小甜甜发来的微信:姐,我来了!附加"笑脸""加油"的表情。江蕙微笑,小甜甜真像自己亲妹妹一样,既黏着她,也处处维护她。

"姐,姐……"小甜甜几乎是从外面冲进来的,好像忘了病房里还有其他病人一样,上去抱着江蕙就号啕大哭,一边哭一边把头埋得很深,尽量让自己的声音小点儿——原本日夜相伴的人,终于再次好好地出现在自己面前。之前探视的时候,她只是默默流泪,不敢哭出声,如今这压抑了许多天的情感终于释放出来。

江蕙的眼泪也掉了下来,她拍拍不停抽动的小甜甜的肩膀:"不哭,不哭,别人在看着呢,不哭!"

小甜甜这才慢慢收声,抬起头泪眼朦胧地看了看左右,点头致歉:"对不起,对不起!"泪水像决了堤的黄河,不停地抽泣着,这些天她想死江蕙了,偷偷地流了好多次泪,晚上的枕头总是湿的。

"这姐俩感情真好!"旁边一个病床上的阿姨不停地夸赞。小甜甜终于止住了哭声,也许是这句夸赞让她停住的。

"姐姐,我想死你了,晚上睡觉的时候总是想你,到食堂吃饭、上课的时候都是。"小甜甜说完这句才想起刚才自己如入无人之境的样子,赶忙回头跟江蕙爸爸问声叔叔好。

"嗯,看出来了,想得都瘦了!"江蕙说完习惯地摸了摸小甜甜露出小酒窝的小脸蛋,往常她都是捏的。

"咦,张乐呢?他跟我一起来的啊!"小甜甜边回过头朝病房外面看去,边用衣角擦了擦眼泪。

张乐站在门外没有进来,透过门上的玻璃看着里面。小甜甜招招手,张乐这才推门进来。和江蕙爸爸打过招呼后,张乐来到了江蕙身边,小甜甜自觉地往后挪了挪。张乐也不知道该说什么,消瘦憔悴的江蕙靠在床头默默地看着他。

"还好吗?"愣了半天的张乐蹦出一句他自己也不知所谓的话,

脸都涨红了。

江蕙看了看他，示意他在床边的凳子坐下："好多了，就是补了个觉，我睡眠太少的缘故吧！"

张乐的视线有些模糊，都这个时候了，她依然波澜不惊。张乐是知道江蕙的病情的，他也想过江蕙会冷静以待，但没想到她竟冷静得出奇，既没有悲伤绝望一言不发，也没有情绪暴躁，只是淡淡的哀愁似乎都写在眼睛里，这是他能读懂的。

小甜甜一脸嫌弃地白了张乐一眼，指了指他，没有说话，心里骂：张乐真是个木头疙瘩！转头看看江蕙，又顿时心软下来。

张乐感觉有一肚子话想要跟江蕙说，可旁边这么多人，他一句话也说不出来，急得直冒汗。这个时候，胡戈过来了。

众人都站了起来，胡戈对江蕙爸爸说："江蕙这几天需要人陪护，白天有护士在，晚上也不能离了人，饭菜我让学生给你们送过来，你们有什么要吃的告诉他一下就好了。"

没等江蕙爸爸说话，胡戈转过身对江蕙说："按时按剂量吃药切记，正常输液，有什么不舒服的有异常反应的第一时间找护士长护士，我交代过了，好吧。"

江蕙点点头："谢谢胡老师！"江蕙爸爸跟着说："谢谢胡主任！"胡戈摆摆手："不用谢。"看了看江蕙的脸色："有哪里不舒服吗？"

"暂时没有。"江蕙说话有些力气了。

"那就好，别的我也不用关照你，你也是懂得对自己负责的，对吧！"胡戈似乎没有了平常那种说笑的状态，一脸认真。站在一旁的小甜甜一直看着，大气都不敢喘。

江蕙点点头，没再说话，她心里也清楚是个什么状况。

胡戈起身走了两步又回头看看，也没再说什么，在众人的"慢走"声中离开病房。他是做手术前来看一下江蕙的。

小甜甜目送胡戈出了病房的门,立刻坐到江蕙身边:"姐,没有哪里不舒服吧,胡老师一脸严肃的样子吓死我了,我都不敢喘气。"

"没事,没哪里不舒服,你又不是没见识过,他给我们上课很随和,但是在带他研究生给患者看病的时候很认真很严格。"江蕙精神似乎又好了很多,眼前都是自己最亲的人了,她没有再去深想。

"那倒是哦,但我还是吓一跳,突然就来了。"小甜甜摸了摸江蕙的脸颊,"瘦了,但是还是比林黛玉要美!"说完忽然意识到什么,和江蕙爸爸一样的反应,然后赶紧说:"呸呸呸,看我这乌鸦嘴,胡说八道!"

江蕙笑了笑看了看爸爸,爸爸这时也在对面看着她,江蕙晃晃头,爸爸露出笑容。

"这也没什么啊,我家老爷子也说了。"

"真的吗伯父?"小甜甜转过头看着江蕙爸爸。江蕙爸爸露出笑意,点点头。

"姐,那我这水平还可以啊,将来可以当老师啊!"小甜甜实是为逗江蕙开心。

江蕙看着这个机灵古怪的小丫头:"当然啊,以你的条件当老师肯定没问题的,我说的是真的。"

"那我一定努力!"小甜甜摆了个加油的姿势。

一边站着的张乐还是傻傻地看着这两人说话,一句嘴也插不上。江蕙也看在眼里。

"你后天有空来一下,我有东西要给你。"

"好好,我天天有空,随叫随到。"张乐赶紧回话。

"后天,明天你不用来。"江蕙一脸认真。

"哦,好!"张乐疑惑地点着头。

江蕙看着爸爸："爸，你带她们去吃饭吧！"

"好啊，不过胡主任不是说要有人留守的吗？"江蕙爸爸站起身。

"胡主任说的是晚上，现在还早。"江蕙动了动身体。

"哦，好，走吧，两位同学。"江蕙爸爸看看小甜甜和张乐。

"不了不了，叔叔，我们自己去吃，您不用照顾我们。"张乐忙不迭地起身回话。

"不了，叔叔，我又不饿，我不用去。"小甜甜说完，抓住江蕙没有输液的手，"姐啊，你就不要操心了，你怕我会饿死啊！"

"不是啊！都是吃饭时间了，准时吃饭对身体好。"江蕙温柔地看看小甜甜又看了看张乐。

"你不准再操心了，我已经长大了。"小甜甜板着脸认真地看着江蕙。

"好好好，大姑娘！"江蕙被小甜甜的一脸认真给逗乐了。

江蕙让张乐和小甜甜回学校，两人都执意要留下来。

"我反正是不回去，张乐你回去吧！你一个男孩家的在这儿也不方便，况且你又不会说话，怕你惹我姐生气了怎么办！"小甜甜从来都是欺负张乐。

"我怎么可能惹她生气，怎么可能！"张乐就差说"要不要看看我的心"这样的话，一肚子的话就是不知道怎么表达。

"好了，此事不容争辩，乖孩子听话，我姐的话你也不听吗！"小甜甜指了指张乐。

"好吧，我不跟你争，要是江蕙看到一定会生气的。"张乐拉下了脸。

"你是真不了解我姐吗？我姐是那么容易生气的人吗？"小甜甜一脸不屑。

"那好吧，你在这帮我照顾好她，谢谢你。"说完张乐给小甜甜鞠了一躬。小甜甜吓一跳:"你这是干吗?不至于吧!"

"这么多人,我有一肚子话想跟她说,又不知道怎么说,这时候真觉得自己很废物,只能是你帮我照顾她了,拜托!"说完又想鞠躬,被小甜甜一把拉住了。

"你别,再说几句你都要给我三鞠躬了好吧。有什么话,我姐不是说了吗,让你后天来,还有东西要给你,不出意外,明天我们宿舍那几个家伙要来,她考虑的多细致,你啊,真不知道我姐怎么会看上你的!"小甜甜指着张乐直摇手。

"哦,对哦,我没想其他。那好,那我回去,你留在这。"张乐挠了挠头。张乐跟江蕙和江蕙爸爸道了别,自己回学校了。

小甜甜陪在江蕙身边,仔细观察江蕙,要是江蕙有累的迹象她马上不说话,帮江蕙松松枕头,调节床靠的角度。护士来换药,她做帮手,江蕙吃药,她倒水。晚上医院有规定,只能留一个人陪护,其他人不允许,这可难坏了小甜甜,她急得像热锅上的蚂蚁,来回晃荡,眉头紧锁,嘴里还嘟囔着:"这可怎么办?这可怎么办?"

"你别晃了,晃得头晕了都!"江蕙看在眼里,故意说了句。小甜甜立马像钉子一样定住。

"哎,有了,我找胡老师啊,让他给我说说情,对!"小甜甜自言自语,一脸得意。

"你又有什么鬼点子?"江蕙显然没有听到小甜甜的自言自语。

"我找胡老师,让他给我求求情,就一个晚上。"小甜甜微笑着用手机给胡老师发微信。

不一会儿,胡戈回信:我跟当班护士说过了,情况特殊,你可以留一个晚上。小甜甜立马把手机朝江蕙扬了一下:"你看看!"递到江蕙眼前。

江蕙看完:"你这小脑袋还是蛮灵活的啊!"

"那是，但主要是我们胡老师菩萨心肠，关爱有加。谢谢胡老师了。"说着给胡戈发了个大大的"爱心"。

医院的晚上很安静。江蕙爸爸几天睡不好，随着江蕙恢复一点有了生气，他放心了很多，也早早地入睡。小甜甜和江蕙没有睡，一直聊了很久，还是小甜甜坚持要江蕙睡觉，两人才没继续聊下去。

医院也有规定，陪护人是不可以和病人睡在一起的，小甜甜领了一把躺椅，睡在了江蕙的旁边，也没睡着，时不时起身看看床上的江蕙。江蕙也睁着眼睛看着她，小甜甜一直盯着她闭上眼睛才又躺下。不知道过了多久，江蕙睡着了，小甜甜坐起身来看看周围看看外面，护士已经查过房了，应该是不会来了。

小甜甜悄悄地爬起来，轻手轻脚地爬到了江蕙的脚下，钻进了江蕙的被窝。手碰到江蕙的脚，冰凉凉的，这个天气江蕙的脚竟然这么冰冷，小甜甜的眼泪又掉下来了，一想到江蕙的病情，眼泪更是刹不住，滴在了床上。

小甜甜把江蕙的两只脚抱在自己的怀里，又不放心地起身看看暗夜里江蕙旁边的机器显示屏，这才放心地躺下来，把江蕙的脚抱得更紧了。

也不知哭了多久，小甜甜也进入梦乡，梦里江蕙在给自己梳辫子，自己从来没梳过那么好看的辫子，走在路上回头率100%，小甜甜可开心了！夜班护士来查房，看到小甜甜睡在江蕙的病床上，刚准备喊她，发现睡梦中的小甜甜带着笑意抱着江蕙的脚，眼泪还不住地往下流，头发和被褥湿了一片。护士轻舒一口气，看了看显示屏，江蕙一切正常，没忍心叫醒小甜甜。

小甜甜这个样子，年轻的护士也是第一次见到——在睡梦里还哭的人，还是笑着哭的人。

第二天一早，江蕙早早醒了，一如在学校里一样。小甜甜还没醒，江蕙想动一下脚，却发现动不了，抽了一下也抽不动，使劲坐起身来才看到小甜甜把自己的脚抱在怀里。小甜甜睡觉时各种各样的姿势她都见过，但这样的她还是第一次看到。江蕙的眼泪瞬间掉了下来。

　　江蕙不在，小甜甜似乎就是宿舍领导了，加上她心情不好，宿舍里成天闹哄哄的几个也不敢作声，要去看望江蕙还得"请示"小甜甜什么时候能去。小甜甜也没注意到她们的变化，独自忧伤着，众人询问江蕙的病情时，虽然小甜甜轻描淡写，但她们通过小甜甜的表情多少猜到一些。在得到小甜甜的"批准"后，她们才买了鲜花去看望江蕙。

　　江蕙早就醒了，知道今天几个"活宝"要来，虽然动作有些困难，但她还是努力调整了精神状态，来迎接她们的到来。

　　徐丽影、曾心梅几个人进了病房，看到靠在病床上的江蕙消瘦了很多，即使这样，也还是美丽依旧，是那种让人疼惜的美。

　　"大姐大怎么样啊，我们早就说要来看你了，甜甜说不方便，直到现在才来。"徐丽影说着话握住江蕙冰凉的手，曾心梅放好了花。

　　"没事，就是先前的复发了，可能过些时候就好了，我很想你们，这几天都是，一闭上眼睛就是你们欢乐的笑声。"江蕙仔细地看了看几个朝夕相处的姐妹。

　　"我们也是每天都要说起你，担心死了，总算见到你人了。"曾心梅拍了拍胸口。

　　"我还每天看看校刊，说不定看到你的文章那就没事了，我就这么希望的。"张彤说着有些动情，眼眶湿润了。

　　"嗯，我能感觉到，我多想回到你们身边啊！可是可能还要在这躺一段时间，我舍不得与你们分开。"江蕙说着心里痛了起来。

这世界我来过

几个人围着江蕙也不知道该说什么，安慰的话也说不出来。大多数时候只能像邓雪一样看着江蕙发呆。

江蕙问了些班上的情况和学校的事情，这几个好八卦的没有啥不知道的，有问必答，时间也过得很快。

"谢谢你们来看我，你们回去吧，一会儿医生要给我治疗了，再说我们这么多人也会影响别人。"江蕙看着这几个整天嘻嘻哈哈的舍友们都变得不会说话了，心里甚是难过：自己要是能好好的多好啊！

"嗯，你坚强点，其实你比我们都坚强，虽然我说的是废话，但还是要说。我们等着你回来！"徐丽影说完抱了抱江蕙。

大家依次抱了抱江蕙离开了病房。

出了医院，邓雪开口说话了："你们发现没，江蕙很虚弱啊！"

"就你能啊，我们没长眼睛啊，看不出来？！"徐丽影白了她一眼。

"我是说她情况好像不太好，应该不是休息几天就能好的。"邓雪好像很不解似的，又嘟囔了一句。

"你不说不行吗，刚才在病房里一句也没说，出来叭叭个没完！"曾心梅也白了她一眼，张彤直接离她远一点。

"我……"邓雪被几个小伙伴的反应弄得有点懵。几个人就这么的一路不说话回到学校。

送走了几个"活宝"，江蕙的心里越发难受，眼泪无声无息地掉了下来，江蕙爸爸看见后，默默拿纸巾给她擦眼泪。

"别难过了好吗，爸爸知道你在想什么！"爸爸摸了摸江蕙的头发。

"爸，我还没来得及报答您的养育之恩呢，我个性也强，您是处处迁就我，呵护我，从来没骂过我。"江蕙的眼泪止不住了。

"乖孩子，你那么优秀，我哪有理由骂你啊！提起我女儿，那是我的骄傲。"江蕙爸爸一边帮江蕙擦眼泪，一边自己掉眼泪，自从转进病房以来，父女俩还少有这样单独说话的时间。

"爸，那你再答应我一个要求，就宠我到底好吗？"江蕙期盼地看着爸爸。

"孩子啊，别说一个要求，一百个我也答应啊，不激动了好吗，安心地躺着！"爸爸心疼地抚摸着江蕙的额头，又握了握江蕙的手。

"我暂时不说，一会儿我会写下来，无论我说什么你都照办，好不好？"江蕙还不放心。

"放心吧，从小到大，我答应你的事有没做到的吗？我女儿我还不了解吗！虽然我暂时不知道你的要求，但爸爸相信你。"爸爸深切地看着江蕙。

"嗯，谢谢老爸。"江蕙咬了咬嘴唇。

江蕙爸爸把靠背放下，让江蕙躺下来。

小甜甜站在窗前，看着学校操场的尽头，几只乌鸦在宿舍前面的树上叫个不停，颇让人心烦气躁。

"甜甜，你吃饭了吗？"徐丽影进来看到小甜甜站在窗前一动不动。

"没有，没胃口，不想吃。"小甜甜转过身，"我姐怎么样今天？"

"哦，还好，我们又没敢聊时间太长，怕影响她。"徐丽影说完看了看其他人。

"我得去医院，今天到现在还没看到她呢！"小甜甜说完就走到自己床铺拿东西了。

"你还是不要去吧，她这会儿应该在治疗，已经躺下了。你也吃点东西,明天再去呗!"曾心梅望着忙碌的小甜甜,小甜甜听到停了下来。

"是啊,都知道你最担心,但是也不是担心能解决的事!"张彤也来劝小甜甜。

小甜甜一屁股坐在了床上:"我是怕,是怕……"还是没说出来,眼泪已盈满了眼眶。

宿舍里的气氛沉闷且压抑,每个人的情绪都受着感染,都坐着静静地发呆,虽然谁也没再说话,可是大家的心情都是差不多的。

结束了一天的工作,拖着疲惫的身体,胡戈回到家里,陈彦还没回来,胡戈简单地下了点水饺吃,吃完钻进书房打开音响,进入他的私人世界。一张《流浪者之歌》还没听完,陈彦回来了。

陈彦走到书房门口,见胡戈没有看书,只是泡了杯茶,音乐声开得比平常都大,托着下巴,好像在专心致志地听音乐,以至于她回来站在书房门口都没意识到。

陈彦敲了敲书房门,胡戈这才回头看到陈彦,手里的遥控器调低了音乐音量。

"你回来啦,吃过了吧?我没做饭,吃了点水饺。"胡戈仰着脸望着陈彦。

"吃过了,食堂吃的,感觉你今天有什么事啊,音乐开这么大声,我站在这一分钟了,你都没看到我。"陈彦说完转过身去客厅倒了杯水回来,拖了把椅子坐在胡戈对面。

胡戈轻轻地叹了口气:"唉,还不是我跟你说的那个我们学校最优秀的学生的事吗!"

"她上次不是恢复得还挺不错吗?复发了?"陈彦睁大了眼睛。

"是啊!还扩散了,而且来得还急。校领导、院领导都非常重视,指示专家联合会诊,已经三次了,也没什么好的解决办法,头疼。"胡戈皱了皱眉。

"那个学生现在咋样?"陈彦喝了口水,把杯子放下,拿起胡戈的杯子去客厅加了些开水。

"她是个非常坚强的女孩子,虽然各项指标不乐观,但她表现得还是很不错,这已经是难得了,换普通人可能挺不住那样的疼痛,我每次去病房看到她都很平静。"胡戈握着茶杯的手使了使劲。

"用药的效果其实并不明显,但是她给你的感觉好像好了点,虽然也是说的实话,但她表现的就跟我平时的病人不一样,你说这是多让人心疼的孩子啊。看得我都不忍心!"胡戈低下头也直摇头。

陈彦还是第一次看到胡戈这样,也从没见过他有如此的感慨。胡戈不喜欢应酬,书房是他最大的乐园,音乐和书是他的精神食粮。

"你也别唉声叹气的,事已至此,你看看自己还能做些什么才是正道。"陈彦带着温度的眼神看着胡戈。

"嗯,是的,你说得对。"胡戈点点头。

这样的夜,许多人无法入睡,多的是牵挂,多的是忧愁,又多的是无可奈何的烦躁。安静,安静得能听到自己的心跳,数着数着,希望能够睡去,可数着也是一种烦躁。

张乐很早来到医院,一个人在楼下坐着喝水等待。一夜的辗转反侧,他看上去精神状态并不是很好。探视时间一到,门一开,张乐就迫不及待地进门来到江蕙旁边,以至于忘了跟江蕙爸爸问个早安。

"你来啦。"江蕙动了一下手。

"嗯,我早就来了,一直在外面等。"张乐顺手理了理蓬乱的头发。

"爸,帮我靠起来。"

随着江蕙的话,张乐才想起来江蕙爸爸:"叔叔早。"

江蕙爸爸回了声"早",径直去把女儿给扶靠起来。

"我来吧。"张乐上前准备帮江蕙。

"你别动,让我爸来,你不知道怎么弄。"江蕙制止了他。张乐愣了一下杵在那儿,看着江蕙爸爸帮江蕙扶靠起来。

江蕙这才给了张乐一个久违的笑脸,张乐看得直心疼,这没多少天,江蕙日渐消瘦。

江蕙爸爸径自离开病房去外面溜达了,江蕙看着爸爸的背影,鼻子一酸。

"你帮我把枕头底下的纸拿出来。"江蕙示意张乐。

张乐从江蕙的枕头底下拿出一张从本子撕下来裁得整齐的纸。

"你看看,这是我写的歌词,这是我第一次写歌词,也不知道这么写可不可以,适不适合,我就照着平时会唱的歌的样子写的。"江蕙说完期待地看着张乐。清秀如同江蕙的人一样的字映入眼帘:

这世界我来过

曾经在暮色里挥别懵懂的少年,踏着朝阳迎接新的一天。

南方天空飞翔的小鸟,带我去和你们一起翩跹。

曾经在飞驰的列车里数着时间,相辅相依地和你并肩。

古老河畔的霓虹灯下,和风拂过的心比蜜还甜。

没有什么比你采的花更鲜艳,没有什么比你的目光还远。

没有什么比你的歌沁人心田,没有什么比你的话更入眠。

这世界我来过,不会再有绝望和失落。

这世界我来过,有你的天空不再是梦。

记得你记得我,记得我们燃起的篝火。

张乐边看边不停地感叹:"写得太好了,我都能唱出部分来的感觉。"紧抓住江蕙的手有些激动。

江蕙也很开心地露出笑容,深陷的眼窝让她本来就长的睫毛显得更长了,随着眼睛的眨动一上一下。

"那就好,那就好,我还一直担心写的让你不好写歌怎么办呢!"江蕙的眼里满含深情,手也轻轻地反握住张乐的手。

张乐拿歌词的那只手也过来握住了江蕙的手,江蕙感觉到了眼前这个给自己温暖的大男孩内心如火般的汹涌。

两人就这么对视了好一会儿,直到江蕙清冷的脸上泛出一丝丝红意。

"我舍不得离开你!"江蕙的眼泪顺着眼角流了下来,说话的时候却异常平静。

突然的这么一句,让还沉浸在激动里的张乐愣了一下,反应过来后手握得更紧。

"你别胡思乱想,会好起来的,我等你好起来,我还没把歌写好唱给你听呢!"张乐慌乱了起来。

"不急,你慢慢写,一定要有感觉再写,这不是任务,你什么时候唱给我听都可以,我会听到的。"江蕙睁大眼睛看着张乐,"我是真的很喜欢你,我不是那种腼腆娇羞的女孩子,我不会说,只会做,从第一次听你唱歌,第一次采访你。我喜欢你的质朴,喜欢你的不善言辞,喜欢你的执着,我那时就知道你就是我想要的那个人。"

张乐的眼泪也掉了下来:"你对于我来说简直就是上天给我最美最好的礼物,我好多次都不敢相信。喜欢你,总觉得自己像癞蛤蟆想吃天鹅肉一样,不光我这么想,别人也这么说我,一段时间下来我觉得他们是在嫉妒我,我时常担心的是我的木讷会把你像小鸟一样惊得飞走了。于是我总小心翼翼,生怕自己犯错,我这不是自卑，是真的觉得你太美太优秀了，跟你在一起的时候我常常觉得恍恍惚惚犹如梦中一样。我真的很知足，很知足！"

江蕙看着眼前说着从认识开始就没说过这么长的话的张乐，笑容伴着眼泪一起奔涌。

"我不在的时候，你也要记得我呀，我也会记得你的。"眼泪就是这样不住地流着，张乐给她换了一张又一张纸巾也没用。

"嗯，肯定的！我这辈子都不会忘，都会把你放在我心底的最深处。"张乐的声音有点嘶哑。

"我真舍不得离开你，离开小甜甜，离开我爸，我感觉我还没开始呢，就已经结束了。我并不想这样，并不想什么还没做就离开你们，我真的不想！"压抑了许久的江蕙终于在张乐面前把心里的话全部说了出来。虽然平时她绝不会这样表现，但此刻她的内心完全开放了。

张乐的手有些颤抖，嘴唇也有些抖动。

"蕙，不想这么多好吗！就像你说的，一切才刚刚开始，我会全心全意地照顾你，绝不会让你失望。"张乐泪眼模糊地帮江蕙擦眼泪。

"我一直有个心愿未了，我不想带着遗憾走，那样我会一直不得安宁的，你能帮我了了这个心愿吗？"江蕙深情地看着张乐，眼神里充满了期望。

"你说，你说，一百个都没问题。"张乐举起了拿歌词的手，"说到做到！"

"嗯，我相信！"江蕙没力气的手拉了拉张乐的手，"你记得你那次要吻我吗？"

张乐抢着说："记得记得，当然记得。我事后非常责怪自己那么唐突，好多天观察你的反应才放下心来，怕你以为我是登徒子之流的那就糟了。"

"怎么会呢，我还是相信自己眼光的。"江蕙笑了笑，"其实我也想，但是可能就是女孩子的那种矜持吧，让我拒绝了你，不是我的本意。"

"嗯，后来看你没在意，我才放心，打那我可就不敢了。"张乐也憨笑了起来。

"所以啊，这也变成我的遗憾了，我不能带着这个遗憾走！"江蕙刚停下来没一会儿的眼泪又掉下来了。

"你能不能亲我一下，就现在！"江蕙渴望地看着张乐。

"现，现在？"张乐转头看了看，"这里？"

"你不用看，甜甜一会儿肯定要来，说不定就在门外了。在我眼里，此时这里就只有你和我，其他的都不存在。"江蕙眼睛一眨不眨地看着张乐，有些激动的胸口起伏不定。

"张乐，吻我吧，这是我最后一个要求！别让我带着遗憾离开，好吗？"江蕙眼睛睁得大大的看着张乐。

张乐慢慢弯下了身体，看着越来越近的江蕙的脸，看着她大大的充满泪水的眼睛和有些绯红的脸颊。

越来越近，越来越模糊，张乐眼睛一闭，嘴唇碰到了一起的同时，滚烫的眼泪也滴落在江蕙的脸庞，张乐感受到了江蕙柔软的嘴唇，立刻贴得紧紧的。

江蕙长长的翘起的睫毛慢慢地放了下来，带着满意的笑容合上了眼睛，成线的眼泪还没有停止。

时间在这一刻似乎是停止的，这样的镜头从张乐到江蕙，从远景到近景，画面定格在那里。

假如只有一分钟，那就像一个世纪一样的漫长，假如是一个世纪，却又像一分钟那样的短暂。这世上的告别的方式有很多，而这是最特别的一个。

"江蕙,江蕙!"张乐感觉江蕙不再有动静,并长舒一口气似的,立刻喊道,声音越来越大,越来越嘶哑。

病房的门被推开,小甜甜一个飞身就冲到江蕙的面前,一把推开张乐。

"姐,姐,你可不要吓我,我都听见了,你知道我在外面,姐,你睁眼看看我啊,我来了啊!"小甜甜早已是眼泪哗哗的哭腔。

江蕙爸爸也站在江蕙的床头,呆呆地看着,既没动也没哭。

"姐,你看看我们,都在呢,你不要睡啊,你先看看我们!"小甜甜嘶吼着。张乐也跟着喊起来,想上前看看江蕙,被小甜甜又一把推开。

"你走开,你这个笨猪,我姐姐只留你在身边告别,你都看不出来,我和江爸都没叫。"小甜甜带着愤怒,哭着看着张乐。

这时医生医护已奔过来检查施救,小甜甜掉着眼泪哽咽着站在江蕙爸爸旁边,张乐目光呆滞。

护士把江蕙的床头给放下来的时候,小甜甜崩溃了,瘫倒在地上。张乐靠着墙,一动不动,只剩泪水不停地流。江蕙爸爸手扶着病床,低垂着头。

"姐姐,你不能等我一会儿吗!我就在外面,门没关,我能听到你说话。你让个木头在你身边,他哪里会想到看监视器你的状况啊!"小甜甜边哭边说。

张乐被小甜甜说得无地自容,头往墙上撞了两下,撞得晕晕的。

江蕙爸爸走到江蕙旁边,把江蕙的手放进被子里,理了理江蕙的头发,用纸巾擦干净江蕙的泪痕,刚擦完,好像纸巾又湿了,是江蕙的眼泪。江蕙爸爸看着纸巾,转头看着医生,医生还是摇了摇头。

江蕙爸爸再也控制不住了,"哇"的一声哭了出来:"孩子,你知道是爸爸啊!"小甜甜从另一边几乎是爬到江蕙床前,摸着江蕙的被子:"姐,你真的这么忍心丢下我吗?你醒醒,我长大了,不用你照顾我,我来照顾你,好吗?"张乐也走到小甜甜旁边,呆呆地站着看着"沉睡"中的江蕙。

"我姐姐跟你说过我和江爸什么了吗?"小甜甜一把拽住张乐。

"没,没有啊。"张乐愣了一会才儿回过神来。

"不可能,我姐肯定不是这样的人,我了解她!"小甜甜近乎发怒的声音。

"你手里拿的什么?"小甜甜看到张乐手里的歌词纸。

"是江蕙写的歌词,让我来写曲的。"张乐有点哽咽

"拿来我看看。"说着,小甜甜一把夺过歌词纸。

"我说你什么好啊,你就是个猪头,你看看这最底下不是还写着一行字啊。'留给我爸和小甜甜的信在垫被下面。'"小甜甜恶狠狠地瞪了张乐一眼,把歌词纸塞回他手里。

"江爸,江蕙姐留给您的信在垫被下面。"小甜甜转头轻声对江蕙爸爸说。 江蕙爸爸用手摸了下垫被下面,拿出一张折叠好的纸来,颤抖的手打开递给小甜甜:"我眼睛有些模糊看不清楚,你帮我念念吧!"小甜甜展开信纸:

我最亲爱的爸爸:

看到这封信的时候,我已经离开您了,我那天跟您说我有一个愿望未了,这个愿望就是我想成为您一样的人——老师。您知道,您在我心里的位置有多高吗?无论是从我妈妈对您的态度,还是学校的师生对您的敬重,从小我就铭记在心,长大了我一定要成为和您一样的人,当一名教师,教书育人。

但现在好像已经不太容易实现了,好在我们学校有大体老师,就是遗体捐献者,我走了以后,请您把我的遗体捐给学校,那样我还是老师,我的这个愿望也一样能实现。您务必务必了了我这

个心愿,克服一切困难!

您最心爱的女儿

我的甜甜妹妹:

  同样地,看到这封信,我也离开了你。你是我见过最聪明最可爱的女孩,心地善良淳朴,其实你只要稍微努努力,会把我远远地甩在身后的,但你的天性就是那样,也没什么不好。虽然你说我多照顾你,但是你也处处维护我、支持我,我也真的因为有你这样的妹妹感到很幸福。对你没什么交代的,只是觉得你可以更好,只要你稍微使点劲,没有人是你对手。看看胡戈老师吧,那才是你要超越的目标,你肯定可以的,姐不会看错的,姐相信你。加油!

姐姐

  小甜甜哇哇大哭,也不管这是病房还有其他人:"姐姐,你说的我一定会!但是你不监督我,我怕我偷懒啊,我怕我躺着不起来!"甜甜再一次扑到江蕙身上,紧紧抱住她,头埋在她的胸口。

特殊求救

治病先治心

　　我希望遇到一个体贴的医生,他能知道我内心深处的秘密,能从我微小的一举一动中,洞察我的心,让我有被了解的感觉。

　　我希望能遇到一个知道如何才是真正的沟通的医生,他不会连看都不看我一下,他会随时跟我分享他心中的想法,让我知道他也让他知道我的心怀意念。我们应该要时常对话,不对话没办法了解对方在想什么。

"妈，我回来了，今天老师表扬我的作文了！"随着开门声，女儿的大嗓门儿就传了过来。

"妈，语文老师说我这次作文是写得最好的一次！"女儿怕她在厨房没听见，又提高了嗓门儿。

"妈，你这是怎么了？妈！"看到妈妈斜躺在沙发里，手盖着额头，女儿的声音都有些急促。

"你这是怎么了？生病了？哪里不舒服？"肖杰也刚刚下班回来，走了过来拉开她的手，她还是闭着眼睛。

"妈，妈！你哪里不舒服？"女儿过来摇着她的手。

黄丽娟一骨碌坐了起来，甩开女儿的手。

肖杰也没看她，把手里的东西放好，把女儿的书包放好。女儿吓得站在那儿一动不动地看着她。

"我来看看，是不是发烧了啊！"肖杰走过来，准备把手放在黄丽娟的额头，被她一把打掉。

突如其来的举动让肖杰莫名其妙："怎么了？又哪里不舒服了？豆豆，洗手，准备吃饭。"肖杰也没再理她，转头拍拍女儿的肩膀，女儿也不知道发生了什么，听话地去洗手了。

黄丽娟胃癌手术已经一年多，实际上恢复得很好，但还是天天觉得自己哪里不对。三个月前才在主刀医生胡戈门诊复查过，一切正常。查过舒服不了几天又开始感觉这儿不舒服，那儿不舒服。她一不舒服就和胃癌联系起来，紧接着就是整天上网查，越查越觉得是复发转移了。生病后她的情绪一直影响着全家。

"你晚饭没煮啊，我们晚上吃什么？"厨房传来肖杰的话夹着锅盖碰锅的声音。女儿拿着红领巾和校服从洗手间出来，双手捧着给爸爸看。

"我是你们家保姆啊？！做饭洗衣服打扫卫生全是我的事，给我多少工资啊！你们没手啊！前几天刚刚有病友提醒我，生了癌症尤其胃癌是不能接触油烟的！你们懂不懂？！"黄丽娟站了起来，像头斗牛。

这下，肖杰着实也懵了："这什么情况？哪来的这个道理？"女儿也吓得赶紧把衣服扔到洗衣机里去了。

"你说什么情况？这都是该我做的吗？我是老妈子吗？你们希望我早点死吗？"黄丽娟越说越激动。

"我是说你今天怎么了？遇到什么事情了？哪里又不舒服了？不是刚查过没多久吗！"肖杰非常不解，耐着性子问。

"没怎么，没遇到事情！"黄丽娟没好气地说。

"我是好好问你，不是跟你吵架！"肖杰皱着眉头。

"我没吵架啊，我不是好好说了吗！嫌弃我啊？嫌我烦了？"黄丽娟眼睛睁大了。

"你这都胡说八道什么啊这是！"肖杰也有点不耐烦了。

"你才胡说八道呢！"黄丽娟有点火了。

"你今天这是哪根神经搭错了？要是哪里不舒服，我陪你到医院看看。"肖杰摇摇头，径直向厨房走去，"实际上你根本没必要整天提心吊胆的,你的肿瘤又不是晚期,而且胡主任也告诉你了,你这种情况预后应该很好。"

"你才神经呢!病不在你身上,你当然不怕!"黄丽娟火了,拿起桌上的杯子"啪"地砸在茶几上。杯子碎了,玻璃四溅,碰到东西发出响声。

这下也真是吓着肖杰和女儿了,两人一动不动地站在那儿看着黄丽娟。眼前的她眼睛发红,头发也乱着,一副发狂的样子,看得让人害怕。女儿也从来没见过妈妈这种样子,吓呆了。

两人都不敢再说话,黄丽娟斗牛一样的狠劲儿没有一丝减弱地看着他们,仿佛眼前不是她的亲人,是要跟她决斗的敌人。

肖杰拉着豆豆往厨房的方向走,女儿机械地跟着,眼睛没离开妈妈,眼泪在眼睛里打转。

看到女儿咬着嘴唇的小嘴和泪汪汪的大眼睛,黄丽娟的情绪似乎缓和了点。

肖杰终于做好了面条,端了一碗过来给黄丽娟,黄丽娟抬手就把它打翻在地板上。肖杰本想发火,偷眼看了看黄丽娟似乎正等着他发火的挑衅眼神——忍!

好不容易打扫干净地板,期间黄丽娟就像在监视什么一样地看着肖杰,他每每想发火质问,但看到她的目光——还是忍了吧!因为他知道,只要自己一开口发火,这战争就算爆发了。

肖杰安排女儿回房间做作业,女儿关门之前还带着满脸疑惑偷偷看了看妈妈。肖杰回到客厅,黄丽娟坐在沙发上发呆。他想着要和她说什么,想想又不敢,就这么尴尬地看着她,足足有十分钟,还是决定不招惹她,回房间了。

客厅里只剩黄丽娟一个人,房门关上的那一刻,她的眼泪掉了下来，就这么坐着，眼泪哗哗地流，无声。

黄丽娟走进房间，肖杰还没睡，似乎是在等她。她随手关了门，也不脱衣服，一头倒在床上。

"你今天是怎么了？是不是又哪里不舒服？"肖杰语气温柔了很多。

黄丽娟没有回答，只是背对着他。

"跟你好好说话，你又不理人，不带你这样的好吗！考虑过别人的感受吗？"肖杰还是忍不住了。

"你什么感受？什么感受？"黄丽娟"唰"地转过身来，带着怒气看着肖杰。

突然的反问吓了肖杰一跳："哎呀，你这一惊一乍的，干吗呀？平静一点不行吗！又不是明天是世界末日了。"

"肖杰，我告诉你！你是巴不得明天是我的末日才好是吧？我不在了你就开心了对吧？！"黄丽娟听到"末日"两个字，情绪更加激动了。

"这哪跟哪啊，我的天哪！前面我是关心你，你情绪又不好，怕你又发脾气，女儿在旁边，我就忍着不敢问你。家里你跟老佛爷一样，我哪敢说个'不'字。我这又怎么了我？！"肖杰有点抓狂了。

"你这是关心我？！我回来躺在沙发上，你只关心晚饭有没有做，女儿关心衣服有没有洗，你们这叫关心我？"黄丽娟的眼睛有点发红，声音也越来越大。

"我，我怎么没关心你了？平时我们家里不都这样吗？"肖杰已经不知道说啥了。

"你关心我，你们吃饭，我吃饭了吗？"黄丽娟的声音变得嘶哑。

"给你端过去你把它扔了啊！"肖杰也有点上头，"你什么时候这样过啊！"

252　　这世界我来过

"那我生气不吃，就不吃饭了吗？你们吃过就算了？"黄丽娟根本不在乎肖杰说她摔碗的事。

"你怎么就知道我们吃过了就不管你了呢？现在饿吗？厨房的电饭锅里还保温着熬的八宝粥，就是怕你饿了没东西吃。"肖杰摇摇头一脸无奈。

黄丽娟眼睛一亮随即又露出一丝怀疑："真的？"说这话的时候语气软了很多。

"不信你去看，或者我去盛来给你吃！"肖杰看到黄丽娟的情绪好了好多，遂又加上了后面半句。

黄丽娟听到这句话，紧张了一天的情绪一下子决堤了，眼泪随之掉了下来。肖杰看到她这样子，试探性地搂过她的肩膀，靠在自己的身上。

"你怎么了啊这是？我们这么多年从恋爱、结婚到有豆豆，我是从来没见过你今天的样子啊！确实吓着我了，也吓着豆豆了，好不容易才把她哄睡觉。平时都是你带她，没有你她真的不太习惯！"肖杰轻轻地拍着黄丽娟的肩膀。

黄丽娟的眼泪更是汹涌了，肖杰的肩膀湿了一大片。

"肖杰，我感觉我这胃癌肯定是转移到肝了！"说着哭出了声。

"你怎么判断出转移到肝了呢？"肖杰甚是不解。

"这一个月来，我经常感觉肚子右边肝这个地方隐痛，今天加重了，有时甚至疼得像刀绞一样！我赶紧上网查了一下，和网上讲的肝转移症状一模一样。"说完哭得更加厉害。

"不可能啊！两三个月前不是才复查过吗？胡主任仔细看过，不是告诉你一切正常吗！你不要再胡思乱想了，这一惊一乍地都被你吓了好几次了！如果实在不放心，明天或后天再带你去医院看一下。"肖杰属实感到无奈。

"我不想去，我怕万一查出来真的转移了！"黄丽娟忧伤的眼神里带着恐惧。

"那如果查出来没有转移，不也就放心了吗？这日子总还得过吗！"肖杰很是纳闷，老婆也是大学毕业，自从生病后怎么就失去了正常思维能力，简直变得不可理喻，真是要命！一年多来家里始终是"阴云密布"。

夜有些深了，黄丽娟爬起来，来到阳台，看着月色和灯光映照下的城市，微风习习带来阵阵凉意。她随手拉了拉身上的衣服，依然没有从自己已经胃癌晚期的思绪里走出来，想到这凉凉的夜里，人的手脚都变得冰凉，想到自己很快就不在这温暖的世界，无论是谁的温暖拥抱都不会再拥有了，心头一阵阵凄凉。她轻手轻脚地走到女儿房门口，轻轻推开门，女儿已经睡了，两只小手紧紧地抱着被子，和平时抱着她睡觉一样的姿势，一条腿伸出来搭在被子上面。她关上门又回到阳台，她不想睡去，就怕自己睡着了再也醒不来。她对"死"没有任何概念，也从没有想过这个问题，当这个问题猝不及防地降临到自己身上时，她不知所措，脑子里想到的全是失去一切的各种情景。眼前再皎洁的月光也无心欣赏，她只感到从内而外的凄凉。

早晨醒来，肖杰弄好了早饭，安排好了女儿洗漱吃早饭，回到房间看看黄丽娟。她已经醒了，眼睛睁得大大的看着吊灯。

"你醒啦，豆豆马上吃完早饭，我送她上学，然后去单位请个假。"肖杰扶着床头。

"你请假干什么？"黄丽娟一脸疑问。

"陪你去医院检查啊！"肖杰也一愣。

"我不想去，我想到做检查就害怕！"说完把脸侧了过去。肖杰愣了一会儿，轻轻摇摇头走出房间。

"妈妈我去上学了，妈妈再见。"女儿一只脚踏进房间，另一只脚在外面,停了一会儿还是没有进去。

黄丽娟听到女儿的声音,也没有回头,听着他们的关门声和下楼梯的脚步声渐远,坐了起来。她下了床到客厅拿了手机,昨晚手机放在沙发上没拿。走到厨房门口忽然想到什么,她进厨房打开电饭锅,电饭锅里是熬好的粥,蒸笼里有发糕、馒头,略感欣慰。

打开手机,自己的同事、闺蜜唐晓红给她发了好多条微信,问她什么情况,怎么不回消息,今天去不去上班……黄丽娟赶紧回电话:"唐唐,我昨……"

"你啥情况啊?!电话微信都不回,我打了几个电话给你没看到啊?我说大姐,我还以为你手机丢了呢!"黄丽娟话还没说,就被唐唐连珠炮一样的声音给盖住了。

"我刚起来,这不是看到未接电话就给你回了吗!手机昨晚扔沙发上忘了拿了。"黄丽娟连忙解释。

"那看来今天你又不来上班啦?"唐唐问道,"那我帮你请个假啊?"

"好的,谢谢你。"黄丽娟叹了口气。

"你到底又怎么了?我都急死了,你快说啊!"电话那边唐唐的声音明显大了不少。

"估计我的胃癌已经转移了!"黄丽娟似乎开不了口地说得很轻。

电话那边唐唐沉默了一会儿:"确定吗?就是确定也没什么了不起的,现在医疗水平很高,好的药也多,不用太担心吧!""你到医院查过了吗?"唐唐补充道。

"还没有,但我估计十有八九,我上网查过了!"黄丽娟语气中带着自信。

"我的祖宗啊!真是无语了!要是上网查一查就能诊病,那医院就不用开了!"唐唐气愤至极,一把挂了电话。

被唐唐撂了电话，黄丽娟又陷入深深的回想中：究竟是哪里不对才会这样呢？忽然想到什么，于是就在手机上查了起来：吃什么容易得癌，得了癌什么东西不能吃，要注意哪些事项……她都忘了自己从昨天晚上到现在还没怎么吃东西，直到胃一阵阵地疼。不停地想想想——头疼！

吃了点东西，黄丽娟继续想，她想不去想，可就是停不下来，头疼得实在不行，就倒在床上睡了一会儿，醒来后又继续想，思虑蜂拥而来，包括自己不在了以后，女儿长大了以后，自己父母亲……一堆一堆的问题，就像放电影一样，不停地在脑子里翻滚！

门铃响了，同时自己的手机也震动了，是唐唐，黄丽娟开门。

"我的天，这披头散发的可不像你啊！"唐唐进门放下手上的东西，一边换鞋，一边看着黄丽娟说。

"我就在家一天，没出门，也没洗脸梳头。"黄丽娟说着用手抓了抓头发。

"那你吃饭了吗？"唐唐边走边问。

"吃了啊！老肖还打电话回来说中午送饭回来，我说不用，我已经吃过了，他们公司离家又那么远，到家就要往回赶了。"黄丽娟拿起电水壶准备接了水烧点开水。

"你别忙了，我一会儿就回去了，下班了来看会儿你。"唐唐拉过黄丽娟坐在沙发上。

"你这生病了，还不好好照顾自己，好好保养，你这是作吧！"唐唐拉着黄丽娟的手，使劲捏了下。

"我死了，豆豆不就有后妈了吗！如果后妈对她不好那可怎么办啊？！"越说越伤心，黄丽娟哭出声了。

"你别胡思乱想好不好啊，大姐，不就肝这个地方疼吗，那我

256　　　　　　　　　　　　　　　　　　　这世界我来过

平时也经常会疼,到医院查过没什么问题的。这样,我明天就陪你去医院!"唐唐有点吃不消了。

"那好吧!"黄丽娟喏喏地答道。

检查结果出来了,完全在意料之中,根本就没有转移,只是胆囊有点炎症!紧接着就是家里短暂的平静,黄丽娟也露出了久违的笑容。

和单位请过假待在家里好多天了,黄丽娟也觉得非常闷,加上家里也没什么事需要她干的,越闲越闷,索性今天下午在小区里逛一会儿,逛着逛着碰到门口小超市的大妈在遛狗。

"啊呀,小黄啊,好久没看到你啦,最近怎么都不见你人啊?"大妈似乎很热心。

"大妈你好,是啊,我最近有些不舒服,在家没出来,待久了,觉得闷就下来散散步。"黄丽娟报以一个礼貌的微笑。

"那难怪呢,怎么了这是,生病啦!生什么病啊?要紧吗?"普天下的大妈都是一样的热心肠。

"胃不好,请假在家休息的。"黄丽娟也没打算跟她说什么。

"年轻人胃不好小事,稍微调养下就好了。"大妈一边说一边牵着她的小狗走着。

"这些天,我在我们家小卖部门口,看到你家孩子和你家肖杰从一个红色小车上下来,往常都是你带女儿的,最近都是你家肖杰,所以我就注意多看了几眼。开小车的是个女的,还来过我们小卖部买过吃的东西给你们家娃呢!我还嘀咕小黄人呢,好久没看见了。"

说者无心听者有意,黄丽娟心里"咯噔"一下:"我们家孩子认识吧。"

"认识啊,我看她们说话也挺热闹的呢!"大妈顺了顺狗绳,"你不知道啊?我还以为你知道呢!"

"啊,我,我知道啊,回家跟我说了。"黄丽娟连忙答道。

"那女的好像也带着小孩跟你们家的差不多大,还挺漂亮。我还想呢,这谁啊,又不好问啊。人家不说我这老太太闲的啊。"大妈说完哈哈一笑。

"哦,大妈您是热心肠的人,小区大家都知道。"黄丽娟说着停下了脚步,"大妈您先逛着,我好像家里煤气灶上炖着东西,火没关就出来了。我得回去看看。"

"哎哟,那赶紧的,这可不是小事啊,安全第一,快快快!"大妈赶紧催促到。

"大妈,再见。"黄丽娟快步往回家的方向走去,似乎是在逃一样。

黄丽娟站在阳台上一直看着手机,快到女儿回来的时候了,眼睛也一直看着小区大门的方向,因为楼的原因,也只能看到大门那一点点,就是这么一点点她也不想眨眼错过。

眼前似乎红色一闪,看方向就是小超市门口那边了,但再怎么歪着头也看不到。过了一会儿,看着肖杰提着书包和女儿一前一后进了小区门,似乎两个人都回头挥手了,一抹红色掠过,他俩往家走来。

黄丽娟的心里这个不是滋味啊:这不是给我说中了吗!这两天他们也不太在意我,也不太跟我说话,难道,难道……带着心里无数的疑问,黄丽娟在沙发上正襟危坐,眼睛看着门的方向,隐约听到女儿百灵鸟一样的声音到门口戛然而止。

"妈,我们回来了。"女儿看到黄丽娟坐在沙发上一动不动,愣了一下。黄丽娟没吭声,等肖杰把书包和东西放下。

"你们今天咋回来得这么早啊?"

"正常放学啊,有什么早不早的。"肖杰已经麻利地套上围裙。

"我看着手机,好像比平时早了十分钟最少。"说着黄丽娟扬了扬手机。

"哦,你说这个啊,我是跟豆豆同学家长的车回来的,我以为你说啥呢,还以为说学校是不是有活动提前放学了呢!"肖杰也没在意,蹲在垃圾桶前面理菜。

"豆豆哪个同学啊?"黄丽娟继续问道。

"我们班的刘乐,他爸爸是飞行员那个。"豆豆听到黄丽娟的话,从自己的房间出来说道。

"哦,那你们坐飞机回来的啊,那确实快!"黄丽娟点点头。

豆豆听得哈哈大笑:"是刘乐的妈妈开车送我们回来的,这里又没有机场哪能开飞机啊,我妈好搞笑啊!"

"你回你房间做作业去。"黄丽娟没一点笑脸,严肃地说。豆豆吓得赶紧进了房间关上了门。

"天天送你们回来啊?"黄丽娟看着低头在忙的肖杰。

"什么?"肖杰仰起头,看着沙发上的黄丽娟。

"我说她天天送你们回来啊,没听见啊?!"黄丽娟加重语气强调了一遍。

"哦,也不是啊,送了我们几次,正好碰到,顺路。"肖杰又低头忙着理菜了。

"挺漂亮的是吧?"黄丽娟侧过头似乎想看肖杰的表情。

肖杰听到这话一愣,手里也停了下来:"你这是什么意思啊,这问的!"

"我问你,她是不是挺漂亮啊,你还没回答我呢!"黄丽娟拿着手机的手指指肖杰。

"还可以吧,你这什么意思啊,我没明白。"肖杰刚说完似乎明白了黄丽娟的意思,想说什么但想到自己说的越多就错得越多,索性就没说,等待黄丽娟的问话。

"我说你想等我走了再找一个,你还不承认。我这还没走呢,就热络上了啊!"黄丽娟的眼睛有些泛红,眼里全是血丝。

"你这都胡说什么啊,就是豆豆跟她同学一起出来,豆豆还说她们关系还挺好,人家说顺路带一下。我想顺路就顺路呗,那不正好吗,就这。"肖杰直摇头。

"那我去接怎么没送过我啊,你这才接几次啊?!"黄丽娟越说越来情绪了。

"我是下地铁走过去接的,你是骑电动车过去接的,人家怎么送。你这是胡思乱想。"肖杰一句"不可理喻"差点就说出来了。

"豆豆,你出来一下。"黄丽娟提高嗓门喊了一声。豆豆开了门露出脑袋看着黄丽娟。

"你跟刘乐关系很好吗?"黄丽娟的声音放温和了很多。

"是啊,我们天天下课在一起玩。她还说要带飞机模型给我呢!"豆豆说到这个一脸兴奋。

"我咋不知道呢,你的好朋友不是小齐吗?怎么变刘乐了。"黄丽娟把手机放在茶几上。

"我跟她吵架了,不跟她玩了,现在跟刘乐一起玩!"豆豆说着好像在回忆跟小齐吵架的情形,加重了"不跟她玩"的语气。

"你觉得刘乐的妈妈漂亮吗?"黄丽娟挤出一点微笑。

"漂亮啊,很漂亮!穿得也漂亮。"豆豆使劲点点头。

"你去写作业吧。"黄丽娟摆摆手。豆豆带着一脸疑惑关上门。

"你说还可以,女儿说很漂亮,那谁说的准啊?"黄丽娟回过头看着肖杰。

肖杰皱着眉头看着黄丽娟:"我不可能盯着人家看吧,这肯定是不礼貌的,再说漂不漂亮跟我有什么关系呢!我真搞不懂了。"

"人家老公是飞行员，又经常不在家，这不是很好的机会吗！"黄丽娟有点恨恨地说。

"说你不可理喻吧，一点也不过分，这都是完全没影的事，你居然想的跟真的似的。你在家就盘算这些东西啊！"肖杰有点压不住自己的脾气了。

"你急什么啊！你心里有鬼？没有你激动什么啊！"黄丽娟也开始吼起来。

"你说你这一生病，简直像换了个人似的，我跟你说话都得小心翼翼地，生怕说错话惹你生气。你可倒好，没事就琢磨这些无中生有的东西。"肖杰忍不住了。

"你不就想甩掉我这个累赘吗！我说的没错啊，再找一个年轻漂亮的。"黄丽娟嘶吼道。

"唉，我真的不知道说什么了，我先去做饭。你要是这样想，我也没办法，只能告诉你，我真的没这个想法，这些都是你想象出来的。"肖杰叹着气，端起理好的菜进了厨房。

黄丽娟沉浸在自己的世界里，伤心地放声大哭。

豆豆听到妈妈哭，开了房门跑到妈妈面前，抱着妈妈也跟着流泪了。黄丽娟摸着女儿的头发，泪眼模糊地看着女儿，眼泪不停地滴落在女儿的头发上，她赶紧擦了擦眼泪。

夜空中繁星点点。阳台上，从不抽烟的肖杰正吞云吐雾，一会儿是看着星星发呆，一会儿又回过头看看关了灯的房间，伸手理一下凌乱的头发，烧完的香烟烫了手才扔掉。此时，他觉得只有星星才是整整齐齐的。

努力想想还有什么人可以帮自己的，豆豆的婆婆？不行。豆豆的爷爷奶奶？不行。豆豆的舅舅？不行。黄丽娟的闺蜜？这个倒可以试试，实在是没办法，这么下去也不是个事儿。

今天又是周五，中午肖杰给唐唐打了个电话。

"唐唐，我是肖杰，忙吗？"

"哟，这不是大姐夫吗，不忙。稀客,啥事？"唐唐略开玩笑地说。

"唉，我是无事不拜佛啊！当然也没啥大事，就是黄丽娟最近心情非常不好，我快招架不住了，所以跟你求助来着，你抽空给她打个电话帮我劝劝她。整天在家发火，女儿和我看到她都不敢说话，生怕说错话她又发火。天天这个不能吃，那个不能吃，自己不吃也就罢了，还天天管着女儿的饮食，一次因为豆豆手里拿着烤串回家就把她劈头盖脸骂了一顿，你说小孩子哪个不喜欢吃点零食！还整天胡思乱想，一些匪夷所思的念头，简直没办法面对了我！"肖杰边说边叹气。

"我明天抽空来看看她，顺便劝劝她，我的天呐！"唐唐感慨着。

"那就太好了，麻烦你了，百忙之中抽空帮我，多谢多谢！"肖杰连声感谢。

"没事没事，理解，我了解她。"

挂了电话，肖杰似乎感到好一点儿，有了点希望。

周六，大家都在家，也都是小心翼翼的，生怕自己不知道什么话什么事又惹到女主人生气了，虽然今天的阳光不错，但家里好像还是阴沉沉的。

唐唐一大早就来了，顺便带了些零食给豆豆，豆豆满心欢喜，抱着零食躲进了自己的房间独自享用去了。和大人相处远没有自己和零食相处得愉快。

"你今天怎么有空啊，还来这么早？"黄丽娟看到唐唐，似乎心情也好了很多。

"我生怕来早了，你们还没起床，要不然早来了，再没空还是要来看看您老人家,要不然不就塑料姐妹情了!"唐唐说完一屁股坐在沙发上。

"我没抱怨你吧!我们之间还要说多少话吗?那不是关系一直杠杠的!"黄丽娟坐在唐唐旁边,头发似乎没有梳过只是用手理了下似的。

"你这些天看样子还是不怎么样吧?"唐唐开门见山。

"没有啊,正常得很,就是有时候有点不舒服而已!"黄丽娟摇摇头眨眨眼睛。

"还没有呢!你看你这皮肤,得有多少天没管过它了,你看你这头发跟鸡窝似的,你啥时候这样过啊,都是干干净净、整整齐齐、英姿飒爽的。"唐唐瞥了一眼黄丽娟,一句话把她堵在那儿了。"还有啊,有时给你发微信你也不回,你在忙什么啊?我不放心才来看你的。"唐唐继续埋怨她。

"哦,我还没来得及拾掇呢,你就到了,也没通知我一下,要不然我肯定沐浴更衣迎接你啊!"黄丽娟总算想到理由,不过对于唐唐的到来,她也确实心情好了很多。

"我来你心情好就好。但是我还得问你一件重要的事情啊!"唐唐想了想还是要说。

"什么事情啊,还重要?"黄丽娟有些好奇,"单位那边有事?"

"单位那边没事儿,你啊!算了,我还是直截了当地说吧。"唐唐又想了想,下定了决心。

这时肖杰端来了泡好的茶和一杯开水放在茶几上,没说话就又去厨房了。唐唐看着肖杰的背影:"你们家老肖很爱说话,今天是咋了?我来你们家他都没说几句话。"唐唐故意问道。

"他没什么啊,不是很正常吗!"黄丽娟也没觉得有什么不一样。

"那就好,没惹你生气吧,惹你生气我削他。"唐唐端起茶杯抿了一口。

"没有。"黄丽娟蹦出两个字。

"言归正传,问你点事,咱直说。你这手术后已经一年多了,恢复得也还可以,准备什么时候去正常上班,你们处张处长每次碰到我就会问我,他不好意思直接问你。天天在家不闷啊?而且肯定也容易胡思乱想!大家都被你折腾好几回了,你自己不知道吗?!"唐唐盯着黄丽娟。

黄丽娟愣在那儿,水杯依然没有放下,靠在嘴边也没喝,若有所思。

这时门铃响了,在厨房的肖杰过去开了门:"爸妈,你们怎么来了?"

一听到肖杰的话,黄丽娟的情绪立马控制住了,恢复了平静,朝门口望去。进来的不止她的爸爸妈妈,还有肖杰的妈妈。

"外公,外婆,奶奶。"豆豆听到声音也从自己的房间跑了出来。家里一下子似乎热闹了许多,唐唐和黄丽娟也站了起来。

"爸妈,妈,你们怎么也来了?还是一起来的,没说一声,突然袭击一样。"黄丽娟把三位老人迎到客厅,唐唐也给老人们让了座,自己站在旁边。

"我们早上去你们家附近菜场买菜,恰好亲家母也在买菜,问了下都是来看你们的,给你们买点菜,所以我们合计一下不能买一样了啊。巧了!"豆豆外婆说道。

肖杰把老人家买的一大包菜收拾出来放好,给他们倒好了茶端上。

"丫头啊,你这情况都还好吧?打电话给你都是匆匆忙忙的,我跟你妈还是不放心,你说不用我们操心,不用过来,要不早就过来了!"豆豆外公抿了一口茶,看看肖杰再看看黄丽娟。

豆豆抱着外婆的手在那儿一个劲儿地蹭。

"还，还好，这手术后都快两年了，我感觉还可以，就没让你们跑来跑去的。"黄丽娟目光有些闪烁地看了看自己爸妈。

"肖杰啊，丽娟生病，你可得要把家里的事情全部负责起来啊，考虑到你还要上班，要不我在这照顾你们吧。我这次来就有这个打算。"肖杰妈看着肖杰，肖杰没吭声。

"妈，我还好，有肖杰够了，您不用操心。"黄丽娟连忙说。肖杰搬了把椅子给唐唐坐下。

"怎么说还好？我们问过豆豆了，说你天天不上班，在家发火，还经常哭！"黄丽娟妈问道。

"那是因为肖杰嫌弃我了，背着我还……你叫他自己讲吧！"黄丽娟的这句话使得所有人的目光全部集中到了肖杰身上。

"胡说八道这是，这都什么跟什么啊，能不能有些正常思维？！"肖杰急得满脸通红。

"肖杰，你说说怎么回事儿，有这事吗？"肖杰妈站了起来。

"哪有啊，我比窦娥还冤，这都什么啊，我都不知道怎么有的这个话题！我每天三点一线，单位、学校、家里，回来一直忙，什么事都是我，我哪有时间有这种想法。真是无语！"肖杰气得连连掐自己的手。

"好好说话，急什么啊！"肖杰妈瞪着肖杰。

"丽娟说说是咋回事？听得我都糊涂了。"黄妈看着黄丽娟。

"我都看到有人开车送他回来的，是豆豆同学的妈。关键是我接送豆豆就从来没遇见过她。"黄丽娟说着委屈得马上就要掉眼泪了。

此时的肖杰无法描述自己的心情，爆炸的情绪一触即发。

"送我们回来那纯属偶然，我都说过好多次了，她还是动不动拿这个来说事儿，压根影儿都没有的事，她就在那儿自己想象，真是醉了！"肖杰说着激动得直搓手。

"你就是这么想的！你就这么急了？！"黄丽娟说着掉下眼泪。

豆豆婆婆低声在豆豆耳边说："豆豆回你自己的房间去看书吧，乖。"豆豆点点头，一脸迷茫地看看妈妈看看爸爸，自己回房间了。

老人们一看黄丽娟哭了，这下就有点上头了，目光里多是对黄丽娟的同情，还有对肖杰的疑惑与质询。

"首先，丽娟是个病人，肖杰你的态度要好一点！毕竟她不是身体好好的。"黄妈首先开腔。

"亲家母说得对，肖杰怂脾气确实不好！"肖杰妈接话。

"我，我……"肖杰一时无语地看着几位老人。

"你小子别胡来，否则我第一个不会放过你！"黄爸指了指肖杰，"没有最好，有立即要改掉！"老爷子看到黄丽娟哗哗地掉眼泪，心里也是很疼，毕竟是他的小棉袄，从小到大自己都没舍得打过，女儿又是那么孝顺，哪里能看她这样委屈。

肖杰看着自己的老丈人也开始天平失衡了，心里更不是滋味。大家都不说话了，整个屋子里就只有黄丽娟轻轻的抽泣声。

"叔叔阿姨，我呢只是一个外人，本来这是你们的家事，但丽娟是我最好的朋友，我可以说几句吗？"一直没说话的唐唐看不下去了。

"不外，不外。请说请说！"黄爸连忙说，沉寂的时间有点长，大家正愁不知道怎么开口呢。

"凭我对肖杰的了解，他绝对不是那种人，就是不能让黄丽娟天天窝在家里啥也不干，人没事干就会胡思乱想！"唐唐看看肖杰说道。

"姑娘你说得很对啊，丽娟先别哭了，凡事有我们呢！"黄妈看看唐唐，冲着黄丽娟摆摆手。

"哎呀，你们别看我，我作为一个外人，只是来看看好朋友，这是你们家庭内部的会议，我本不该发表意见的！"

唐唐被这种期待的目光看得浑身充满了压力，此刻她想做的就是先走为上。

"你真是魔怔了都，你看看你这些天来折腾的，豆豆和我都不敢得罪你，说话都不敢大声，怕你又莫名其妙地发火。跟我就找这些莫须有的事情吵架，整天扯这个那个的，精力这么旺盛。"肖杰也生气了，一股脑把不满的话都说出来了。趁着几个老人都在，他才有这个胆子。

他是没想到这时候这么说话的威力，黄丽娟一下子就炸了："我这还没怎么样呢，就开始嫌弃了？这么急是要换人吗？我怎么就魔怔了？！"黄丽娟一边大声吼着，一边眼睛又开始出现红血丝。

唐唐赶紧上去拉着她，怕她有什么举动。

"你这说的就不像话了，她生病也是你老婆，怎么能这么说她呢！"首先生气的就是黄爸，"患难见真情，她现在最需要的是你的关心爱护，不是牢骚！"

"是啊，你看你这孩子会不会说话啊，不会说话不要说话。这还没怎么样呢，就这样了。"肖杰妈赶紧灭火。

"说的是，你这样让人怎么放心啊，我女儿这不还没怎么样呢，就嫌弃了？"黄妈也生气了。

黄丽娟更委屈了，哭声更大了。肖杰也有点懵了，想想刚才这话可能是有点不妥："对不起，对不起，我一时急糊涂了，口不择言，胡说八道了！"

突然，唐唐的电话响了。唐唐本就觉得自己在这种情况下作为一个外人很尴尬，这下算是解脱了，也并不是她不想关心好朋友，只是此时的场景有些尴尬而已。

"我老公让我去换班照顾我婆婆，我得去医院。我婆婆刚做完手术，那我先走了啊。"唐唐晃晃黄丽娟的肩膀，拿起包背在肩上转头对肖杰说:"她生病了,情绪容易不稳定,凡事多担待一点,说话用语稍微注意点,不要刺激她。她也不想这样对吧,这不是因为生病吗!"

肖杰点点头。黄丽娟抓着唐唐的手这才松开,唐唐拍拍她的肩膀:"有事给我打电话,我随叫随到,好吧!"黄丽娟泪眼朦胧地点点头。

门关了,屋子里一下子静下来,大家都没说话,也不知道谁应该先开口说话,仿佛唐唐在的时候各自就像在法庭上一样做着自我陈述,唐唐一走,也不知道该对谁说什么了。

豆豆从房间里出来:"爸爸,我们今天在外面吃饭吗?我看你到现在还没做饭,都快十一点了。"

肖杰看看时间,是到做饭的时间了:"爸爸这就去做饭,你回房间看书写作业吧,饭好了我叫你。"

"你就知道吃,你老妈生病你是不闻不问啊,跟你爸一样,小没良心的!"黄丽娟突然蹦出一句。

豆豆一下子被说得委屈地掉下眼泪来:"妈妈,你们经常吵架,你老是发火,我都不敢跟你说话。怕你不知道什么时候又生气了。"

"我是老虎啊?我是神经病啊!我老是生气,不都是你们惹我生气的吗?!"黄丽娟吼了一嗓子。豆豆"哇"地哭起来。

"你看看你,豆豆说的是事实啊,你冲她发什么火,豆豆刚才又没惹你!"肖杰紧皱着眉头。

"这我都看着呢,你这不是找话吗!"豆豆外婆指着黄丽娟,"豆豆到外婆这来。你女儿说错什么话了,你就这样,我看你啊,是有点邪!"说着把豆豆拉了过去靠在自己怀里,帮豆豆擦擦眼泪,用手指着黄丽娟摇摇头。

"你们都看我不顺眼,我该死是吧?那你们也不要管我死活,还操心我生病干吗！"黄丽娟的眼睛越来越红。

"你这孩子说的越来越不像话，都是关心你，被你说成这样，我倒是有些理解肖杰了。"黄爸也指了指黄丽娟。

"是啊，我们都在这，你看豆豆委屈的，我们要是不在这呢。你这叫乱发火！"豆豆婆婆看了看豆豆。

"我神经了好吧！你们不要管我行吧！"黄丽娟觉得大家都在说她的不是。

"丽娟可能只是一时还没静下来，说的气话，丽娟是个好姑娘，这么多年来一直好得很。"肖杰妈赶紧出来圆场。

"我女儿我知道，从小我太惯着她了，脾气我们也知道。肖杰做的已经非常好了，也就他能忍你这脾气吧！"黄爸接话继续说黄丽娟。

肖杰这些天倒是习惯黄丽娟这样说话了，本就是叮嘱过女儿少惹她妈生气的，这种情况几乎天天有，看着老人都在批评黄丽娟站在自己这边，跟刚才唐唐在的时候完全调了个，心里的委屈也舒缓了许多："其实也没事，她就是因为生病才心情不好的，我和豆豆都理解她。"

这时肖杰妈过来牵着豆豆的手："走，跟奶奶一起去做饭去，给奶奶帮忙。"

"妈，我来做饭吧，你歇着，你们聊聊天。"

"我去做吧，你们聊。"肖杰妈拉着豆豆去了厨房。

"姑娘啊，你现在准备怎么办，从我们来到现在，你这情绪就没稳定过！"黄爸问黄丽娟。

"那我要怎么办，我是你们的女儿啊！"黄丽娟有些咆哮了。

"你这孩子，这不都在关心你吗，你怎么越来越不讲理了！我现在觉得肖杰的脾气算很好了，要我早受不了了。"黄妈也生气起来。

特殊求救 ｜ 治病先治心　　　　　　　　　　　　269

"走，我们回家吧，这东西简直不讲理！"黄妈站起身来，挤过黄爸站在了客厅中间。黄爸看看女儿，看看黄妈，不知道咋办。

"还不走？那也行，那你在这吧，我回去，我是待不下去了！"黄妈说着径直朝门口走去。

"妈，您别生气，她说的是气话，心里肯定不是这个意思。"一直懵了的肖杰这才反应过来，赶紧上前拉住黄妈。

这时肖杰妈也听到了外面的声音，推厨房门出来："不能走，丽娟妈，我这个儿子就是不会说话，惹人生气，你别跟他一般见识，我来骂他！"肖杰妈以为是肖杰惹火了黄妈。

"不是肖杰，我家这姑娘啊，发疯了这是，完全不讲理，好说歹说没用。"黄妈摇摇手，转头冲着黄爸喊道，"你还坐那儿干吗？"

"你们不要管我，都走吧，都走吧，死活都不用你们管！"黄丽娟已经丧失理智了，她就觉得所有人都在针对她。

黄爸也站起身，一声不吭地走向门口，留下身后在哭的黄丽娟。

豆豆也站在自己房间的门口，望着外婆外公"吧嗒吧嗒"地掉眼泪，没发出一点声音。

"乖宝宝，我只是吓唬吓唬你妈，不哭不哭，外婆很快就来带你了，听话。"黄妈在豆豆耳边轻声地说着，豆豆听着不停地点头，偶尔抽泣一下。

"那我跟你们一块走吧，我也待不下去，吃不下去啊。饭都做好了，汤在锅里烧，一会儿把火关了就行。"肖杰妈也换好了鞋子。

肖杰更懵了，看看黄丽娟，看看豆豆，看看豆豆的外公外婆，看看自己妈，一句话也说不出来。他已经不再烦躁，只是一脑子的空白，自己想找人帮的忙一个也没帮上。

"外婆过两天来接你哦，豆豆。"豆豆使劲点点头。

随着门"砰"的一声关上，仿佛刚刚一个上午不存在一样，家里恢复了往常的样子，豆豆流着泪，肖杰叹息，黄丽娟独自一人盘坐在那里轻声哭泣,家里的灯光都变得昏暗了许多。

肖杰还是要面对这种情况,尽管自己有时候想发作,但看看眼前的妻子和女儿,只能作罢,一声不吭地做着家务事,偶尔轻声地询问着家里的另外两个人,一个他都不能大意。

一天折腾下来,大家终于都累了。夜深人静,看看斜靠在床头睡着的妻子,检查女儿有没有蹬被子后,肖杰一个人走到阳台,关上阳台门,点燃一根烟,让思绪飘远,暂时忘记眼前的一切困境。而抽完烟的他又回到现实,看着眼前的一切,说了声:"晚安,全世界未眠的人们。"

第二天,唐唐电话问肖杰昨天的情况,不胜唏嘘,没想到自己走后事态越发不可收拾,想想也没办法,安慰肖杰几句算是自己能做的了。

这些天的折腾让肖杰日渐消瘦,但他没放在心上,每天拖着疲惫的身体、疲惫的精神在家和单位之间来回,感觉自己快要支撑不下去了。黄丽娟也不知道从哪里买了药吃,他上网一查,发现有些根本就不是药,真的要崩溃了。他让黄丽娟不要吃,迎来的就是她的咆哮,要是再多说几句,就是无休止的吵架,有种叫天天不应、叫地地不灵的感觉。

工作生活全部一团糟,黄丽娟的身体和精神每况愈下,女儿的学习成绩也下降了,他的世界成了一团乱麻,而他自己无法解开其中任何一个结。怎么办?怎么办?怎么办?他不停地问自己,无论在哪他总会想到这个问题:怎么办?这样下去不是办法,不是办法!

下班时路过医院门口,看着来来往往的医护人员,肖杰突然产生一个念头:我为什么不能找胡戈主任试试看呢?他和那么多病人打过交道,黄丽娟的这种情况说不定他见过呢,对啊!试试看也行啊!

就这么想着念着,他似乎又燃起了希望,把女儿安顿在外婆那边后,他抱着试试看的心态挂了胡戈的号,等着,叫号到了自己也不进去,直到胡戈要下班了,确定自己已经是最后一个人,才进去。

胡戈正在收拾桌上的东西,看到肖杰进来,又转头朝门口看看,大概是觉得不是没有病人了吗?胡戈打量了一眼肖杰:头发有些凌乱,一脸憔悴。

肖杰把挂号单递过去,坐下来,也打量了胡戈一下:虽然戴着口罩,但从眉宇间也很容易看出,这是个帅气且稳重睿智的人。

"胡主任,不是我自己看病,是我老婆,她没来,我是代她来的。"肖杰先赶紧和胡戈解释。

胡戈看了看挂号单,又看了看肖杰:"什么情况,代她来的?"

"我其实号是排在前面的,一直等到您的门诊没人了,最后一个才进来,就是为了想跟您谈谈,看看您是否能帮我。"肖杰一脸无奈又期盼地看着胡戈。

"哦,没事,正好后面也没病人了,你慢慢说!"胡戈点点头。

"我老婆叫黄丽娟,一年多前,您帮她做的胃癌手术,您可以从电脑里调出病历来看下。"肖杰指指电脑。

"哦,好。"胡戈调出黄丽娟的就诊记录,"嗯,手术时情况还是不错的,癌症属于比较早期,三个多月前的复查也都是正常的。怎么,现在有什么情况吗?"

"是啊,她就是整天疑神疑鬼,一会儿这儿不舒服,一会儿那儿不舒服,而且只要有不舒服,就认为一定是复发转移了,已经折腾得虚惊了好几场了。整天没精打采,班也不好好上!还整天这个不能吃,那个不能干,自己不吃也就罢了,还天天管着孩子的饮食，现在女儿也被她搞得有点多疑了，学习成绩比以前下降了很多！还有更叫我受不了的是，她总怀疑我外边有人，说我希望她早点死，这样我就可以名正言顺地换人了，这根本就是没有的事！我现在真的死的心都有了，要不是考虑女儿，我真想从楼上跳下去算了！"肖杰一股脑把苦水倒了出来，像竹筒倒豆子一样倒了个干净，这也是一直积压在心中的苦闷的释放。说完，他好像一下子卸下了千斤重担一样，活动了一下肩膀。

胡戈一直看着眼前的肖杰，认真地听他说完，胡戈对面的学生也在认真地听他说。

"你先不要失望，你要理解你爱人这种心情，她是爱这个家，舍不得这个家。这点你要确定。基于这点，再多的烦恼你都要能宽容地对待。"

肖杰使劲点点头，看着胡戈眼睛放出了亮光，心里面有个声音在说：找对人了，有救了！

"我很理解你的心情，她这是肿瘤导致的心理问题，这很常见，你生活中要多理解她一些，没人愿意这样。明天你把她带过来，我可能有办法解决这个问题！"胡戈说道。

肖杰只剩下点头了，仿佛眼前就是救世主一样，连声说"好的好的"，连声地"感谢感谢"，高兴地谢别了胡戈。

两个学生看着胡戈，眼里带着询问：什么办法？

胡戈看看他们，摘下口罩，笑了笑："其实我们在给病人诊断时，很多时候囿于专业上的诊断，往往会忽视病人心理健康这个很重要的环节，心理健康加上医药治疗有时可以让病人更快更好地得到救治，实际上就是我们常讲的'治病先治心'。这也是古人给我们留下的宝贵经验。"

两个学生点点头，但好像还是不明白，这究竟是怎么个说法。

胡戈看着两个学生依然迷惑的眼神："肿瘤患者的心理一般分

为五个时期：第一个阶段，否认期。大多数患者在得知自己患有癌症的时候，最初都是以否认的态度来看待这个事实，患者在这个阶段会坐立不安，会怀着侥幸的心理去到处求医。第二个阶段，愤怒焦虑期。当患者无法逃避这个问题时，就会产生愤怒，心怀嫉妒，常常想：我为什么这么倒霉？我一直与人为善，工作也不算忙，平时也会锻炼身体……越想越想不通。当患者意识到自己癌症诊断确认无误时，还会立即出现恐慌、惧怕心理，感到死神就要降临。患者的恐惧常常表现为焦虑，以及惶惶不可终日。第三个阶段，协议期或者叫妥协期，常与恐惧、焦虑同时出现。患者在经过一段时间的冷静思考后，会意识到自己以往生活工作中的一些负面因素，如工作压力过大、长期压抑等。由此，他们可能会陷入迷信，如向神灵表达自己的悔恨之意，承诺改过自新，寄希望于神明保佑，等等。这个阶段持续的时间会比较短，患者仍希望癌症能够神奇地消失。第四个阶段，沮丧期或抑郁期。有些患者经过一段时间的治疗病情却毫无改善，会因意识到疾病已无药可救，生命已走到尽头，而极为沮丧和绝望，陷入极度抑郁。这常常表现为被动、少活动、情绪低沉、沉默不语及行为退缩。当然，病情没有改善的患者也会进入这个阶段，主要表现为情绪低落、对什么都没有兴趣、失去人生目标、不想工作、不想与人交往，等等，并且容易多疑。第五个阶段，也就是最后一个阶段，接受期或升华期。这个阶段，患者开始坦然面对疾病。当然，这种坦然面对有两种：一种是消极的，一部分患者认识到人生无常，过一天算一天，不去多想；还有一部分患者认识到这种无常后，反而更加积极地面对人生，从容地面对生死，带有紧迫感地去完成自己尚未完成的目标，实现自己尚未实现的梦想。"

两个学生听完直点头。

胡戈接着说："所以我们在治病救人的时候，应该尽可能地考虑患者的心理问题,心理也健康了才是真正的健康。"

"没有心理健康就没有真正健康!"胡戈强调,"你们也一定要多学习,多了解些心理学知识,这是最基本也是最重要的医学人文!"

两个学生情不自禁地轻轻鼓起掌来。

一天工作的疲惫随着CD机里音乐的响起慢慢地散去,思绪随着音乐四处游荡,不管音乐里呈现的是什么画面,此时胡戈脑袋里只有自己想象的画面。

跟往常的每一天一样,陈彦捧着杯子站在书房门口,倚在门框上,她有点享受看到胡戈边听音乐边看书的样子,专注而认真,好几次都觉得应该画下来才好,试过用手机拍,但没一次满意的,后来发现这种感觉是记录不下来的,拍照代替不了眼睛。

"又在看什么书了?"陈彦欣赏完了,走进来坐下。胡戈把书的封面朝着她扬了扬。

"你怎么看心理学的书了,怎么,准备改行了啊?"陈彦笑道。

"没有!以前也看过一些心理学的书,掌握了一些皮毛,但突然感觉有必要多看些这方面的书,多研究研究。有时候病人心理上的问题比病情大,心理上的问题对生活的影响又会反过来影响治疗。我就想,双管齐下会不会有更好的效果呢?"胡戈把书放下,喝了口茶。

"这个思考方向可以啊,有什么具体的案例启发了你?说来听听。"陈彦也觉得有些新意。

"也正好想跟你说我今天遇到的一个胃癌术后病人的情况。"胡戈就把今天肖杰说的他老婆如何把家里搞得鸡飞狗跳的事情一一道来。

"陈主任有什么高见?"胡戈又露出他本来的面目。

陈彦看了看他，也习惯胡戈这种多少年了也不改的皮，虽然都已不再年轻，笑道："我哪有什么高见，先听听你的。"

胡戈看看陈彦，看她的意思是等自己说了她才会说："她是对疾病有种恐惧感，这种恐惧感有可能是身边什么人的事影响她的看法，让她不敢去面对，生活中的每一件事都敏感地代入自己的病情，想的太多，思绪碎片化严重，不能有个完整的、系统的思维，所以每件事都会给自己找个平衡，根本就谈不上合理不合理。"

"你这话有点意思，书上说的？"陈彦直起了身。

"不是，是我下午听那个家属说完后想到的。"胡戈摆摆手。

"嗯，可以可以，小同志有些意思，蛮会分析的！"陈彦点点头。

"那么领导，您来指教一下呢。"胡戈看陈彦也是跟年轻时一样的时候，心里就有种莫名的开心。

"不敢不敢，我咋敢指教啊，大心理学家！"陈彦笑道。

"哎呀，我是认真的，虽然我了解了病理病机，可是开方抓药我还没想好。"胡戈一脸认真地看着陈彦。

"这样吧，我从一个女性的角度来说说看。女人吗，当她有家有孩子的时候，虽然工作也还是重要，但她的重心会偏向孩子，偏向这个家。这个家里的排位，孩子是第一，老公是第二，自己排最后，伟大吧？对她来说，一下子要失去最重要的两个人，基本上都是接受不了的。所以我觉得，你可以想想这方面的问题。她现在这样就是觉得自己随时会失去这些，才不停地折腾以证明这些都还在。"陈彦好似现身说法一样，手也比画着，一会儿指指儿子的房间，一会儿指指胡戈，一会儿指指整个家。

"明白明白，伟大伟大！"胡戈笑着给陈彦比了一个赞。

"那还是从给她建立信念开始，没有信念支撑，她是突破不了这种思维的！"胡戈用手摸摸自己刮得干干净净的下巴，好像要找一下关二爷手捋长须的感觉。

"有道理啊！普通人吧，为一个念想、念头活着的很多，看着没什么但很重要。陈彦说完想想，自己又点点头。

"陈老师所言极是，受教受教！"胡戈冲陈彦一抱拳，陈彦笑得一口水差点喷出去。

"她老公说她有好多次胡思乱想的表现，最多的就是她自己死了，老公又娶了一个，这个家就被那个女人占了，孩子也是有个后妈了，对，就从这个入手，应该可以让她重新建立起信念来。"胡戈自言自语。

"孺子可教也，我看你也不用看书了，你写书吧！"陈彦给了胡戈一个赞。

"咱们这是家庭学术研讨会吗？！"胡戈也笑了起来。《小夜曲》快要结束了。

第二天下班的时候，肖杰带着黄丽娟等在医院门口，这是胡戈特地安排的，避免在诊间或病房让患者出现紧张情绪。肖杰夫妻俩很远看到胡戈过来了，就叫道："胡主任，胡主任，这边。"

胡戈走到他们面前打量了下眼前的黄丽娟，虽然头发梳得很整齐，但是脸上没一点光彩，暗沉暗沉的发着白。胡戈都能想象这要披头散发地晚上出现都能吓人一大跳。

"胡主任您可不知道，我就差给她跪下，她才肯来，我说胡主任只是关心找你聊聊，没有其他的。"肖杰一边说着也顺便说了他是怎么跟她表述的，胡戈点点头。

"这样，我们去那边的石凳上坐下聊一会儿。"胡戈指指不远处的凳子。下班了，凳子空空的。

三个人往那边走，胡戈对肖杰说："我跟她单独聊聊，你要不去转一会儿再来。"

"哦，好的好的。"肖杰连声应道，转身向相反的方向走去。

胡戈开门见山："你老公把你的情况都给我说了，没有任何隐瞒的。"黄丽娟有些诧异地睁大眼睛，又眯下来看看肖杰的背影。

"你不用怪他，是我让他详细说的。"胡戈看懂了她的意思。

"听说了你的事，我觉得你最在意还不是你的病情！"胡戈接着说道。

黄丽娟一脸问号地看着胡戈："怎么可能，我自己生病我还不在意我自己？"说完也没敢白胡戈，只是不显眼地撇撇嘴。

"你最在意的是你这个家，对吧！你怕失去他们，你的孩子，你的老公，甚至我都能感觉到你们的房子也是你们俩拼搏的结果，所以你很爱这个家。这家里每个人每一样东西，你都再熟悉不过，你怕不能再拥有他们！"胡戈看着黄丽娟。

黄丽娟的泪水一下子奔涌而出："胡主任，您说到我心里去了，我心里想的跟您说的一模一样！"这时她才肯叫声胡戈"主任"，才把胡戈当成医生。

"你别哭，问题是可以解决的，别想那么多！"胡戈安慰她。

"我整日整夜地睡不着，每天都要看好多遍家里。"黄丽娟哭出了声音。

"你家老公在和我说的时候，我也能看的出他很憔悴，他很是苦恼和着急，说明他很爱你，也非常在意你。他是没有任何办法了，才来找我的，他真的是为了你好！"胡戈说得语重心长。

黄丽娟看看远处的肖杰，眼泪又再一次的泉涌。

"人的命运要掌握在自己手里，你要想让你担心的这一切不会发生，就要勇敢积极地面对，去解决这些问题，只为了一个目标就足够了。"胡戈加重了语气。

黄丽娟渴望的眼神看着胡戈。

"就是你不让孩子有后妈，你的老公谁也抢不走，谁也不能霸占你这个家，你明白吗？这一切都是靠你自己。为了这个目标，你

这世界我来过

是不是应该积极努力乐观地去面对。你的病情本来是不严重的，我昨天还把你手术情况、术后病理都看了一遍。你现在的问题主要是心理问题，这种心理问题不解决对你的恢复是非常不利的，甚至可能会导致更严重的疾病，那就太不值得了！你现在的心态不但影响自己，也影响整个家庭，长期下去可能真的会失去他们对你的关心和爱！你想一想，从此以后是不是应该乐观从容地面对此次疾病和今后可能出现的任何挫折困难？！"胡戈像个军官在对战士下达命令一样。

黄丽娟激动得不知道说什么好了："是！"就一个字，她像个战士一样回答。胡戈看黄丽娟的眼睛里已经满是希望，也不再哭泣。

"谢谢您胡主任，真的非常感谢，我不知道说什么，除了谢谢，有一肚子话，就是不知道该说什么。"黄丽娟边说边急得直晃。

"你什么也不用说，回去好好调整心态，好好生活，好好工作！"胡戈期望的眼神看着黄丽娟。

黄丽娟的眼泪又掉下来了："我知道，真的太感谢了胡主任。"说完给胡戈鞠了一躬，胡戈赶紧扶了她一下。

胡戈向肖杰招招手，肖杰飞奔而来，气喘吁吁。

"黄丽娟没有任何问题，没事了，就是心里有些小坎儿，讲出来就好了，你们也要理解她。"胡戈伸了伸懒腰。

"太感谢您啦，胡主任，您真是我们家的大救星啊！"肖杰一激动，用的词让胡戈笑了。

胡戈拍了拍肖杰的肩膀，朝他们挥了挥手。

"胡主任再见，胡主任再见。"两人挽着手非常激动。胡戈冲他们再次挥挥手。等到转弯处回头看时，肖杰已经搂着黄丽娟快步地走向车站，胡戈心里很欣慰。

再次复查时，夫妻俩带着鲜花感谢胡戈的"救命之恩"。针对这个病例，胡戈写了一篇文章《特殊求救》，被各大媒体转发。

老吾老以及人之老

善始善终

这一生你得到了你想要的吗,即使这样?
我得到了。
那你想要什么?
叫我自己亲爱的,感觉自己在这个世上被爱。

——雷蒙德·卡佛《最后的断片》

窗外的小鸟叽叽喳喳的,阳光透过树叶洒下来,空气的纯净、窗户的干净,让外面的风景看上去那么明亮。而屋子里的人似乎无心欣赏,丝毫没注意到外面的一点一滴。

　　啃了几口馒头,喝了一口水,早晨的病房里一片忙碌,吃早饭的,忙着整理床铺的……透过房门往外看,不远处的护士站人也陆续多了起来。周老爷子吃完了早饭,隔壁床的老爷子有护工照看,吃的似乎比他们好多了。周兴才看看自己的爹,又看看手里的馒头,喝了口水,思绪被拉回了几天前的家里。

　　农村的早晨比城市似乎要早很多,天还没有亮,大公鸡就准时打鸣了,村子里的大公鸡叫得此起彼伏,仿佛在比试谁的声音更加洪亮,它们绝不会同时叫,都是等上一位选手叫完,再展示自己的实力。

　　当天慢慢亮起来的时候,各家的炊烟也开始升起,先烧好一天的开水,打开院门,放出自家的小狗,打开鸡舍抓了一只大公鸡。在大公鸡的带领下,鸡群大部队蜂拥而出,吃完盆里的早餐,去开始它们在野外鲜活的一天。

吃着稀饭,就着腌好的萝卜干,周兴才的老婆看了眼西厢房的门,还没开。

"今天打电话把老二老三喊回来开会,我告诉你啊,我们没钱,他们有钱让他们多出点!"周兴才老婆嘴里的稀饭还没咽下去,手里的筷子伸向装小菜的碗,嘴里说着,也不耽误吃饭。

"二弟和三妹他们够可以的了,贴我们也不少钱了,都是兄弟姐妹的,我开不了口,我也不会开口,你也不要开口!"周兴才放下碗筷,用手擦了擦嘴。

"老二那么有钱,老三家里条件也好,多出点也没什么啊!我要有钱,我能说这个吗?!小龙上大学,种田又不赚钱,家里两个老人,一群鸡鸭菜地的,我又不能去做小工。靠你做瓦匠的钱,整个家开支这么大,怎么够?"周兴才老婆嘟囔着,"这是我们家现实情况,你是家里老大又怎么样,有钱才是老大!"

"家里商量的时候,你不要胡话好吧,也不怕被人笑话!"周兴才拿起自己的碗筷起身往厨房走去。

"笑话?哪个笑话我啊?说的哪点不实际啊?你倒是要打肿脸充胖子啊!"说着用筷子敲了敲碗,声音大了许多,碗里还有一口也不吃了,"啪"地撂下碗筷。

周兴才从昨天晚上到今天早上一直听老婆嘟囔,心里挺烦,也不好跟她吵什么——她那个德性,一吵全村都知道了,再到村里的"新街口"一说书,好了,不知道能弄出多少个版本来。

老爷子老太太也起来梳洗完吃过早饭了,给了一碗粥倒在小狗的盆子里,小狗闻了闻掉头走开了。

"不吃就饿着!死狗,条件好了是吧?粥都不吃了,过年就把你给剥了吃肉!"周兴才老婆气呼呼地来了一句。

村里的"新街口",有吃过饭逛着去的,有捧着茶杯的,有端着饭碗的,宛如早班会议,大家叽叽喳喳一番,通报各种家长里短,各家的事在这里都有谈论,一切尽在掌握。

老二和老三都开着汽车回来了,经过"新街口"时大声地跟村里人打招呼,然后陆续停在周兴才家门口。"新街口"未散的人都往这边指指点点:"他们家有什么事情啊?老二老三都回来了!"

中午的饭桌上也算丰盛,农村不缺的东西整整就能弄一桌,鸡蛋、鸡、咸肉、蔬菜都是现成的,不用再去买菜。对于住在城里的人来说,那是非常好吃的,因为平常去买菜,超市里的有机蔬菜、黑猪肉死贵不说,味道也不如农家养的。老二的老婆和老三连吃带夸。

酒足饭饱,茶也泡上了,一家人围坐在八仙桌旁,老爷子坐在上座,老太太拿个小板凳坐在门口,老大老婆靠在门框上,老大一边,老二和他老婆一边,老三和她丈夫一边。

"喊你们回来呢,也不是有多大的事,本来呢,我打算到县里看病就行了,老大不同意,非要让我到医大附院去看,看完了医生说要动手术,手术就没有不花大钱的。虽然说我们现在都有农村医保,能报个六七成的,但是就那三四成也不少钱。放在过去,一个手术一般我们农村家庭就等于被打回最底层,背债都是正常的,现在政策好了。按我的意思呢,没必要花那个钱,说不定钱花了,人也没了,不是啥也没落着吗!老大坚持要手术,我的意见呢,没必要浪费,癌症也没几个能好的,我们村里不是有几个都是这样吗!"老爷子没有说这次是老大老婆非要把他们喊回来开会,才没有在电话里解决的。

"现在医学发达了,上村的韩老四不是手术过吗,现在都八十几了,不也好得很吗!你说的那两三个,发现的时候就是晚期了,不一样。"周兴才说道。他对着弟妹:"喊你们回来也没什么事,一是回来看看,吃饭聚聚;二呢,毕竟老爸手术是大事,我们做儿女的要坐下来商量商量。"

"听老大的,老大怎么说我们就怎么做。"老二端着自己带的杯子。

"大哥就代表我们做主就行了,我们听你的!"三妹也说道。

"是这样,手术和后面的治疗毕竟是一笔不小的费用,我这条件你们也知道,本来呢没三妹什么事,但情况就是这样,我也是惭愧。"老大抓抓头。

"大哥你别这么说,都是兄弟姊妹。"三妹摇摇手,转过头看了一眼自己老公,老公微笑着点头表示赞成。

"费用呢,我和老二平摊百分之八十,一人百分之四十,剩下的由小妹出,这样你们看怎么样?"

"我没问题,我觉得也很合理。"老二二话不说。

"我跟你们一样吧,大家平分,不用有区别。"三妹说。

"本来把你带上就不像话了,怎么可能还平分呢,说出去让人笑话。"老大敲敲桌子。

"兄弟姊妹共同承担,这不是正常吗,怎么还不好意思了!"老二家的嘟囔了一句。

这话一出口气氛有点尴尬起来。

"是啊,二嫂说得对,应该共同分担的。"三妹立即搭话。

"不是,我们农村呢老传统,跟城里不一样,一般女儿嫁出去了,不分担家里父母养老看病的事。你要说不合理,我们这儿就一直是这样的传统。"老大看看老二老婆,"我把三妹加进来已经是很过意不去了!"

"这规矩倒是有意思!"老二家的说着,眼里闪过一丝轻蔑。老二胳膊肘碰了碰她。

这时倚在门边的老大老婆说话了："爸妈都是跟我们过的，按理说老二应该多出点才对。小妹出不出看她心意！"

一石激起千层浪，这话一出，平静的水面顿时激荡开来。

"我们赡养老人的费用从来也没少过啊，有时甚至比说好的多，我们为什么要多出一些？！"老二家的似乎立马要跳起来，但看了眼老爷子就没动了。

小妹似乎也被架起来了："我应该和我哥他们共同负担，没什么好说的。"说完看了看二嫂，二嫂似乎感觉到了投射过来的强烈目光，没有抬头。

"就出个钱，平常老人的头疼脑热、冬暖夏凉不都是我们吗，要照你这么说，那我们换换呢！"老大家的嘴不饶人。

"本就大家说好的，又说起这个，把我们说得没良心似的！"老二家的很不服气。

"你少说几句！"老二拍了下媳妇的胳膊，"家里条件我最好，能者多劳，我多出点没什么问题，应该的。大哥条件也不太好，小龙还在上大学，我们家的还小，应该的。"

"老二说得就很像话，我爱听。"老大家的很是满意。

"都什么年代了，儿女共同承担都是法律规定的，这算什么？"老二家的很不服气地回了一句。

小妹看看老爷子一言不发，有点生气："我二嫂说得对，儿女共同承担赡养老人的义务是没得说的，同意。所以我们几家平分费用，但是我爸妈一直是跟大哥大嫂一起过的，我们补贴大哥大嫂也是应该的。"

周兴才看着这架势，自己老婆和老二老婆都不是省油的灯，再让她们继续下去非吵起来不可，何况当着老人的面这么吵，老爷子作何感想啊！"就按先前我们说好的办吧，我和老二负责百分之八十，也不要再多说了,还有什么意见？"说完巡视了一圈大家。

老二家的刚想说话,被老二拽住了。

"我们和你们不同,我们这条件你们也都看到了。你们大哥书读得少,早早出来打工供你们上学,现在遇到老爷子这情况,不过就是让你们多掏一些钱而已。你掏个十块相当于还有九十块,我们掏个十块就是全部家当,甚至还不够,这就是区别。我也没读过什么书,但凡我有条件,我会开这个口吗?穷又不是多光荣的事情!"老大家的仍是不服气,觉得有些委屈。

"好了,不要再胡说了,兄弟姊妹大家公平分担很正常,爸妈也不会不愿意去城里啊。再说,平常里里外外的二老不都是跟着忙吗,你这说的爸妈跟吃闲饭一样,吃你几年闲饭啊!"周兴才有些火了。

"大哥你不用说了,我和你们一样,不用不一样,我大嫂说得有道理。"三妹觉得大嫂说得有道理,也是实情,看这情形大嫂很生气,赶忙灭火。

"大嫂说得对,我们有能力的应该多负担一点,小妹少付、不付都是正常的,都听大哥安排。爸你听了也不要生气,我们几个是看怎么分担,不是有人嫌弃你,别往心里去。"老二看看老爷子。

老二家的还准备说话,被老二一把拉住了。

"还有,老爷子手术在医大附院,我们三家排班轮流照顾,你们先把你们合适的时间安排好,我们家都可以。家里不能缺人,到时妈和你大嫂轮流在家,你们要是没有空就提前说,我们好协商。"周兴才看看大家,"还有什么别的意见?"

大家协商了各自方便的时间,毕竟几家人轮班,也安排得过来。

"你们家好玩呢,三兄妹还不一样,哪有你们这样的啊?还有,有钱就要多出,哪来的道理啊?听都没听过!"老二家的关上车门就开始炮轰。

车离开了村子，老二才开始说话："你咋咋呼呼的知道什么啊，这就是我们农村的规矩！"

"这哪门子规矩啊，合着越有能力越倒霉是吧？"老二家的依然一脸不屑地冷哼一声。

"我们这里，女儿嫁出去，那就嫁出去了，不养老，也不分家产，父母亲就算有遗产也跟她没关系。你可以说我们这里落后，但事实就是这样，也没有过任何纠纷。"上了柏油马路，老二踩了一脚油门加了速。

"这倒是头回听说，但是国家有法律规定啊，赡养父母、子女继承遗产这方面都有明确规定啊！"老二家的有些意外。

"哦，你以为我们这儿都是法盲啊？下次你来问问，看看谁不知道这些法律规定。女儿嫁出去对父母亲怎么样，那是出于她自己的心意，没有要求，这是地方风俗。没有说好与不好，但也没有矛盾，没有出现过为赡养老人、争家产，兄弟姊妹对簿公堂甚至上电视的，那些在我们这里是很丢人的事。还有，我们这里如果哪家儿女不孝顺父母，会传得很远，远近村子的人都会谈论和指责的，和在城里门一关就是自家的世界不一样。"老二看了看老婆。

"还有这种情况！我是真不知道，还真不太一样。那我们平时也没少给大哥大嫂他们钱啊！"虽然心里有些理解，但她嘴上还是不服的。

老二把车慢慢地停到路边："你回来可能最大的感受是这里人的热情和淳朴吧，我要是回村了，随便到哪家都有饭吃。很多东西都不是用钱来衡量的，父母亲为拉扯我们三个长大吃尽了苦头，我大哥也是早早辍学打工供我和我妹读书，我们两个是我们这儿为数不多的大学生。老爷子当年的话：'我就是要饭也要让你们读书！'他们为我们付出了多少！如今，外人谈起来——老周家培养出两个大学生，了不起！他就非常满足了。就这么简单，你能理解吗？"

老二家的有些震撼，这些是她长这么大也没有经历和感受过的，她从小不过是跟城里的小孩一样，按部就班地一步步走。

"我们条件好些多出一点钱没什么，就算是回报他们的付出也是正常啊！更何况我时常觉得歉疚，父母亲老了，身体不好了，我也照顾不了他们，忙于自己的工作，能做的已经很少了。理解一点吧！"老二叹了口气。

"这么说理解了，我倒是有点过意不去。晚一点我给大嫂小妹她们打电话说一声，我今天态度不好，道个歉。"老二家的此时才明白丈夫这个家的维系与和谐是靠什么——各自有各自认为的担当。

送走了二弟和三妹，大嫂在院门口看着远去的汽车，对旁边的老大说："老二家的这个确实有些厉害，老二估计都是听她的。再说我的要求也不过分啊，我要有条件你觉得我会低声下气地求人吗？穷，并不是我没志气。不是实在是没办法吗！只是让老二帮我们多分担一点而已，你看老二家的那态度！"

"好了，好了，老二又没说不分担，老二媳妇也不是胡搅蛮缠，说的是这个理，我们也不能过分要求吧！"周兴才有些不耐烦地回到堂屋。老爷子老太太已经回他们那屋了。

"我刚算了算，我跟老板说了我爸这个情况，工资能给提前付了，但按照我们应当出的，还差不少。我想把我们家的那几十只鸡还有鹅给卖了，再把肥猪给卖了，这样凑凑也差不多了。我跟工友也打了招呼，不够的话再跟他们借点。"周兴才点上一根烟，满脸的皱纹随着紧锁的眉头更加深了。

老婆低声抽泣，眼泪"吧嗒吧嗒"地往下滴："日子才好了一点，又要回到从前了这是，什么时候是个头啊！要不是有个农村医保能报销，我们这家就算完了，真的是命苦啊！"

"别嚎了，现在不比以前强多了啊！不就老爷子生病吗，弄不好报销个七八成，也没多少压力，就我兄弟一个人那还不管老爷子了？再说了，刘欢不是唱的嘛：'心若在梦就在，只不过是从头再来。'儿子大学毕业工作成家，以后带你住城里，你就等着享福吧，熬几年你不就有好日子过了！"周兴才笑了笑，算是安慰老婆了。

这话挺管用，老婆也不哭了，用皱巴的手擦了擦眼泪，想到儿子，眼睛里又闪现出光芒来。

"你又不是不知道，家里的老大有些东西就要担着，这是责任！"周兴才说着把烟头扔地上用脚踩了踩。

"看把你能的，还老大，我们就一个孩子，将来我们老了对他也是个负担啊！"想到这，老婆的眼神又变得黯然了。

"你啊，操心的命！我可没指望让儿子操心，到时候你去带孙子去，我在家逍遥自在，我可不去城里，那不是我的命，不习惯！"周兴才眉头舒展了开来。

农村的夜晚总是来得更彻底一些，没有五彩缤纷的灯光装扮，也没有川流不息的车水马龙，是真正的宁静的夜晚。偶尔几声犬吠提醒人们夜深了，没有睡的人们会竖起耳朵听一会儿。

西边小屋的灯还亮着，老爷子靠在床头，老太太坐在床脚，都没有说话。老爷子轻轻地叹息了一声，又长长地舒了一口气。

"你这是怎么啦，老头子。"老太太听到老爷子的叹息声问道。

"没什么，人老了，没有用了，就成了累赘了！"老爷子又叹了口气，"我并不是不想去医院开刀，但是也真不想去。今天孩子们的谈话你听到的吧，我是真不想让他们为难，何况这种手术回来的老几个也没个几年活头，我们不都看到的啊！相比较我们爸妈，那我算是很长寿了，够了！"老爷子若有所思地看着屋顶："这房子还是在我们手上盖的，都几十年了，我们那时盖个房子有多不容易啊！"

"你别自己瞎想了，儿女对你好错了吗？哪一个都不错啊！我们村的大丈夫打他妈，把他妈头都打破了，那还不活啦！那个刚子跟他爸打架，自己吃喝嫖赌，你要摊上那样的，你怎么办？"老太太边说边指外面。

"你成天好的不比跟这些比，我儿女要是这样我揍不死他们。他们那都是从小没教育好！"老爷子嗓门提高了一些。

"就你能，整天吹你多厉害，培养两个大学生！"老太太瞥了他一眼。一说到自己家两个大学生，老爷子眼睛里还是能闪出光来——对啊，儿女也是自己的骄傲。

"那还真不是我吹，十里八乡有几个正儿八经的大学生？我们家就两个，老子脸上有光啊！"正如那句话——"你说这个我就不困咯！话里带着劲来！"

"对，对，就你能，村里还有几家不是楼房你不看看，我们家算一个。你知道人家怎么说我吗？"老太太虽然嘴里这么说着，心里也没觉得咋样，一如平常听到有人说嘴，自己也不以为然。

"你啊，目光短浅，农村人的出路就是读书，要三代人去改变，从我们小龙开始不就彻底改了吗？一代重复一代就去搬砖，做油漆工有什么前途，即使同样的工资，做办公室吹着空调不舒服吗！跟天天一身臭汗的比，哪个好啊！"老爷子越说越有劲，"唯一亏欠的就是老大，没条件给他读书，也不是他读不进去，是那时候回来帮我们做事太多，成绩不好，我们才顺势不让他继续读了。哎，也没办法，我们农村一家有三个小孩一起读书的可没有。"老爷子说着又叹了口气。

"老大还最孝顺，老大媳妇吧，就嘴不好，但心很好。虽然家

290　　　　　　　　　　　　　　　　　　这世界我来过

里她做主,可从来没跟我们顶过嘴红过脸。"老太太像做总结陈词一样。

"明天让他们再回来一次吧,反正明天周末,他们又不上班,小三子离得近点,老二开车回来也就半个多小时,让他顺带接他妹妹一起。"老爷子看着老太婆。

"他们今天不是才回来过吗,又让他们回来,回来干吗啊?他们没自己的事啊,小孩不要管啊!"老太太一脸疑惑地看着老爷子。

"回来我有话说!"老爷子只说了一句。

"你有话打个电话就是了,非要让他们跑一趟,现在都有电话了,又不是我们那个时候。"老太太白了老爷子一眼。

"我还是想跟他们说,我不想去开刀,别让他们为我的事闹得各家关系都不好,兄弟姊妹有矛盾。我都已经这个年龄了,早死晚死几天没什么区别!"老爷子很认真地说。

"今天不都说好了吗,不都商量好了,怎么又不去开刀呢?他们也没什么意见啊,就争个两句有什么了不起啊,你想多了!"老太太有些嫌弃地看着老头。

"你按我说的做,你不管。那你不让他们回来,我就不去开刀,我不信你们还能把我绑了去啊!"老爷子很执拗,属于一旦决定就改不了的那种。

"好吧,好吧,随你,回来我跟他们实话实说,就你事多。"老太太指指老爷子,老爷子冲她笑了笑。

农村的一天,可以说重复性很高,而且是简单的重复,因为没有什么可选择。虽然农村到处有美景,可居住在那里的人并没有觉得,也没有时间去感觉。

第二天上午九点多,老二的小车停在了院门口,车上的四个人下来了。

"大嫂啊，我们今天又来吃饭了，赶紧弄菜吧！"人还没看到，老二家的声音已经响彻了整个院子。

"天天来吃饭都没问题，早上去池塘摸了些河蚌，中午弄河蚌咸肉汤。"大嫂一脸笑意地从厨房走出来，在围裙上擦了擦手，"这东西要早点炖，不炖烂糊了吃不动，我都已经忙炖上了！"

"你这么弄，那我都不想回去了！"老二家的和老大家的爽朗笑声传得很远。

老爷子和老太太看得一脸懵：昨天两个人还斗嘴呢，这唱的哪出啊，真的假的？

"今天把你们又喊回来，是因为我有事要说，你妈说我耽误你们时间，可是呢，话不说，我就不舒服！"老爷子说着让大伙坐下，大嫂忙着把长板凳端出来放在院子里。

"就当回来吃顿饭，昨天你们说话，我也没想好怎么说，昨晚想好了，所以让你们回来的。"老爷子环顾四周看看这一家子，"我这个病呢，你们几个都牵肠挂肚的，三子两口子每天一个电话，有时我都嫌他们烦，哈哈。去省城医大附院看过了，说要开刀，这个呢，难坏你们也难坏了我。难坏你们，一是要花不少钱，二是耽误你们时间，我是希望你们每个人都忙才好，说明你们在做事。有事情忙是好的，我也不想你们花什么时间在我身上。难坏我呢，是我从一个有用的老头变成了累赘。"老爷子目光扫过众人。

"爸怎么能这么说呢，我们可从来没这么说过，也没这么认为过！"老大家的立马搭话。

"我知道你们都对我好，我知道，但我不是那种能闲得下来的人啊，一闲下来就觉得自己没用了。今天喊你们回来主要是说我这个病，我跟你们说啊，我不去开刀，就在家里。现在我的身体还能行一点，再不行的时候有你妈照顾，凑合着也能过，活这么大岁数也知足了其实。"老爷子目光坚定。

"我说吧,爸爸肯定是因为昨天我跟大嫂争了几句,吃在心里了,这是生我气了,我先说声对不起,轮到大嫂了。"老二家的先来了。

"爸,对不起啊,昨天我跟弟媳妇当着您的面说那些话实在有点不合适,您别往心里去。我们只是小争了一下,没什么的!"老大家的一脸笑容地看着老爷子。

老爷子糊涂了,明明昨天差点儿大吵起来了,要不是自己在,肯定吵啊!现在这又是怎么回事呢?

"爸您不用想了,昨天晚上我给大嫂还有三妹都打过电话了,是我有点小家子气,不是太了解情况,把一家人搞得那么生分。我们都商量过了,问题都解决了,您什么也不用担心,安心看病做手术,我们去照顾你的时间也都安排好了!"

老爷子将信将疑地看看几个人,又看看老太太,老太太似乎也不知道情况。

"爸,我昨天回去给她说了下我们这儿的情况,后来顺带把你的光荣革命史也说了一遍,她才理解我们这的风俗是什么样子的,一种默认很多年的规矩,也跟城里人的习惯对比了一下,她想通了,本来路上就准备给大嫂打个电话的。她说得对,您就安心看病吧,其他不用您去想,都操劳大半辈子了,我们几个都成人了,哪能还要您操心呢?其他不利于看病的都不用说,今天我们就是回来再蹭一顿饭的!"老二笑着跟老爷子说。

老爷子这才明白过来,难怪老二家的一来就跟老大家热乎呢,原来真的是自己多虑了。想到儿女这样和和睦睦,心里一阵高兴。

老太太也很高兴:"我们父母,包括往上辈的,都是一代一代这样过下来的。其实自己有多少时间享受了呢?大部分时间都在拼死拼活地为下一代,都想着自己的孩子能光宗耀祖,哪一家都是这样,好吃懒做的毕竟是极少数。无非是到老的时候,希望儿女们给自己个体面的后事而已,还真没什么其他的,有你们一口吃的给我们一口吃的就行了,不要那么多。你们家庭幸福、事业发展了,就是我们的脸面和幸福。大道理也没有,就这么简单。你爸培养你们那是真冲着要饭也要让你们读书的决心去的,就是希望你们不要重复我们这一代,一代更比一代好这样子。"老太太的道理很简单,可是放大了说,不也是促进了国家一代更比一代强吗?

胡戈又来查房了。在好多人眼里,胡戈这一行医护人员一出场就像自带节奏一样,不知道的还以为这是哪里在拍戏请的演员呢,一色俊男靓女,加上语气温和、态度耐心,实实在在拥有了不少"粉丝"。每天胡戈一行一来查房,大家都停下来仔细观察他们的一言一行。这也是个反向促进,越是这样在瞩目的注视下,工作上越是认真,越是在意,自然越来越好。

"周老先生,怎么样啊今天?"胡戈有一双会笑的温暖的眼睛。

"今天比昨天好多了,坐起来也不那么费劲了,可能也是我担心的缘故。"老爷子每天都在观察胡戈,他发现胡戈跟其他病人说话时,一直在倾听着病人的诉说,一点不耐烦都没有。

"您啊不用担心,各项指标也显示您恢复得很好,后续有些治疗还是有点痛苦的哦,您不怕吧!"胡戈暗暗地激励老爷子。

老爷子的音量立马提高不少:"不怕,一天天地好起来我自己能感觉到!"

"您心里还有什么疑问或者有什么担心的,可以跟我毫无保留地说。"胡戈道。

这话算是问进老爷子心里了,他还是有点怀疑:自己一天天变好了,跟村里其他几个老头开过刀的情况不太一样,不知道这是不是只是暂时的,回去后也会像其他人那样呢?老爷子把这个想法跟胡戈说了。

胡戈说："老爷子，病能不能好，一是靠治疗，二要靠心态，再者您的病还是发现比较及时的，现在治疗手段比以前也先进多了！"

"胡主任，你说得太对了，我那两个老朋友就是像你说的，整天唉声叹气、忧心忡忡，跟他们聊一会儿天，能叹气好几次，一说起来就是'怎么弄呢''怎么办呢''我也没办法'。"老爷子狠狠地点点头。

"所以啊，保持一个好的心态很重要，有些东西不要积压在心里，不高兴了尽量说出来，高兴了也要抒发出来，哪怕伤心了哭出来都没有关系，不要带着坏心情到第二天，当天的心情当天结束，尽量这样去做。"胡戈认真地跟老爷子说着，一旁的护士们听着也在暗自思考。

"胡主任说得对，我就说过他们，你们这么整天唉声叹气的不行的！"老爷子越发对眼前这个年轻人感到佩服。

老爷子旁边床刚来了一位病人，年纪看似跟老爷子差不多，身体很弱，一问才知道，是以前手术过，复发了需要住院治疗。两个老爷子互相寒暄后，才知道对方姓朱，年龄确实差不多，也分别介绍了各自的情况。朱老爷子住在这里完全是因为他不喜欢儿子给安排的单人病房，每天一个人没人说话，在家一个人到这里还是一个人，所以坚持到普通病房来，有人说话聊天，多些生活气息。

周老爷子还蛮羡慕朱老爷子的：自己家的孩子还为自己要不要手术争吵过，人家是孩子有钱，坚持要手术。但是呢，朱老爷子一提手术就不高兴，他说已经受过一次大罪了，不想再受罪了。

朱老爷子也不能活动，有精力的时候喜欢和周老爷子聊天，一说到农村,那个向往劲儿啊别提多高了,说自己做梦都想去农村养老。周老爷子也是第一次听一个城里人说对他住了一辈子的农村这么向往,那种羡慕真是发自内心的,但村里的人都对大城市无比向往,这让周老爷子想不明白。几天聊下来,周老爷子慢慢知道了朱老爷子的病情,也了解了城里的老年人和农村的老年人有什么不同、需要什么,等等。两个人互相交流,聊得挺投缘。

接下来的几天,周老爷子孙子辈的、亲戚家的都来看望他,络绎不绝。一旁的朱老爷子每天看在眼里,一天还没什么感觉,连着好几天这样,一种莫名的忧伤悄悄涌上他心头:自己一个人躺在这儿,一个家里人都没有,儿子有两家公司,特别忙,儿媳说要带孩子没时间,给自己找了护工。后来,每当周老爷子那边来人,他就直接背过身不看了。周老爷子也发现了他这种情况,几天不怎么说话了。

"老朱,你这几天是怎么了,都不怎么说话了?"周老爷子主动开口问道。

朱老爷子看着一脸真诚的周老爷子,长长地叹了口气:"老哥啊,我羡慕你啊!你看你,这几天天天有人来看望你。你看看,我就一个人,没人来看我啊!"说着透出伤心来。朱老爷子抿了抿嘴唇:"不瞒你说,我是觉得时间差不多了,现在想做的就是跟孩子们说说话,看看家里养的花。我想孩子们能来看看我,跟我说说话,其他没有。"他叹了口气继续道,"看着你家里人来个不熄火,我想想自己,有点难过啊!"

"你可别乱想,看你样子比我好多了,你不可能走在我前面的。"周老爷子一脸不信的样子。

"哎呀老哥啊,都这个时候了,人是最清楚自己的。我倒是没那么在意这些,只是这种日子其实很不舒服,有苦没地儿说!"朱老爷子又叹了口气,眼神里透出丝丝的绝望,他盯着病房门的玻璃窗，一动不动。

周老爷子本来就不怎么会说话，觉得自己就一农村人，又没什么文化，到大城市里来总觉得低人一等，那一代农村老人的想法可能都差不多。

"这几个月在家我其实也不怎么说话，也没人跟我说话就是了，即使有我也不想说话。有时候跟我家那同样病歪歪的老太婆说说话，有时候看到孙子乱跑自己也追不上，有时候回想自己年轻的时候。说实话，我也不太想见到儿子他们，跟你老哥好像一见如故，有些话就能说出来了。"朱老爷子冲着周老爷子露出点笑容。

周老爷子也不知道怎么说："你还是不想那么多吧，我看你不会的，说不定是你想多了，我也想过要走的样子，但那都是自己担心吧，现在想想。"

朱老爷子摇摇头，他知道说这些周老爷子不一定能明白，轻舒一口气："我就随便说说！"

"对嘛，凡事往好处想！"周老爷子似乎略有成就感的样子。

朱老爷子最终的几项检查报告出来了，胡戈扶着下巴仔细看着，办公室里就他一个人。朱老爷子这种情况还是比较严重的，肿瘤复发，淋巴结估计也有转移。

胡戈这些年遇过不少这样的情况了，有些病人再次手术后能够活很多年，但有些人不手术说不定能活得更长、活得更好，尤其年龄偏大的。虽然自己是医生，看多了人的去世，但遇见这种情况心里总也不是那么好受，也不是那么好抉择的，毕竟手术的风险比较大，术后能不能顺利恢复、远期效果怎么样不太好确定。想到这儿，胡戈关了电脑，只等和病人家属沟通，让病人家属来选择治疗方案。

回到家吃过晚饭，胡戈一成不变地进书房听音乐看书，可是无论是看书还是听音乐似乎都不在状态，遂把书放下，仰天靠在沙发上，闭着眼睛，把音乐稍微调大了一点点。

"今天是怎么了？"陈彦看胡戈手枕在脑后仰在沙发上，书扣在旁边。胡戈坐直了身体，好像也不像平常那么有精神。陈彦以为他今天很累："今天很忙啊？"

"没有，今天也没什么，就是正常上班，今天我以前手术过的一个老年病人又来住院，肿瘤复发了。是手术还是保守治疗确实不太好决定，但老人家的儿子很积极，跟我说过要全力治疗，如果能手术尽量手术，花再多钱都没关系。"胡戈一边说一边暂停了音乐。

"那就直说呗，有啥好考虑的，有点不太像你了！"陈彦有些好奇地看看胡戈。

胡戈笑了笑："不是啊，我们是见多了病人的生死，但是有些病现代医学也解决不了。病人经常在最后那一刻要么是毫不知情，要么走得非常痛苦。我就想，为什么不能改变一下思维呢，明知不可为的事不一定要做啊！让病人不带遗憾，没那么多痛苦离去，未尝不是最好的选择啊！"

"这不是都知道的事吗，为什么要着重说一遍？"陈彦看看胡戈觉得奇怪，心想这家伙什么问题，又不是第一天当医生。

"我在回想过往，关于这个思想我有没有动摇过，就是完全顺从病人或者病人家属的意思，明知不可为而为之，好像没有。"胡戈拍拍脑袋。

"这就不太好说了，你不好有什么坚持的想法，你只能跟病人陈述治疗方案的利弊，你没有决定权。你今天没喝酒吧？感觉像小孩一样。"陈彦皱皱眉。

"我知道，等我老了不行的时候，一定让儿子给我善终，要不然有点难过了。"胡戈摇摇头。

陈彦笑了笑："你今天脑子抽风了，胡思乱想了已经。就算你有自己的看法，也只能算建议，你不能代替病人选择治疗的权利，何况这里的问题你也是清楚的。"

"我知道，我知道，我没有糊涂。我只是在想能用什么样好的方式表达，也许不该是我想的。"胡戈挤了挤眼。

陈彦一本正经地看着胡戈："很多事情，你的想法是好的，但是有些不能逾越的，你最好还是老实点。知道你聪明，但是有些事情不在你掌控范围内，三思而后行。"

说完陈彦掉头回卧室了，留下胡戈愣愣地回味陈彦的话。胡戈在心里说：你说的这些我又不是不知道。

早上查房，朱老爷子的儿子小朱也早早到了。昨天让老爷子通知儿子今天来决定治疗方案，胡戈也没想到人来得这么早，只好跟他说等查完房再谈。胡戈查房，小朱时不时瞄着胡戈，看他查完房了没有，他并没有在病房里陪着自己的老父亲，而是一直盯着胡戈。

好不容易等胡戈查完房，小朱迫不及待地迎上前。胡戈说："你等一下，或者你先去病房陪你父亲说说话，我这边结束了叫你。"

小朱堆着笑："我没事，您忙，我等您就行！"他也并没有回病房，还是盯着胡戈。胡戈看了眼他，径直和护士长交代去了。

好不容易等到胡戈交代完事情，虽然也就十分钟不到，但小朱觉得很漫长。胡戈这边刚结束，他就跟上去了。

办公室里，胡戈上下打量了下小朱，刚才查房并没有仔细看，小朱一身得体的西装，收拾得倒是很利索，还时不时地抬手看看表。

"是这样的，检查结果已经出来，老人家的肿瘤复发了，这种情况预后肯定不会太好。治疗方案有两个：要么保守治疗，通过对症处理减轻他的痛苦，让他体面地离去。你家老爷子是个很坚强的人，现在就很痛苦了，但是别人都看不出来。要么是你们进来的时候你说的手术，手术如果顺利固然是好事，能延长老人家的生存期，也可能减轻痛苦，因为如肿瘤再继续长的话有可能会导致肠梗阻，也就是肠子不通，那是非常痛苦的。当然老人家年龄很大，本身身体已经很虚，再一次大手术能不能顺利恢复确实我的心里也没数。如果手术，我也要请相关科室专家一起大会诊一下。"

胡戈的话还没说完，小朱就抢着说："没事，专家会诊，多少钱都行！"

"我话还没说完，这不是钱的事，我个人的意见呢，建议你们要么保守治疗，这样对老爷子可能会更好点。

"胡主任，我就这么一个父亲了，我妈早年去世，我爸把我拉扯大，我都还没来得及尽孝呢，他这么走了，我心里难受啊！"小朱说到这似乎很是感慨。

"我明白你的心情，目前医学的发展就是这样，还没到什么病都能治好的阶段。老爷子的情况也就是这样，不是不能手术，我也并不是不愿做这个手术，只是担心手术后恢复的不确定性。"胡戈抬眼认真地看着小朱。

"我朋友他父亲花了很多钱保着，我也可以啊，只要能留住他，花再多的钱我都愿意。"小朱有些激动。

"你先别激动，你是没听懂我说话啊，这不是钱的事情。作为医生，我告知你病情和治疗方案，选择权在于你们，我只是说出我的想法，并不是代替你选择。我只是把病人的实际情况和手术的风险跟你说清楚。"胡戈摆摆手说。

"谢谢胡主任，我的想法是，有一丝治疗的希望都不放弃，他这么走了，我觉得对不起他，心里愧疚。"小朱似乎很难过，"我爸把我拉扯大，不容易。我一直忙着公司的事情，并没有几天在他身边孝敬他老人家，说起来我是对不起他。所以我有能力做的事，我一定是极尽所能。"

胡戈准备再劝劝的，想想说："这样，我们去问问老爷子本人的意见，毕竟他的态度才是根本。"

"我能代表我爸，我能做他的主！"小朱说着好像觉得这是他的事，老爷子的意见并不重要。

"你父亲并不处在一种不能表达的状态，你也要理解。"胡戈说着往病房走去，小朱连忙跟上。

"老人家，我刚和您儿子商量了下治疗方案，一个是保守治疗，一个是手术。具体的情况我跟您儿子已经谈过，您跟儿子商量下，一会儿小朱到办公室找我。"胡戈说完离开病房。

"爸，胡主任刚跟我说了，手术治疗和保守治疗各有各的优点和缺点。保守治疗人没那么受罪，但后果肯定不好，瘤子会继续长。手术呢风险比较大，如果成功，恢复顺利那是好事，但也可能恢复不顺利反而还不如不手术。我已经跟胡主任说了，我们还是选择手术。您放心，只要有一丝一毫的机会，我都不会放弃，做儿女的这是应该的，再大代价也不是问题。"小朱一边说一边挂掉了震动的手机。

"我不想手术啊，不折腾了，上一次手术已经够受的了，不想再来一次。"老爷子眼巴巴地看着儿子。

"有一丝希望也是希望啊！要是我不积极给你治疗，传出去人家怎么说我？！人家肯定说，这家伙挣那么多钱，他爹生病都不给治，忘恩负义，非常不孝。这么说，我脸往哪搁啊！"小朱的声音有点大，病房里的其他人都注意到了，大家都静静地看着。

"不是钱的事情，我就感觉根本没必要，我自己对自己还没数吗！我觉得医生也是为我考虑，我不想再插满管子躺在监护病房，那种罪受过一次就够了。我想回家!"老爷子看着儿子,说话的声音都小了。

"上一次手术不都过去了吗?这次也一定能过去,你坚持坚持,好日子还在后面呢。我每天都太忙也没时间照顾你,我给你请最好的护理,提供最好的条件,这些都不是问题,你别想那么多!"小朱依然坚持。

老爷子的手抓着被子使劲地握着,心里有个声音一遍遍地重复:我不想手术,放过我吧!而环顾四周,从大家的表情来看,似乎都挺欣赏小朱的。老爷子的眼光暗淡下来,两只手不停地相互碰触:这种情况,自己是该答应手术呢,还是拒绝?答应,大家皆大欢喜,成全了所有人的期望;不同意,成全了自己,其他人都会觉得失望,是不是这样?老爷子又看了看周围的人。

"要不然先这么着,你看,我现在还能说话还能吃饭,疼痛我也还能忍受得了,实在不行再做手术吧!"老爷子似乎并不死心。

"时间拖得越长,只会更严重,你不对你自己负责,我得对你负责啊,谁让我是儿子呢!孝敬父母是天经地义的事,其他事你不用操心,我来安排。一定是最好的条件、最好的药。"小朱似乎并不想听老爷子有什么自己的看法,有病不治这本来就不对,他认为老爷子生病的时候糊涂,拎不清。

老爷子的心有点痛,努力再好好地看了看眼前的儿子:这是他曾经的骄傲,现在也出人头地了,别人对他只有羡慕的份。老爷子眼里含着欣赏和骄傲,自己为儿子付出的大半生是很有成就感的,是别人仰望的对象。算了,也不差这一回!想到这儿,老爷子有些释然:自己以什么样的方式离开也都是离开,本质上对其他人而言没多大区别,区别只在于自己好不好受而已。、

"那行吧,你安排,我听你的!"老爷子说道。

"就是嘛,我这都是为你好,我又不是那种把父母扔在一边不

闻不问的不孝子孙。"小朱似乎很在意这些,说得加重了语气,目光扫了下周围,似乎大家都认可这是位不错的孝顺孩子,他正了正身体,站了起来。

周老爷子看到小朱走出病房,这才说:"你看你儿子多好啊!"

"是啊!"朱老爷子勉强地笑了笑。病房里的人都觉得这是件不错的事情,除了朱老爷子。

周老爷子出院了,家里人除了对胡戈一个劲儿地重复感激也说不出其他的话来,这也许是质朴的农村人所能表达的极限。

胡戈也对周老爷子和他的家属一番叮嘱,嘱咐他要定期来治疗、检查,以及自己门诊的时间和关于用药的注意事项。老爷子一家人千谢万谢。

临走了,周老爷子跟朱老爷子说:"老兄弟,我这出院了,也祝你早日出院,还是家里好啊!"

朱老爷子握住周老爷子的手:"老哥啊,羡慕你啊,谁说不是呢,当然家里好啊,我也想待在家里啊!"他指指自己:"这不是回不去吗!"

虽然周老爷子明白这个意思,但也不能说什么不吉利的话,况且他也真心希望朱老爷子没事:"你不会有事的,我这不出院了吗,你也会的。"

"托您吉言,托您吉言,老哥哥再见。"朱老爷子又握了握周老爷子的手,不舍地放下了。

人生的短暂相遇也许可以留下一段不能忘却的回忆,那回忆的一头是温情,另一头也许是还来不及回忆。

ICU 外面,胡戈看着蹲在地上的小朱:"老爷子的情况不是太好,你要做好心理准备!"小朱站起身,看样子很是疲惫:"胡主任,就没有一点办法了吗？"

"只能是这样了！我听你家老爷子说过，他最需要的是家人的陪伴，你也甚至没有时间听听他的心声和愿望，老爷子可能也比较倔强和坚强，他觉得能扛过去的估计也不会跟你说。我只是告诉你，病人这个危险期真的很危险，能不能挺过来很难说！"胡戈停顿了下，"如果老人家醒过来有什么能表达的要求，尽量照办，也有可能是他最后的要求。"

小朱似乎还是不太相信眼前这一切，浑身插着管子的老爷子躺在那儿一动不动。小朱掏出手机拨通了妻子的电话咆哮着："你马上带儿子来医院！"说完就挂了。这时护士走了出来，说老爷子醒了，医生让他进去看望。

小朱飞快地冲进病房来到老爷子身旁，一把握住老爷子的手，发现父亲的手有点湿且冰凉，而自己却感觉热得冒汗。小朱拉了拉被子，想给父亲盖盖好，老爷子不能说话，只是轻轻左右晃动了下手，可惜小朱没有注意到，又或者下意识忽视了这个动作。

"你感觉怎么样啊？不能说话你眼睛动一动，好就一下，不好就两下。"小朱说完盯着老爷子的眼睛，老爷子并没有眨眼睛，而是努力地抬起手伸向自己的氧气管。这可把小朱吓一跳，他赶紧按下老爷子的手："氧气管可不能拔！"老爷子的喉咙里发出"呃、呃"的声音，手还是试图抬起来去抓氧气管，又被小朱给按下了。"你现在不能说话，氧气管拔了你就呼吸不了了。"小朱把老爷子的手放好。老爷子的手不再动了，眼泪顺着眼角悄悄地流了下来。慢慢地，老爷子又闭上了眼睛。

"这老爷子是生气啦？我这是为你好！"小朱摇摇老爷子的手臂，没有动静，"医生！医生！"

医生过来看了看检查了下，对小朱说："他昏迷过去了，您先在外面等吧！我们先给他治疗，如果醒了我们再告诉你。"

小朱出了重症监护室，在外面的凳子上坐下来，想着老爷子刚才的举动：是有话跟我说？他能有什么事啊，跟我交代私房钱？我也不需要他那点退休工资啊。那还能有什么事呢？老爷子啊老爷子，你要干吗？

小朱想着这些可能完全不沾边的事，因为他想不到老爷子有什么重要的事要交代。好像这么多年了，老爷子都是听自己的安排，他也从来没问过老爷子有什么想法，想干吗，一切都替老爷子安排好了，他觉得这是孝顺的子女应该做的，不用父母烦神，什么都安排好就行了。

他想抽根烟，但又不能离开，遂把烟拿来出来叼在嘴上，做个样子。他慢慢地等，等老爷子再醒过来，想着待会问问医生能不能有什么办法让老爷子可以说话，又不影响治疗。想着想着，听到护士又在喊他——老爷子又醒了。

站在老爷子面前，老爷子似乎不如刚才有力气，手指动了动，终究没抬起来，嘴动了动，而随着手指管子也跟着动了动，老爷子眼睛朝管子看了看，意思是想让儿子把这些管子拿掉，想说话。

由于长时间不和老爷子生活在一起，小朱对老爷子的生活习惯已经很不了解，加上老爷子一直独居生活，性格也越来越孤僻，不太喜欢和人交流。即使上次手术完回家也是儿子找的护工照顾的，所以小朱并没有理解老爷子的意思，只是看着老爷子微弱地动了动，问道："你要干什么？我来叫医生过来看看。"

医生过来看了看老爷子的情况，说："我问您问题，如果是对的，您就眨眨眼好吗？"老爷子眨了眨眼表示同意。

"您是有什么重要的事跟儿子交代吗？"医生问，老爷子没动。

医生继续问："那您是有什么东西要交给他吗？"

老爷子眼睛还是没动,手指了指。"您是指你儿子?"老爷子眼睛依然没动,手又动了动。"您想回家?"也许这句话问到了老爷子心坎上,老爷子的眼睛连眨了几下,手又指了指。

"您父亲想回家!"医生对小朱说。

"他这个样子怎么回家啊?这不是开玩笑吗!"小朱很是诧异。

"老人在弥留之际即使不会说话,也会通过一些动作告诉别人他最想要做的事,他就这个意思。"医生眼睛看着仪器上跳动的数字说。

"问题是他现在这种状态也回不了家啊,我让他回家那就是不负责任啊,不行啊!"小朱摇摇头。

老爷子听到这些对话,手指继续动了动,意思是回家。

医生很是明白:"老人家坚持要回家。"

小朱说:"那怎么行呢?回家了怎么弄呢?"

"胡主任跟你说过吧,你父亲的状态你是清楚的吧?老人家最后的意思是这样。"医生说道。

"我知道,但是还不至于吧,他都能醒过来了,也许能恢复呢?"小朱觉得这么做相当于彻底放弃了。

老爷子又再度昏迷过去。

第二天,朱老爷子依旧没有醒来。待在外面的小朱来来回回不知道走了多少步,走累了就坐下来歇一会儿。

胡戈查完房走出监护室,小朱迎了上去:"胡主任你好。"

胡戈:"你父亲的情况不是很好,你得做好心理准备,随时有走的可能,多器官衰竭,如果他再醒过来,你得抓紧时间。"

小朱听到胡戈的话,腿一软差点坐了下去:"那,那,那没有办法了吗?"

胡戈点点头。

小朱瞬间顿在那里，一时不知道该说什么，愣愣的。

胡戈嘱咐道："人走到这个地步，谁也没办法。对于子女来说，病人最需要的是关怀，是达成他最后的心愿，满足他最后的要求。最后的阶段，他也许不太跟别人交流，但他心里活动是很丰富的。作为亲人，很多时候应该做的是要了解他的想法，用心聆听，要不然可能会忽视他真正的意愿。"

这时候护士出来通知病人醒了，小朱和胡戈赶紧进了病房。

老爷子的精神似乎比上一次醒的时候好了不少，不过喉咙里依旧发出"咯、咯"的声音，时而又呜咽着，手不停地微弱地颤动。

胡戈看了看显示器，让护士取下面罩，老爷子的眼里满是感激，刹那间仿佛好了很多一样。他的手稍微抬起来一些，还是作出指的动作。小朱一把抓住他的手："爸，你想说什么？"

"回，回，回……"老爷子说的这几个字很清晰，但他好像说不出完整的"回家"。说完，很少的眼泪从他的眼角溢出来。

回家——对于朱老爷子来说，此时此刻，最好的地方就是家了。他可以在最后一刻环视自己每一寸都熟悉无比的家，家里哪里有破损，哪里有洞，都是他熟悉的。他可以看看挂在墙上的妻子的相片，跟她说说话，想着马上能见到她，内心是喜悦的。

老爷子抬起的手慢慢地沉了下去，眼睛也闭了起来，唯剩清晰的泪痕。仪器的数字在急剧下降，心电图从波浪线到直线，甚至没让任何人来得及反应。

朱老爷子就这么走了，撑到最后，也算是见到了自己的孩子；至于其他的，也许他想过，但没有再多一点地实现。

小朱呆立了许久才反应过来，他并没有放声大哭，只是抚摸着父亲粗糙干瘪的手。这样拉着手,可能还是自己小的时候才有的,以后就再没有过了，正是这双手带给他无数的力量和保护，而他一直到现在才感觉到这只手给他带来的意义，久久不愿放下。

胡戈躺在沙发里，没有看书也没有也没有开音乐，用沙发靠垫盖住自己的脸。

"你这又是怎么了啊？"陈彦进来看到胡戈这个造型。

胡戈拿下靠垫，眯着眼看看陈彦："没怎么啊，就是想躺一会儿。"

"躺一会儿你去床上躺啊，睡在沙发上干吗，起来！"陈彦命令着。

"哎呀，我就躺一下而已，又不要多长时间！"胡戈又准备拿靠垫了。

陈彦一把拽了过来："什么事啊，说说，是不是上次你跟我说的那个病人？"

胡戈懒洋洋地坐了起来："是啊，老是在想这个事。"

"为什么啊？"陈彦说。

"还是我上次跟你说的，在面对生命无法挽回的情况的时候，可能创伤性手术不是最好的选择，最好的选择就是让他平静地安详地离去。"胡戈说着皱了一下眉头。

"难怪看你回来都是若有所思的状态呢，吃饭时也在想这个问题吧？"陈彦把椅子挪过来坐下。

"你说，我俩都是医生，当我们老的时候，病得不行的时候，让儿子怎么对待我们？"胡戈看着陈彦。

"这个问题是不是有点早啊，我还真没想过。"陈彦笑了笑。

"那你现在想。"胡戈端起茶杯喝了口水。

"就像你说的吧，我是真没想过，你的就代表我的吧。"陈彦认真地回答。

"我把所有能想到的、经历过的这些通通过了一遍,这次的事情我觉得我处理得不好,固然在职业上没有错,但是从情感上来说,我觉得有些歉疚。让老人带着那么多的遗憾、那么多的失落离开,实在是非常残忍的事,所以从回来路上一直到现在,我都在想这个问题。"胡戈盯着茶杯。

"同意你说的,我们很多时候可能都是这样做的,病人家属要求这样,你能怎么办?"陈彦问胡戈。

"就是这个问题,我想到现在有些明白,很多病人的家属是抱着作为子女和亲人总想尽一切可能只要有一线机会就不放弃的宗旨。"胡戈摊摊手。

"对啊,那你说你作为医生跟病人家属去争论,人家可不会惯着你的。"陈彦睁大眼睛看着胡戈。

"是的,这就是问题所在。很多时候我们对病人和病人家属在这方面缺少一定的科普,没有让他们了解一些医学常识,可以说很多人是不知道这个的,如果他们知道了,也许他们就不会选择让亲人在最后的时光承受那样加倍的痛苦,以至于造成很多遗憾和唏嘘。这也是我设身处地地想如果是我,我希望儿子怎么对待我的原因。善始善终,从出生到去世都应该是这样的。"胡戈沉浸在自己的思考中。

"善始善终……有道理!这其实是让病人从恢复健康到减轻痛苦的转变。"陈彦点点头。

"所以这件事情也提醒我,在今后的诊疗中一定要加强这方面的沟通,让病人家属认识到一意孤行的过度治疗所造成的伤害,以及尊重病人最后的夙愿和需求的重要性。只有更多人了解这方面的常识,纠正自己的一些误解,才不会有那么多让人遗憾的悲剧。"胡戈感慨道。

"嗯,有道理。对于临终者,最大的仁慈和人道就是避免不适当的、创伤性的治疗。对你说的那些病人来说,不分青红皂白地'不惜一切代价'的抢救和所谓'永不言弃'其实是残忍的。"陈彦冲着胡戈点点头。胡戈竖起了大拇指。

"那你现在想通啦?想通就不要这么低迷了吧!"陈彦笑着对胡戈说。胡戈笑了笑点点头。

小甜甜

敬畏生命

有时是治愈，常常是帮助，总是在安慰。
To cure sometimes, to relieve often, to comfort always.

——美国医生爱德华·特鲁多
（Edward Livingston Trudeau）墓碑上的碑文

"胡老师，我想去附属医院实习，已经报名了，希望您帮我多美言几句！"小甜甜找到胡戈开门见山，毫不见外。

"张甜啊，你还用我美言啊！你这么优秀肯定没问题的，连续的成绩第一，学科竞赛第一，还参加学校科研项目小组，成绩斐然，已经足够了。你这种人才医院要抢的！"胡戈微笑着朝小甜甜竖了竖大拇指，满是欣赏。

小甜甜被夸得一下子脸红了，要知道这样的夸奖原来都是江蕙给她的。

江蕙走后，小甜甜有好长一段时间非常沉默，从一个话痨变成一个哑巴似的，宿舍里其他人也经常不知道怎么安慰她，每每问起来，她都说没事，就是不想说话。这种状态持续了两三个月，小甜甜开始爆发了。舍友们觉得她学习比江蕙还要认真，冲击着各种排行榜，而且迅速霸榜，俨然第二个江蕙，大家都对她这股狠劲赞叹不已。

"你将来毕业了有什么打算？"胡戈看着眼前的新学霸，有些好奇地问道。

"和您一样啊，留附属医院工作，做一名好医生、好老师，您是我的榜样。当然,我今后肯定要读研的,读完研考博,这都是正常操作。"小甜甜看着胡戈一脸认真地回答,丝毫不像以前的她那样没心没肺。

"那你和你家人说过吗,家里人的意见如何?"胡戈一边赞许地点头,一边继续问道。

"还没有呢,过两天我回家再跟他们说。我爸倒是跟我说过,回去都帮我安排好了,但是我长大了,我有自己的打算,他们应该能够理解,不理解我就做他们思想工作呗!"说着小甜甜又似乎切换到原先的调皮可爱模式。

知道女儿回来,甜妈早上就买好了菜,早早地开始忙活。甜爸也把下班时间掐得准准的,应酬都推掉了,没什么比自己宝贝女儿回来更重要的,所以早早地就回家了。

"你只有在这个时候才是准时下班的,女儿是唯一的大事!我看啊,女儿回来要是跟你说她毕业以后不回来了,看你怎么办?"甜妈翻炒着锅里的菜,头也不回地对杵在旁边的甜爸说。

"你说的还真是我担心的,前几天我还跟市第一医院的朋友也是医院的领导聊过,他们说凭我们家甜甜的条件进他们医院肯定是没问题的,甜甜读的名牌大学又品学兼优,大医院那还不得抢着要啊!"甜爸一边赔着笑一边得意地说。

"女儿大了,小鸟翅膀硬了,自己会飞了,可能不需要你咯!"甜妈说着,手里的锅铲忽然停住了,若有所思,既像是对甜爸说的,又像是对自己说的。

"你就别担心了,还有哪里比我们这边的条件更好吗?甜甜从小就是听话的孩子,再说我们不都是为她好啊,怎么可能不听我们的呢?你就好好烧菜吧,我去看看,她应该回来了。"甜爸径自离开厨房。

"爸妈，我回来了！"小甜甜的声音响起。甜妈赶紧把火关到最小，在围裙上擦了擦手，准备走出去，又想到什么，挤了点洗手液洗了洗手才出厨房。刚到厨房门口就被小甜甜一下抱住脖子，甜妈拍了拍小甜甜的后背，那种感觉好久没有了。

"真是待遇不同啊，简直视我为无物，直奔你老妈，太不公平了，伤心！"甜爸带着有些嫉妒的腔调。

"这么大了还吃醋，真有你的老张。去去去，拥抱你老爸一下！"

小甜甜有些敷衍似的抱了下老爸，秒离，要是甜爸反应慢就像没抱似的，甜爸这个郁闷啊！

"洗洗手准备开饭了！"甜妈看到甜甜的表现，抑制不住的笑意爬上眉梢。

小甜甜还跟以往一样，一回来就像从牢里放出来一样，大口吃着，眼睛都不带离开饭菜的。甜妈看着心里高兴，虽然嘴上不停地说："慢点，都是你的，没人跟你抢！"

甜爸也是高兴的，却又装作不在乎，自斟自饮地喝着酒。

好不容易小甜甜放慢了吃饭的速度。"这次回来待几天啊？"甜妈首先发问。

小甜甜嘴里还闷着菜，不清楚地嘟囔道："一天，明天下午就走。"

"这么急干吗？"甜爸放下酒杯。

"回来补充营养啊，我妈做的饭太好吃了，一段时间不吃，我做梦都想！"小甜甜打了个嗝放下筷子。

"那你就在家多吃几天！"甜妈笑着看着甜甜。

"有事啊，不能待在家几天，我倒是想呢，怎么办呢！"小甜甜看看妈妈，又瞄了眼甜爸。

"你都多久没回来了啊，有两个多月了吧？又不是很远，高铁一个多小时而已。"甜爸略微表达了不满。

"哎呀，我忙得很啊，要学习，要搞科研项目，马上还要实习，学校的保研不知道有没有我，没有我还要准备考研，忙死了！"小甜甜用纸巾擦了擦嘴，端过甜爸的茶杯喝了一口，"你这茶叶放得也太多了吧，不嫌苦？"她皱了皱眉头看着甜爸。

甜爸开心得笑起来，小甜甜这个习惯从小就没改过，即使给她准备了茶水，她还是要喝一口老爸的茶。"那你这次回来干什么？"忽然，甜爸似有些察觉，立刻问道。

"回来最主要的事就是跟你们商量商量……"小甜甜还没说完话就被甜妈接了过去："商量什么？有男朋友了？"甜妈放下筷子。

"妈，你想什么呢，我还小，暂时不考虑这个问题！"小甜甜皱着眉看着甜妈。

"还小？我像你这么大的时候都有你了，还小？"甜妈眼看就要开始发起攻势。

"我们那会儿什么年代啊，尽说些没用的，她自己会把握的，对吧？"甜爸说完朝小甜甜点点头。

"老爸英明，你看看我爸觉悟多高啊！"小甜甜看着甜妈。

"就你会做好人！"甜妈一脸嫌弃地瞥了一眼甜爸。

"你说说，跟我们商量什么？我怎么感觉你是回来下最后通牒的呢！"甜爸喝了一口酒。

"我准备毕业后不回来了，争取去我们学校的附属医院工作，那是全国有名的三甲医院，然后呢，我还想留校任教当老师，这还得看我努力才行。眼下呢，主要是实习，去附属医院实习。还有啊，我想好好表现争取保研，没有保研我也得考过去。"小甜甜一股脑地把"炸弹"全扔出来了。

"那那那，"甜妈一脸疑惑，"不回来了？不回来工作了？"

"嗯，有这个打算，我觉得我们学校和附属医院的平台更好。我都已经长大了，我可以独当一面了。"小甜甜没有笑，她知道父母一直想把她留在身边。

"那你毕业回来就是了,我们这边医院肯定也更加欢迎啊!我们这边也有医学院,你也可以回来既当医生又当老师啊!"甜爸双手端着茶杯。

"我刚才不是说了吗!我们学校和附属医院的条件更好,也更有发展空间,我想留下来。电话里肯定说不清楚,搞不好你俩还生气,所以我干脆回来跟你们说,要杀要剐只能听候发落了。"小甜甜似乎打过腹稿一样。

"我说的吧,最后通牒,怎么样!"甜爸看看甜妈。

"我们想你留在身边,一来可以照顾你,等你以后结婚有孩子了,我们还可以帮忙带;二来你爸的人际关系也不错,都是可以用得上的;再者等我们老了,也有人照顾照顾我们不是吗?"甜妈有点难过。

"放心好了,我真能安营扎寨下来,肯定会把你们接过去的啊,我相信我可以的!"小甜甜一脸自信。

"嗯,我也听出来了,就是留在你们学校你们附属医院不回来。知女莫若父啊!我的感觉真正确。"甜爸轻轻叹了口气。

"当然,你们要是非要我回来,我也肯定回来啊,只不过我跟我们老师和同学都吹过我家父母多现代多开明!"小甜甜说着笑起来了。

"你少来这套吧,别捧我们,我们不吃这一套!"甜爸也笑了起来,看看甜妈点头示意。

"对啊,别给我戴高帽子,出去读了几年书,这本事越来越长进了!"甜妈指指小甜甜。

小甜甜笑着伸了伸舌头,扮个鬼脸。

"你看吧,女大不中留啊,这还没怎么样呢,就准备抛弃我俩了。"甜爸叹了口气看看甜妈。

"女大不中留是这么用的吗？乱用！"小甜甜知道她爸的意思，也故意说这个。

"你是铁了心留在那边了？其实回来多好啊，衣食住行都是你从小习惯的。"甜爸仍不死心，虽然知道这是无谓的劝说。

"家里条件又不比那边差，你要么再考虑考虑！"甜妈顺着甜爸的话继续往下说。

"我昨天还去找我们老师的呢，就是关于实习的事……"小甜甜有点不知道怎么说服爸妈了。

吃完饭，小甜甜主动也是第一次抢着把碗洗了，甜妈还不放心，在旁边看着。小甜甜忙完，给甜爸的茶杯加满了开水，又帮甜妈把洗衣机里的衣服给晾起来，顺便打扫了家里卫生，包括厨房。甜妈像个闲人一样跟在小甜甜后面，每一件事情小甜甜都做得一丝不苟，也挑不出什么毛病来。小甜甜像只小蜜蜂一样在家里飞来飞去，甜妈第一次觉得自己这么闲。夜深了，小甜甜已经累得进入梦乡，甜爸甜妈躺在床上没有睡着。

"我们家女儿大了啊，以往我们都担心她独立能力不行，你看她今天，其实就是想告诉我们，她可以，她长大了。"甜爸轻轻一声叹息。

"是啊，我今天就跟在她屁股后面，想看看她有哪里做得不行的，结果没有，做的好得很，可以算得上很能干了。"甜妈也是一声叹息。

"父母亲啊本来就不应该干预孩子的成长，只要把苗扶正了，她肯定自己能长成参天大树。再说，今天你听见了吧，我们家女儿志向可不小啊，虽然现在是想留附属医院工作，想读研，但将来肯定读博啊，当大学教授啊，估计都是她一步步计划好的，我看她好像信心满满！"甜爸说得意味深长。

"那得读到多大年纪啊？她还没找男朋友，我最关心这个！"甜妈表示对甜爸的说辞并不关心。

"你啊，想多了！我女儿算很漂亮吧，品学兼优吧，我才不担心呢，只要她要求不要过分苛刻，选择多得是，别瞎操心了！"甜爸也对甜妈的担心表示不屑。

"我们家女儿估计还是受她那个同学影响，就是前年到我们家来的那个，你说你什么时候见她在家做过事的，你什么时候见过她这么主动的，从来没有对吧？"甜妈侧了侧身又觉得不舒服，干脆直接坐了起来。

"你这大半夜的不睡觉,坐起来干吗啊？"说完甜爸也坐了起来。

"还说我呢，你不也坐起来了！"甜妈声音里透着嫌弃。

"受你影响，受你影响。"甜爸嘿嘿笑了起来，接着又说，"可不是吗，我不是说近朱者赤吗，我们家女儿各个方面都能赶上那个女孩了，甜甜那时每次打电话回来都要夸奖一下她那个同学，可惜啊，天妒英才。看看甜甜现在学习的劲头，孩子就像笼子里的小鸟一样，只有打开笼子，放开她，她才能自由，才能翱翔千里。"

"你打住吧，我的工作不用你来做，咱不是没有觉悟的人。"甜爸黑暗中都能感受到甜妈那一道白眼。

"甜甜，在外面呢，多照顾好自己。我们不在你身边，你再接再厉，就像你这几年的成长一样，那么令人放心！"甜妈抱着甜甜。

"你的父母亲什么时候也没让你失望过啊，我们一直都开明的很啊！不信你想想从小到大是不是？还有啊，我们怎么可能为了我们自己把你用根绳子拴在我们身边呢？海阔天空，你尽情去飞跃吧。我就希望你给我们带来一个又一个的好消息，我们肯定会为你骄傲的！"风吹过甜爸稀疏的头发，看上去有点苍老。

小甜甜甚至准备了各种撒泼打滚，回来却一点没有用上，这是她没想到的。自己从小到大都是父母安排好的,自己也没有反对过抵抗过,爸妈早上红红的眼睛已经告诉她,昨晚他们没有睡好。小甜甜的眼泪"啪嗒啪嗒"掉了下来,这是自江蕙离开后的又一次落泪。

"干吗呢姑娘啊!别这样好吗,别人看到不笑话你啊,你都已经大人了。再说,又不是去很远的地方,想你了我们一个多小时就到了。"甜爸摸了摸小甜甜的头,拍了拍她的肩膀。

甜妈目送小甜甜通过检票口,眼泪掉了下来,她感觉这次比开学送她走特殊多了,似乎有种宣誓的含义似的,她也说不清楚,只是觉得女儿真的如甜爸说的那样,羽毛都齐了,要展翅飞翔了。

小甜甜回头看到妈妈在擦眼泪,心里知道爸妈有多爱自己。

去附属医院实习很快就有通知下来了,成功保研也随之而来,小甜甜那个高兴啊,高兴之余去了解剖教研室大体老师纪念墙那边看望江蕙。

时间过得总是飞快,一晃江蕙已经离开快两年了,可两年来江蕙的身影似乎从未离开过小甜甜。在江蕙的鼓励声中,小甜甜一步步跟随着她"学霸"的属性,甚至超过了当时的江蕙。

大体老师纪念墙上的照片里,江蕙甜美的微笑似是在肯定小甜甜今天的成绩,是欣慰,是赞许,是爱。

"姐,我一直相信你说的话,因为你从不说半句虚言。你说我可以做到现在的样子,我不是不信你说的,我只是对自己没有信心,怀疑自己的能力。而现在发现,原来我真的可以,我还可以做得更好,这些都源自你给我的鼓励,我也没让你失望。我以后一定能成为一个好的医生、好的老师,你没有完成的心愿,我来完成。姐继续给我加油吧,前行的路上总有你鼓励。"这次小甜甜给江蕙带的是红色的玫瑰花。

由于之前的暑期实践，小甜甜对附属医院的有些科室已经很熟悉了，想着实习估计也跟暑期实践差不多，就没多在意，很正常地在各个科室轮转。

而事实上，实习比暑期实践的工作来得多而繁杂，暑期实践以看为主，而实习则是以做为主，每天都有新的知识，一下子让小甜甜彻底明白了在学校要好好学习的重要性，理论一定是联系实际的。虽然还是各个科室轮转，但工作内容几乎是几何级增加，她也实实在在地参与其中，小到给病人量血压、测体温，学会看X光片、看报告，大到病人的抢救、手术前的准备工作、给危重症病人护理以及重症监护室的各种维护，等等。每天小甜甜都是在从没体验过的强度中呼呼睡去的。所幸一切都还好，也挺顺利，虽然辛苦些，但她还是能从容面对。不知不觉，她轮转到了胡戈的科室。

"胡老师早！"小甜甜看到胡戈熟悉的笑容由远至近，心里一阵欣喜，终于见到自己最熟悉的老师了。

"早。"胡戈也看到小甜甜很规整地站在那儿，"怎么样啊，还适应吧？好像看起来有点瘦了啊！"胡戈一边说话一边翻阅手上的各种报告。

"还好，比想象的累，本以为跟暑期实践差不多呢！"小甜甜说完有点后悔，为什么要加最后一句呢。

胡戈也没回应，拿上几份要查房的病人的资料："你现在是实习医生，要求不一样了，这个要记住！你跟我们去查房。"

医院真是个窥见人心的地方，善恶美丑有时就在你的眼皮底下发生，甚至你每天都要看到，没有一颗强大的心脏，抑郁都是很可能的。对于刚刚踏入医院的小甜甜来说，尤其如此，所以她也学着江蕙曾经那样，把每天的所见所闻都记在自己的电脑里。

目前为止一切已经算非常顺利，对于小甜甜来说这是一种幸运。慢慢地，小甜甜觉得自己可以轻松应对了，也渐渐活泼起来，不拿自己当外人，她本性也如此。

42号病床是一位肿瘤患者，看得出来家人都非常关心和焦急，虽然还没确定肿瘤是良性还是恶性，但一定是要手术切除的。小甜甜例行给病人量血压、体温，做一些生命体征的检查与记录，交代一些手术前的注意事项，比如不能进食喝水之类，也跟病人亲属交代了一些注意事项以及病人术后有可能出现的情况及处理方法。

还没等小甜甜说完，家属就迫不及待地问："医生啊，我家这老爷子要不要紧啊？手术会不会出现危险啊？他这么大年纪，我们怕他扛不住，真的要手术吗？保守治疗不行吗？"

小甜甜："这是肿瘤，肯定是要手术切除的，不手术肯定不行，万一病情恶化扩散就来不及了。"这时候胡戈背着手站在门口看着，并没有上前来。

"这么严重吗？我看他平时也好好的，能吃能睡，真的有这么严重吗？如果手术不安全，那我们岂不是要了他的命？"家属似乎很急躁且有些怒气。

"报告上不是有吗，这个你们不都看过了吗？手术是肯定要做的！"小甜甜指了指手里的检查报告。

"老人家的肿瘤呢，以我的经验看应该是良性可能性更大，但这个还是要等手术时进行病理分析才能确定，良性的切除就行了，如果是不好的，那么早日切除早日治疗，对防止病情的扩散有极大的好处，治愈也是有很大希望的。不手术呢，良性的继续长大或恶性的出现扩散，那就比较危险了，希望你们配合治疗，我们大家共同努力争取最好的结果。当然，最终是否手术还是由你们全家商量决定,确实手术存在一定风险。"不知道什么时候,胡戈站在了小甜甜身后,小甜甜听到胡戈的话吓了一跳,她没有察觉。

"胡主任说得有道理,这位小姑娘说的让我们太害怕了。"家属有点火气地看着小甜甜,转脸对着胡戈又换了笑脸。

胡戈的办公室里,小甜甜坐在胡戈对面,这样的交流机会是极少有的,她兴奋之余又有点担心。胡戈喝了口茶,审视了下对面的小甜甜,发现小甜甜好像不知道自己为什么被喊来办公室。

胡戈一脸严肃:"今天独立去查房是什么感受,有什么体会?"虽然没有笑脸,但胡戈的语气依然温和。

"什么感受?没,没什么吧,体会……"小甜甜脑子使劲转着但好像没什么重点。

"我很认真地跟你讲,医生是和人打交道的,人与人之间是有温度的,别人多关心你一点,你是不是感觉就多些温暖?"胡戈手扶着茶杯。

"那肯定是啊,就像我姐还有胡老师您。"小甜甜似乎有所察觉。

"病人比我们普通人更需要别人的关心和照顾,我们不能把患者当作上课学习时的一个生物样本,他们首先是人,而且还是病人,需要别人关心的地方比普通人要多得多,也更敏感。所以在对待病人和病人家属的时候,你首先要想到,如果他们是你的亲人,你会用什么样的语言和表达方式才能让他们平静接受,而不是用冰冷的呆板的学术解释。"胡戈加重了语气。

小甜甜此时才意识到刚才自己跟病人和家属说话太生硬,没有温度,但好像也没什么错。她抬头看看胡戈,胡戈很严肃地看着她。

胡戈也看出小甜甜的内心想法:"你可能觉得你没什么错吧,但是告诉你,医生是极富人情味的职业,你在医院实习也有些天数了,也应该看到了许多生死离别、善恶美丑,也看到许多医生在对待病人时的态度和病人不同的反应,这都是要仔细观察和学习的。成为一名好医生,不光要专业过硬,其他学科的学习也要跟得上,这样才能全方位地发展。"胡戈顿了顿,可能觉得这么说有些抽象:"这么说吧,你去看看历史上所有的大医家们,他们是不是只有自己专业是最好的,其他都不行?往往决定你在专业领域更上一层楼的,是你专业以外的补充。"

"我明白了,是我没在意这些。"小甜甜若有所思。

"你还没有明白,你不能代入患者和患者家属的位置,你就无法理解,哪怕是一点点的无助和绝望就能击垮他们。我们学校常说要大力发展医学人文教育,你还不明白医学人文是什么,这也是医学人文的范畴,比如心理学,比如语言艺术等,都是要不断学习和探索的。不是出了校门就能成为一个好的医生,还是要不断地学习甚至要更努力!"

虽然胡戈的话很温和很婉转,但小甜甜也听出了胡戈对她的严厉,以及对她的态度不太满意。自进入大学以来,她还是第一次被老师这么批评,而且还是兼职班主任胡老师,泪意开始涌上来,但眼泪还在眼眶打转,没敢流下来。

小甜甜回到宿舍倒头就哭,抱着的枕头是江蕙留下来给她的唯一东西:"姐啊,我被胡老师骂了,我好伤心啊!我觉得我没说错什么,可是胡老师认为我不该那么说,是没把别人放进心里。他们又不是你,我怎么放在心里!"也不知什么时候,小甜甜渐渐睡着了,伴着累和委屈。

恍恍惚惚她隐约听到江蕙的声音:"胡老师不是批评你,那是爱护你,就像我平时总说你这那的,如果不是我最关心的人,为什么要去操你的心呢,你知道吗?别那么去想,他真的是为你好!

接下来的日子小甜甜似乎有意无意地回避和病人对话，能躲的她尽可能躲掉，实在躲不开了也只是只言片语，并不是像一开始跟病人或者家属能聊的样子。这个变化胡戈看在眼里，也没再找她谈话，直到这一天。

由于术后病人的状况，原来37床的病人换到隔壁病房，新来的病人是刚手术完进来的，小甜甜进行单独查房系列操作的学习，胡戈、护士长等只是在她身后观看。

病人还不太能说话，只见小甜甜熟练地进行着各个检查环节，没有任何问题。小甜甜认为这是非常简单的事情，没什么难度，麻溜地操作完成，等着被夸。

胡戈和护士长没有吭声，眼里也没有一丝的笑意。小甜甜有些困惑，连忙低头看看手上的记录，也没有问题啊！

"这是对你的一次模拟考核，考核的结果是不通过的，你知道为什么吗？"病房外，胡戈面对着站成一排的几个学生包括小甜甜。

"不知道，好像我没有遗漏什么啊！"小甜甜一脸疑惑地看着胡戈。

"今天是我特意安排的一次查房，有的同学已经发现问题了，很好，但有的同学到现在还没有发现。张甜同学的各个检查流程看上去没任何问题吧，但忽略了一个非常关键的点，就是病人。病人还是上一次我们查房的病人吗？查房的时候是不是觉得只是走个过场，看看就行了？！"胡戈他们就站在护士站旁边，护士们也在看胡戈讲话。

胡戈继续说道："今天特别要批评的是张甜同学，为什么呢？因为上几次查房都是躲在后面或者漫不经心，以至于今天病床的病人已经换了还不知道，一顿操作猛如虎，是不是下笔千言离题万里啊，把查房就当作是走过场！"

此时的小甜甜已经哗啦啦地掉眼泪了，低头哽咽着，胡戈并没有因为她哭而停止："查房有查房制度，首先姓名核对准确吗？不能因为病人不能说话，这个最重要的过程就草草收场，你知道如果按你这样下去操作的后果吗？虽然是一次演练，但是告诉你，涉及人的生命的问题，没有小事，你的一点点错误就可能危及病人的生命！希望你们要清楚这一点，不是玩笑也不是儿戏。看似非常简单的事情，要是出了错，后果想过吗？这可能演变成一场事故了。希望你们重视再重视，本就不需要花费多少时间的，每一个环节都很重要，都不允许出错！"

那边护士站里，护士长也对几个年轻的护士说道："听到胡主任说的了吧，这也是对你们说的，认真仔细，不可有一点马虎！"大家都点点头。

"你们看电视上，为什么部队军人要学习、要演习啊？都是一样的。学习要认真，演习会暴露出你们学得扎实不扎实，本事牢靠不牢靠，细节决定成败，今天就是最好的佐证。今天只是一次临时演习，并不是真正的考核，就是因为看到你们有些人毫不在意、漫不经心的样子才设的。希望你们引以为戒，真正认识到面对生命的那种严肃感。任何职业想要做好，首先也是最重要的，就是要有一颗敬畏之心。作为医生，最基本也是最重要的，就是要敬畏生命！"

胡戈停了一下，扫视了大家，笑了笑："我倒是希望我们也可以借鉴特种部队那种考核扣分制度，满分 100，扣完出局。每一个细节都是扣分点，分数有多有少。最后留下来的还要通过几个评委老师的考核，才能成为一名特种兵，才可以进行更多的训练，成为真正意义上的精英中的精英。我们医生也是一样，现在你们经历的只是入伍前的军训，连普通的军人都还不是，要想成为特种兵还有很长的路要走，希望你们努力！"

胡戈的办公室里，胡戈递给坐在对面的小甜甜两张抽纸，小甜甜低着头还在掉眼泪。

"认识到今天的问题还有上次的问题了吗？"胡戈依然没有一丝怜悯的意思，他觉得响鼓就要重锤，百炼才能成钢。

小甜甜点点头，一边擦着眼泪，一边哽咽着。

胡戈又倒了杯水递了过来："你不要觉得委屈，包括上一次的事，这些都是你要学会的。要想成为好的优秀的医生和老师，就必须把这些学好学优秀，在校学习成绩好，只代表基础比较扎实，而要想成为一个优秀的医生，还要继续努力学习，想出类拔萃需要更多的努力、更多的思考。你现在要做的是放下以前所取得的成绩，重新再出发！"

小甜甜连连点头，慢慢停止了抽泣，恢复了平静。

"你最好的朋友江蕙虽然不在了，但她一直值得你学习，我对你们宿舍的生活不太了解，但是从她发在校园网上的文章和几次的对话，我知道她是个非常认真也非常能为别人着想的人，对吧？"胡戈喝了口水，看了看窗外。

"嗯，是的，我姐是非常认真的人，对别人特别好，尤其对我！"小甜甜到现在终于说话了。

胡戈也知道，谈到江蕙，眼前这个小姑娘有说不完的话。

"我比不上她，她太优秀了！"小甜甜讷讷地说。

"你可以啊，你现在做得就很不错，我相信江蕙也跟你这么说过，也是认可你的，对吧？"胡戈面露微笑。

"是的，姐姐说过好几回，说我比她聪明，我不信，她在我心里是神一样的存在。"小甜甜说到江蕙一脸的虔诚，眼泪又掉了下来。

"我和你姐姐看法一样，现在你要做的就是认真再认真，做到这点你超过江蕙是没问题的。她比你强的是她可以按部就班一丝不苟地认真执行，你因为灵性比她高，所以总想跳着走，而她是踏踏实实地一步一个脚印，即使她有跳的能力，明白吗？"胡戈语重心长。

"嗯，明白！"小甜甜有些理解胡戈之所以找她谈话真的就像睡梦中江蕙说的那样，是为她好，关心她。想到这些，小甜甜心情好了很多。

"其实我那时候才工作也犯过很多错误啊，不经历风雨怎么见彩虹呢！之所以对你严格要求，也是希望你少走弯路。"胡戈继续微笑着看看小甜甜，他觉得小甜甜缓过来了，应该可以走上正轨了，要再加把火。

"啊，您有犯过错误？还不少？"小甜甜有点惊掉下巴的感觉，要知道胡戈在学生眼里那可是完美的，要啥有啥的那种。

胡戈睁大眼睛非常认真地说："当然啊，人无完人，每个人都有成长的过程。我那时也因为抢救车祸事故的患者，死伤人数众多，腿都吓软了不知所措，被老师狠狠骂过；也因为对待病人的态度和方式不好被老师批评；也有过和病人家属争吵……很多！然而，知错要能改，很多问题都是自己学习不到位造成的，那就继续学习，往往身边的老师、同学、同事都是行走的教材，有些问题他们的解决方法很好就要学。你有强项并不代表你什么都强，别人看似弱也并不代表别人没有闪光点，值得你学习的就要去学！就是到了现在，我还在学习心理学方面的知识，与病人打交道不单单只在病情方面。'有时是治愈，常常是帮助，总是在安慰。'这句医界经典你应该听说过吧？它不只是一句口号！"

小甜甜听得连连点头，心里想的却是："我的妈呀，胡老师也太好学了，就跟我姐一样！还有这么多知识要学啊，学到哪天啊……"不过她已暗下决心，好好努力。

经过这次的谈话，小甜甜做事情像换了个人似的，她有时也感觉自己变成了江蕙的模样,事事认真,一点一滴都是江蕙曾经给她的示范。在实习的一年里,她收获惊人,遇到工作上的不顺与委屈,以前她想着的只是江蕙,现在多了个胡戈。

三年后,小甜甜硕士研究生顺利毕业,如愿留在附属医院行医,同时在医科大学任教。

"胡老师,胡老师,等下我!"小甜甜快步追上胡戈,胡戈听到喊声停下脚步。"胡老师请我吃饭啊,饭卡忘了带了!"小甜甜嬉皮笑脸地看着胡戈。

"还这么丢三落四啊,那就饿着吧!"胡戈忍不住笑了起来。

"您这么忍心吗,摧残祖国的花朵,我还是您学生呢,老师请学生吃饭不是天经地义的吗?"小甜甜一脸可爱。

"这话也能说得出口,居然反着说。"胡戈故作吃惊地看着小甜甜,"说吧,今天有什么高兴的事,开心成这样。"两个人说着进了食堂。

小甜甜一如既往地狼吞虎咽,好像医院食堂的饭菜是天底下最好吃的一样。

胡戈看着小甜甜吃饭:"跟你在一起吃饭,估计谁都能多吃点。"

"为什么?"小甜甜鼓着腮帮子,满嘴的饭菜,模糊不清地说。

小甜甜的样子差点没让胡戈笑喷,他低头咳嗽了两声:"你还是赶紧把饭吃下去吧!"

"我就认为啊,吃饭本就是很享受的事情,为什么那么压抑呢,还要做出什么淑女的样子,我是受不了。我觉得啊,大口吃肉,大碗喝酒,人生快事,古人不都说了吗!你要说那是男的,可是有花木兰,谁说女子不如男呢,再有妇女能顶半边天呢,一个待遇,对吧?"小甜甜说起来一套一套的。

胡戈听了哈哈大笑，这孩子是在哪儿学的这么歪理一堆："你还没说你今天心情为什么这么好呢？"

"哦，刚准备说的，忘了这茬了。是这样，胡老师，我今天得到一个患者大大的表扬，说我人长得美，说话又好听，医术非常棒，哎呀，你知道我有多开心啊，好有成就感啊！"小甜甜说着仰头闭上眼睛，表现出一副陶醉的样子。

胡戈只剩笑了，这孩子也是真逗，难怪大家都喜欢她呢："好事啊，恭喜恭喜，恭喜张甜同学长大了，真正成为一名合格的医生了！"

"我本来就长大了啊，胡老师，你不会看我还像小孩子吧？"小甜甜惊讶夸张地指指自己，又看看胡戈。

"我是说，这是个好的开始，也是你以后努力的方向。努力越多，收获就越多，以后还会有的！你现在想想实习时我跟你说的，是不是这样啊？"胡戈欣赏地看着小甜甜。

"谢谢胡老师，我懂！等我取得好成绩，请你吃大餐。"小甜甜握了握拳头。

"好啊，那我就等着咯！"胡戈满脸笑意。

重生

假如明天离开人世

所谓听天由命,正是肯定的绝望。
可是不做绝望的事,才是智慧的一种表征。

——梭罗《瓦尔登湖》

已经到了秋天，落叶铺地的季节，负责打扫报社大院的阿姨前脚才扫过，后脚就又落了很多。阿姨停下来抬头看看树，然后低头继续往前扫着，没有回头。干净的路面上撒着几片刚刚落下的叶子，阿姨面前的路还很长。

杨秋看了看随身带的相机里的照片，非常满意的一张，心里想着该给这张照片取什么名字。"秋风清，秋月明，落叶聚还散，寒鸦栖复惊……"忽然，脑子里冒出这句诗，想不起是谁的诗句了，遂脑子里转啊转，看看还能想起什么跟秋有关的诗句，"柔条纷冉冉，落叶何翩翩"……

杨秋一边想着还能记起来的古诗词，一边感慨岁月不饶人，记忆力衰退了许多。

走进办公室，大家伙都在闲聊，看到杨秋进来，各自打了招呼。杨秋把相机里刚拍的照片给大伙看，让大家帮取个名字，大家七嘴八舌地说着，一时还没一个统一的大家都认可的，各自取笑对方，时不时一阵哄笑。杨秋看看大家，自己也笑了：这么一堆搞文字的在一起，都找不出一个好名字。他摇摇头，径直回到自己的办公桌前坐下。

一个密封的文件袋摆在办公桌的醒目位置，拿起一看，是体检报告。报社对员工还是非常关爱的，每年都会安排所有员工到市第一医院进行健康体检。

"今年体检报告出得挺快嘛，你们也拿到了吧？"杨秋一边撕开文件袋一边问着。

"拿到了也看过了，就是我那血脂还很高，而且脂肪肝也比头两年明显！"大嗓门编辑李力率先回答。

"血脂高没关系的，把你那堆肥肉减掉肯定就没事了！"高伟平时也总是嘲讽李力那身膘，但无论叫他管住嘴还是迈开腿都很难。"不过血脂高总比我这血压高要好得多！"高伟补充一句，"老杨你说对不对？"

隔了好一会儿，杨秋还是没有搭话，两人发现杨秋看着体检报告愣在那里。"老杨你怎么了？体检有问题吗？"

杨秋回过神来："噢，是的！糟糕了！"

"怎么回事？"两人冲到杨秋背后。

体检报告上赫然写着："胰腺占位，直径1.5cm，建议进一步增强CT检查。"

"那赶紧到医院进一步检查，不能耽搁！"两人几乎异口同声。

杨秋进了家门。"你今天破天荒了，竟然按时回家！"爱人王雨从厨房探出头来。杨秋并没有搭话，垂头丧气，无精打采地一屁股坐在沙发上。

王雨一看这情形，擦干手走出厨房坐在他旁边："你今天这是怎么了？"

杨秋从包里把体检报告拿出来，翻到那一页递到王雨面前。

"胰腺占位！这要紧吗？"王雨惊异地瞪大眼睛。

"估计就是癌吧！"杨秋猛然把头靠在沙发背上。

"你不要紧张，我想不一定有什么大问题吧，明天我陪你去市一院进一步检查，再请专家看一下。"

晚饭没吃几口，杨秋就撂下了筷子。"你这样可不行！不加强营养身体肯定吃不消的！"王雨关心道。

"我一直很自信自己的身体状况，生活习惯还算健康，不抽烟、不喝酒，也经常运动，只是因为职业原因有时会熬熬夜。我家里又没有癌症家族史，我怎么会得这病呢？！"

"好了！先不多想，明天查过说不定没什么大问题呢！去年我们单位小李，你认识的，体检还不是怀疑是肺癌，结果吃了两个礼拜消炎药肺部阴影就消失了，虚惊一场！他当时把后事都交代好了。"王雨把杨秋抱在怀里，抚摸着他的脸庞。

结婚二十多年，杨秋一直感到非常幸福，王雨很善解人意，此刻，他感到她的臂弯是如此温暖，是一个避风的港湾。

饭后洗漱完，杨秋走到阳台，看着灯火辉煌的远方，连硕大的广告灯箱都仿佛是照片里不可或缺的景物。城市一下子安静了，不远处小区的池塘水面倒映着灯光，树影婆娑，三两个人在慢慢地散着步，多么美好的画面，他不由得心里感慨，真是一时一个心境。平时自己回来都忙着整理稿子，又或者忙着准备第二天采访的资料，连这种安静下来看看夜景的时间似乎都没有，更没有发现美其实随时都有，只要能静下来心去发现。杨秋摇摇头，又低下头，忽然发现是时候思考这些问题了，糊里糊涂地活到现在。想到这儿，不禁哑然失笑。

胶片插到读片灯箱上，光线从胶片背后透过来，苍白凄厉，有点刺眼，让人不愿直视。杨秋焦虑地坐在医生办公桌旁的椅子上，等待宣判，王雨同样紧张地靠在杨秋身旁。只有短短几分钟时间，但确实漫长。专家医生满脸凝重，用笔指在病变处，对身旁的两个年轻医生——看样子应该是研究生——说："你们看，这个就是病变，增强后明显强化，边界不是很清楚。"

专家看完片子后说："你这胰腺上长了肿瘤是确定的，必须住院手术，没什么可考虑、可商量的！住院后我们会给你安排再做个全身肿瘤扫描，一种叫 PET-CT 的检查，这样可判断是否伴有其他部位的转移。"

杨秋目光呆滞，对专家的话没有做出任何回应。

王雨问道："主任您看，这肿瘤是良性的还是恶性的？"

"不手术没办法确定，但从 CT 片子上看恶性的可能性很大。"主任的回答直截了当。

王雨的脸一下变得惨白，身体晃动了一下，杨秋也一下子崩溃了。王雨扶他站起来，但他双腿无力。王雨推开诊室门，喊陪他们来的杨秋同事小张一起帮忙。小张一看就清楚是什么情况了，两人一起把杨秋搀扶出诊室，坐在候诊区的椅子上。旁边的病人和家属用异样的眼光看了看杨秋，窃窃私语。

三个人坐在椅子上，好久没讲话。王雨的双手握着杨秋的一只手，轻轻抚摸着。小张的一只手搭在他的肩膀上。空气沉闷，令人窒息，令人绝望。过了好一会儿，夫妻二人才似乎回到了现实世界，小张禁不住问道："杨主任是什么情况？"

王雨把医生的话大致复述了一遍。

因为杨秋是主任特需门诊的最后一个病人，他们看完后已是黄昏，病人慢慢散去，整个楼层只有一个保安和保洁还在忙碌着。王雨和小张搀扶着杨秋离开门诊大楼，杨秋的内心充满无助。

回家的路上，大家都没有言语，杨秋透过车窗向外望去，再熟悉不过的道路街区，他却感到是个陌生的世界，一连串的"为什么"浮现在脑海：为什么我会得这个病？为什么偏偏是我？为什么老天对我如此不公？是不是因为我工作太过投入，没有保证充足的睡眠？是不是我的饮食不够规律？营养不够均衡？怨天尤人、自责自悔的情绪笼罩全身。虽然杨秋没问医生自己还能活多久，但从医生的表情里能看出问题的严重性，想到医生的诊断，好像一场噩梦。

　　回到家，夫妻二人依偎着斜靠在沙发上，杨秋忍不住想象死神即将来临，他放不下王雨，再想想儿子在国外读大学，如果自己不在了，靠王雨一个人的收入供儿子上学还是有些困难的。怕影响儿子学业，生病的事他叮嘱王雨暂时不要告诉儿子："如学费困难，就把原来单位分配的那套小房子卖掉，你千万不要太辛苦，要多保重，我不在了你是儿子唯一的依靠！"

　　晚上躺在床上，杨秋喃喃讲着遗嘱，突然想起一件重要的事，他把银行卡、存折找出来，并把密码都告诉了王雨。他们不像大多数家庭，女主人掌握财政大权，他们各自财务自由，每当家里有大事，两人一起凑钱。

　　王雨："不用那么急吧？！"

　　"不行！这可是大手术，风险还是不小的，万一出什么意外！"

　　"别乌鸦嘴！"王雨扑进杨秋怀中。

　　预知死期将至，终于可以静下心来回望自己的生命旅程，想到过去岁月中的种种经历，杨秋觉得很知足：家庭和美，做了自己喜欢做的事，守住了自己的职业信念，还有那么多志同道合的伙伴、情真意笃的朋友，假如明天离开人世……

　　第二天，王雨经过考虑，还是把杨秋生病的事告诉了老人，很快双方父母迅速集结"杀"了过来。老人们的集体到来让杨秋颇有些诧异，但看妻子没有一点意外的表现，心里也就明白了。

老人们各自带了菜过来展示厨艺，一通忙碌，吃过晚饭，王雨给他们泡上茶，大家落座。

大家的目光齐聚到杨秋身上，都是关切的表情，又互相看看，沉默了两分钟，丈母娘率先发话了："我听小雨说了你的情况，她还没说完我整个人都紧张得不得了。我俩一商量，就赶紧过来了，哎呀，我们都不知道怎么担心，心里七上八下的！"丈母娘搓搓手缓解情绪。

"是啊，我们也是，听小雨说得挺严重的样子，吓到我们了。你感觉怎么样啊？阿弥陀佛。"杨秋的母亲双手合十摇个不停，可她并不是佛教徒。

杨秋听两位老人说完，笑笑看看王雨："你看吧，这还没怎么样呢，你就让老人家担心，遇事先不要慌，你这一慌全家人都紧张了，按部就班地去看病呗。我觉得还好啊，生病也是正常的，先放松，从长计议！"

"我们起码有点医学常识啊，涉及胰腺的大多数都不是什么好的，不担心那是不可能的。你准备怎么办？我的老同学在北京，他能安排最好的专家。"老丈人倒是冷静。

"我还是觉得你现在这个情况要不先去省中医院看吧，中医毕竟治本啊，人也不受那么多苦！"老爸一脸关切，恨不得马上就让杨秋动身去的样子，虽然已经是晚上了。

"要不去国外看看？毕竟我们很多医疗啊手术啊都是从西方引进的，那边医疗条件更好些。"

杨秋并不着急，难过的是那种压抑的感觉。大家讨论着究竟要去哪里看病，你一言我一语，都有自己的道理。杨秋耐心地听着，这些都是最关心他的人，他们也都那么直接地表达了亲情的关切。职业习惯让他安静地做个聆听者，并没有跟他们讨论。

"还是去北京吧，我给老同学打个电话，让他照顾下，安排最好的专家。"岳父虽然退休了,俨然还是领导的架势。

杨秋的父亲看了看杨秋岳父,又看了看杨秋:"去北京当然是好,要不先去中医院看看呢?我和你妈都是在中医院看的,也许有好的治疗方法,不要开刀啊、化疗什么的,那种有点伤身体。"老爷子嘴上说去北京好,心里还是对中医更坚持。

"这种不是小问题,有的治疗比如手术可能是必须的,不是开玩笑!"岳父的语气一向这样。

"没人说小问题啊,中医治疗这方面的很多了,我看的也多。"老爷子立即回了一句。

杨秋看着两位老人的架势,再说就有可能争执起来,赶紧说:"我也想换家医院再看看,到时决定在哪里治疗,医大附院也好,北京上海也好,都可以。可能考虑请现下最方便的有名专家来看吧,我先考虑下,再说现在还有什么要紧的状况呢!"

"考虑啥啊,别耽误时间,赶紧决定。你认识人多,门路也广,我们不是替你做决定,只是提参考意见而已。"岳父嘴上说是参考意见,当领导的架势还是没变,听上去更像是命令。

"还是先去上海吧,又近,你也经常跑上海,那边很多熟人朋友,也好有个照应帮忙什么的。"小雨一脸关切。

杨秋点点头:"好,那我就先去上海,小雨说得也对,那边朋友多,方便。"大家也都点点头,

"小雨啊,那你赶紧收拾下明天去上海的东西啊,你跟杨秋一起去吧,有什么也好照顾!"岳母是最心急的。

"对对对,我来帮你。"杨秋母亲先站起身来。

"你们不要这么紧张,你们紧张得我都跟着紧张了!"杨秋笑着说。

"哪能不紧张,小雨给我打电话的时候紧张得说话都结巴了!"丈母娘指指小雨。杨秋苦笑了下,没再说话。

去上海轻车熟路，也方便，高铁班次有时跟公交地铁一样多，朋友也早就代他安排好了一切，小雨还是不放心地跟着来了，虽然杨秋一再说没事。

给杨秋诊治的是一位非常著名的专家，头发有些花白，眼镜耷拉着，一副老学究的样子，说话声音很洪亮。杨秋打量了一眼老专家，把检查报告和片子递过去。

老先生迅速且熟练地把检查结果和片子都看了一遍："从你的片子上看，胰腺上确实长了肿瘤，这个瘤恶性可能性不小，当然也不能完全排除良性的可能。现在看你个人的态度，要么尽早手术，当然胰腺手术创伤还是比较大的，要么观察三到六个月再复查。"说完看了看杨秋。

一时杨秋也没了主意，这毕竟是个很艰难的选择。

"那好吧，那我再回去考虑考虑，安排下时间，再来找您安排，谢谢您。"杨秋谢过老专家，和小雨离开诊室。

与友人告别坐上回程的高铁，两人都没说话，杨秋看着窗外飞驰而过的树木建筑，一会儿远望位移的城市，那一刻脑子里除了眼前的场景，其他都不存在了。人可能都是这样，想得多了就变一样了，然后一片空白。

王雨默默地看着杨秋，她了解他，没有打扰他。但她无时无刻地担心着，以至于无法去想其他的事情。多少年形成的默契下，她不会在这个时候打扰他，一路上她也没问杨秋要不要在上海治疗，为什么着急回去，回去后什么想法……虽然她都想知道。

吃过饭，王雨像往常一样给杨秋倒了杯饮品，只不过从咖啡换成绿茶，淡淡的那种。杨秋端起杯子先是一顿，然后抬起头看看王雨，微笑点点头，轻轻呡了一口放下。

"你想问，我去上海怎么又匆匆回来了，已经看了医生为啥不在那儿治疗，是吧？看你几次欲言又止的，路上我是不想说话。"杨秋端起茶又喝了一口。

王雨点点头："是啊，一直想问你，但是看你的样子就没问，我知道那时候你不想说话。"说完坐在杨秋旁边。

"老专家肯定是很有经验的，但我现在确实还下不了决心是手术还是先观察。"

"那去北京吧，或者去国外，要不然让国外的专家线上诊断也行。虽然你没说，我也猜到了些。"王雨看着杨秋，这两天她一下子觉得杨秋是那么不可或缺，若没有杨秋自己的天就要塌了的那种压迫感越来越强烈。

"去北京吧，谈治疗经验和水平，国内肯定比国外好，不用舍近求远了，中国人多，医生诊治的病例数多。"杨秋轻舒了一口气。王雨站起来走向卧室。

"不用收拾了，你不是收拾好行李箱了还没动吗？"杨秋望着王雨的背影，这样的打量似乎都很多年没有过了。

"哦，对啊，你看我这脑子。那我先跟爸妈他们说一声，告诉他们我们准备去北京，省得他们担心。"王雨拨着电话走进卧室。

北京，杨秋也不知道去了多少次了，有时感觉对北京比对自己生活的地方都熟，路上一些著名的景点也是随口能说出名字，但是此刻他没有心情多看一眼。老朋友开车送的他们，一路上也没多少话。

给杨秋诊断的是这家医院最有名的专家，也是全国著名的，头衔一堆。

进了诊室，杨秋坐下，出于职业习惯，他飞快地打量了下这位老专家,头发有一点点白,微胖,精神矍铄,说话很有力量。杨秋照例把先前的各种检查资料、片子一一呈上。

专家低头看资料,时不时询问杨秋的情况,把片子放在看片的灯箱上,拿着笔给对面的两个学生指指点点地说着一些杨秋似懂非懂的话,说完放下笔,端起茶杯喝了口茶:"是这样,你这个肿瘤可能不太好,需要先做手术切除,手术肯定要做的,只有把肿瘤切下来才能做病理检测,才能决定后续的治疗。"

"除了手术没有其他办法了吗?我现在也没什么明显的症状啊!"杨秋略带疑惑地看着专家。

"不是你有没有症状的问题,癌症也不一定都有症状,很显然这是一个瘤子,必须切除了才行,然后根据病变性质决定要不要进一步治疗、做哪些治疗。"专家很坚定地说。

"我这跟正常人的感觉也没什么区别,就没有其他方法,比如说药物治疗什么的,来消除这个肿瘤吗?至少目前没有对我造成什么不好的影响啊?"杨秋继续他的疑问。

"这是不可能的,如果你这个瘤是良性的,不需要吃药,也没有什么药可以消除。如果确定是恶性倒是有化疗药物,但你现在的情况,不手术就没办法确诊,当然也就不能给你用化疗药。胰腺癌最首要的治疗就是手术。"专家看得出杨秋很纠结的,也很有自己的想法。

"那这种方式处理会不会给我的身体带来不可逆的损害呢?我原本好好的身体,如果因为手术带来更大的损伤,那我岂不是找罪受吗?"杨秋说话的语气加重了些。

"以我的经验来看,这个瘤子肯定是要切除的,至于说这个会带来怎样的后果,谁也不能保证。我是医生,我必须对我说的话负责。"专家觉得杨秋有点难缠,他不能给到所谓的保证,这也不符合正常的医疗规律。

"如果说这个瘤子压根就没有什么问题，只是多出来块肉而已，对身体并不会造成什么伤害，那我挨这一刀是不是有点冤？起码有很长一段时间我的工作生活都不能正常了，我也不知道切除的后果是什么个情况。"杨秋依然不依不饶说着自己的逻辑，"还有，除了手术这一个选项，就没有其他的治疗方案了吗？"

专家摸了摸下巴，使劲握了握手里的笔："暂时就是这样的治疗方案！"

"那好吧，谢谢您，容我回去考虑一下，再决定要不要手术或者准备一下。"杨秋起身对专家点头示意，接过递回来的资料，转头朝外面走去，一直在旁边站着一声没吭的王雨赶紧跟了上去。出了诊室，王雨问："我们这是要回去吗？"杨秋点点头；"是啊，回家后想一想再决定！"

小雨摇摇头："这就是你们记者的职业病，喜欢想，想多了就变成纠结了！今天我们看的那是全国最有名的专家，人家看了多少病人啊，经验丰富，判断肯定是正确的。"

杨秋停下脚步冲着小雨扩了扩双臂："你看我现在有什么问题，是不是一点问题没有？即使我这个地方有问题，但是还没有反应到我身体的哪个部位非常不舒服。以往偶有不舒服，那也可能是我工作太累引起的，并不是一定因为这个吧。开刀，住院，化疗，回家休养，最好的情况估计半年都没了，我还有那么多的工作任务没完成，我现在这种状态完全没问题啊，好歹有充分的理由吧！"

小雨面露焦急，但是她知道自己没能力反驳杨秋，遂不再说话，拉着杨秋的胳膊朝医院外面走去。

一路紧张焦虑，回到家一套流程完毕，王雨早早地睡着了。杨秋倒是没有一点睡意，轻手轻脚起来回到客厅，倒了点茶喝着，靠在沙发上，心潮澎湃。他不知道也不确定自己该怎么面对，毕竟北京、上海这两位都是有名的专家，但是他总觉得：自己就不会是比较特殊的个例？就真的没有别的方法，只有这华山一条路？

于是他打开平板电脑上网，看看有没有和自己类似的病例。输入关键字，搜索出来一系列，前面都是些广告之类，往下翻突然看到一个标题"特殊求救——一场医生对患者家属的关怀"，副标题是"医大附院胡戈主任与患者家属之间温暖的故事"，顺着链接点进去，是医大附院公众号主页的文章，遂又退出来，继续看了下相关话题，发现本地的大报纸也有刊发。他有点好奇，又点进去看了起来。文章讲的是医生对患者家属心理救助的过程，看着看着，他觉得这个医生有些与众不同，便记住了"胡戈"这个名字，又搜索了一下，看了看胡戈的个人简介，一脸英气还挺帅，更关键的是胡戈恰好是腹部外科的，胰腺疾病的诊治是他的专长之一，而且也是位医学博士、主任医师。杨秋好奇心越来越重，于是又回去把那篇"特殊求救"文章看了一遍，突然觉得应该去看看胡戈的门诊，听听他的意见，最终决定自己的治疗方案——不管怎么样，这病不能这样拖下去。

大概是节奏慢下来了，杨秋还是第一次注意到清晨有多少种鸟儿在叫，各有各的美妙。他似乎从没有认真聆听过这么动听的声音，在这寂静的清晨显得格外清脆悦耳。杨秋足足听了有好几分钟，这些鸟儿仿佛在说话，有长有短，有急有缓，好像在安排一天的工作，又好像在讨论家长里短，有意思。杨秋笑了笑，走到阳台打开窗户，分辨出鸟儿的位置，继续听下去。原来世间的很多美好就是这么简单，很多人因为匆忙，即使近在咫尺也不曾留意。

早晨的些许雾气，随着微风和渐亮的天空慢慢消散，树影楼宇慢慢显现，各种事物的轮廓越发清晰，渐变的过程像一幅动画，自己身处其中，这也是美啊！杨秋心里很多个声音在说：慢下来，你可以发现更多；安静下来，你可以看到更多，想得更多，思想可以延伸更多。原来安静下来、慢下来，有这么多的美妙，"非宁静无以致远"，并非虚言啊！杨秋的心理舒缓了许多，准备停当，也没跟王雨多说，只说自己出去转转，王雨也没在意。

他早就在网上挂了胡戈的号，一直等，即使显示屏叫到自己名字了也没进去，一直等到自己是最后一个，才进了诊室。

经过几次来回的折腾，他也是轻车熟路了，放下一堆的资料，熟练地坐在凳子上，更从容地打量了下胡戈——比网上的照片更帅，这是最直接的感受，不去娱乐圈发展可惜了！想到这儿，杨秋微微有了点笑意，但是在胡戈面前也没表现得那么夸张让人看出来。

"不好意思啊，胡主任，我有事来迟了点。"杨秋编了个理由。

"哦，没关系，没下班都不是问题。"胡戈抬头对杨秋微笑了一下，一边看着片子，一边看看资料，边看边问杨秋，"你当时拍完片子，医生给你的治疗意见是什么？"

"没什么指导意见啊，就告诉我要来咱们大医院来看看。"杨秋没有把自己去上海、北京看过医生的事说出来。

胡戈点点头："你平时有过什么不舒服的状况，或者哪里疼过，即使是偶尔的？"

这句话倒是让杨秋心里一亮："有过，我那时候以为可能是自己工作劳累的缘故，休息一下就好了。"杨秋把自己回忆起来的不舒服时的状况说了一遍。

胡戈又问："平时喝不喝酒？血脂高不高？有没有得过胆道毛病？有没有得过胰腺炎？有没有肿瘤家族史？你最早发现胰腺上有病变就是前些天这次体检吗？"

重生 ｜ 假如明天离开人世

杨秋爽快地回答："您说的这些情况我都没有，平时身体还好，就是这次体检才发现。我在新华社驻本地记者站工作，我是记者，我们单位每年都会组织员工体检。"

"前几年的体检结果你有没有带来？"胡戈认真地看着杨秋

"哎哟，这倒是忘了，都在我办公室抽屉里。"杨秋不好意思地挠挠头。

"不过去年和前年的体检报告电子版我手机里应该有，记得当时下载过！"杨秋突然想起，并显得非常兴奋。

胡戈仔细查看了杨秋前两年关于腹部检查的结果和电子版图片，做了详细的腹部检查，扭过头去和坐在旁边的两个年轻医生讲，当然也是讲给杨秋听："这位患者既往没有特殊病史，本次体检发现胰腺占位，去年和前年的体检报告都显示胰腺没有异常，那也就是说这个瘤是这一年内长出来的，而且长得应该说还是比较快的，现在已经接近两公分；再根据腹部CT表现综合判断，这个瘤不能讲肯定是恶性的，但十有八九是恶性的，下一步的处理是必须手术！"

"有这么严重吗，我现在不是好好的？"杨秋想起北京的专家来了。

"您不愿意接受这个事实完全可以理解，大多数长了肿瘤的患者心理都和您一样，但不管怎样，您必须尽早走出这个想法，积极配合治疗，不能长期拖延下去，以免带来严重后果。您如果真的对我的诊断或治疗方案存在疑虑的话，可以再找其他医生看看。"胡戈微笑着说。

"好的好的，谢谢您，我回去后和家里人再商量一下决定。可以留个联系方式吗？我决定好要住院如何跟您联系？"杨秋身体微欠。

"决定好要住院可以打我们办公室电话和我助手联系。"胡戈依然面带微笑。坐在旁边的年轻医生把打印好联系方式、住院病区以及住院前需做准备的纸条礼貌地递给杨秋。

杨秋离开诊室，心里舒畅了很多，感觉这次交流还是很愉快的。

杨秋走后，胡戈对旁边的研究生说："刚才这个病人是个有文化也很有自己思想的人，我们面对不同患者的时候，要懂得变通，但有一条宗旨不能变，就是时刻要站在患者的角度，只有让患者真正理解和认识到才行，而不是用你站在权威、专业角度的那种不对称的说教方式。"两位同学连连点头。

杨秋回家一进门，王雨立即发现杨秋的心情很好，又看着他提的手提袋："什么事啊，心情这么好？'溢于言表'这个成语用这儿合适吗？"

"合适合适，我告诉你啊，今天我到医大附院找胡主任看了我的病，好好聊了一下，现在我已经没有任何疑惑，准备早点住院手术。"杨秋三下五除二地换好鞋子，走到沙发前一屁股坐下。王雨过去把他乱脱的鞋子放好。

"什么情况？"王雨一头雾水。

杨秋一五一十地把怎么查到这个医生以及整个看病的过程复述了一遍，可能是职业的缘故，杨秋描绘得一点不差，还道出了当时的心理。

王雨很少见到杨秋这样夸人，知识分子的那种清高在杨秋身上有诸多显现，他要是欣赏谁那绝对是发自内心的。

"哎哟，能让我们杨大才子这么夸的肯定不会错了。"说着，王雨给杨秋的杯子里加了点水，也难得，好多天了，杨秋的心情没这么好过。

"我这两天把单位的事情安排一下，就准备去住院手术。"杨秋似乎没把手术当回事，就当去扎一针这么简单。

王雨可是听了紧张:"已经说好了啊?手术你咋还这么好心情呢,我都不知道什么心情了!"

"没什么紧张的,不就手术吗!"杨秋似乎换了个人似的。

王雨有点不适应:"手术哎大哥,不是去打针,我都担心死了!"

"生死有命,富贵在天。别想那么多,日子总是要过的嘛!"杨秋一股子江湖气。

王雨更不放心了:"你今天怎么了,表现这么反常?在上海、北京,那么有名的专家让你手术,你可是头都不回就走了,这回怎么这么高兴说要手术?"

"专家不也是从最底层开始的吗?我觉得给我看病的这位胡主任将来是更大的专家呢!放心吧,我没事,我正常得很,你还不相信我的智商和判断力吗?以后你会知道的。"杨秋没多在意,这种放松的心态倒是真的不错。

王雨可没有像杨秋这样轻松,连忙把情况告诉几位老人。大家议论纷纷,一个个又担心起来,怕杨秋知道自己是不好的病了,完全不在乎了,赶紧又杀将过来。听完杨秋细致的讲述,几个老人也都点点头,觉得杨秋说的确实有道理,这才放心地离去。

杨秋并没有怪王雨兴师动众,因为他了解:平时自己一有点什么情况哪怕头疼脑热的,王雨总是紧张无比,这么多年一直是这样,没有任何改变。杨秋看在眼里,感激在心中,他没说王雨太过紧张什么的,反而很享受这被照顾的感觉。人有时候不都这样吗?有人照顾你、关心你,本就是一种幸福。

胡戈主刀,手术很顺利,一切的紧张不安随着杨秋顺利地回到病房开始,慢慢消散。王雨任劳任怨地承担起一切,在她心里,杨秋就是她的天。

胡戈正常惯例查房,杨秋在最里面一张床位。胡戈带着几个医护进来，一个个床位查过来，无论是站立的位置、病人交谈的语气，还是和病人对话，查看刀口愈合情况，以及和护士们的交代、叮嘱、强调……这些杨秋都看在眼里，他看到了一个一丝不苟的、充满温情的胡戈。

胡戈到了杨秋病床前："感觉怎么样啊？"边说边查看他的刀口愈合情况，看完整理好被子。

"没什么，感觉挺好的，我这种情况会不会出院快点啊，胡主任？"杨秋气色不错，说话也有力气，"还有，我这个不要紧吧？我最关心的问题。"

"病理报告出来了，和术前判断一样，是恶性的，但您也不用太担心，听话配合治疗就行。平时还得要注意些，不能过度劳累。不能一工作就拼命，身体是革命的本钱啊。"胡戈微笑地看着杨秋。

"一定听您的话，配合治疗！"说完杨秋躺在床上给胡戈敬了个礼，把大家都逗乐了，包括旁边两张床的病人和家属，病房里洋溢着欢乐的气氛。

杨秋看着胡戈离开去下一个病房查房的背影，一阵唏嘘：这个年轻人的身上在发光。

恢复得很快，转眼间杨秋已经可以下床到处溜达了，心里痒痒的，跟伤口愈合的感觉一样。这段时间胡戈来查房，他总能找到理由跟胡戈多聊个两分钟，越来越发现胡戈身上的闪光点，同时也打心里觉得胡戈是个非常优秀的人，而胡戈通过跟杨秋聊天，也知道他是个很有思想的人。慢慢地有时候都不太能看出是在查房还是聊天，大概就是在查房的时候顺便把天也给聊了。

今天胡戈来查房，杨秋假装老实地坐在床边，马上办完手续就可以出院了，他也是按捺不住地兴奋。一套流程走完，杨秋开门见山："胡主任，什么时候有时间，想找你聊聊。"

"好啊，我这周五值夜班，大多数事情手下医生都能处理，我估计不会忙,要不晚上你到我办公室来。"胡戈一口答应。

杨秋有点出乎意料,没想到胡戈这么爽快就答应了,以至于没太能反应过来:"那好,周五晚上不见不散。"

"好!"胡戈说完就转身去别的病房了。

作为一名记者,职业的敏感性让杨秋还没到晚上就已经在考虑要问胡戈些什么问题,但是好像也没什么头绪,心里暗念还是不想了吧,到时候随机了。等到晚上的这段时间显得有些漫长,杨秋想着,自己也从来没有如此期待过一次聊天,比对一个采访期待更甚。

"说实话,我在来找您看病之前已经跑过北京和上海了,上海找的李定远教授,北京找的张家伟教授。"杨秋坐在胡戈的对面,胡戈帮他泡了一杯茶。

"哦!那你为什么不在那边治疗,您讲的这两位专家是我们业界非常有名的,水平非常高,也都是我们非常敬重的前辈、老师。"胡戈略有些诧异。

"讲实在话,生了病之后我整个人感觉很懵,这对于我来讲毕竟是很大的打击,虽然我不是搞医的,但对医疗还是有所了解。最初在市一院体检,进一步增强CT检查后医生和我讲得很明确,恶性可能性大,必须手术,并通过病理检查确诊决定下一步治疗。我虽然明白医生讲的没错,但还是不死心,总希望医生的判断是错误的,所以后来到上海和北京找有名的专家看,结果当然是不希望却也在意料之中的。看过之后我就想,到底是在上海、北京手术还是回来治疗。因为医大附院毕竟水平也很高,在全国名列前茅,我这病也不是什么疑难杂症,况且回来治疗家里人照顾也方便,所以就回来了。"杨秋毫无隐瞒。

"回来后我在琢磨请哪位专家给我手术,正在网上查着,结果看到您写的一篇小文章，是关于医患之间的故事，我当时眼前一亮。让我惊喜的是胰腺手术恰恰也是您的专长，所以就挂了您的号，请您诊治。"杨秋补充道。

"文章？是《特殊求救》吗？"胡戈很是好奇。

"是的！"杨秋点点头，"后来门诊挨到最后请您诊断，虽然结论和其他专家一样，但您态度很温和，问得看得仔细，而且还看了我前面两年的体检报告，整个过程中体现了严密的逻辑思维，所以当时我就决定请您治疗。"

胡戈微微一笑："那我是非常荣幸得到您大记者的信任了。其实我非常理解您，绝大多数患者的想法或者说心路历程实际上和您是一样的，这种情况叫生活重大创伤事件，最开始的反应就是否认，不愿相信。过了这个阶段，比如您到上海、北京看了医生之后就进入下一个阶段，即接受现实，积极寻求治疗。您的这个病情实际上从CT上已经可以基本明确诊断，所以我们的两位前辈一下子就得出了结论，因为他们门诊很忙，找他们看病的人很多，所以就没有和您做更多的交流，这也是可以理解的。我们国家人口多、患者多，医生却相对少，像我一个半天大概要看30位患者，多的时候人数可能达到50位，所以往往在每个患者身上花费的时间不可能很多。您那天很聪明，最后就诊，后面没人了，所以我们聊得相对比较多。当然，您告诉我您是记者，拿的又是外院的片子，我也大概能了解您的心理。"胡戈说完笑眯眯地看着杨秋。

杨秋也笑了："不管怎么我们都是缘分！"说完伸出手。两双手紧紧地握在一起！

"对了，过两周等恢复好，所有检查结果出来，还是要进一步治疗的！"胡戈收起笑容提醒道。

"一切听从安排！"杨秋假装严肃敬了个不标准的军礼，用的是左手。

吃过晚饭,胡戈照常躲进书房,他喝茶听音乐看书这个习惯一直在陈彦的"宠溺"下得以保持,大不了也就是陈彦跟他唠叨几句。幸福其实就是这么简单,每一分的关怀与照顾都应该好好地珍惜,一切都不是应该的。

陈彦忙完家务活,照常端着茶杯出现在书房门口,胡戈眼睛都不用抬也知道一股力量袭来,抬起头冲陈彦挤出个笑容,让脸变形。陈彦每每看到这样顽皮的胡戈,所有的指责和怨言就烟消云散了——是啊,这也是当初那个自己最喜欢的他的样子。

胡戈经常一连好几台手术,很累,回到家有时饭都不想吃。陈彦知道,软磨硬泡地让胡戈吃完饭,家务就不让他来做了。

"前段时间,我手术的一个病人是报社的大记者,最近我在网上看了一些他写的采访报道,是一个很有才华和思想的人。"胡戈放下刚拿起的书,顺手按了遥控器的暂停键。

"哦?你很少这样夸人啊,那这个人肯定不太一样了!"陈彦睁大了眼睛。

"是吗?我很少夸人?那看来这毛病要改,要不先从你开始夸吧。"胡戈嘿嘿一笑。

"还是免了吧,你少气我就不错了,不敢奢望。"陈彦撇撇嘴。

"我说真的啊,要不把心掏给你看。"胡戈一边说一边做动作。

"你可别恶心了好吗?才吃过饭。"陈彦看得笑起来。

"要不陪你下去,小区里散散步?"胡戈一手放在胸口,表示我这是真心的。

"好啊,难得,我们这个小区我们就没散几回步,还是儿子小的时候经常下去玩呢!"陈彦听了也确实高兴,他们真的很久没下楼散步了。

小区里饭后出来散步的人不少,有的在聊天,有的在慢走,时不时听见小朋友的喊声,生活就该是这样的气息。

仿佛好久没有呼吸小区内的空气一样,陈彦觉得很是享受,胡戈也以完全放空的状态四处看看,漫不经心地走着,看着陈彦难得那么活跃,心里想:以后要多陪她下来散步。

小区里的路灯并不算昏暗,两个人这么走着聊着,聊医院的事,聊同学的事,聊一些想法观点,不知不觉逛了有五六圈,正准备回去,一个声音从身后传来:"是胡主任吧?"

胡戈一愣:这个时候怎么会有人这么称呼自己,声音又感觉比较熟,连忙回头。两个人走到胡戈和陈彦面前,原来是杨秋和一个女人,应该是他夫人了。

"没想到真是您啊,这么巧,不会你们也住在这个小区吧?"杨秋和王雨连忙打招呼。

"是啊,你们也住在这个小区,世界这么小?"胡戈忙答道,也有些惊讶。

"我跟你老是说的胡戈、胡主任,就是他啊,我很欣赏的。"杨秋转头对王雨说着,"这位是胡夫人吧?"

陈彦看看胡戈,胡戈有点不好意思地抓了抓耳朵。陈彦大方地说了声:"你们好。"

"看来真是缘分啊,挡也挡不住,我们住七栋,你们呢?"杨秋有些兴奋。

"我们住二栋。"胡戈答道。

"我们差不多只隔着一条路啊,那太好了,这下我们交流也方便了,哪天有空到我家坐坐啊?"杨秋连珠炮似的说着。

"好啊,看你现在这精神,应该是恢复得很好吧?"胡戈笑着问道。

杨秋拍了拍自己的身体:"没啥问题了,只是被我老婆控制着,要不然我肯定要起飞了!"说完哈哈大笑。

"那就好，那就好，控制你是对的，多恢复一段时间挺好的，长结实了再飞。"胡戈也笑了起来。

"赶紧加个微信吧，在医院里我不太好跟你要联系方式，这里应该没问题吧？"杨秋笑着晃了晃手机。胡戈拿出手机，两人加了微信。

"那么说，哪天等你有空，来我家喝茶，我现在天天无事赋闲在家，坐等你的到来！"杨秋和胡戈握手，大家告别分头回家。

回到家里，陈彦就开启挤兑模式："没看出来，你现在还蛮有魅力的吗！"说着自己也笑起来。这个时候的胡戈不知道正面回答好还是反面回答好，看陈彦心情不错，就跟着傻乐。

"嗯，表现不错，有人这么欣赏你，还是个有名的大记者，不错！"陈彦的话让胡戈无所适从。"你是夸我还是损我？"他忍不住回了一句。

"是真夸你啊，有人欣赏，或者说有这样的人欣赏，那说明本官的眼光不错。"陈彦说完一歪头，斜视着胡戈。

"太后英明，太后所言极是。"胡戈一拱手。陈彦立马大笑起来，踱着步走向房间。

周末的午后，胡戈休息，也没什么事，就跟陈彦说："我去杨秋家拜访拜访，本着'书非借不能读也'的道理去看看，说不定能搬点书回来看看。"

陈彦瞥了瞥胡戈："去吧，去吧！"随即一个白眼。

胡戈实际早就跟杨秋约好了，坐等陈彦一声令下而已，他也知道陈彦肯定会让他去的，只是知会一声。

王雨早就把家里收拾逸当，有贵客登门，自然格外讲究。

一番寒暄之后，胡戈主动提出要参观杨秋的书房，杨秋相当高兴，读书人嘛，这是资本。

杨秋的书房很大，书也很多，胡戈一路转过去仔细看着杨秋的书籍，时不时露出惊讶的目光。杨秋看在眼里喜在心中，被同好认同那是荣光的事。

"我这里书比较少，也比较杂，有没有你中意的书啊？"杨秋一番客气。

胡戈也明白读书人的客套之词："你这还叫少的话，那我真的只能算没看过书了！很多了，很多书我都没看过，有的听说过也没机会看，这看得我直咽口水啊！"

胡戈的一番话杨秋自然是受用无比："哪里哪里，胡兄过谦了，有什么需要看的尽管拿，这是我的最爱，但对胡大教授、胡大主任完全开放。"

胡戈也正等着杨秋的这句话呢，来就是想借几本书嘛："哎呀，那就真的多谢多谢了，作为同好你是知道我是什么心情的！"说完胡戈一脸笑，一抱拳。

重新回到客厅落座，王雨已经准备了切好的水果，茶也已经沏好："你们聊吧，我家老杨啊是整天念叨你，幸亏您是男的，要是女的我可睡不着觉了。"胡戈和杨秋哈哈一笑。

"刚才欣赏了下杨兄的书房，一方面令我垂涎，另一方面也是感到羞愧啊，眼馋的是很多的好书，羞愧的是很多书没看过，甚至没听说过，杨兄涉猎之广，小弟佩服得很，当向杨兄学习！"胡戈完全发自内心。

杨秋也能看出胡戈的话是真心实意的，心里那叫一个美滋滋，尽管如此，客套话还是要说的："虽然我的书多，看的也不少，但感悟和胡兄比起来，还是略显愚钝啊！"

胡戈听了不禁笑起来："我俩还是回归自然吧，我说的也是实话，我也在网上搜索过杨兄的文章，实在是钦佩得很哪。"

杨秋更是觉得开心，得到自己欣赏的人的欣赏，那比什么夸奖都来得中意："我这个工作接触的层面比较多，人生百态也看得多，这点其实我们是有点相像的，你也是面对社会各种阶层的人，有钱的没钱的，有文化的没文化的，素质好的不好的……这些也都有。不同的是，我是去探究背后更深层次的社会原因，你是在治病救人。"

胡戈喝了口茶，茶相当好，自己也天天喝茶，可这么好的茶极少喝到，忍不住又喝了一口，点点头："看过你的文章，你们接触的是更深层次的喜怒哀乐、悲欢离合，有时候也要面临很大的危险，这是我们没那么深的体验的。"

杨秋被胡戈这种认真精神所打动，他不是停留在嘴上的客套，而是确实去了解了以后才能说出这样的话，杨秋暗暗点头，对胡戈的欣赏又多了几分。

"我以前不太爱看书的，主要受我家老婆影响，为了追她经常跟着去图书馆，就这么现在我比她还爱看书了。"胡戈笑了笑，眼里的思绪飘得很远。

"原来弟妹也很爱看书啊，说起来还是你的领路人了，失敬失敬，哈哈！"杨秋有点意外也有点好奇，"那你以前喜欢干什么？"

"哈哈，说起来不怕你笑话，以前属于那种调皮捣蛋型的，只要是玩的都有兴趣。往事不堪回首啊。"胡戈喝了口茶摇摇头。

杨秋看出胡戈是个真性情的人，又极聪明："我是很小受家庭影响就爱看书，家人也很鼓励支持，所以一直就这么习惯了，自己也确实喜欢，没多少其他的爱好。"

"嗯，每个人的成长环境不一样，还是很有影响的，最主要的是学习带来的快乐是只有自己能体会的。"胡戈若有所思。

"说得对，学习真的是件快乐的事，当你有收获的时候，这种快乐可能会翻倍。"胡戈的话算是说到杨秋的心里了。

"这次生病啊，让我想了许多，重新思考了人活着的意义，也让我对未来的规划有所改变。"杨秋语气中透着认真，"首先要有目标，朝着这个目标去努力，多做些有意义的事。如果这次我因为生病离去，那所有的想法都成空，所以我应该抓住现有的时间去完成它，哪怕只是一个简单的想法、一种更切实际的想法。一旦确立了目标就去实现它，不要顾左右而言他地迟疑。"

　　"说得太好啦，我们都是一样的，电视剧《士兵突击》里许三多的话'好好活就是做很多有意义的事，做很多有意义的事就是好好活'，初听没当回事，每当每完成一个小目标的时候，就对这话的理解加深一分。"胡戈冲杨秋比了一个大大的赞。

　　"我在考虑把前不久也就是生病后推掉的约稿给拿回来，我得留下点什么，证明自己不枉此生啊！人最终什么都带不走，但可以留下些东西！这次生病后这种感觉就更强烈了。"杨秋边说边思考。

　　"那是好事啊，这个肯定要支持啊！我都还没到这个境界去考虑这些呢，平时忙得不得了，看书的时间都少，我已经是极少去应酬浪费时间了，时间还是不够用。"胡戈摆摆手。"我反正迟早一天会跟你一样的想法，现在还是学习阶段，还有很多的东西要学。"胡戈又补上一句，他也是真心佩服杨秋。

　　"胡兄过谦了，只是这次生病让我有这种感悟，光阴似箭，平时我还不是感受太深，而当你真正去完成一件事情的时候，就会深深地觉得，现在混日子将来的结果就是被日子给混了。"杨秋略显凝重。

　　王雨出来给茶壶加了水，看了他们一眼，什么也没说转身回房间了。两个人相视一笑，举起茶杯碰了一下。

　　胡戈站起来伸伸懒腰："时候也不早了，我回去了，我家领导估计快磨刀了。"

"哈哈，胡兄说笑了，弟妹一看就是知书达理之人，怎么会呢？"杨秋也跟着站了起来。

"我们家有强烈的'阶级'观念，我在家是'被统治阶级'，地位低下，没办法。"胡戈笑笑。

"哈哈哈，胡兄很会说笑，你不是要拿几本书看吗，看上什么随意拿！"杨秋作了一个书房请的姿势。

"那我就恭敬不如从命了，说实话眼馋得很。"胡戈哈哈一笑，也不客气，直奔书房。

"老杨没留你吃饭啊？捧回来这么多书？"陈彦看着胡戈把抱着的书放在桌上，直甩手。

"怎么可能不留呢！我看还早，领导又没批示过，赶紧回来。我在那儿也给人家添麻烦不是。"胡戈一屁股坐下，"书，老杨随我拿，说实话这是爱书之人最大方的了，我也不好意思，就少拿了几本。"

"你这还是不好意思？要换我只好意思拿一两本。"陈彦一边说一边翻看书名，"十五本还叫少啊，你也真好意思！"

胡戈憨憨地笑笑："有这机会岂能错过，他们家书可真多，整个书房满满的，我们这儿估计也就人家的五分之一吧，那才是真书房。"一边说一边比画着。

"你们聊啥啊？估计两个爱吹牛的碰上了，屋顶没掀了？"陈彦放下书，把书收拾到书房里，边走边说。

胡戈跟了过去："瞎说，我们聊人生感悟、理想未来，蛮投缘的，相见恨晚。"怕是不放心陈彦把书放到他不容易找的地方。

陈彦一眼识破胡戈的小心思："怎么，怕我给你收起来，你找不到啊？"

胡戈赶紧狡辩："不是啊，我是跟你说话，怕听不到最高指示。"

356　　　　　　　　　　　　　　　　　　　这世界我来过

陈彦翻翻眼："油腔滑调！"

秋天是个收获的季节，到处都是金黄色，无论是稻田还是秋叶，有了金色阳光的加持，更是夺目的璀璨。

杨秋一家邀请胡戈一家野外烧烤，在大城市里待的时间长了，更想投入大自然的怀抱，这是压抑的情绪释放的好时候。

对于巧手的王雨来说，作为持家一把好手，这个时候自然是一展身手的高光时刻。各种前期腌制好的烧烤食材荤素都有，各种酱料蘸料一应俱全，只需要租一个炉子。

"我们也很久没出来，每天就是上班下班，从家到单位，回到大自然真是太爽了！"胡戈不由感慨。

"那是啊，我比你好一些，我经常在外面跑，各种地方去得多，还算好。一样的是，我也是工作。"杨秋一边说一边翻着手里的羊肉串。

"嫂夫人还是能干啊，你看这凉菜拌得比那什么有名的都好吃。"胡戈看看远处忙着拍照的陈彦和王雨，自己先吃为敬。

"哈哈，那你多吃一点。这还真是我的福分，做菜家务之类的我从不烦神，都是她包了，没有过一句怨言。"杨秋说着看了眼远处的爱妻。

"那肯定，看得出来！我们家那位做的任何事，我必须感恩戴德、山呼万岁才行。"胡戈吃着吧嗒着嘴。

"你们是同学，你又说过她是你们校花，人家肯做，你就知足吧。"杨秋看看胡戈，"你俩还真是金童玉女啊！"

"两个人之间估计最重要的还是包容吧，包容也是一种很强大的力量，我不是从顽劣不堪被活生生地改造过来了吗，哈哈！就是因为我时常觉得我那样对不住她而已，要说其他多么高尚伟岸的理由，其实没有。"胡戈说着抬头看看头顶上遮住阳光的大树。

"老胡你是过谦且坦诚啊,说得也有道理,生活本来就是这样,每个人要是盯着别人的缺点那也过不了几年,都是看在各自的优点上,朋友亦如此啊。"杨秋往肉串上撒了些孜然,放了几个虾和鸡翅上去继续烤。"喊她们回来,准备开饭了。"杨秋一边烤一边说。

胡戈拿出手机拨了陈彦的号码,然后就挂了。远处的陈彦看看手机,回头朝胡戈这儿看看,见胡戈正在招手,也是秒懂,就和王雨往回走了。

"开饭开饭,那儿有烤好的你们先吃,有些不需要烤长时间,你们边吃这边就烤好了。

陈彦:"杨大哥辛苦,胡戈你也好意思站着不帮忙就知道吃?!"说着就抬腿踢向胡戈,胡戈轻轻一跳。

"本来就不麻烦,又不需要多一个人,人多反而不好弄,是我让他不要帮忙的。"杨秋连忙圆场。

"我还不了解他,杨大哥不用为他辩护了,一会儿我们吃,由他来烤。"陈彦指指胡戈,胡戈装作一脸委屈的样子。

一旁在帮杨秋整理要烤的食材的王雨笑得合不拢嘴:"我要把这传出去别人会不相信,两个博士跟小朋友一样的。"说完还是忍不住笑。

"率真还是好啊,我倒是没觉得稳重成熟有多好,需要的时候差不多就行了,解放天性才对。"杨秋抬头看看胡戈笑了笑。

"对啊,杨大哥说得对啊,这里是我们的私人空间,要那么多繁文缛节干吗,对吧?"说完一个挑衅的眼神看看陈彦。

陈彦看着躲着自己的胡戈,笑了笑。王雨就像看小朋友玩闹一样看着他俩。

很久没有吃过这么好吃的烧烤了,更何况还自己动手,一个个吃得油光满面,杨秋很自觉地少吃荤的,吃的也少,胡戈是逮到了,吃到撑。胡戈摸摸自己的肚子:"真话,还没有哪一次烧烤能让我这么放开吃呢，停不下来的感觉，各种指标都要超了，但也烦不了了，哈哈！"

"你就知道吃，来，我们感谢下杨哥杨嫂。"陈彦端起饮料杯看了眼胡戈。胡戈秒懂："实在是太感谢了，以后我们退休搞个小吃店吧，这样我就可以天天吃这么好吃的了。""皮是真厚！"陈彦白了胡戈一眼，四个人的杯子紧紧碰到一起。

"我挺喜欢老弟的这种真性情，率真的，因为工作的缘故，其实我也不喜欢应酬，实在推不掉了才勉强去一下。和胡老弟上次聊得很是投缘，也诚心地谢谢这段时间以来对我的关照。"杨秋端起杯子冲着胡戈一举。

"你这说得我都不好意思了，都是该做的事情，没什么特别的，我俩有种相见恨晚的感觉，从老哥身上看到许多闪光点，我要多学习学习，我们不要再客气了，再客气就有点古人的感觉，还是随性一点好。"胡戈拱手示意。

大家都笑了起来，清澈的湖水犹如海水一样泛着蓝色，一边是山上满满黄色的树木，湖的那边也是稻田一片的黄色，湖面上有几艘摩托艇在飞驰，那是来这里玩的人。

"以前我总是习惯用相机来记录这些美丽的景色，这次生病因为生活突然慢下来了，我觉得身边的美景到处都是，眼光所及之处皆是相机画面。它给了我一个启示，美其实就在身边，只是因为我们太匆忙，顾不上看它一眼而已。"杨秋用手比画了个相框的样子。

陈彦和胡戈不约而同地点点头："说得太好了，确实是这样，我们是因为匆忙而没有时间欣赏和思考，然后问时间都去哪儿了。"

四个人顺着湖边小路往公园出口走，大家都走得比较慢，也是希望发现每个瞬间的美丽。

安宁疗护

生如夏花绚烂,死如秋叶静美

世界上没有一种疼痛,可以被感同身受。
唯一相通的,是彼此疼痛的共情,是面对疼痛的尊严。
唯一可行的,只有爱与陪伴。
——没那么简单,但至少,你并不孤单。

今天的气氛似乎有些不对，陈彦回来也不说话，端着茶杯一个人坐在沙发上看电视，手里的遥控器不停地切换台，好像任何一个节目都不满意，时不时皱起眉头。

"今天是怎么了，你这是看电视啊还是玩遥控器？"胡戈带着笑。

陈彦瞪了胡戈一眼，没理他，手上按遥控器的频率却加快了，似乎是说：要你管，就按！

"哎哟，看来是谁惹你啦，脾气还不小，要不要我回避一下啊？要不然……"胡戈继续微笑地看着陈彦。

"要不然怎么了，我能吃了你？"陈彦关了电视，随手一扔遥控器，人靠进沙发里。

胡戈见陈彦肯说话了，赶紧伸手端起茶杯："我先给你加点水！"把茶杯重新放下，挨着陈彦坐下，陈彦老不情愿。

"说说，这是咋啦，有些日子没见老佛爷的威仪了。"胡戈看着陈彦。

陈彦白了胡戈一眼："我问你个问题，你知道什么叫'安宁疗护'吗？"

"我当然知道，就是为临终的患者服务，缓解他们的痛苦，叫他们能够安然地走到终点,就是善终,好生也要好死,是国家提倡全生命周期照护的一部分。"胡戈自信地回答。

陈彦很好奇:"你怎么知道的?"

"汇报领导:我是参加肿瘤心理学会议时了解到的,每次会议都有专门从事姑息治疗、安宁疗护的专家做报告,书房里还有两本我读过的专门讲安宁疗护的书。"胡戈也觉得好奇,"你为什么问这个问题?"

"今天院长把我喊过去,给我一堆资料,说医院要在全省率先成立安宁疗护病房,想让我去当负责人,让我考虑一下。"陈彦喝了口茶,"不过院长估计考虑到我一个干得好好的心脏科医生可能不愿意去从事这个新的而且没有重大抢救治疗的专业,叫我先试着干一年,一年后如果不想继续干就回心脏科。我想听听你的意见,你说,安宁疗护那不是护理吗,让我去是不是……"

"大材小用。"胡戈接道,把陈彦没说的说出来了。陈彦白了胡戈一眼,也没否认。

"你想你一个心脏科的去干安宁疗护,这不是人才浪费吗?"胡戈说完看着陈彦,察言观色。陈彦不置可否地合了下眼皮,意思:难道不是吗!

"这等于你前面的清零了,要从头来过。"胡戈接着说。

"是啊,元芳你怎么看?"陈彦跷起腿。

"啊呀,这种流行语你也用啊,哈哈,属下认为这是好事!"胡戈一抱拳。

"好事?我正烦着呢,你居然说是好事?你不要安慰我,怎么个好法?"陈彦一脸问号,"速速讲来。"

"是,大人!卑职认为,国家非常重视这方面的建设,各地都要开设,新闻里经常看到,所以说是好事。领导首先想到你,肯定也是认为你是我们医院患者口碑最好的、最有爱心和责任心的!"

胡戈学着电视剧里元芳的腔调，着实令人捧腹。

"啊呀，你不去表演系实在是埋没人才！"陈彦大笑。

"回大人，谁说不是呢！"胡戈也笑了。

陈彦好像在胡戈的一番解释下释然了，心头阴霾散去。

病房来的第一个病人是从胡戈的病房转进来的，胡戈自然和陈彦交代了老爷子的病情和一些习惯：老爷子姓葛，肿瘤已经多个器官转移，没有有效的治疗手段。老人家是个书法家，脾气很古怪，而且自从生病后就性情大变，有时还不配合治疗。

看上去都还好，但随着病人越来越多，陈彦也开始忙碌起来，以至于逐渐比胡戈晚下班了。胡戈有时会把临终的病人转到安宁疗护病房并进行交接，所以能时不时地看到陈彦忙碌的身影，有些心疼。

晚上吃过饭以后，陈彦就赖在沙发里不起来了。胡戈收拾干净洗完手，准备跟陈彦唠唠，结果发现她在沙发上睡着了。胡戈走过去看了看陈彦，人太累，从不打鼾的陈彦居然发出小鼾声，胡戈想了想还是把她摇醒："洗个澡去床上睡，我都收拾好了。"

陈彦有点不好意思了，虽说是老夫老妻，但这种样子还是第一次："我才吃过就睡着了，有点累。"

"我给你按摩按摩，我手法还可以！"胡戈说着手放到陈彦的后颈部按了起来。"工作要比先前辛苦多了，我看到的。"胡戈边按边说。

"那怎么办呢,自己同意的再累也不能喊啊！"陈彦闭着眼睛说。

"我怎么有点舍不得呢！"胡戈说着手也没闲着。

"啊呀，这让我感动不已啊，这让我咋说好呢，除了以身相许，好像也没别的，哦。"陈彦笑着睁开眼睛。

"一句话你就以身相许啊！那早知道当年就不那么费劲了。"

胡戈手上加了点劲。

两个身影紧紧靠在了一起。

陈彦对工作慢慢熟悉了，应对起来也游刃有余了。5号病床的葛大爷算是给她留下了深刻印象，其实每个病人的情况她都很熟悉，只不过这位葛大爷特殊一点，特殊在于他哪怕疼痛已经很明显了，也不是很配合治疗，一到治疗时间就有各种问题，不爱说话，抗拒治疗似的，给的理由似乎让你觉得他有道理一样，每一次治疗都像辩论。

他也不让自己的孩子来看望他，来了就在病房外看看，似乎情绪很大很抵触。陈彦问清了原因，原来葛老爷子是个有名的书法家，他总认为儿女们是冲着他的书法作品来的，并不关心他。用老爷子的话说，看着他们虚情假意的就来气，特别是他的儿媳妇，他认为一切的罪魁祸首就是儿媳妇。

又到了治疗时间，面对葛老爷子，陈彦都是亲自上阵的，有时护士们应对不了他，每回被他的问题问住而找不到理由，他就拒绝治疗。

"葛老您好啊，今天怎么样，心情如何？"陈彦想着伸手不打笑脸人，一上来就给他一个微笑，语气也颇温柔。

老爷子抬头看了看陈彦亲切真挚的笑脸："还好。"确实，面对这么个大美女亲切的笑意，任谁也不会拉下脸来。

陈彦依然语气温柔："您有什么要求尽管和我们提，我们能够满足您的肯定满足。"说着手也没闲着，顺手递过去药和水杯。老爷子看了看陈彦那满脸的诚意，也没忍心拒绝，很顺利地吃了药。

停了一会儿，陈彦觉得今天异常顺利，没事了，准备走，老爷子说话了："我一直就很不服气，我的身体怎么就得了这种病呢？平时大门不出二门不迈的。"陈彦听老爷子的意思，好像是跟自己聊天呢，嘱咐护士去其他病床，自己留下和老爷子说话。老爷子看到这情形似乎很满意："我在那边病房亲眼看到几个人钱没少花，罪没少受，但最后还是走了！"老爷子似乎喃喃自语。

"是啊，我们的医疗还没进步到什么病都能治，而且新的病也层出不穷，要求我们医生一边遵循既有的方法，一边也要创新研究。"陈彦接着老爷子的话说道。

"那陈主任，我的病就没办法了？"老爷子眼里的急迫流露出来。

"您的病，我想多半是因为您太能忍，才拖到现在这种地步的。"陈彦在脑海里飞快地转了一下老爷子的情况，做出自己的判断。

"是啊，是啊，我总觉得我的身体应该没问题的，有些不舒服也不在意，总认为挺挺就过去了，唉！"老爷子若有所思。

"我有个建议啊，不知道当说不当说？"陈彦欲言又止。

"陈主任，您说您说，洗耳恭听。"老爷子眼里闪光。

"听说您是书法家，可是生病以后就再也没写过了，是吗？"陈彦问道。

老爷子眼光暗淡下来："是啊，我写了干吗，给我那个不孝的儿媳妇拿去卖吗？"

"您可以写了捐给博物馆、书画院，或者慈善拍卖都行啊！"陈彦算是知道这其中的缘故了，"我讲个故事，可能时间有点长，不知道您愿意听不？"老爷子点点头，好奇地看着陈彦。

陈彦就把学校里江蕙和翟老教授的故事说了一遍："我们普通人可能还没有多少机会留下些什么证明自己来过，可是他们倾尽一生的努力，也可能只为这一点。我想，像您这么有名的书法家要比我们普通人多了这样的机会，那为什么要留下空白或者遗憾呢？"

老爷子一下愣住了，似乎眼前这个温柔优雅的年轻人比自己更懂得人生的意义，不由得再次打量了一下陈彦，语气变得平和起来:"那我应该怎么做?"其实他心里知道,嘴上还是不由自主地问了一句。

"我只能从我的角度说说,我们学校的学生江蕙把名字永远留在了学校,老教授也是,他们会一直活在全校师生心中,后来的人都会记住他们。如果他们还在的话,相信做的远不止这些,可以说燃烧生命到最后一刻。我回去在网上查阅了关于您的报道资料,也在网上看了不少您的作品,刚才听说您是因为儿媳的缘故有些赌气,我觉得没必要。您有您的精彩,为了不留遗憾,我觉得您可以重新拿起笔,不要因为世俗的东西而让您的艺术生涯有所缺失。不知道我说得对不对,我只是希望您积极地面对生活,不逃避!"陈彦说完自己心里也没底,看着老爷子。

老爷子很认真地听陈彦把话说完,若有所思:"陈主任你说得非常好,我虽然年长了些,但是我的格局不大,往往为一些小事上置气,实在是不应该。想想这一生到底追求什么,和你们学校的那两位比着实汗颜得很。"

"哪里哪里,我也只是实话实说,他们二位的事迹也深深影响了我,让我重新思考人生的意义。我只不过对您现在的状态有些感慨而已。"陈彦连忙摆摆手。

"不是我恭维你,也不是因为年龄我要卖老资格,确实如你所说,我也知道接下来该做什么,小家子气真是让陈主任见笑了。"说着老爷子做了一个不完整的拱手动作。

陈彦赶紧站起来扶了一把:"我还年轻,要学的东西多呢,没事我就来找您聊天好吗,老先生?"

"哎,好好好,一定啊,一定!"老爷子连声应道。

"葛老,下面吃药治疗您不会再抗拒了吧?"陈彦笑着弯腰扶着老爷子说。

"哎呀,那是不懂事,不会了不会了!"老爷子也笑了,久违的笑脸。一瞬间仿佛老爷子有了所托一样,看着陈彦的身影离去,拿起了手机。

老爷子叫家人送来笔墨纸砚,每天一有时间,只要病情允许,就开始写字,陈彦也帮他安排了专门的写字区域。老爷子像换了个人似的,有时要在护士的催促下才休息。

早晨,陈彦查房,已经很熟悉的一个老奶奶和这位老爷子就像幼儿园的小朋友一样等着老师,或许他们觉得这是最亲切的早晨第一声问候。

才进安宁疗护病房,一切都是新的,陈彦也希望短时间内摸索出一套规律,所以很多环节她都是亲力亲为。老奶奶一家都十分体贴照顾她,可以说儿孙满堂都孝顺,老奶奶经常说唯一的遗憾就是不能多享受几天天伦之乐。可一向爱干净的老奶奶,今天早上看上去颇有点烦躁。

陈彦来查房,轻声说:"李奶奶您这是怎么了,哪里不舒服?"

李奶奶似乎不怎么情愿地说:"没,没什么!"

陈彦笑着说:"有什么不能跟我说,连我都要保密吗?或者有什么困难的事需要处理的?"

"我,我想洗头!"说到这儿李奶奶用手撩了撩花白凌乱的头发,"本来我是让我家媳妇帮我洗头的,可她也没做过这个事,说上午来的可能下午很晚才能过来,她平时工作挺忙。我又不好意思跟你说,拖了两天,实在是难受!"

陈彦伸手摸了摸李奶奶的头发,后面都打结了:"这有什么不好意思的,把我当您女儿就行了,马上查完房给您安排。"

查完房,陈彦跟护士一起给李奶奶洗头。她很是小心,看着老奶奶一直闭睛享受的样子,联想到自己的妈妈,当然妈妈身体很好,不要她烦这种事,什么时候也给妈妈这样洗头让她享受一次。

陈彦边洗边想，手上的动作甚是温柔。

洗完头的李奶奶精神很多，面带微笑。人到这个时候其实最缺的是个聆听者，陈彦给李奶奶梳头的时候，李奶奶说起了过往，说自己是一位老师，说自己有多少学生考上了清华北大，也说到一直有联系的一个学生竟然和陈彦是校友……老奶奶聊得甚是开心，紧紧拉着陈彦的手不放开，似乎是把陈彦当女儿了。

安宁疗护病房里，面对最多的当然就是死亡。这几天陆续有人离去，有人进来。从入住安宁疗护病房开始，无论患者本人还是患者家属以及医护，都对即将到来的死亡有着心理准备，所以大家往往都能坦然面对，但心里总还是难过的，即便见惯了死亡的医生和护士也是如此。

陈彦走到葛老爷子病床边，发现老爷子今天没有写字。

老爷子看到陈彦过来，眼里有了精神似的一亮，想要起来，可动不了。陈彦见状忙说："葛老您别动，身体不舒服就躺着，别想着写字，写字也耗体力的，咱们劳逸结合。"陈彦的笑脸也许就是这么治愈，老爷子连连点头。陈彦问了护士，老爷子倒是正常吃药，不过为不能写字又开始对自己发火。

知道情况后，陈彦俯下身："老爷子，别老想着写字，身体也吃不消啊！"

老爷子眨着眼说："陈主任啊，你说得对，我就感觉我的时间不多了，想多写点字。要是早点认识到就好了，也不至于浪费这么多时间。"

"人在某一种状态下被激发的潜能，可能是那种按部就班、平淡无奇的生活状态无法比拟的。生活的道理都是相通的，说不定这个状态激发出来的作品更好呢！"陈彦安慰道。

老爷子冲陈彦竖起了大拇指:"陈主任太厉害了,感受是一模一样,就像你看着我写字一样啊!所以我才着急,抓紧时间写!"

"别着急,会积蓄能量写出精品的!"陈彦拍了拍老爷子的手。

老爷子点点头,似乎眼前这个年轻人比自己这个老朽还明白生活的意义。陈彦欣赏了老爷子的书法作品,也是惊讶,从来没看过这么好的,而且在他身体不好的时候还能写成这样,看完后依原样放好。

老爷子身体刚一好点,就又开始写字了,完全是忘我的状态。今天老爷子的心情不错,家人陆续来看他,看完也不走,连那个他认为不孝顺的儿媳妇也来了。老爷子经过上次和陈彦的谈话,觉得没必要放精力和时间在一些鸡毛蒜皮的事上,也并没有在意。当然,儿媳处处表现得也很好就是了。

忽然,病房里护士开始忙碌起来,搬来了大的显示器,老爷子的孩子们也跟着忙碌。葛老看着觉得奇怪,也没有问,直到陈彦进来。一切都安顿好,大家也都坐好,陈彦说:"今天是葛老的生日,葛老应该不记得了吧!您看您的儿女家人们都记得,今天来是给您庆祝生日的,要不我们先看短片,再唱生日歌吧!"

短片从黑白照片老爷子的童年开始,详细记录了老爷子辉煌的一生,各张照片都配有文字解说。老爷子有些激动,看到有些地方眼眶湿润了。虽说短片很短,却是老爷子一生走过的路!

这时,护士把蛋糕推了进来,全场一起唱生日歌。

老爷子感动得流着眼泪说"谢谢",得知这个主意是陈彦出的,他一把拉住陈彦的手使劲说:"谢谢!"

隔壁病房的沈大妈,这些天老是发呆,护士问她,她也只是摇摇头。她本可以说是整个病房里最乐观的人了,陈彦知道了情况,决定去试试看。

查房过后只剩下陈彦。"大妈,这几天情况还不错,不过看您情绪有点低落啊!"陈彦开门见山地问。

"我,我没有啊!"沈大妈似乎在躲避陈彦的目光。

"有什么事别放在心里,说出来说不定我能帮上忙呢?别放在心里憋坏了!"陈彦微笑着。

沈大妈看着陈彦的笑脸,似乎也感受到了真诚,但想想还是作罢了:"没,没什么,陈主任谢谢您。"说完头埋了下去。

陈彦见状越发感觉有事:"大妈,您把事情跟我说,如果我觉得可行咱们再操作,不可行咱再说呗!"

沈大妈抬起头,将信将疑地看着陈彦:"我唯一的心愿,就是想看到小儿子的婚礼。但是现在这种情况,看样子是不可能了,这两天感觉也不太好,所以一想到这个事,心里就觉得遗憾,真的是唯一的遗憾!我什么都无所谓,就这个,人说都疼老儿子,确实,就希望他早日成家立业,结婚生子,有时候做梦都在想。可我现在这样,即使他们马上结婚,我也到不了现场啊,唉!一想到他因为我生病推迟了婚礼,我就叹气,为什么他不早点结婚呢!"

陈彦明白了大妈的意思:心愿未了!想了想说:"您先别着急,这个事啊不难办,现在也不是过去,年轻人看得开。这事交给我吧,我来安排试试。"

大妈眼睛一亮,有点激动:"这,这真能行吗?真能有办法吗?"。

"我试试看,应该是可以的,您等着好消息吧!"陈彦笑着说。

"谢谢,谢谢你啦,我都不知道说什么好了!"大妈作着揖。

下班了,陈彦没走,等到沈大妈的小儿子和女朋友来探视的时间。陈彦打发了大妈的小儿子,留下他的女朋友小周。小周觉得奇怪,小儿子也三步一回头地看着。陈彦看了看他渐渐远去的背影,掉过头来看着小周,小周蛮好看的,属于那种乖巧型的女孩,而齐肩短发又显出一副干练的样子。

陈彦点点头:"有个事情想跟你商量一下,先问问你们俩领证了吗?"陈彦说这话时心里猜百分之八十是领了。

小周一脸茫然地看着陈彦,心想这医生又不是婚介所的,抓了抓头发:"领,领啦,怎么回事,跟这个有关吗?"

陈彦笑道:"别紧张,没有其他意思!"

"之所以把你未婚夫给支走,是因为我怕他在场会影响你的决定,或者怕你的决定影响你俩的关系……"陈彦认真地说了事情的原委。

"哇,陈主任你好细心啊!"小周不禁感叹,"您考虑得这么周到!不过,这怎么弄啊?"说着眉头皱起来了。

"其实说到底,就是了老人家一个心愿。老人家也没跟你们讲,看她最近心事重重的,我一再追问她才跟我说。我是觉得,不能让老人家带着遗憾离开。老人家本就开明得很,也跟我说特别宠这个儿子,于是我自告奋勇地提出帮忙解决,所以这才跟你说。"陈彦很认真地看着她。

"不是,我知道这个意思,可是怎么弄呢?婚礼提前办?可她现在的身体能撑得住吗?还是怎么说?"小周还是很疑惑地看着陈彦。

"是这样,你看能不能就在病房里搞个小小的婚礼仪式,让她看看就行,至于正式的摆酒婚宴,可以按原先预定的时间不变,你看呢?这是老人家唯一的心愿。"

"在病房?这个……"小周眼睛睁得大大地望着陈彦。

陈彦也是一脸真诚地看着她:"没关系,这事就我和你知道,你未婚夫和你未来婆婆都不知道,他们也不会想到。我这么做也是留好了退路,没有事先跟老人家说,先听听你的意见。"

"这合适吗?"小周依然睁大眼睛,一脸惊讶。

"没什么不合适啊,好像大妈生病前你们本来就准备结婚,因为老人家的病情把婚礼推迟了,是吗?"陈彦问道。

"是啊,那时候想着生病或许要动什么大手术,就推迟了,没想到这么严重,而且她本人坚决不要大折腾。"小周说着低下了头。

"老人家对你可好啊?"陈彦问道,她想老太太很宠小儿子,也不会不宠她,何况两人快要结婚了。

"可好了,比我妈还好,惯着我。"说到这小周咬了咬嘴唇。

陈彦注视着她:"你就把老太太当妈,是不是问题都不是问题了?何况现在的社会,年轻人更没那么多讲究吧!"

"那,那行吧!"小周实在没法想象这样的婚礼仪式会是什么样。

"别着急答应,回去跟你未婚夫商量下吧,和你父母也说一声,看看他们什么意见,不能因为这事而埋下隐患啊!"陈彦笑着拍拍小周的肩膀。

"嗯,他肯定没问题啦,也好!"小周喃喃自语地点点头。看着小周的背影,陈彦露出了笑容。

病房里每走一个人,大家的心情这天都会很阴郁,清醒的人也很清楚,这一天迟早轮到自己。

老书法家就是很清醒的那一个,每到这时候,他都会把手中的笔停一会儿,然后才继续写。陈彦刚好忙完,来到葛老爷子旁边:"葛老,不影响您写字吧,我来看看您写字,一直以来都羡慕字写得好的,更何况您是'家'呢!"

"哈哈,欢迎陈主任莅临指导,刚写好一幅字,您看看还成?"老爷子看陈彦过来甚是高兴。

"哎哟,老爷子您太客气了,我哪敢啊!"陈彦知道老爷子是客套话。

老爷子写的是《送别》的草书："长亭外，古道边，芳草碧连天……"看得出来是一气呵成的。

"葛老还没落款啊，哎呀这字好啊！"虽然陈彦写字也不错，但没研究过书法，只是看着好看，赏心悦目，但又不知道好在哪里，说不出个道道来。

见陈彦眼睛就没离开过字，看样子确实很喜欢，老爷子拿起毛笔落了款，盖上印章："陈主任，也没什么能拿得出手的，这幅字就当老朽全全心意，给你！"说罢双手捧上。

"哎哟，真是受宠若惊啊，使不得使不得！虽然这段时间常看您写字，但哪好意思跟您讨字啊！"陈彦忙不迭伸手扶住老爷子的手。

"陈主任，你那次说话真是一语点醒梦中人啊！我时常在想，为什么你年纪轻轻对人生的感悟是我这个老头子所远不及的，想明白了：一是你的工作使然，就比常人多了份责任与奉献；二是我觉得你不喜欢浪费时间在毫无意义的事情上。"葛老爷子很是诚恳地说，"就像你说的，有时候也知道不能浪费时间，但是有时候自己忍不住和他人置气，浪费了时间，蹉跎了岁月，很不值当。"

"您已经很好了，您也过谦了，我知道干成一件事除了需要聪明才智，更需要坚持不懈。这一点从您的书法上已经体现出来了！"陈彦说道。

"你收着吧，不嫌弃老朽的拙笔就好了！"老爷子说完抖了抖手中的卷幅。

"哎呀，好好好，能得到您的大作，真是我之幸！感谢感谢！"陈彦接过作品，小心地看了看墨迹已干，遂卷好，一再感谢。

很快小周的回复来了，她和沈大妈的小儿子一起过来找的陈彦。

"我回去跟我妈说了，我妈同意，说这也没什么，旧时候还有嫁过去冲喜的呢，说我们年轻人还没他们想得开和思想解放呢！"小周露出一个不可思议的表情。

沈大妈小儿子小陆也说道："谢谢您陈主任，我也代表我妈妈谢谢您，这么为患者着想。亏了您，要不然我们也不知道这是她的心病！"说完深鞠一躬，转过身对着小周也是一鞠躬。

"你给我鞠躬干吗啊？"小周一脸问号。

"谢谢你这么通情达理，我很感动！"小陆深情地看着小周。

小周轻声说："傻瓜！"

陈彦和他俩商量，仪式用鲜花布置，这样也不会打扰到其他病人。于是，一场特别的婚礼在小声的《婚礼进行曲》中开始了，工作人员化身散花的仙女，穿着婚纱的小周挽着小陆一路从花雨中缓步而来。沈大妈被扶坐在病床上，笑得合不拢嘴。小周叫了一声："妈！"沈大妈喝着小周端来的茶，她觉得这是最甜的。病房里一片轻而密集的掌声。望着一直铺到床头的鲜花，以及小周的父母、自己的孩子都到了，沈大妈心里那个美啊，美得让她老泪纵横，她赶紧擦了，连说："高兴！高兴！"

第二天陈彦查房，沈大妈早早地起来等着陈彦的到来，一见面就拉着陈彦感谢开来，激动得热泪盈眶。"亲人啊，真是亲人，我不知道怎么感谢你才好，千言万语只一句：谢谢！"她抓着陈彦的手不停地摇着。

"不激动，不激动！这些都是小事，我也只动动嘴，还是您的孩子明事理。"陈彦拍着沈大妈的手，回头看了看监测仪。

沈大妈满含热泪："我从一生病就有这个愿望了，当得知这个病没办法治的时候，更想了。我看他俩感情那么好，心想我来这一出，说不定就是破坏者了，这几天这种感觉越来越强烈。我知道我大限已到,还能这么清楚地说话,还这么清醒,真是太感谢你了!"

"真的不用,我也没做什么!"陈彦摆摆手。

"那可不是这样,没有你我这问题啊就无解啦。"老太太认定陈彦帮了她大忙了。

陈彦也越来越觉得这里的病人更需要她,有的把她当女儿一样看待,她每天工作状态也很好——做一个被很多人需要的人,那感觉自然好。每天只要有空,她就去看老爷子写字,跟老太太说说话,听患者们讲述家长里短和曾经辉煌。

陈彦的工作热情很高,胡戈也看在眼里,他以自己的方式支持她,包括做饭和家务。

"医院安排我下月去全世界最先开展安宁疗护的英国去学习两个月,你一个人在家行吗?"陈彦调皮地看着胡戈。

"行不行你回来就知道了,哈哈!"讲实在话,结婚后两个人还从来没分开过这么久。

两个月的时间过得属实很快,早上陈彦刚到办公室坐下,护士长就告诉她:葛老爷子和沈大妈都已相继离去。陈彦心里"咯噔"一下,快步走向病房,站在门外,发现病床上已经不是那熟悉的面容。回到办公室,护士长交给陈彦一封信——一个手写的信封,上面是"陈主任亲启"。自己的桌子上摆着一束已经有些枯萎的玫瑰,护士告诉她:是沈大妈叫她们帮忙订的,务必要送给你。陈彦一下子忍不住了,泪水夺眶而出,两位老人的音容笑貌仿佛就在眼前,他们仿佛在拉着自己的手不停地说着什么。陈彦擦了眼泪,打开信,一行行工整的隶书呈现在眼前。

陈主任见字如晤：

说来惭愧，我这么多年沉浸于古诗词当中，对里面的人生道理还没您领悟得深刻。您的一番话着实给我上了一课，只是领悟得有点迟了。纵观我这一生，虽说在书法上略有所成，但在生活的本质上可以说一无所有，为一些芝麻绿豆大点的事跟自己置气，想想都觉得难为情。

回首自己的一生，总觉得有些遗憾，年轻时也拼搏过努力过坚持过，中年也确实收获了不少财富，可这有什么用呢！子女教育上出了问题，以至于他们的价值观以金钱为准。老年了又时常为一些不值当的事犯脾气，而忘了初心。

之所以写这样一封信给您，实在是因为您的一席话让我临了可以清楚地总结自己的人生。好在遇见您，短短数语让我茅塞顿开，感谢！

说来惭愧，我看上去好像朋友无数，真心说一句：像您这样的良师益友不可多得！

陈彦看着信发呆：自己也没做什么，但在别人看来就是莫大的帮助，是因为他们没时间深入交流，彼此缺乏了解，想到他们的家人悲痛欲绝的场景，自己要是看到也是受不了的。

今天陈彦准时下班了，胡戈要晚点回去，就没等他，开车回家的一路上看到街边的大爷大娘，总以为是他们。

胡戈回来的时候，陈彦照例在沙发上睡着了，以至于胡戈开门关门她都没醒。等到胡戈坐在她旁边，动了沙发，她才醒来，一把抱着胡戈就哽咽了。胡戈轻抚着陈彦的头发，轻声问："这是怎么了？工作受委屈了？"陈彦头埋在胡戈怀里摇摇，并没有抬起来。

胡戈把陈彦扶正，发现她泪眼婆娑，也吓一跳："这是怎么了？

快告诉我!"

"我不想在安宁疗护病房了,我要回到原来的岗位。"说了这句,陈彦继续把头埋着,隔着衣服胡戈都能感受到陈彦泪水的湿意。

"什么情况?怎么不想干了?是受什么委屈了吗?"胡戈使劲扶正陈彦的身体,并帮她擦去泪水,从认识到现在,他还没见过陈彦如此呢!

陈彦大概地把葛老爷子和沈大妈的事情说了一遍:"我不想这种样子,其实我没有哪个病人离去有这么难受的,感觉是我的亲人和朋友一样。我要回原来的工作岗位,时间长了我怕受不了!"

胡戈听明白了陈彦的意思:"你的工作做得相当好了,了却患者最后的愿望,使他们不带遗憾地离开,可谓功德无量。我敢说,没有几个能做的和你一样棒。人非草木,孰能无情,这才是正常的。"

"可是没哪一次病人走了,我这么难受啊!要是多来几次,那我不抑郁了?这种情况我受不了啊!"陈彦皱着眉头望着胡戈。

胡戈用手轻轻地擦去陈彦的泪水,摸了摸她的头:"一个工作干得如此出色的人,于公于私我都不会劝她离开的!"

陈彦立刻换了一副拉长的脸:"你搞得像领导一样了,关键问题你有没关心过我?我的心理被这么折磨几次,我是要崩溃的!"

胡戈微微一笑:"这恰恰证明了你工作的重要性。每个人都会离去,尤其是生病的人,要不带痛苦和遗憾安详地走很难,你的工作对他们来说是一种解脱。哦,对了,老书法家送你的字呢?"

陈彦疑惑地看着胡戈:"干吗?在书房的橱窗里。"

胡戈站起身,去书房把字拿来,展开铺在茶几上:"你看看,老书法家是把你当至交,一切友情尽在诗中,他把你当知音了啊!"

"这个倒没在意,我以为只是写了幅字呢,而且是我们熟悉的,没有多想。"陈彦又仔细看看。

"词我们都很熟悉了,但有时候并没有深刻地去理解它。"胡戈深情地看了看陈彦。

长亭外,古道边,芳草碧连天。晚风拂柳笛声残,夕阳山外山。天之涯,地之角,知交半零落。一壶浊酒尽馀欢,今宵别梦寒。
长亭外,古道边,芳草碧连天。晚风拂柳笛声残,夕阳山外山。情千缕,酒一杯,声声离笛催。问君此去几时来,来时莫徘徊。
草碧色,水绿波,南浦伤如何?人生难得是欢聚,唯有别离多。情千缕,酒一杯,声声离笛催。问君此去几时来,来时莫徘徊。

"天涯海角知音难觅,劝友人喝了这最后一杯酒,上路也不要迟疑。他是在说自己上路,故而想到李叔同这首《送别》,老先生这是在感慨自己的离去。'草碧色,水绿波……人生难得是欢聚,唯有离别多',是说尽管离别悲伤,还是希望咱们都高兴起来,难得有最后的相聚。'声声离笛催……'这是老人家知道自己要走了啊!"胡戈轻轻叹了一口气。"你看这落款'赠挚友',写得这么清楚呢!你没看到吗?"胡戈指指印章处。

"哎呀,当时就忙着推辞了,何况先前看到'长亭外古道边',知道是《送别》,就没在意。"陈彦拍了拍脑门。

"老先生也是用心良苦啊,借诗抒情。我们把字裱起来吧,这么大书法家的墨宝不应该放在玻璃窗里的。"胡戈直起身。

"本来就要裱的,这几天我忙,你也不自觉点。"陈彦白了胡戈一眼。

"有这样的朋友,何其幸哉,你应该感到幸福才对。悲伤肯定会有的,但是回忆起来,你能记得你们开心的一刻,不对吗?"胡戈轻轻地卷起字。

"也是哦,一开始老爷子倔强得像小孩子一样,到后来就很配合,重新写字焕发新生,说起来满满的正能量。人终须一别,是我看不开！"陈彦像是喃喃自语。

"说明你是正常人，你的血是热的！"胡戈说完把字收好。

陈彦愣在那儿，不知道胡戈是夸她还是调侃她："跟你说的事呢，都忘了？"

"什么事啊？"胡戈故作惊讶地看着陈彦，"哦，你说工作的事啊，你不是有答案了吗，还问我！"说完三步并作两步，去把字放好了。

陈彦想想：是啊，这会儿倒觉得好多了，为什么呢？明明自己很伤心的……

晚饭后胡戈继续老习惯，陈彦端着茶杯走过来靠在门框上，嗲嗲地："老公，陪我看会儿电视呗！"

胡戈一愣，心里纳闷：今天这是怎么了，陈彦从来不拖着自己看电视的，他也不喜欢她看的那些连续剧什么的，但这很难得，他很好奇，只能从命！

省台生活频道开始播放节目《如何让生命走得有尊严、有质量》：

主持人：从生到死，是我们每个人都要经历的必然过程，无一例外。中国人的传统观念非常恐惧死亡，也非常忌讳"死亡"这样的词汇。但面对一些疾病的终末期，目前的医学科学是无能为力的，医生的抢救也不能起死回生，也就是：钱花了，罪受了，人走了。除了痛苦离去，能不能让生命在最后的一段时光里依然保持尊严和生活质量？能不能让临终患者得到更多更好的医疗服务和人文关怀？近几年，全国一些医院启动了"安宁疗护"的试点，更加科学、人文地对终末期疾病患者进行治疗。

今天，我们有幸请到我省首家设置"安宁疗护"病房的南江医科大学附属医院安宁疗护病房陈彦主任,和我们聊一聊"如何让生命走的有尊严、有质量"这个话题。观众朋友们如果有问题,也可通过后台和我们联系。

主持人:"陈主任您好:谈到安宁疗护,我想大家首先关心的是'什么是安宁疗护',能不能给我们介绍一下?"

陈彦:"安宁疗护,是针对预计生存期只有半年甚至更短时间的疾病终末期患者所提供的一项服务,以多学科照护团队形式,以患者和家属为照护对象,提供包括躯体、心理、社会、灵性的全面照护,从而提高生命末期生存质量,使患者能够安宁、有尊严地度过余生,并使家属的身心健康得以维护。"

"在我国的就医传统中,病人生命濒危之时常常会被送进重症监护室,也就是ICU,通过气管插管、心外按压、电击除颤等措施进行抢救。这些措施都与痛苦相伴,并且会带来创伤,也就是有创抢救。心脏按压可能导致按压部位的肋骨断裂,除颤是用200焦耳到300焦耳的强电流在病人心脏部位进行电击,这往往会烧焦皮肤,病人很痛苦;但对一些终末期病人来说,这种努力都是白费的。"陈彦补充道。

主持人:"我们调查发现,临终之时患者已经无法表达自己的意愿,此时要不要救、怎么救,基本都是患者家属等监护人来决定。尽管知道有创抢救已经意义不大,但是很多患者家属依旧非常坚持,是这样吗?"

"您说得很对,临终的病人往往都非常虚弱,而且可能进行了气管插管或气管切开等抢救手段,所以没法进行语言表达,是否痛苦也只能通过患者的表情和动作来判断。我们"父母在,家就在"的传统观念是根深蒂固的,并且在老人临终时,子女也往往成为关注的焦点,大家普遍认为孝与不孝会在这时体现;因此绝大多数子女会为了今后自己内心的安宁,选择不惜一切代价进行一些毫无意义的抢救。"陈彦回答。

有观众提问:"对于疾病终末期的病人来说,选择安宁疗护,不做有创性救治,是不是就是不治疗或者安乐死?"

陈彦:"不是的!根据世界卫生组织的定义,'安宁疗护'需要遵循如下原则:一、将死亡视为生命的自然过程;二、既不加速也不延缓死亡;三、医疗者应该为患者提供缓解一切疼痛和痛苦的办法。通俗来讲,安宁疗护不单纯是指此前老百姓口中的临终关怀,'疗'是医疗,'护'是护理。安宁疗护不是不用药、不治疗,而是相对于有创救治,更多的是想办法为疾病终末期或老年患者在临终前缓解生理、心理上的疼痛与痛楚,尽可能维护生命质量,帮助患者舒适、安详、有尊严地走完人生的最后阶段。"

主持人:"从刚才您的介绍我也对安宁疗护有了初步的了解,它与我们传统认识的医疗救治是不同的。那么我想再请教您一个问题:平时你们的工作重点是什么?"

陈彦:"我们的主要任务和工作是用医疗、护理以及其他手段尽可能缓解患者的身体和心理痛苦。患者的身体痛苦症状包括疼痛、呼吸困难、呕吐等。用什么药?怎么用药?医生、患者、家属共同来决策。身体痛苦症状得到有效缓解是接受安宁疗护的患者最大的感受。"

主持人:"您提到缓解身体痛苦可通过药物,那陈主任我们想了解一下,缓解心理痛苦又有哪些措施?谢谢!"

陈彦:"您的问题非常好!临终之时,另一个关键问题是心理和心灵。对亲人的牵挂、未了之事的遗憾,还有对死亡的恐惧,等等,让临终之人内心痛苦,也困扰着家属。'人文关怀'是安宁疗护最大的特色,在安宁疗护病房,除了医护人员,还有志愿者、心理咨询师和社会工作者,以爱为主,以病人为中心,团队合作,提供关怀。在安宁疗护病房,家人可以时时陪伴患者生命的最后阶段,在医疗团队的指导和帮助下,尽力帮助患者完成未了的心愿,家人与患者有机会完成'道谢''道歉''道爱'这些重要的内容,也做最后的'道别'。正是基于这样的理念和特色,在我们病房,很多患者实现了临终前最大的愿望。"

"请导播接后台!"主持人指示。

随后一位观众朋友在线提问:"陈主任您好,听了您的介绍我很受启发,非常感谢您。回想起我父亲当年就像您讲的那样走得非常痛苦,我们作为子女明知抢救是徒劳的,但也很无奈。现在我母亲也面临这样的情况,所以想了解一下,如果想母亲住进你们安宁疗护病房,需办理哪些手续?谢谢!"

陈彦:"是这样的,首先要经过专科医生的诊断,确认不可治愈,短期内不可避免地走向死亡,有创抢救并不能给患者带来实际的帮助;下一步就是办理入院的时候签署知情同意书,要求放弃临终抢救,这个抢救就是我们说的有创抢救。"

"谢谢您!非常感谢!"听得出来咨询者非常兴奋。

主持人深情地说:"生如夏花之绚烂,死如秋叶之静美。除了最后的有创抢救,安宁疗护也应该是一种面对死亡的选择。生命有尊严,照护有品质,生死两相安。让生命以更好的姿态完美谢幕,需要社会各界、患者及家属的共同努力。感谢观众朋友的收看与参与!"

"讲得太好了！敬佩陈主任！"胡戈热烈鼓掌后，给了陈彦一个大大的拥抱。

"今天下午开科会，我请全科人员自主选择继续留在安宁疗护病房还是回到原来的科室，大家都认为在安宁病房工作同样很有成就感，功德无量，全要求留下来。"陈彦微笑着。

"那陈大主任呢？"胡戈调皮地问道。

"废话！"陈彦上去就是一个热吻。

武汉抗疫

谁是英雄

一切的生灵皆有为生命而战斗的本能,直到精疲力竭,流尽最后一滴血。

——贝多芬

胡戈中午忙完门诊已经十二点多了，赶忙去食堂吃饭。才打好饭坐下，一个小小的身影出溜闪现在对面："胡老师，才吃饭啊？"

胡戈一看是小甜甜："是啊，门诊有点忙，才看完病人，你呢？"

"我也是才结束！"小甜甜一边说一边大口吃饭，俨然不把胡戈当外人。

胡戈看着小甜甜吃饭的样子忍不住地笑，和这孩子在一起吃饭肯定能多吃一碗。小甜甜看到胡戈在笑，先是一脸问号，然后反应过来了，不好意思地低下头。

"胡老师，是这样的，我们宿舍的徐丽影要来南江，毕业后好几年没见了，加上在南江的张彤，她们一致要求见见您。她们还说我们关系好，又在一个医院，让我完成这项光荣的任务，我要是完不成，她们就让我光荣了！"小甜甜说完吐了吐舌头。

胡戈听完哈哈一笑，心想：这小丫头还真有心眼，立马把锅甩给我了，还让我无法拒绝。"好啊，提前给我打电话就行。还有，我来安排，我是老师！"

"那可不行！我们都工作了，我是地主，她们都冲我来的，您是我们的帅哥嘉宾，怎么能让您安排呢？坚决不行，这个必须听我的！"小甜甜头摇得跟拨浪鼓似的。

胡戈看这架势，估计再怎么说也不可能："那好吧，就听你的！"

小甜甜双手合十一顿乱摇："谢谢胡老师了，顺利完成任务，耶！"比了个胜利的手势，端起餐具就溜了。

胡戈看得直摇头又好笑：这孩子长不大！

聚会的地方是一家西餐厅，小年轻们喜欢这样的场景氛围。

"胡老师，哎呀，亲爱的胡老师！"隔着多远，徐丽影像看见一块肥肉一样张开双臂扑了上来，来了个大大的拥抱，把小甜甜晾在一边。

胡戈被徐丽影的热情弄得有点不好意思。徐丽影拥抱完胡戈，最后才轮到小甜甜，小甜甜一边抱一边嘀咕："重色轻友的家伙！"

徐丽影爽朗的笑声在餐厅回荡，小甜甜赶忙拍了徐丽影一巴掌："注意素质！"

大家坐下，徐丽影脱下外套撸起了袖子："哎呀，忘了，看到甜甜和张彤还有胡老师，感觉又回到了学校，又回到了宿舍，刚才得意忘形了，抱歉抱歉啊！"

小甜甜指指她："你啊是一点没变，平时也这样？"

"怎么可能，平时我可淑女了！"徐丽影双手交叉作害羞状，引得众人哈哈大笑。

几年的分别又重聚，同学之间的友情格外纯真且美好，在一起更多的是欢乐的回忆。酒过三巡，菜过五味，那份矜持就没有了，加上她们也没拿胡戈当外人，欢声笑语吸引别桌投射来目光，服务员也看着她们这桌。

"甜甜啊，有对象没？"张彤问道。

"没有啊，还没时间想这个问题，你有了？"小甜甜摆摆手。

"落后分子，怎么能没有呢，条件这么好，得加速了！"徐丽影用叉子指指小甜甜,"胡老师,您得帮帮忙,怕她没人要,您给介绍介绍!"说完自个儿在笑。

小甜甜来回指指徐丽影和张彤:"你们都有啦?"一看她俩默认:"真是没有天理!胡老师你看看,这就是你的好学生,不忙着学习忙谈恋爱!"

胡戈一直笑得不行,这群活宝学生碰到一起简直了:"事业要有,爱情也要有嘛,正常。"

"那你看看,胡老师英明!"徐丽影大拇指竖得老高。"甜甜啊,眼光不要太高了,差不多就行了,你难道非要找个胡老师一样的?"徐丽影嘴上没一个把门的。

小甜甜用纸巾砸了过去:"闭嘴吧,真是个大嘴巴。我有你们没有的优势啊,就是我能经常看到胡老师,你们不能!"说着挽住胡戈的胳膊,摇摇头向她们示威。这招真管用,两个人看看小甜甜,摆出一副要吃了她的架势。

她们继续聊学校的事,聊工作的事,聊怎么上课给胡戈打分的,聊宿舍里如何欢乐……聊到江蕙,那是每个人心里的痛,每每提及最难受的就是小甜甜,让她回忆起来估计整个晚上也说不完。小甜甜说自己每年教师节和清明节都会去看江蕙。

胡戈作为一个旁观者,一来体验到同学的情谊历经多久都不会变色,二来也被她们率真的友情所感动。夜色已深,又到了分手的时候,大家依依惜别。

2020年初,全国人民还处在春节欢乐祥和的气氛中时,武汉爆发新冠疫情,宛如初春最呼啸的北风。武汉犹如前线,牵动每个国人的心,每天打开新闻,首先就是关注武汉疫情的情况。随着疫情的加剧,各地支援也如火如荼。

由于第一批去支援武汉的人员不多,每个医院分下来名额就

武汉抗疫 | 谁是英雄

没多少，医院几个相关科室就采取自愿报名的方式，刚宣布报名就满额了。小甜甜也报了名，她希望能去，因此特别关注这件事情。

这样的场景也发生在所有支援单位里，虽然医护们看到每天的感染人数、死亡人数在不断攀升，但这些并没有阻挡他们报名支援的决心和热情，好像来势汹汹的疫情终究会被他们踩在脚下一样。

报社里，前往武汉采访也是自愿报名，杨秋报了名。对于他来说，这么大的事件，他肯定要去，然而领导考虑到他的身体情况，不同意他去。

杨秋满肚委屈地敲开领导办公室的门，领导一看就知道来意：兴师问罪来了！

"我们也是为你着想，你刚动完手术没多久，这次任务这么危险，你还是留在家养好身体。我们不能因为你这头牛耕田厉害而把你累死啊，对吧？我们也爱惜人才！"领导喝了一口茶。

"我身体已经没事了，再说以往那些大事件的采访都有我，不能把我做过手术的事情老停留在您印象里啊！"杨秋急得领导让他坐下他都不肯。

"别的同志没有意见吗？怎么每次都是你去，他们不会这么想吗？"领导顿了顿。

"哎呀，我的老领导啊，像我这种打过硬仗的人咱报社就没几个，攻坚也是老兵带着新兵啊！况且这次任务如此艰巨，又不是去旅游，你看看报名的名单里有多少老兵，咱身体没问题，你这不用我还用谁呢？"杨秋一改往常说话的一股子书卷气，都是急的。

"好，好，我们研究研究，再给你答复！"领导一看，估计这么下去该是说不过他，赶紧把他支走。

"好，那我等消息，没消息那我还会来给您'请安'的！"杨秋带着恳切的目光离开了办公室。

报社社长回到家,和老伴谈到这事:"杨秋这小子真是不知好歹,不让他去是照顾他,搞了半天他还以为我有什么目的呢?"

老伴给茶杯加了水:"杨秋啊?我知道啊,工作能力那么强,拿奖是拿得手软了吧,你不知道念叨过多少次了。"老伴放下水瓶:"怎么,这次出征武汉的任务没有他?那难怪人家有意见!"

"老太婆你说说。"老领导端起茶杯停在那儿。

"他常年从事一线重大事件的采访,从来没缺席过,这次生这么大的病对他应该打击很大,肯定很失落、很消沉。要我说,老让他这么歇下去,他会认为自己没用了,就此消沉下去也不一定!"老伴继续说,"你让他在家待着,他估计心也是飞到前线的,与其这样,倒不如成人之美。"

"哎呀,老太婆,我这个领导还是让你来做比较合适啊,哈哈!"

"哎哟,你当你这个领导有什么稀奇的呢!我这不是退休了吗,要不退休,管的人可比你多,有啥了不起的!还有啊,一个战士最好的归宿是战场,要是我,我也这样啊!"老伴迈着轻盈的小碎步往厨房走去。

第二天刚上班,杨秋就冲进办公室,社长直皱眉头:"你的要求,经过考虑,我觉得可以接受。但是我们几个领导要碰个头商量一下,民主嘛!"

杨秋连忙道谢,心想成了。望着杨秋离去的背影,社长又好气又好笑地摇摇头。

从机场到驻地的路上,看不到什么人也看不到什么车。大巴上,大家已经不像飞机上还有说有笑,每个人都变得沉默。

小甜甜到了工作地，还惊魂未定：一路看不到几个人影，偌大的武汉曾经拥挤的车流压根儿不见，道路变得宽阔无比，仅有的几辆车开过，和自己曾经来过的武汉仿佛两个城市。本来，她还为自己能不能选上而闹心，从这一路的情况来看，她忽然心里"扑通扑通"直跳。待看到满是穿着防护服的"大白"们，来之前各种壮怀激烈的想象此刻已烟消云散，剩下的唯有紧张。

换好防护服，每人还加了一个尿不湿，拿到这东西的时候还觉得未免有点好笑，可是过一会儿走上工作岗位，她却笑不出来了。一整天都在弦绷得极紧的状态中度过，工作节奏是平时的几倍，一天下来整个人都累虚脱了。

大巴车把她们送到住地，回到房间小甜甜一屁股瘫坐在地上，想着跟谁打个电话吐槽下，想了半天也没合适的。翻了半天微信，发现只有胡戈最合适：就他了！本来是想语音电话的，手一抖视频电话出去了，小甜甜压根没在意，拨了就放在耳边。

"喂，胡老师您好！"

"你那边怎么看不见啊！你是不是挡着啦？"小甜甜一惊连忙看手机，赶紧说，"胡老师我打错了，是视频电话，我挂了重打！"

"不用了，就这样不挺好吗，怎么样今天，还能适应吗？辛苦了！"胡戈看着小甜甜脸上的口罩勒痕，明显的两条红印，蓬乱的头发被汗水浸湿过又黏在一起，知道这一天她辛苦成什么样。

小甜甜听到"辛苦"二字眼泪再也刹不住车，"哗"地夺眶而出。灯光的照射下眼泪时不时地闪着光，一个可爱的女孩梨花带雨地着实让人心疼。

"对不起胡老师，我有些失态！"小甜甜边说边擦去不断涌出的泪水，"可能我从来没经历过这种超强度、超紧张的工作，平时也没机会这样子，每个人都忙忙碌碌，一开始我感觉我学的都忘了一样，就是一个机器，主任让我干啥就干啥，手脚也没那么利索了。"

"没关系，慢慢就适应了，你已经很棒了。就像上战场，你是个新兵，第一天就能扛下来已经非常不错了！"胡戈认真地说。

小甜甜似乎好了点："虽然不是说有多热，但衣服都已经汗湿了，最难受的就是每人一个尿不湿，也不敢喝水，要不然感觉一个都不够用，我想是我紧张的！"

胡戈真是有些感动了，他能明白小甜甜所承受的一切："你已经很了不起了，以前我们经常看电影里战士的艰苦生活，但没什么切身体验，而现在你就是奋战在一线的战士，以你为荣，真的！再坚持坚持，咬咬牙就挺过去了，要不了三天我相信你就能适应。你想，这次让你去还是因为你足够优秀啊，我们为你加油！"胡戈再怎么聪明再会说的人，这个时候说不出其他的，每一个字都是发自内心最朴素的语言。胡戈通过摇晃的镜头感觉到小甜甜的手在抖："你赶紧收拾收拾，洗个澡，好好睡一觉，迎接明天的战斗。"

小甜甜脸上的泪水已干，点点头："老师再见，我会的！"说完挂了电话，手机扔在一边的地上，这时候浑身的酸痛感起来了，因为到这一刻她才放松下来。

作为随医疗救援队的记者，在随队去拍摄采访的时候，杨秋亲眼见到一群年轻人穿戴防护服，透过护目镜可以看到他们的眼神里有很多复杂的情绪——迟疑、恐惧、彷徨等种种不确定，以及一种本能的紧张。

作为初上"战场"的"战士"，他们有许多本能的情绪，但当他们走上工作岗位的那一刻，一切情绪都不存在了。他们之中有晕倒在病区的，有呕吐在口罩里的，待他们醒来，清洗干净，便又重新披挂上阵。采访的每一天，杨秋都感觉自己接受了一场又一场的教育，记得中学时有篇课文《谁是最可爱的人》，眼前这些就是最可爱的人！

日子过得飞快，随着后几批医疗支援队的到来，小甜甜被转调去方舱医院。这又是新的工作岗位，小甜甜觉得没什么，自己肯定能立即适应，经过这些天的磨练，小甜甜恍然觉得自己好像无所不能一样，干劲十足。

方舱医院比起病房来更像一个热闹的社区，医护人员来回穿梭，与病人随时交流。

没过几天，杨秋也来到方舱医院采访，来的第一天就碰到一个大场面：上百人在一个小个子医生的带领下跳操，场面甚是壮观。他忙找了一个好的角度，由于是体育馆改建的，所以拍摄的角度也好找，他拍了许多张，再一张张翻看，看哪些拍得比较好。其中有一张让他看了又看，画面定格：前面领舞的医生好像在跳芭蕾一样，医生一身白色防护服，但由于是远景加上体育馆大灯的照射，看不出是防护服，反而像是一只白天鹅在领着大家跳舞。杨秋洋洋得意：这张照片就叫"美丽的小天鹅"吧，越看越喜欢！

杨秋决定采访一下这位"小天鹅"，等大家跳完，找到了这位医生。杨秋说明来意，亮出身份证明，"小天鹅"似乎还不是很放心，把他带到医院领导那边，领导一看是杨秋，老熟人了，遂向"小天鹅"说明情况，让她放心去接受采访——正是小甜甜。

"张甜医生你好，我是新华社记者杨秋，谢谢您接受我的采访。"杨秋看小甜甜有点拘束，"你就当我们在聊天，也没什么，跟聊天没有区别。"

"您知道我叫张甜？"小甜甜问完就后悔了，突然想起背后就写着大名呢，赶忙摆摆手。

杨秋笑了笑："我刚才在拍照的时候，一开始以为是广场舞，后来发现不是，这是什么舞？我看一起跳舞的人可是不少，可谓壮观啊！"

"这个是健肺养肺呼吸操,我是呼吸科医生,平时会教患者做这个操,还蛮有用的。我们许多轻症患者的反馈很好,刚开始两天就几个人做,然后增加到十几个、上百个这样子。"说完小甜甜眼睛扫了一下整个方舱。

"你从医院换到这边工作,有不适应的吗?"杨秋是跟着她们过来的,所以很清楚。

"才来武汉的几天不适应,现在没什么不适应的。才来那会儿因为没见过这情形,虽然领导出发前再三叮嘱,也全忘了,因为害怕或是紧张吧。"小甜甜倒也坦诚。

"别说是你,我们也没见过,也害怕也紧张!"杨秋笑笑,这也拉近了和小甜甜的距离。

"和病人相处得怎么样?"

"和病人相处可真是一门学问!这些天下来发现朋友越来越多了,我觉得最关键的是心理建设。"小甜甜很认真地讲。

"哦!能详细说说吗?或者举几个例子。"杨秋很感兴趣。

"比如说有些患者容易听信谣言,这个群体还比较大,那只能是用事实说话,事实最具说服力,也最管用。随着我们方舱医院陆续出院的人越来越多,开始回归正常生活,谣言自然不攻自破。还有病人因为长时间隔离,难免生活上有诸多不顺,难免有牵挂的人和事,会有脾气,这时候就要开导他们,哪怕暂时避让,事后等他们不在气头上了再去讲道理,还是很好沟通的。毕竟每个人的心都是肉做的,何况大家知道我们是来支援的,就更好说话了。"说到这儿,小甜甜眼里闪着光,即使护目镜也挡不住。

杨秋听到这里不由得暗暗佩服眼前这个小姑娘:"问一句,能用你的真名吗?因为前面采访有不愿透露真名的,怕亲人为自己担心,所以我后来的采访都会注意到这个问题。"

"哎呀,幸好你提醒,我没告诉父母来武汉的事,不过没有关系,他们看到也不会怪我的。"小甜甜这才想起来。

"谢谢你接受我们的采访!"杨秋伸出去的手又缩了回来——严格遵守防疫规定,冲小甜甜抱抱拳,小甜甜也学着抱抱拳,笑着离开了。虽然彼此都全副武装,但护目镜后面都是愉悦。杨秋接下来还要采访小甜甜的领导,工作也是安排得满满当当。

第二天,杨秋的报道就在头版头条登出了——《美丽的小天鹅——武汉方舱医院采访纪实》。

文章一经刊出,各大媒体争相转载,尤其是那张跳舞的"小天鹅"给人印象太深了。随着这张照片走红网络,晚上就上了央视新闻,这是全国人民期盼的好消息,也是振奋人心的好消息。小甜甜一下子出名了,虽然她穿着厚厚的防护服,戴着护目镜。

"老头子快来看,快来看,快!快!"甜妈朝厨房喊着。

"什么事啊这么急,出什么事了?"甜爸吓了一跳,赶紧跑出来。他还没说话,甜妈先流泪了:"快看,这是我们家甜甜吧?"电视里,小甜甜正带着病人跳操呢,一动一动的防护服背后忽隐忽现地写着"张甜"两个字。甜爸呆立在客厅,手上来不及擦干的水还在不断地往下滴。看了一会儿,他眼圈也红了,可不就是宝贝女儿吗!

这时甜妈哭得更伤心了:"这熊孩子,跑去武汉也不告诉我们一声!这,这怎么办呢!"

"什么怎么办,她又不是去玩儿,是去工作,挺好,是我女儿!"甜爸责备了一声甜妈,也不管手上的水,抹了一把眼泪。

"这多危险啊!她要有个什么三长两短的,我可怎么活哦!"说完甜妈回头瞪了甜爸一眼。

"女儿大了,你家小孩危险,人家小孩就不危险?都告诉你了,这是去工作,去战斗!"甜爸嫌甜妈不懂,"但是去也先告诉我们一下啊,这孩子!"

"就是啊！"看着屏幕上女儿小小的身躯，还站着接受采访，声音是错不了的，电视给了脸部的特写，虽然有护目镜、防护服挡着，但还是一眼就认了出来。甜妈的泪水又止不住流了下来："你看，女儿都这么瘦了！"

甜爸也看在眼里，嘴上却说："穿着防护服带着护目镜全副武装，你也能看出来瘦啊？你真本事！"

这时甜妈已经把手机拿在手里，就等电视新闻结束，要给小甜甜打电话。

"你这会儿打电话，女儿会不会在工作啊？要是工作那肯定接不了电话的。"甜甜爸似乎冷静了许多。

"她要不接电话，不是说明她在工作？就你聪明！"说着视频电话已经拨出，甜妈还不忘翻了甜爸一个白眼，那意思：她就不是你女儿！

"妈，你怎么给我打电话的啊？"手机屏幕里，女儿被口罩勒红的小脸笑得无比灿烂。

甜妈看着女儿的脸，叫着甜爸："来看看我的宝贝女儿！"说着眼泪又控制不住了。

"爸！"小甜甜吐了吐舌头，看到妈妈眼泪止不住地流，自己的眼泪也下来了，"爸妈，对不起啊！我来武汉没告诉你们，对不起！"

"我要是不看新闻还不知道，全国人民都知道了，我也不知道！"甜妈一边责怪一边心疼地落泪。

"你认为你的父母亲都是些老顽固？自私？会不让你去？"甜爸凑过来说了一句。

"爸妈，我是怕你们为我担心才不告诉你们的！"小甜甜擦擦眼泪微笑着。

"这样我们知道不是更担心了？你这孩子，也没吃过苦，这出去受得了吗？适应了吗？"甜妈一脸疼惜地问。

"现在还好了,已经很习惯,才来那几天不习惯,由于穿防护服,不敢上厕所,就用尿不湿解决,这点不能接受,第一天第二天因为紧张憋不住直接流出来了,尿不湿也不行,整个裤子都湿了!"说完小甜甜拼命地眨眼睛,不让眼泪掉下来。

视频这边甜妈可控制不住了,眼泪哗哗的,小甜甜从小到大也没吃过苦,听得她心疼无比,一再叮嘱小甜甜要照顾好自己,注意安全防护。而甜爸的一句"你是我们的骄傲,等你凯旋回来,给你庆功!",又让小甜甜没忍住泪水。打完电话,小甜甜如释重负。

随着疫情渐渐获得控制,方舱医院关了一个又一个,武汉的春天也来了,一抹嫩绿浮上枝头,鸟儿也开始欢唱起来。各地的救援队纷纷撤离,队里大部分人撤回,留下一小部分去金银潭医院。小甜甜如愿以偿争取到了留下来的名额。

因为金银潭都是重症病人,所以工作又恢复了刚开始来武汉时的样子,只不过小甜甜已经成熟了。先期的物资缺乏得以改善,随着最后一批病人出院,小甜甜他们也到了离开的时候。从方舱医院出院的患者朋友们给他们送来了很多礼物,再多的包也装不下,小甜甜便把一些吃的留给医院里正在恢复的病人。

出发的那天终于来到,大家上了大巴,前面一排警车开道,整条大街上只有警车和他们的大巴,沿途是夹道欢送的人群。此刻,小甜甜感受到了"英雄"的待遇。车开得很慢,还有人跟着大巴跑,小甜甜泪水流了下来。快上高速路的路口,刚刚护送他们的交警整齐地敬着礼,一幕幕感人的场景让小甜甜搭进去不知多少眼泪,她只能在心里默念着:再见了,英雄的武汉!再见了,英雄的武汉人民!

小甜甜在飞机下降要降落时的压强下醒来,一上飞机她就睡着了。当然,他们乘坐的飞机也接受了最高礼仪"过水门"。下了飞机,锣鼓喧天,小甜甜他们被淹没在鲜花的海洋中。

"胡老师，我回来了，约个时间请你吃饭！"小甜甜开门见山。

"好啊，应该为你接风洗尘，我来安排！"胡戈接到小甜甜的电话还是很开心的。

"那不行，得我来，我有补助，钱还不少呢！嘻嘻，请你吃大餐！"小甜甜很是兴奋。

"好吧，地方你定好通知我就行了。"胡戈挂完电话，想到精灵古怪的小甜甜也不由得一笑。

"这里是高档餐厅吧？消费可不低呢！"胡戈环顾四周，桌子之间的空间很大，装饰也挺豪华，人不多。

"哎呀，管它呢，这不是难得有机会请老师吃饭吗！"小甜甜说，"回来也忙死了，表彰大会、做报告、参加活动……我感觉不比在武汉轻松。这不，回来很久了，早就想请您吃饭，到现在才请！"

胡戈看着小甜甜，默默点点头："这回可是人生难得的一课吧？你也体验了一回成为人们心目中的英雄，那是何等的待遇！"

小甜甜连连点头："是啊，我在武汉时就已经见过了，我走的时候，好多康复的患者都给我送礼物，不要都不行，要是带回来能有好几箱。我其实还好，没觉得自己是啥英雄，只是做了该做的，不过成就感还是满满的！"

"来，敬你一杯，为圆满完成任务，为我们的战士凯旋干杯！老师以你为傲！"

杨秋也忙着写自己的书，在小区里"巧遇"胡戈几次，每次都聊好长时间。武汉的采访很顺利也很艰辛，让他感受了每个生命体在面对危机时所迸发出的能量。所以他决定，不让时光虚度，趁现在还写得动，做自己想做的事。

毕业季

没有硝烟的战场

疾病普遍存在，死亡最后获胜。
这是当然的事情。
当我还是医学生的时候，
就知道自己选择从事的职业是一个注定——
美丽的、荣耀的失败。

——Jamie Weisman《当我活着并呼吸时：一个医生—病人的札记》（*As I Live and Breathe: Notes of a Patient-Doctor*）

时间飞速划过，几年就好像短短一瞬，转眼又到了凤凰花开的时候，又到了蝉声绵绵的时候，毕业季来了。

胡戈也好，小甜甜也好，都是学校、医院两头跑，一个字——忙！

小甜甜和胡戈都是作为优秀教师代表参加毕业典礼的，座位分在一个区。小甜甜刚坐下，背后就有人拍她的肩膀。小甜甜一回头："哎，这不是张乐吗？我的天哪！"

张乐握住小甜甜的手，使劲地摇晃着："是啊，一晃好几年未见了，再见亲切感还在，仿佛就是昨天！"

"你怎么……"小甜甜想问"你怎么也在这儿"，想想又不该这样问。

"哦，我是作为学校教学医院的优秀临床教师代表，回来参加这次毕业盛典的。哎呀，就几年，学校变化真是大，我都快认不出来了！"

"你可能是没回来过，我是经常来，所以没感觉。"小甜甜一边说着一边坐下。典礼开始了。

校长率先讲话，高度赞扬了全校师生以及奋战在救死扶伤岗位上的广大校友，总结了这一届毕业生所取得的优异成绩和各项成果。紧接着是优秀学生代表发言，最后轮到张甜作为优秀临床教师代表发言。

小甜甜已不再是那个调皮的小丫头，今天的她一身深色套装，白色衬衣，脖子上系着黄色的丝巾，挽了头发，一副很干练的样子，就像礼仪队的女兵一样，浑身上下散发着一股英气。

尊敬的各位领导、各位来宾、各位老师，亲爱的同学们：

非常高兴也非常荣幸作为临床教师代表来参加同学们的毕业典礼。在此，请允许我代表全校教师向毕业的同学们表示衷心的祝贺，同时作为一名医生，也对大家加入医疗队伍表示热烈的欢迎。

看着朝气蓬勃的同学们，我发自内心为你们感到骄傲，为南医大感到骄傲。经过五年的刻苦努力，同学们掌握了医学的基本理论、基本知识和基本技能，为今后的临床、科研工作打下了坚实的基础。这五年，大家也和我当年一样，感受了学校、老师对我们的爱，感受了同学之间的友爱和手足之情。我们大家在此共同见证，怀揣满满收获的莘莘学子，即将告别母校，带着技术和爱奔赴新的征程，奔向救死扶伤、践行自己初心使命的没有硝烟的战场。

相信大家都对未来信心满满，但无论大家选择从医、从教还是深入科研，都将会是一条艰难曲折的道路。孟子曰："天将降大任于是人也，必先苦其心志，劳其筋骨，饿其体肤，空乏其身，行拂乱其所为，所以动心忍性，增益其所不能。"今后的职业生涯不可能一帆风顺，大家要不断总结成功经验，也要不断从失败中学习……

医学是科学，也是艺术、哲学，是集真、善、美于一身的，也是值得我们投入所有热情的职业。稻盛和夫说：人生中，与能力相比，热情和思维方式要更为重要。具有自主内驱力的人，周身散发的热情，不仅能激发灵感，更是源源不断且永不枯竭的动力。这种热爱的力量，对于治病救人、呵护生命的医者尤为重要……

"医者意也，在人思虑。"强调行医治病，贵在思考。在今后的行医过程中，同学们除了不断积累临床经验，更要注重临床思维能力的提高。临床诊疗思维不仅要着眼于如何搞清楚患者得的什么病，如何治疗，也指在诊治病人的过程中一切所思所想，包括对病人经济状况和心理状态等的了解，所以临床诊疗思维可反映医者的境界……。

大爱方能成就大医，医学首先是人文科学，把医学当作纯粹的自然科学，必然会背离医学的初衷。医学之父希波克拉底曾经说过："医生有三大法宝，语言、药物和手术刀。"语言实际上是最重要的法宝，语言可以救人，也可以伤人。医生的语言、动作、表情，甚至姿势都有可能影响患者本来就因为患病而变得更加脆弱的心灵。我们医生开的药方里一定要包含一个"希望"，这非常重要。

亲爱的同学们，母校不仅是一所学校，更是我们彼此呵护的精神家园，南医精神的赓续和传承是你们的重任。凤凰花开，骊歌未央，祝亲爱的同学们带着母校的殷切希望和老师们的深深祝福，奋楫扬帆启新程，笃行不怠向未来！今天你们以南医大为荣，明天南医大以你们为荣！

谢谢大家！

小甜甜讲完，张乐率先激动地鼓掌，全场掌声也热烈非凡。张乐仿佛从小甜甜身上看到了江蕙的影子，一想到江蕙，他鼓得更带劲了，视线也变得模糊起来。

胡戈看着台上的小甜甜，感慨万千！自己的学生能够超越自己，确实是师者最大的欣慰和荣光，不知不觉中热泪夺眶而出……

后记

繁忙医疗、教学、科研工作之余，历经三年多的艰辛，完成小说《这世界我来过》，心绪一直无法平静。看着自己的作品，宛若一个经历十月怀胎和分娩剧痛的母亲看着刚刚降生的婴儿一般，百感交集。曾经所有的艰辛与痛苦都是值得的。的确，对于从来没有写过超1500字作文的人来说，完成这部近30万字的著作，其中的难度相信大家都能够理解。如果该书能够给广大读者以启迪和帮助，努力也是值得的。

有朋友调侃，说我是"被医学耽误的……家"，但说心里话，也是毫不谦虚地说，我不认同这样的评价。俗话说，艺术来源于生活！正是我从事的医疗和医学教育事业给我提供了写作的素材和创作的动机。艺术忠实于生活！书中的人物和事件均有原型，且大多来自南京医科大学及其第一附属医院——江苏省人民医院，只不过在书中对其进行了艺术加工。

首先，感谢母校南京医科大学注重医学人文建设，为我们广大师生营造了非常好的人文氛围。感谢作为全国医院文化主委单位的江苏省人民医院本着"德术并举、病人至上"的建院精神，为广大员工和病患营造了爱与和谐的救死扶伤、大爱无疆的医院传统与文化。医院这些年来涌现出很多在医学人文、医学科普方面做出贡献的医护人员，我只不过是其中一分子。

感谢本书的共同作者、我的好友樊宗昌，是他的理解、鼓励、支持与配合，才使作品得以创作完成。无数次共同讨论的情景，至今仍历历在目，正是他从读者和大众的视角进行把关，才使作品适合所有人来阅读，没有写成纯粹的"医疗剧"。也感谢苏州大学汉语言文学专业2022级樊若倾同学，对书中当代大学生学习及生活方面的描述予以指导与把关。

感谢我大学时的授课老师吴观陵教授，欣然为该书写序并给予肯定。吴老师曾任南京医科大学副校长、江苏省人民医院院长，为学校以及附属医院的人文建设做出了杰出贡献。现吴老师已八十五岁高龄，在此也祝老人家永远健康、快乐！

感谢江苏凤凰文艺出版社对本书出版的大力支持与辛勤付出。

特别感谢我的家人和所有关心帮助过我的同事、朋友对我写作的默默支持，没有你们精神上的慰藉和爱抚，就没有今天的《这世界我来过》。

肇毅

2024年4月